Jean Van Hamme est né en 1939. Après une brillante carrière, il abandonne en 1976 son poste chez Philips-Belgique pour vivre de sa plume.
Tout en composant six romans des aventures de Largo Winch, il se lance dans le scénario de BD : la saga de ***Thorgal***, la série ***XIII***… En 1987, il occupe durant un an le poste de responsable des Éditions Dupuis, où il lance la série best-seller ***Largo Winch***. **Jean Van Hamme** est désormais un scénariste qui transforme en or tout ce qu'il écrit.

Largo Winch chez Milady :

1. *Le Groupe W*
2. *La Cyclope*
3. *Le Dernier des Doges*
4. *La Forteresse de Makiling*
5. *Les Révoltés de Zamboanga*
6. *Business Blues*

www.milady.fr

Jean Van Hamme

Largo Winch

Tome 4 – *La Forteresse de Makiling*

Milady

Milady est un label des éditions Bragelonne

ISBN : 978-2-8112-0062-6

Bragelonne – Milady
35, rue de la Bienfaisance – 75008 Paris

E-mail : info@milady.fr
Site Internet : http://www.milady.fr

« La guerre, le commerce et la piraterie
sont une trinité indivisible. »

GOETHE.

La fiction ne naît que dans l'imagination
d'un seul homme.
Ce roman est un ouvrage de fiction.
La réalité, elle, est une œuvre d'équipe.
Par la simple loi du nombre, elle dépasse
toujours la fiction.
V. H.

Prologue
ZAMBOANGA

Mardi 5 septembre
6 h 15 (GMT + 8)

Le teuf-teuf asthmatique du vieux moteur de 15 CV résonnait dans un silence des premiers âges, seulement déchiré de loin en loin par le ululement démoniaque d'un calao rhinocéros ou les piaillements d'une troupe de gibbons au réveil excité. Toute une longue minute, le ciel s'embrasa d'incroyables flammes d'or rouge. Puis, presque d'un seul coup, le soleil jaillit du flanc de la montagne sans nom qui dominait le moutonnement ininterrompu de la jungle de la presqu'île de Zamboanga. La surface étale de la mer de Sulu se teinta d'émeraude et la chaleur moite fit un bond d'une dizaine de degrés.

Accroupi à l'avant de la barque, Simon regardait la muraille verte qui défilait à quelques mètres de lui. En étendant le bras, il aurait pu toucher les énormes racines enchevêtrées des palétuviers dont le foisonnement croulait jusque dans l'eau. Du revers du poignet, il chassa la sueur qui lui dégoulinait du front et changea de position pour se désankyloser les genoux.

Soudain, un éclair bleu vif jaillit des arbres et, après s'être immobilisé quelques secondes au-dessus de l'eau, piqua droit sous la surface transparente. Le jeune homme suivit le martin-pêcheur des yeux et le vit ressortir un instant plus tard, un poisson frétillant dans le bec, pour disparaître aussitôt entre les branches. Il imaginait sans peine, derrière ces feuillages denses d'apparence si paisible, le gigantesque combat à mort dont la forêt devait être à chaque instant le théâtre barbare : insectes venimeux, scolopendres, serpents, fleurs carnivores, oiseaux de proie, varans, cobras, tarsiers, singes, pangolins... tout un impitoyable bestiaire qui s'affrontait sans relâche selon les règles établies une fois pour toutes pour le plaisir de quelque dieu cruel.

Il frissonna.

En dépit de son sourire de flibustier et de son goût pour les plages blondes, Simon Ben Chaïm était un citadin dans l'âme. Il se sentait infiniment plus à l'aise dans la jungle des villes que dans celle des forêts tropicales.

Le décor, pourtant, était superbe. Il était même à ce point parfait que Simon ressentait confusément l'impression de se mouvoir au cœur d'une affiche de promotion touristique. Ciel bleu, mer transparente, nature inviolée, tout y était. De quoi faire saliver de bonheur l'amateur le plus exigeant de dépaysement exotique garanti.

Vraiment tout. Y compris la ravissante Moro qui, debout à la barre, pilotait d'une main sûre le frêle esquif à travers les débris végétaux qui encombraient leur route.

Pour un peu, Simon se serait cru à la fin d'un film de James Bond lorsque l'indestructible agent britannique, après avoir une fois de plus fait sauter la base atomique du méchant savant fou, regagne la terre ferme en compagnie de l'héroïne du jour sauvée in extremis. À ce détail près que c'est généralement Bond qui tient le gouvernail avec une virile désinvolture, son regard d'acier fixé sur l'horizon, tandis que la superbe créature se love contre lui en roucoulant son prénom d'une voix à défroquer un pasteur luthérien. Le genre de détail qui sépare le rêve de la réalité : tout ce que lui, Simon, connaissait de la voix de son adorable pilote avait été trois syllabes sèches, prononcées deux heures plus tôt, lui intimant l'ordre de s'asseoir à l'avant de la barque et de n'en plus bouger.

Frustrant.

Et encore, à ce moment-là il ne savait même pas à quoi ressemblait celle qui l'avait pris en charge. Ce n'était qu'une bonne heure après avoir quitté clandestinement le petit port surencombré de Zamboanga City qu'il avait découvert, dans les premières lueurs de l'aube, la stupéfiante beauté de son guide.

Féline, racée, superbe avec son sarong qui la moulait jusqu'à ses pieds nus et cette espèce de chemise blanche, plus qu'agréablement distendue, qui tranchait sur sa peau lisse et brune, elle avait un corps frémissant de promesses inavouées qui aurait transformé en séniles baveux les photographes les plus blasés de *Look* ou de *Playboy*. Mais plus encore que sa silhouette animale, c'était le visage de la jeune Moro qui fascinait Simon : un visage d'authentique princesse sauvage. Encadré de longs cheveux noirs flottant librement, admirablement composé d'une bouche à la courbe parfaite et d'un nez étonnamment droit, il était irradié par l'éclat sombre d'un regard qui semblait brûler sans trêve d'une douloureuse passion secrète.

Deux détails choquaient cependant dans cette harmonie de féminité idéale : au cou de la Moro, au lieu des bijoux traditionnels des femmes de la région, seule une terne et inélégante chaîne de fer lui tenait lieu de collier ; et à sa taille, la lame nue d'un redoutable *parang*[1] étincelait au soleil levant.

Au rythme du crachotement monotone de son moteur, la barque se traînait misérablement sans jamais s'éloigner de plus de trois mètres de la masse végétale qui tenait lieu de rivage. Simon estima leur vitesse à 6 ou 7 kilomètres à l'heure.

— C'est encore loin ?

Elle répondit d'une voix lointaine, indifférente, juste assez haute pour dominer le bruit du moteur.

— Nous y serons bientôt.

Ce qui, dans ce pays, pouvait vouloir dire n'importe quoi. S'adossant à la proue, le jeune Israélien lui sourit d'un air engageant.

— J'espère qu'une plage de rêve est prévue au programme, lança-t-il gaiement. Avec panier-repas, champagne au frais et orchestre typique dissimulé derrière les buissons ?

Elle ne lui accorda qu'un bref regard. Puis, sans même daigner battre des paupières, elle reporta son attention sur la prochaine avancée de jungle qu'il lui faudrait contourner.

Réellement frustrant.

Simon mourait d'envie de caresser cette peau mate qui ondoyait au soleil. À plusieurs reprises il avait tenté de croiser le regard de la jeune femme. En vain. La fière Moro restait désespérément insensible au charme de ses vingt-cinq ans, de sa carrure de boxeur poids moyen, de son rire de loup et même de ses étonnants yeux violets qui semblaient perpétuellement se moquer de tout ce qu'ils découvraient.

1. Coupe-coupe malais.

Le jeune homme était bien forcé de se rendre à l'évidence : pour son guide, il n'était qu'un « client » parmi d'autres. Un étranger anonyme qui voulait quitter discrètement le pays à l'aide de l'organisation clandestine dont elle était l'un des relais. Elle ne s'intéressait ni à son identité ni aux raisons qui l'avaient obligé à agir ainsi.

Et encore moins à sa personne.

Dommage.

Simon soupira et résolut de penser à autre chose. Il était d'ailleurs temps d'obtenir des réponses aux questions qu'il avait vainement posées depuis deux jours à ceux qui l'avaient caché jusqu'à cette nuit.

— Comment est-il prévu que j'atteigne Singapour ? interrogea-t-il. Je suppose que vous pouvez me le dire, maintenant.

Elle le dévisagea pensivement, hautaine, et sembla débattre un instant si elle consentirait ou non à prononcer quelques mots.

— Une *vinta*[1] vous attend, finit-elle par répondre dans un anglais chantonnant. Elle vous conduira au Sabah. De là, un cargo vous emmènera à Singapour.

L'Israélien fit la grimace. Farouchement musulman, le Sabah était un allié traditionnel de la Libye de Kadhafi. Il risquait de tomber de Charybde en Scylla.

— Il se trouve où exactement, ce cargo ?

— Il vous attendra à la limite des eaux territoriales. Vous embarquerez de nuit. Le capitaine est un ami. Santoso connaît.

— Santoso ? Qui est Santoso ?

— Celui qui conduit la *vinta*.

---

1. Longue pirogue à balanciers utilisée par les pêcheurs du sud des Philippines.

Simon se remémora les grossières pirogues qu'il avait vues s'entasser dans le port de Zamboanga City. Elles lui avaient donné l'impression de tenir la mer à peu près aussi bien qu'une vieille baignoire trouée.

— Vous n'auriez pas autre chose qu'une *vinta* pour faire le voyage ? Il doit bien y avoir dans les cent cinquante milles marins d'ici jusqu'au Sabah. Je ne m'attendais évidemment pas à une cabine single de première classe sur un paquebot de luxe, mais tout de même, j'aimerais arriver à destination autrement qu'à la nage.

Elle haussa les épaules, agacée.

— Taisez-vous ! Dans une *vinta* pilotée par Santoso, vous ne risquez rien. C'est un Tausug.

— Ah, évidemment, si c'est un Tausug, ça change tout, admit gravement Simon.

La jeune femme le pulvérisa du regard.

— Les Tausugs sont les meilleurs navigateurs du monde. Ici on les appelle les *Water Gypsies*, les bohémiens de la mer.

— Je vois. Hum... je suppose que vous êtes également une Tausug ?

— Non, je suis une Subanun de l'intérieur. Mais les Tausugs et les Subanuns appartiennent au grand peuple libre des Moros, ajouta-t-elle fièrement.

Puis, détournant la tête, elle fit clairement comprendre à son interlocuteur qu'elle considérait la conversation comme terminée.

Officiellement, l'archipel des Philippines est un pays peuplé de 45 millions de Philippins.

Point à la ligne.

Les prospectus précisent que 80 % d'entre eux sont catholiques romains, que 40 % parlent l'anglais et 37 %

le tagalog, le dialecte du centre de Luçon élevé par décret au rang de langue nationale et rebaptisé pilipino pour la circonstance.

En réalité, entre les Pygmées Negritos et Panays, les Bataks polyandres, les Igorots anthropophages, les Kalingas chasseurs de têtes, les Bontocs, les Ifuagos, les Apayaos, les Ibalois, les Kankanays, les Tirurays, les Bagobos, les Mandayas, les Maranos, les Minguindanaos, les Tagbanuas, les Suluds et autres Orang-lauts, sans parler de quelque 300 000 Chinois, cette mosaïque de 7 107 îles qui ne dispose que d'une voix à L'ONU s'éclate en 84 ethnies différentes utilisant 55 langues de base et 142 dialectes.

De quoi laisser rêveurs Flamands, Wallons et autres Gaéliques autonomistes d'Europe occidentale.

Les quatre principales ethnies du Sud, réparties entre les îles de Mindanao, de Palawan et des Sulu, forment le peuple moro, ainsi nommé par les Espagnols, qui ne réussirent jamais à le coloniser. Descendants directs des seigneurs arabes qui, deux cents ans avant Magellan, s'étaient établis autour des mers de Célèbes et de Sulu, héritiers de six siècles de piraterie, de contrebande et de révolte contre l'autorité, ces inébranlables forbans qu'un anthropologue américain du siècle dernier avait appelés les « gentilshommes sauvages » étaient les seuls marins capables de se faufiler entre les 23 000 îles de l'Insulinde en évitant les garde-côtes des cinq nations qui se partagent cet énorme territoire[1].

De toutes ces informations glanées durant son séjour, Simon n'avait retenu que la dernière. Renseignement précieux qui l'avait conduit, à travers mille péripéties, au lieu

1. Philippines, Indonésie, Brunei, Sabah et Sarawak, ces deux derniers étant rattachés à la Fédération de Grande Malaisie (Malaysia orientale).

où il se trouvait maintenant : le long d'une des côtes les plus sauvages du monde, à l'extrême sud-ouest des Philippines, en route vers la dernière étape qui devait le conduire à la liberté.

Cette expédition à l'aube marquait la fin d'une aventure qui avait duré sept mois.

Sept mois de folles combines, de nuits ahurissantes, de rêves, de peur et de tumulte. Deux cent dix jours durant lesquels des dizaines de milliers de dollars lui étaient passés entre les mains, perdus aussitôt, regagnés la nuit suivante et reperdus encore. De ces fortunes éphémères il ne lui restait, outre les souvenirs, que deux billets de dix dollars pliés dans la poche de son jean. Même sa brosse à dents était restée là-bas. Avec son passeport, sa valise et tout le reste.

Simon ne regrettait rien. Pas une heure, pas une minute. Pas même ces interminables moments où l'angoisse lui avait tordu le ventre. Où sa vie n'avait tenu qu'à un claquement de doigts. La page était tournée. Elle avait été belle. À Singapour, il trouverait bien un moyen de sauter dans un avion. Pour n'importe où.

Demain serait un autre jour.

Le petit moteur eut tout à coup une crise de hoquet et, après quelques ultimes borborygmes désespérés, s'arrêta.

— Que se passe-t-il ? s'enquit Simon. En panne ?

— Plus de gasoil, répondit laconiquement la Moro. Il faut en remettre.

Elle se pencha pour saisir un jerrycan posé à ses pieds.

— Attendez, je vais vous aider.

Elle releva la tête et, pour la première fois, lui sourit. Simon la rejoignit aussi rapidement que le lui permettait l'équilibre instable de la barque. Elle dévissa le bouchon du réservoir. Soulevant le jerrycan, il refit le plein. Il sentait contre sa jambe la cuisse chaude de la belle Moro qui s'y plaquait involontairement.

Lorsqu'il eut terminé, elle remit le bouchon en place, lui sourit de nouveau et se pencha pour ranger le jerrycan. Sa chemise glissa, dévoilant la peau satinée d'une chute de reins à faire s'évanouir de bonheur un amateur d'art callipyge. C'en était trop pour Simon. Il tendit la main.

Ce faillit être le dernier geste de sa vie.

La seconde d'après, complètement ahuri, il se retrouvait affalé sur le dos au fond de la barque, la lame horriblement effilée du *parang* lui brûlant le côté du cou comme un fer rouge.

— Hé ! Doucement ! Vous n'allez pas vous fâcher pour ça, voyons ? Je ne vous voulais aucun mal.

Les yeux crépitant de colère, la jeune Moro ne répondit pas, se contentant de crisper un peu plus sa main brune sur la poignée de son arme. Simon sentit un filet de sang couler le long de sa clavicule et réalisa soudain que cette fille pouvait très bien lui faire sauter la tête d'un simple mouvement du poignet. Elle paraissait d'ailleurs en mourir d'envie.

Il déglutit péniblement et ébaucha un sourire contraint.

— Ressaisissez-vous, fillette, coassa-t-il d'une voix qu'il ne reconnut pas lui-même. Je vous ai passé la main dans le dos d'accord. Je n'aurais pas dû, d'accord aussi. Mais on ne va tout de même pas déclencher la troisième guerre mondiale pour ça, non ?

Parfaitement sourde aux subtilités délicates du plaidoyer de l'Israélien, la Moro ne dévia pas le *parang* d'un millimètre.

— Aucun homme ne doit toucher Malunaï, siffla-t-elle haineusement. Personne, jamais !

Simon prit conscience du ridicule de sa situation. Avoir survécu à tant de dangers autrement plus menaçants pour finir, en pleine jungle, de la main d'une belle indigène à la vertu trop chatouilleuse!… En dépit de la lame qui lui mordait le cou, il eut envie de rire : ça lui apprendrait à jouer les dragueurs de banlieue dans un pays de sauvages! Mais il eut le bon sens de se retenir.

— C'est entendu, Malunaï, fit-il gravement. Personne ne vous touche. Et surtout plus moi. Vous pouvez ranger votre joujou, maintenant, je serai bien sage. Je ferai un très, très gros effort et j'essaierai d'imaginer que vous êtes un vieux pêcheur obèse et édenté, hein, qu'en pensez-vous ?

Elle hésita encore un instant puis, à contrecœur, écarta son arme. Du coup, Simon se sentit beaucoup mieux et son sourire s'élargit.

— À la bonne heure, Malunaï. On perdrait la tête pour vos beaux yeux, mais ça m'aurait ennuyé que vous ayez pris l'expression au pied de la lettre. À propos, je m'appelle Simon. Amis ?

La jeune femme le balaya d'un regard méprisant avant de glisser son *parang* dans la lanière qui lui serrait la taille.

— Non, fit-elle sèchement.

Puis, sans plus se soucier de son passager, elle se pencha pour remettre le moteur en marche.

Le lent voyage dura encore une heure. Cela en faisait plus de quatre, maintenant, qu'ils avaient quitté l'entassement coloré de baraques sur pilotis qui porte pompeusement le nom de Zamboanga City. Le soleil était déjà haut dans le ciel, pompant l'eau de la mer, des arbres et des corps. Dans quelques heures, comme chaque jour, il se couvrirait de nuages pour ensuite disparaître derrière un plafond d'un gris plombé uniforme.

La mousson d'été s'achevait.

Toujours debout à la barre, le regard perdu dans d'obscurs rêves intérieurs, la belle Moro avait retrouvé son attitude lointaine du début. Comme si rien ne s'était passé. Seule la brûlure de son cou rappelait l'incident à Simon. Mais il n'avait pas tardé à retrouver sa bonne humeur naturelle. Baroudeur joyeusement amoral, doté d'une inébranlable gaieté et d'une non moins inébranlable confiance en sa bonne étoile, il considérait l'existence comme une vaste partie de roulette dont il avait l'assurance de toujours sortir gagnant. Cette philosophie élémentaire et sereine lui avait déjà valu quelques ennuis pendables, mais faisait aussi de lui un homme qui se sentait capable de faire face à n'importe quelle situation.

Il l'entendit emballer le moteur pour contourner une souche qui dérivait, puis le ramener à son régime normal.

Elle désigna une excroissance de jungle qui s'avançait dans la mer devant eux.

— Nous y sommes presque, fit-elle d'une voix neutre. De l'autre côté, il y a une petite plage. Là, nous attendrons Santoso.

— Vous voyez bien que la plage de rêve faisait partie du circuit, gouailla Simon. Vous êtes vraiment sûre qu'il n'y a pas moyen de dénicher une bouteille de champagne dans le coin ?

Les yeux de la jeune femme noircirent, tandis que sa main se posait sur la poignée du *parang*.

— Vous allez recommencer ?

— Non, non, s'empressa-t-il, mimant un affolement qui n'était feint qu'à demi. Rassurez-vous, Malunaï. Je parle toujours comme ça, c'est de naissance. Il ne faut pas prendre ce que je dis trop au sérieux.

— La vie et la liberté sont des choses importantes, prononça-t-elle gravement. Il ne faut pas rire. C'est mal.

La barque fit une boucle pour contourner le dernier obstacle et la petite plage apparut, inattendue dans cette uniformité de vert.

Simon ne put s'empêcher de sursauter.

— Vous auriez dû me prévenir que c'était une plage à la mode, ricana-t-il. J'aurais mis ma cravate de collège.

À quelques mètres du sable clair, éblouissant de blancheur, un superbe yacht se balançait doucement.

Malunaï réagit immédiatement, faufilant la barque à l'abri des palétuviers et coupant le moteur. Un lourd parfum de moisissure végétale les enveloppa.

— Même de loin, ça ne ressemble pas à une *vinta*, remarqua Simon avec le plus grand sérieux. Votre Santoso a peut-être gagné à la loterie…

Elle haussa les épaules, énervée.

— Je ne comprends pas, chuchota-t-elle d'une voix indécise. Personne ne vient jamais ici.

— Hé oui, c'est toujours comme ça que ça commence. Un endroit où personne ne vient jamais, jusqu'au jour où le yacht d'un promoteur y jette l'ancre. Vous verrez, dans deux ans votre petite plage exclusive sera couverte d'hôtels de quinze étages et on aura exproprié les singes de la jungle pour construire une piste d'atterrissage pour Jumbo jets…

Elle ne l'écoutait pas, les yeux fixés sur le bâtiment qui scintillait à deux cents mètres d'eux. Simon essaya de déchiffrer le nom qui se détachait sur la poupe, mais il était trop loin. C'est alors qu'un détail le frappa, qu'il s'étonna de ne pas avoir remarqué plus tôt.

—Quelle est la profondeur de l'eau près de cette plage, Malunaï ?

—Très faible. Pas plus de deux, trois mètres, sur une grande distance... Elle s'interrompit, comprenant soudain.

Simon se tourna vers elle avec un sourire en coin.

—Vu ? Il n'est pas à l'ancre, votre yacht, il est échoué. Regardez : il penche d'au moins dix ou quinze degrés sur la droite. Ce qui m'étonne, c'est qu'on ne voit personne ni sur le pont ni sur la plage. Ils sont peut-être encore tous au lit...

—Il n'y a personne, affirma calmement la Moro.

—Qu'est-ce qui vous fait dire ça ?

—Regardez !

Simon suivit des yeux le point qu'elle indiquait et vit une dizaine d'oiseaux brun foncé voler lourdement en cercle au-dessus des superstructures du bateau.

—Bon sang ! s'exclama-t-il. Des vautours !

—Non, une sorte de grands corbeaux. Chez nous, on les appelle des *singalang burongs*. Mais c'est comme des vautours. S'il y avait quelqu'un, ils ne seraient pas là. Ils sont attirés par la nourriture.

L'Israélien songea qu'il n'y avait pas que la nourriture qui attirait ce genre d'oiseaux. Mais il préféra s'abstenir de commentaires.

—Et où seraient les gens qui étaient sur ce yacht, d'après vous ?

Elle eut un geste désinvolte.

—Partis dans la forêt. Chercher du secours.

—Il y a moyen de traverser cette forêt ou d'atteindre un village ?

— Non. Seuls les Subanuns et les Negritos peuvent survivre dans la forêt.

Simon se dit qu'il y avait peu de chance pour que les passagers de cette barquette de luxe soient nés dans le coin. Mais l'adorable Malunaï semblait oublier ou ignorer qu'il existait un instrument qu'on appelait radio, instrument dont les bateaux de plaisance sont généralement munis. De plus, il voyait mal un groupe de gens civilisés, s'échouant sur une côte inhospitalière, s'élancer gaillardement à travers la jungle sans y être absolument obligés. Et même dans ce cas, ils auraient certainement laissé quelqu'un de garde à bord.

Le bruit du moteur remis en marche l'arracha à ses réflexions.

— Hé, qu'est-ce que vous faites ?

— Nous allons voir.

— Doucement, fillette. Cette histoire ne nous concerne pas. De plus, votre copain va arriver et j'ai de bonnes raisons pour ne pas avoir envie de le manquer.

— Nous verrons Santoso arriver. Allons sur le bateau, nous avons le temps.

Les yeux de la Moro brillaient d'un éclat bizarre. Simon comprit. L'atavisme de six cents ans de piraterie bouillonnait dans les veines de la jeune femme.

— Un peu de pillage, hein, c'est ça ?

— Les gens sont partis. Ils sont sans doute morts. Les Moros ont besoin d'argent.

— Il ne faut pas faire ça, Malunaï. C'est dangereux.

Ce n'était pas l'honnêteté qui retenait Simon, loin de là. C'était l'intuition profonde qu'ils allaient au-devant d'ennuis inutiles. Et les ennuis, il en avait eu plus que sa part pendant ces derniers jours.

Elle releva la tête, une lueur de défi ironique dans le regard.

— Vous avez peur ?

Le piège était gros. La sagesse du garçon ne l'était guère. Il haussa les épaules et se rassit à l'avant de la barque, balayant la plage d'un geste impérial.

— Si vous le prenez comme ça… En route, fillette, allons jouer aux pilleurs d'épave ! La seule chose qui puisse encore me faire peur serait de vous recaresser le dos. Pour le reste…

Malunaï embraya.

Le haussement d'épaules du jeune Israélien allait être lourd de conséquences. Par un caprice minuscule de l'Histoire, le destin de tout un peuple venait de basculer.

À une centaine de mètres du yacht, ils distinguèrent le nom qui se détachait en lettres noires : *Morning Rose.* Puis, en dessous, en plus petit : Panama. Le drapeau qui pendait mollement au mât de poupe arborait les couleurs rouge, blanc et noir du pavillon de complaisance de la petite république centre-américaine.

En arc de cercle autour de l'arrière du bâtiment, une énorme tache d'huile salissait la mer sur un rayon d'une soixantaine de mètres.

— Moteur explosé, commenta Simon. On dirait vraiment qu'ils ont foncé en aveugles droit sur la plage. Comme si le timonier s'était endormi après avoir bloqué son cap.

La Moro manœuvra pour s'approcher par le côté tribord, celui qui s'inclinait vers l'eau. De mauvaise grâce, les lourds milans des Brahmes que Malunaï avait prosaïquement traités de « corbeaux » s'élevèrent d'une vingtaine de mètres mais n'en cessèrent pas pour autant leur ronde sinistre et silencieuse.

Simon frissonna malgré lui. Les occupants du yacht, s'il y en avait, avaient certainement entendu leur moteur. Or le pont restait désert. Il venait également de remarquer autre chose : la plage était maintenant assez proche et il n'y avait aucune trace de pas sur le sable.

La barque heurta doucement le flanc immaculé de la coque, la Moro coupa le moteur et se dressa. La garde extérieure du pont tribord n'était qu'à un mètre au-dessus de sa tête. Pliant à peine les genoux, elle bondit et agrippa le barreau inférieur. Une seconde après, souple comme une panthère, elle était sur le pont.

— Lancez-moi l'amarre.

Simon avisa la corde roulée à l'avant de la barque et lui en jeta l'extrémité libre qu'elle fixa à l'un des barreaux.

— Écoutez, Malunaï, laissons tomber. Nous ne devrions pas…

Mais elle ne lui prêtait plus la moindre attention. Les narines frémissantes de plaisir à l'idée des trésors qu'elle était sûre de découvrir, elle se détourna et disparut aux yeux de Simon.

Haussant une nouvelle fois les épaules, celui-ci empoigna à son tour le barreau de la garde. Lorsqu'il prit pied sur le pont, la jeune Moro était déjà hors de vue.

Le *Morning Rose* devait avoir dans les trente mètres de long, avec un *flying deck* dominant de près de trois mètres le pont principal. Il semblait admirablement entretenu. Des fauteuils transatlantiques et des matelas de mousse étaient soigneusement rangés et encordés sur le pont arrière. Chaque détail, des planchers vernis aux mains courantes de cuivre, sentait le confort et le luxe.

Un yacht de milliardaire.

Progressant sans trop de difficulté sur le plan incliné en s'aidant de la rambarde, Simon atteignit l'escalier à claire-voie qui menait à la timonerie. Maintenant que le petit moteur de la barque ne tournait plus, le silence était total, davantage souligné que rompu par les cris et coassements qui provenaient de la jungle toute proche.

La timonerie était déserte. À travers la vaste baie panoramique, Simon voyait la plage sur toute sa largeur. Comment ce yacht était-il venu s'échouer dans ce coin perdu ? Où était l'équipage ? Qui étaient les passagers, s'il y en avait ?

Il sentit son malaise s'accroître.

Dans la chambre des cartes attenante, le jeune Israélien découvrit la panoplie complète des cartes maritimes, plans d'entrée des ports, profil des côtes et coupes des hauts-fonds qui sont les indispensables instruments de navigation d'un marin. Il n'y connaissait strictement rien, mais il lui sembla difficile de concevoir qu'avec un tel éventail de documentation l'échouage du yacht ait été le fait d'une grossière erreur de navigation. D'autant moins que la timonerie était bardée de cadrans et de manettes qui, même aux yeux d'un profane, indiquaient un degré suffisamment élevé de sophistication électronique et gyroscopique pour offrir à n'importe quel bâtiment les garanties de sécurité maximum.

Il ouvrit quelques tiroirs, cherchant le livre de bord qu'il trouva sans difficulté. Sur la page de garde figurait le nom du yacht, *Morning Rose*, les caractéristiques techniques et d'immatriculation, le numéro d'enregistrement à Panama et l'identité du propriétaire : Horace K. Midsummer, 6887 Baywater Drive, Beverly Hills, L.A. (Cal.) – États-Unis. Une feuille intercalaire datée de mi-juillet spécifiait le rôle à jour de l'équipage, composé du commandant Adrian G. Pearson, d'un officier mécanicien, d'un radionavigateur, d'un cuisinier-steward et d'un simple matelot, tous de nationalité américaine. Simon feuilleta les dernières pages, où apparaissait la fine écriture du commandant.

Le *Morning Rose* avait quitté Manille le samedi 2 septembre à 8 h 15, soit trois jours plus tôt, à destination de Bali. Il avait à son bord, outre l'équipage, le fils du propriétaire, Graham Midsummer, deux autres Américains, Don Bigelow et Sidney Schultz, et deux Philippins, Meynardo Vergara et Teroy Manibog. La profession des passagers ainsi que la raison de leur présence à bord n'étaient pas spécifiées. Le commandant Pearson signalait également l'embarquement de deux dames dont il n'avait pas jugé utile de préciser l'identité.

Aucun de ces noms n'éveillait le moindre écho dans la mémoire de Simon.

Le livre de bord s'arrêtait la veille, 4 septembre, à 16 h 30. « Nous venons de dépasser San José, sur la côte ouest de Panay. Prenons le cap 187. Vitesse 14 nœuds. Mer calme, temps légèrement brumeux au nord-est. Rien à signaler. »

Il remettait le livre en place lorsque le hurlement de Malunaï lui déchira les oreilles.

Dégringolant les marches d'un escalier intérieur, il atteignit le carré de l'équipage. Les tables et les chaises, vissées au plancher, n'avaient pas bronché lors du choc de l'échouage. Mais tout ce qu'elles supportaient, ainsi que le contenu des étagères fixées aux cloisons, avait été projeté sur le sol et s'y était brisé.

Pétrifiée sur le seuil d'une deuxième porte, le visage grisâtre, la jeune Moro fixait un coin de la petite pièce d'un regard hypnotisé. Simon sentit une nausée l'envahir. Tassé contre la paroi déchiquetée d'impacts, un homme en uniforme blanc, un air d'infinie surprise figé sur son visage livide, contemplait de ses yeux morts ses propres viscères répandus autour de lui. Il avait été littéralement coupé en deux par une rafale d'arme automatique. Le jeune Israélien vit les cercles dorés sur les manches de la veste et comprit que le commandant Pearson ne naviguerait jamais plus.

Il prit soudain conscience de l'odeur épouvantable qui régnait dans cet espace confiné. En deux enjambées, il rejoignit Malunaï et l'entraîna dans la coursive.

— Laissez tomber la récolte de souvenirs et remontez sur le pont, ordonna-t-il d'une voix changée. Vous avez besoin d'air. Et appelez-moi dès que vous verrez la *vinta* de Santoso.

Subitement docile, elle inclina la tête sans répondre et disparut dans l'escalier menant à l'extérieur.

De l'autre côté de la coursive, en face du carré, Simon trouva une minuscule cuisine. On la devinait, en temps normal, étincelante et bien rangée. Mais pour l'instant elle semblait avoir été balayée par un typhon. Casseroles renversées, vaisselle en miettes et aliments de toutes sortes couvraient le sol d'un tapis de cataclysme. Allongé de tout son long sur les débris, le cadavre d'un homme en veste blanche de steward avait encore les deux mains crispées autour du manche de l'énorme couteau à découper qui saillait de sa poitrine à l'emplacement du cœur.

Deux portes plus loin, affalé sur son *desk*, ses écouteurs encore aux oreilles, le radionavigateur s'était entièrement vidé de son sang par les plaies béantes qui lui avaient labouré le dos. Il ne fallait pas être un expert en communications pour comprendre que le poste émetteur-récepteur, truffé de balles, était irrémédiablement hors d'usage.

Simon trouva les corps de l'officier mécanicien et du matelot dans les couchettes du pont inférieur. Un début d'hypothèse commençait à se faire jour dans son esprit.

Il avait, comme tout le monde, entendu dire que la piraterie sévissait encore le long de certaines côtes mal contrôlées de l'archipel. Le *Morning Rose* avait été attaqué, c'était évident. Pourtant, il voyait mal une bande d'indigènes hirsutes prendre d'assaut avec succès, sur leurs pirogues ou leurs sampans, un yacht de la taille de celui-ci. Cette tuerie avait été le fait d'une petite troupe bien organisée, bien armée et sans merci.

Il en avait vu assez, se doutant de ce qu'il trouverait dans la partie du bateau réservée aux passagers. Néanmoins, poussé par il ne savait quelle curiosité morbide, il longea la coursive jusqu'à la porte du salon principal.

Les sept corps étaient entassés pêle-mêle entre les meubles anglais et les précieux tapis éclaboussés de sang. Aux murs, les étagères, les reproductions de toiles de maîtres, les photographies étaient hachées de balles, comme si un derviche tourneur devenu fou s'était élancé dans la pièce, une mitraillette emballée sous chaque bras.

Les hommes, deux Philippins et trois Occidentaux, étaient vêtus de pantalons clairs, d'espadrilles et de chemises à fleurs. Sauf l'un d'eux qui portait un veston léger sous lequel on apercevait un holster vide. Le jeune Israélien chercha machinalement l'arme des yeux mais ne la vit nulle part. Tous les cinq avaient été abattus par balles.

La vision des corps des deux femmes était infiniment plus pénible. Très jeunes toutes les deux, de race malaise, elles étaient entièrement nues et leurs corps étaient zébrés de profondes traces de griffes ou de fouet. Un filet de sang séché partait de leur anus déchiré et Simon devina sans peine quelle avait dû être l'horreur de leurs derniers instants. Elles avaient eu toutes les deux la gorge tranchée d'une oreille à l'autre et leurs têtes, presque détachées des épaules, formaient avec celles-ci un angle insupportable.

Le cœur aux lèvres, Simon recula, pressé de fuir cet atroce charnier, quand quelque chose accrocha son subconscient et le força à rester sur le seuil. Son regard glissa sur la porte ouverte d'un petit coffre-fort encastré dans l'une des cloisons. Il était vide. Ses réflexes professionnels réagissant malgré lui, il reconnut un Kramer-Twelpth, modèle spécial KT 12 de 1 600 pouces cubes. Presque assis sous le coffre, l'un des cadavres le fixait de cet affreux regard voilé des morts.

Le jeune Israélien réalisa la nature du déclic qui l'avait empêché de se détourner et de partir : cet homme, il le connaissait.

Surmontant son dégoût, il enjamba deux corps emmêlés, évitant soigneusement de poser le pied dans les flaques de sang durci. Repoussant la porte du coffre qui le gênait, il examina le mort. Il était certain de l'avoir déjà vu, mais ne parvenait pas à se rappeler où ni quand. Pourtant, il en était tout aussi certain, les noms inscrits dans le livre de bord lui étaient totalement inconnus.

L'homme devait avoir entre trente-cinq et quarante ans. Ses cheveux blonds très clairs étaient coiffés en arrière, dégageant la dureté d'un profil typiquement aryen de la « race des seigneurs » germanique. Dureté encore accentuée par la lividité cadavérique de la peau et le vide glacé du regard bleu pâle. L'homme, comme ses compagnons, était vêtu d'un pantalon léger et d'une chemise à manches courtes. Son seul signe particulier était une petite cicatrice en étoile au milieu de son biceps droit. Il ne présentait aucune blessure visible mais, au sang qui tachait la paroi derrière lui, Simon comprit qu'il avait été abattu dans le dos et avait sans doute pivoté en s'écroulant.

C'était le genre d'homme dont on se souvient, même si on ne l'a vu qu'une seule fois. Un faible écho résonna dans la mémoire du jeune Israélien : c'était son cas. Il ne l'avait vu qu'une fois, dans un passé relativement récent. Le même écho lui révélait que cette rencontre avait eu lieu dans des circonstances particulièrement dramatiques.

Mais lesquelles ?

À force de se torturer le crâne, il en était arrivé à oublier où il se trouvait. L'appel de Malunaï le ramena brusquement à la réalité de ce qui l'entourait. Il se secoua. Après tout, qu'importait qu'il connût ou non l'une des victimes de ce massacre... Ce n'était tout de même pas lui qui irait déposer son témoignage au poste de police le plus proche.

Il quitta précipitamment la pièce et rejoignit la Moro sur le pont.

— Que se passe-t-il ?

Sans répondre, elle lui indiqua la voile carrée, éclatante de dessins multicolores, d'une *vinta* qui s'approchait.

Simon s'entendit pousser un profond soupir de soulagement. Les événements de la dernière demi-heure n'avaient été qu'un incident de parcours. Particulièrement pénible mais, tout compte fait, sans conséquence pour lui. Le programme reprenait son cours normal.

— Vite, allons à sa rencontre.

La jeune femme ne lui posa aucune question sur ce qu'il avait découvert et il ne jugea pas utile de le lui décrire. Ils détachèrent l'amarre et se laissèrent glisser dans la barque dont Malunaï lança le moteur. Ce ne fut qu'alors que Simon remarqua les grands écrins plats mal dissimulés à ses pieds : la belle Moro n'avait pas été effrayée par les cadavres du *Morning Rose* au point d'oublier d'en voler l'argenterie.

Il faillit lui en faire la remarque puis, avec un geste d'indifférence, décida de s'abstenir. Dans quelques heures il serait loin. Cette affaire ne le concernait plus.

La *vinta* était restée au large. Accroupi à l'arrière, le Tausug les regardait s'approcher. Il fit un signe de la main auquel Simon, machinalement, répondit.

La partie centrale de la longue pirogue était abritée du soleil, et sans doute des regards indiscrets, par un toit rudimentaire en roseau : la cabine du passager. Le jeune Israélien fit la grimace. En mettant les choses au mieux, et à condition que le vent ne tourne pas, il allait devoir passer quarante-huit heures là-dedans ! Il eut une pensée nostalgique pour la « suite » qu'il avait occupée pendant un mois dans l'un des plus grands palaces de Manille... Grandeur et décadence.

Ils n'étaient plus qu'à une cinquantaine de mètres de la *vinta* lorsqu'un grondement sourd s'éleva sur leur droite, s'amplifiant rapidement. Ils tournèrent la tête d'un même mouvement. Surgissant au ras des arbres du rivage, un lourd bimoteur à hélices apparut, se dirigeant droit sur eux. En quelques secondes l'air se remplit de bruit.

— Qu'est-ce que... ? commença Simon.

Le reste de sa phrase se perdit dans le vacarme ahurissant de l'appareil qui les survolait, une dizaine de mètres à peine au-dessus de leur tête. Un violent souffle d'air secoua la barque, manquant de peu de la faire chavirer.

— Chauffard ! hurla l'Israélien. Pilote du dimanche !

L'expression angoissée de Malunaï fit instantanément tomber la colère, qui avait été sa première réaction. Était-ce un appareil de l'armée ? Ou, pire encore, des gardes-côtes ?

Le bimoteur avait repris de l'altitude et amorçait une large boucle. Indécise, la Moro avait ralenti son allure. Déjà l'avion revenait vers eux. Simon l'examina attentivement.

Les deux moteurs au-dessus du cockpit et les flotteurs latéraux indiquaient clairement qu'il s'agissait d'un hydravion. Il crut même reconnaître un Grumman Goose, petit appareil amphibie abandonné par l'US Navy en 1942 et utilisé depuis par des transporteurs privés. Un moshav côtier du Sinaï, où Simon avait passé quelques mois, en utilisait un de ce type.

De nouveau, le fracas des énormes moteurs leur envahit les tympans.

L'AFP[1] ou la PhilCon[2] utilisaient-elles encore ce modèle comme avion de reconnaissance ? Ou s'agissait-il d'un particulier qui s'amusait à faire peur à ce qu'il prenait pour quelques pêcheurs locaux ? Il n'avait pas fini de se poser la question qu'un double trait de feu jaillit de part et d'autre du nez camus de l'hydravion.

Les énormes balles incendiaires labourèrent la grande pirogue sur toute sa longueur, la transformant instantanément en brasier. Plusieurs d'entre elles atteignirent le malheureux Tausug. Percuté en pleine poitrine par ce calibre démentiel, le pêcheur parut littéralement exploser, projetant dans les flammes qui l'entouraient les débris sanglants de ce qui avait été son corps.

Malade d'horreur et de dégoût, Simon se cramponnait à le briser au rebord de la barque. Dans le silence relatif qui suivit l'effarant staccato, on n'entendait plus que les craquements sourds du feu qui dévorait ce qui restait de la *vinta*. À cinq cents mètres de là, le Grumman Goose virait lourdement sur l'aile pour un nouvel assaut.

Simon s'arracha à sa stupeur épouvantée en sentant la peau de son visage grésiller de chaleur. Raidie à la barre,

---

1. Forces armées des Philippines. 185 000 hommes environ (dont 45 000 réservistes).

2. Philippine Constabulary : police de l'archipel, dépendant de l'armée. 16 000 hommes environ.

le regard halluciné, Malunaï continuait à diriger la barque droit vers l'enfer qui surnageait à quelques mètres devant eux.

Elle semblait en état de choc.

D'un seul élan le jeune homme bondit à l'arrière. Écartant brutalement la Moro, il pesa de toutes ses forces sur le gouvernail. La barque réagit mollement, s'écartant du brasier. Au même moment, le mât enflammé de la *vinta* s'abattit en sifflant dans la mer, à l'endroit précis qu'ils venaient de quitter.

La secousse exorcisa Malunaï de son hébétude. Complètement paniquée, elle se dressa en hurlant et faillit basculer dans l'eau. L'heure n'était plus au respect ni à la délicatesse : d'un violent coup de pied, Simon envoya la jeune femme s'étaler dans le fond de la barque.

— Couchez-vous, nom de Dieu ! Il revient !

Dans un hurlement de moteurs surchauffés, l'hydravion piquait sur eux. D'instinct, le jeune Israélien emballa le moteur et tira la barre à lui au moment même où le crépitement des mitrailleuses éclatait à ses oreilles. La barque se cabra à la limite du déséquilibre et la double rafale incendiaire fit bouillir l'eau à quelques mètres sur sa gauche.

Manqué.

Simon redressa, maintenant le régime du petit moteur à son maximum. Il sentit un début de panique l'envahir. Le courant les avait déportés, les éloignant de la plage et du yacht échoué. À six ou sept cents mètres, la barrière verte de la jungle semblait aussi inaccessible que les anneaux de Saturne. Combien de minutes faudrait-il à cette barque pour l'atteindre ? Trois ? Quatre ? Et encore, à condition de pouvoir rester en ligne droite et que le moteur archaïque de cette barque pourrie tienne le coup à ce rythme.

Quatre minutes, c'était quatre fois plus de temps qu'il en fallait au pilote inconnu pour les envoyer rejoindre l'infortuné Santoso.

Simon se retourna. À l'emplacement de la *vinta* ne flottaient plus que quelques débris calcinés.

C'était fichu pour Singapour !

Allongée de tout son long au fond de la barque, Malunaï ne criait plus. Les yeux démesurément agrandis par la peur, elle fixait le ciel d'un regard hypnotisé.

Où était ce maudit massacreur volant ?

Simon le repéra sur sa gauche. À la limite de la perte de vitesse, ses flotteurs effleurant les vagues, le pilote avait choisi une trajectoire parallèle à la côte pour attaquer sa proie par le flanc. Étant donné la faible vitesse de la barque, il ne pouvait pas la manquer.

L'Israélien n'hésita pas. Inondé de sueur, il vira de 90 degrés et piqua droit vers l'ennemi, les yeux rivés sur le nez de l'appareil qui fonçait sur eux. À la microseconde où il vit la première étincelle des mitrailleuses, il vira encore, non pas vers la terre comme le pilote s'attendait probablement à le voir faire, mais carrément vers le large.

Le souffle de l'énorme rafale passa juste derrière son dos. Deux secondes plus tard, il se sentit plaqué à son banc par le déplacement d'air du Grumman Goose qui les rasa en rugissant.

Ils avaient gagné un nouveau répit mais reperdu de précieux mètres. La partie était vraiment trop inégale.

La forêt se rapprochait à une lenteur désespérante. Simon en aurait hurlé d'impuissance. Là-bas, l'hydravion virait une nouvelle fois pour une ultime attaque.

Encore trois cents mètres, deux cent cinquante, deux

cents… À cent cinquante mètres du rivage, le moteur trop sollicité de la barque rendit l'âme dans un nuage de fumée grise.

Déjà, le bimoteur fonçait sur eux.

C'était l'hallali !

— Vite ! hurla Simon. Plongez !

Sans comprendre, la jeune Moro le fixa de ses yeux effrayés.

— Plongez ! Nagez jusqu'à la rive ! C'est notre dernière chance…

Sans un mot, son *parang* toujours au côté, elle se mit debout et sauta dans l'eau transparente. Simon voulut se redresser pour plonger à sa suite quand une gigantesque main de feu lui écrasa les reins et le précipita dans le fond de la barque, rugissant de douleur. Éberlué, il passa sa main dans son dos et la retira gluante de sang. La dernière rafale ne l'avait pas tout à fait manqué : l'une des balles l'avait suffisamment frôlé pour tracer un sillon d'un doigt de profondeur sur toute la largeur de ses reins.

Dans l'excitation et la peur du moment, il ne s'en était même pas rendu compte.

Le grondement des moteurs du Grumman Goose se rapprochait. Il était tellement bas sur l'eau que Simon comprit avec épouvante ce que le pilote inconnu, ne se fiant sans doute plus à ses mitrailleuses, avait résolu de tenter : percuter la barque de plein fouet, au risque d'y laisser ses flotteurs. Cet acharnement à les tuer avait quelque chose de démentiel dans son absence d'explication logique.

La tête de Malunaï était déjà éloignée d'une vingtaine de mètres. La Moro nageait avec l'énergie de la peur. Elle, au moins, aurait une chance de s'en sortir. Dans un effort désespéré, Simon tenta de se relever, mais le bas de son corps ne répondit pas, complètement engourdi par la souffrance.

Alors, il comprit qu'il allait mourir.

Accroché des deux mains au rebord de la barque, il redressa la tête, hypnotisé par le lourd bimoteur qui fonçait sur lui à plus de 200 kilomètres à l'heure pour le broyer sous ses flotteurs.

C'était tellement effrayant, il avait tellement peur qu'il dut faire un effort terrible pour résister à l'envie de fermer les yeux. Mais il voulait voir en face, jusqu'au bout, celui qui, pour une raison inconnue, avait décidé de le tuer. Déjà, à travers le cockpit horriblement proche, il pouvait distinguer la forme vague de deux visages. Et il pouvait deviner les traits figés dans un rictus, les mains cramponnées aux commandes dans l'attente du choc...

Simon, le gentil flibustier, eut une dernière pensée émue pour toutes les femmes qu'il ne connaîtrait jamais, puis attendit l'écrasement.

Et le miracle eut lieu.

À la dernière seconde, alors que la collision semblait inévitable, l'hydravion s'arracha brutalement et manqua la barque de plusieurs mètres. Incrédule, abasourdi, le jeune Israélien le vit virer de justesse au ras des arbres, revenir vers lui, le survoler en balançant lourdement des ailes et s'éloigner vers la haute mer.

Une longue minute s'écoula, hors du temps. Puis vint la réaction.

Multipliée par la douleur, elle fut d'une violence extrême. Simon vacilla, tout son corps se mit à trembler, mille soleils éclatèrent dans sa tête et il s'évanouit.

L'hydravion avait disparu à l'horizon.

* * *

Ils mirent vingt-sept heures d'enfer à atteindre un village.

Sans Malunaï, Simon n'aurait pas fait le cinquième du chemin. Après l'avoir ramené à terre, elle n'avait pas hésité à utiliser sa chemise pour entourer sa blessure d'un pansement sommaire. Puis, les seins nus, son *parang* à la main, elle leur avait ouvert un passage à travers la forêt, insensible aux ronces et aux feuilles de pandanus, coupantes comme des rasoirs, qui lui déchiraient la peau. Le corps en sang, les jambes rongées de sangsues, dévoré de moustiques, le dos brûlant à hurler, il s'était traîné à sa suite. Dix fois, vingt fois il s'était effondré. Dix fois, vingt fois elle l'avait relevé, alternant les encouragements, les prières et les injures.

Simon ne se souvenait plus comment ils avaient passé la nuit ni même s'il avait ou non dormi. Secoué de fièvre, à la frontière du délire, il n'avait trouvé que dans sa farouche volonté de survivre la force de suivre l'indomptable Moro. Guidée par le sûr instinct de sa race, celle-ci semblait ne jamais hésiter dans le labyrinthe oppressant de la folie végétale qui les emprisonnait. Ce ne fut qu'en vue du *kampong*[1], surgi comme par miracle derrière un dernier rideau d'arbres, qu'elle s'autorisa à glisser sur le sol, évanouie d'épuisement.

Quand Simon s'éveilla, il faisait plein jour. Une main lui secouait l'épaule.

— Simon… Simon, réveillez-vous…

Il se redressa, encore engourdi. Les rayons d'un soleil pâle envahissaient l'intérieur de la longue hutte par des baies

1. Longue hutte communautaire sur pilotis où dorment, tous ensemble, les habitants d'un village de forêt. Par extension, ce village lui-même.

ouvertes sur la forêt toute proche. Un homme d'un certain âge était penché sur lui.

— Hein, qu'est-ce que c'est ?...

— Réveillez-vous, Simon. Il nous reste peu de temps.

Derrière l'homme, un Moro certainement, Simon aperçut Malunaï. Elle semblait avoir parfaitement récupéré des fatigues de leur marche à travers la jungle. Soudain, il réalisa qu'il n'avait plus de fièvre. Combien de temps s'était écoulé depuis leur arrivée au *kampong* ? Combien d'heures ou de jours avait-il dormi ? Il n'en avait pas la moindre idée.

Il sourit à la jeune femme, mais le visage de celle-ci resta grave.

— Peu de temps pour quoi ? demanda-t-il.

— Les soldats vont arriver d'un moment à l'autre, répondit l'homme.

— Les soldats ? Quels soldats ?

— Ceux qui vous recherchent depuis ce matin.

— Quoi ?!

Tout à fait réveillé, Simon s'assit sur la natte qui lui avait servi de lit. Il étouffa un gémissement : la douleur de son dos, même si elle était sans comparaison avec la souffrance du début, était toujours présente.

— Des soldats me recherchent ? Moi ?

L'homme hocha la tête.

— La moitié d'un régiment au moins. Ils fouillent tous les villages de la lisière en vous décrivant, menaçant des pires représailles ceux qui oseraient vous cacher. Je viens, malheureusement, de n'en être averti qu'à l'instant.

— Mais... ça ne tient pas debout, balbutia Simon, complètement abasourdi. Je ne leur ai rien fait, moi, à ces militaires...

— Dans ce pays, l'armée travaille de pair avec la police. Il est rare que les soldats osent se risquer dans la forêt. Vous devez être un homme très important, Simon. Je regrette d'ailleurs que nous ne l'ayons pas su plus tôt : c'est toute notre communauté que vous mettez en danger.

Golda Meir pénétrant dans la hutte en tutu rose bonbon n'aurait pas davantage ahuri le jeune Israélien.

— Je ne comprends rien à votre histoire. Je ne suis pas important du tout, bon sang. J'ai eu quelques bricoles avec les flics de Manille, d'accord, mais de là à... Et puis, comment sauraient-ils que je suis dans cette région ? C'est votre propre organisation qui m'y a fait parvenir, ajouta-t-il en se tournant vers Malunaï. Et de la manière dont j'ai fait le voyage, ça m'étonnerait d'avoir laissé beaucoup de traces.

La belle Moro ne broncha pas. Ce fut l'homme qui répondit à sa place. Il était visible qu'il ne croyait pas un mot des dénégations du jeune homme.

— Nous l'ignorons. Mais l'évidence est là.

— L'évidence..., grogna Simon. Et d'abord, qui êtes-vous, vous ? Le grand manitou du patelin ?

L'homme eut un faible sourire.

— Non, je n'habite pas ce village. Je suis venu dès que j'ai été prévenu que vous y étiez. J'aurais dû me présenter plus tôt, excusez-moi : je me nomme Kadjang. Je suis le père de Malunaï.

Alors seulement Simon remarqua la similitude de traits entre l'homme et la jeune femme : la même pureté du visage, le même flamboiement impérieux du regard... Il nota aussi un détail qui venait de le frapper : il se trouvait dans une hutte primitive au fin fond d'une jungle tropicale, et l'autochtone en sarong qui lui parlait avait l'aisance et la diction d'un professeur de Boston.

Mais l'heure n'était pas à la conversation mondaine sur les mérites comparés des collèges chic de la Nouvelle-Angleterre. Rejetant la couverture qui lui recouvrait les jambes, Simon eut un mouvement pour se lever. Kadjang l'en empêcha.

—Non, c'est inutile.

—Comment ça, inutile ? protesta le jeune homme. Vous croyez que je vais rester ici à attendre bien gentiment que cette armée de comiques vienne me passer les menottes ?

—C'est pourtant bien ce que je suis venu vous demander, fit doucement le père de Malunaï.

Simon le dévisagea, estomaqué.

—Vous rigolez ou quoi ? Vous voulez que je me laisse arrêter sans broncher ?

—Exactement. Où iriez-vous, Simon ? Dans la forêt ? Il est trop tard. Sans préparation, vous n'auriez aucune chance. En outre, même si la blessure de votre dos n'est pas trop grave, vous n'en avez pas moins plusieurs ligaments sectionnés. C'est déjà un miracle que vous ayez pu parvenir jusqu'ici. Mais il y a autre chose…

L'homme fixa pensivement les yeux violets de l'Israélien avant de poursuivre.

—Les habitants de ce *kampong* vous ont recueilli et soigné en toute bonne foi. Ils haïssent la police et l'armée, mais ils sont trop pauvres pour risquer de voir leur village détruit en représailles. Le chef est désolé, mais il doit vous livrer. Je ne peux que l'approuver.

L'argument était sans réplique. Et, de toute manière, en admettant que Simon ait pu être suffisamment égoïste pour ne pas en tenir compte, il était douteux que les villageois le laissent s'échapper au prix de leurs seuls biens, voire de leurs vies. Après tout, pour ces gens, il n'était qu'un Occidental sans intérêt.

Adieu, liberté…

— Je comprends, murmura-t-il. Et… et Malunaï ?

Le regard de la ravissante jeune femme s'éclaira comme il prononçait son nom. Il crut y lire une fugitive étincelle de complicité. Mais sans doute se faisait-il des illusions.

— Elle ne risque rien, répondit calmement Kadjang. Ici, elle n'est qu'une Moro parmi d'autres Moros. À moins… (il hésita imperceptiblement) à moins que vous jugiez nécessaire de révéler le rôle qu'elle et d'autres ont joué dans votre tentative de quitter le pays…

Simon l'interrompit du geste.

— Si c'est pour ça que vous êtes venu me réveiller, vous pouvez être tranquille, mon vieux, grommela-t-il. Ce n'est pas dans les habitudes de la maison.

Il perçut le soulagement du Moro en dépit de l'impassibilité que celui-ci s'efforçait de conserver. Un instant, ils gardèrent tous trois un silence embarrassé. Un léger ronronnement leur parvint, encore éloigné.

— Les voilà ! murmura Malunaï. Des half-tracks.

C'était la première fois qu'elle ouvrait la bouche.

Simon se sentit tout à coup rempli de compassion pour lui-même : il avait été si près de se tirer d'affaire, et à cause de cet épisode complètement dingue de bateau rempli de cadavres et d'hydravion sanguinaire, tout avait lamentablement foiré. Avec, pour couronner le tout, cette abracadabrante histoire de soldats qui le recherchaient. La guigne, quoi. La superpoisse format géant. Sa seule chance, au fond, c'était d'être encore en vie. Ce qui n'était déjà pas mal, bien sûr. Mais à part ça… Il l'avait bien senti, que ce foutu yacht allait le plonger dans les problèmes. Quand on vit en marge, on a de l'intuition pour ce genre de chose, le fameux sixième sens qui se développe comme n'importe lequel des cinq autres.

Y avait-il un rapport entre l'affaire du *Morning Rose* et les recherches dont il était l'objet ? Ça ne tenait pas debout, mais allez donc chercher une logique dans ce damné pays...

Le bruit grinçant des chenilles des half-tracks se rapprochait.

—Ma fille m'a raconté ce qui vous était arrivé, dit Kadjang. Vous lui avez sauvé la vie.

—Laissez tomber, Kadjang. Malunaï a largement payé sa dette. Sans elle, je ne serais plus qu'un souvenir gastronomique dans l'estomac d'un bataillon de fourmis.

—Vous lui aviez été confié. Elle était responsable de vous. Tandis que vous... je vous dois beaucoup, Simon. Cela me fait mal d'être obligé de vous laisser arrêter. Je voudrais pouvoir faire quelque chose pour vous aider, quoi que vous ayez fait. Prévenir quelqu'un, peut-être ?...

Simon haussa les épaules.

—Laissez tomber, je vous dis. Pour ce que j'ai fait à Manille, ils ne peuvent pas me couper la tête, vous savez. Je m'en sortirai bien tout seul.

Le grondement des moteurs s'amplifia. Les transports de troupes blindées devaient arriver en vue du *kampong*.

—Vous devriez sortir d'ici avec votre fille, dit Simon. Inutile de vous faire remarquer en restant près de moi.

—Oui, vous avez raison, soupira le Moro à contrecœur.

Il avait l'air désolé. Sans doute l'était-il vraiment. *Ça me fait une belle jambe*, songea amèrement Simon. Le premier half-track pénétra dans le village et Malunaï sourit tristement.

—Merci de comprendre, Simon. Adieu.

Il lui cligna de l'œil.

—Bonne chance, fillette. J'espère que vous trouverez un jour le bonhomme qui ne vous fera pas sortir votre coupe-choux quand il vous caressera le dos.

Elle eut un sursaut et faillit répliquer. Mais elle se contint et, pivotant sur elle-même dans une envolée de cheveux noirs, se dirigea vers la sortie de la hutte, son père sur ses talons.

Ce fut à cet instant précis qu'un voile se déchira dans la mémoire du jeune Israélien : il savait qui était l'homme dont il avait reconnu le corps sur le *Morning Rose* !

Le cerveau brusquement enfiévré, il comprit qu'il savait également qui avait attaqué le yacht. Et qu'il connaissait le pilote du Grumman Goose qui avait essayé de le tuer.

— Kadjang !

À quelques pas du battant de fibres tressées qui fermait la porte de la hutte, le Moro se retourna, surpris par le ton angoissé du garçon allongé sur sa natte.

— Oui ?

— Il y a quelqu'un à prévenir, Kadjang. Le plus vite possible. C'est... c'est très important pour moi. Et pour lui. Et sans doute aussi pour vous.

L'un après l'autre les moteurs s'arrêtèrent. Ils entendirent les cris des sous-officiers qui lançaient des ordres, le piétinement des soldats qui sautaient à terre et s'élançaient à travers le village.

Kadjang hésita un dixième de seconde, pas plus. Puis, sa décision prise, il revint vers Simon, tandis que Malunaï restait près du seuil.

— Qui ? Dites vite, nous n'avons plus que quelques secondes...

— Il s'appelle Winch. Largo Winch. C'est un milliardaire. Il habite New York. Central Park West, à Manhattan.

— Je peux le trouver. Que faut-il lui dire ?

— Lui raconter ce qui nous est arrivé, à Malunaï et à moi. Lui dire que j'ai été arrêté. Il viendra.

— Bien. C'est tout ?

— Non. Vous ajouterez un seul mot.

— Lequel ?

Le battant de fibres fut violemment repoussé et quatre soldats pénétrèrent prudemment dans la longue hutte. Apercevant les deux hommes, ils s'avancèrent vers eux, mitraillette au poing. Pas un muscle ne tressaillit dans le visage du vieux Moro.

— Quel mot ? répéta-t-il d'une voix calme. Simon le regarda droit dans les yeux, essayant d'ignorer les soldats qui s'approchaient, essayant de ne pas voir la mitraillette que l'un d'eux levait en la tenant par le canon.

— La Cyclope, lança-t-il d'une voix claire. Et il roula sur le sol, assommé.

PREMIÈRE PARTIE

ZURICH
PARIS
NEW YORK
LOS ANGELES

Jeudi 14 septembre
14 h 45 (GMT + 2)

— Bienvenue en France, monsieur. Et bonne route.
Largo remercia le douanier d'un sourire, rangea son passeport américain dans la boîte à gants et embraya. Vingt minutes plus tard, il contournait Belfort et s'élançait sur la nationale 19 en direction de Vesoul. Capote ouverte, l'air vif lui balayant les cheveux, il se sentait une âme de badaud.

Il avait loué ce petit cabriolet Volkswagen à Vienne pour pouvoir s'arrêter au Liechtenstein avant d'atteindre Zurich. Là, après deux jours consacrés à d'indispensables mais ennuyeuses questions financières, il avait annulé son vol sur Paris, préférant rejoindre la France par le chemin des écoliers.

Il traversa Vesoul sans s'y attarder, avala rapidement les soixante-treize kilomètres qui le séparaient de Langres et quitta la nationale avec soulagement pour s'engager sur la petite départementale qui serpente en musardant vers Châtillon-sur-Seine. La circulation y était quasiment nulle et la campagne était à la fête sous un soleil qui cherchait à se faire pardonner un été lamentable. Les moissons avaient été tardives cette année. Étagées sur les champs encore blonds de blé coupé, les meules de foin donnaient des envies d'amours paysannes.

Cela faisait trois semaines à présent que Largo avait quitté son vaste bureau au 20e étage du Winch Building, l'abominable efficacité de sa secrétaire et les mines graves et compassées des directeurs de son quartier général new-yorkais. Après Stockholm, Düsseldorf, Luxembourg, Vienne et Zurich, Paris serait la dernière étape de la tournée des principaux sièges européens de son groupe. Il rejoindrait ensuite, et le plus rapidement possible, la rive yougoslave de l'Adriatique. Quinze jours de retraite solitaire sur son île le remettraient peut-être en paix avec lui-même.

À cette perspective le jeune homme était d'excellente humeur. Il décida qu'il n'avait aucune envie de se plonger tout de suite dans le tohu-bohu d'un Paris enfiévré par la rentrée. Il essaierait donc de trouver à se loger en cours de route, dans quelque coin champêtre qui sentirait l'été.

Il abordait la longue descente en lacet qui plonge vers Recey lorsqu'un coup de klaxon impérieux gâcha net le cours bucolique de ses pensées. D'un coup d'œil à son rétroviseur, il vit une petite BMW noire qui était venue se coller derrière lui en rugissant d'impatience. Elle avait un pare-brise teinté et, avec le soleil presque dans les yeux, Largo ne pouvait en distinguer les occupants.

Le conducteur klaxonna de nouveau, demandant le passage sans se soucier des tournants rapprochés de la route. Haussant les épaules, Largo ralentit et serra l'accotement. Au mépris de la sécurité la plus élémentaire, la BMW bondit et le dépassa, cinquante mètres à peine avant le prochain virage. Il s'ensuivit une queue de poisson, un coup de frein brutal et un dérapage vertigineux qui fit glisser la petite voiture noire en travers de la route, bloquant le passage à la Volkswagen.

Maladresse ou intention délibérée, Largo réagit instantanément. Braquant sèchement à gauche, il contre-braqua à l'ultime seconde, heurta de son garde-boue avant droit l'arrière de la BMW, et passa. Puis, pied au plancher, il s'élança dans la pente.

La BMW repartit et se rua à sa poursuite, recommençant à klaxonner furieusement. Les mains cramponnées au volant, serrant ses virages à la limite de l'adhérence, Largo, tous ses sens en alerte, réfléchit rapidement.

Il y avait trois possibilités.

Première possibilité : il s'agissait d'un de ces dingues de la route qui cherchent à revaloriser une virilité douteuse au jeu de la poursuite. Mais quel plaisir un conducteur de BMW trouverait-il à faire la course avec une simple Coccinelle ?

Deuxième possibilité, beaucoup plus agaçante : il avait été repéré, en Suisse ou à la frontière, par des reporters avides d'échos « mondains » et qui tentaient de lui arracher une interview sauvage. Le délire imaginatif dont faisait preuve à son sujet la presse à sensation avait rapidement conduit Largo à fuir comme la peste toute forme de publicité volontaire. Il avait suffisamment vu pour son goût sa photo en première page des magazines et ne s'amusait plus du tout à suivre d'une courte tête le prince Charles d'Angleterre dans le hit-parade des plus beaux partis de l'hémisphère occidental.

Il restait une troisième possibilité, la seule qui soit réellement grave : une tentative d'enlèvement. Le monde entier savait le jeune homme capable de payer une rançon fabuleuse, et les titres de l'actualité récente prouvaient qu'une telle hypothèse relevait de moins en moins de la fiction romanesque. Largo en avait d'ailleurs fait lui-même la cruelle expérience dans un passé récent [1].

Il devait en avoir le cœur net. Mais, d'autre part, s'arrêter risquait d'être inutilement dangereux. Ses couteaux se trouvaient dans le double fond de sa valise et celle-ci était dans le coffre. De plus, que valait un couteau, même entre ses mains, contre d'éventuelles armes à feu ? Sans être un as du volant, Largo avait de bons réflexes et un sang-froid à toute épreuve. Heureusement pour lui, les virages assez secs de la petite route n'avantageaient pas la cylindrée supérieure de son poursuivant. Jouant presque simultanément du frein et de l'accélérateur, torturant le changement de vitesse, il dévalait la pente aussi vite qu'il l'osait. Les rares voitures qu'il croisait s'écartaient prudemment en le voyant surgir et leurs conducteurs, en bons Français, ne manquaient pas de se tapoter le front sur son passage en trombe.

La BMW s'accrochait.

Largo pénétra dans Recey à la vitesse d'un obus. Cent cinquante mètres devant lui, l'unique feu du bourg passa au rouge et le jeune homme vit avec horreur un lourd tracteur s'engager paisiblement en travers de la départementale.

Il n'hésita pas.

Freinant à mort, il brûla le signal et vira sèchement à droite, frôlant le tracteur dont le conducteur faillit basculer de son siège de saisissement. Devant lui, une petite route filait en zigzag à travers champs pour se perdre rapidement dans un bois assez étendu.

La prendre, si la voiture noire le suivait, c'était se faire rattraper à coup sûr.

---

1. Voir *Le Dernier des Doges*.

Directement sur sa gauche, une grosse ferme terminait le village, probablement celle d'où provenait le tracteur. Braquant sur les chapeaux de roue, Largo passa froidement sous le portique et pénétra en trombe dans la cour intérieure, provoquant la débandade affolée d'une volaille caquetante. Ses pneus glissèrent désespérément sur les pavés inégaux et il s'arrêta de justesse à deux doigts de la niche d'un énorme berger trop ahuri pour songer à aboyer.

Coupant le contact, il attendit. Moins de vingt secondes plus tard, la BMW passait comme un bolide devant la ferme et s'engouffrait dans le bois.

Il ne s'était pas trompé : c'était bien à lui qu'on en avait.

Une grosse fermière surgit sur le seuil du corps de logis, la bouche grande ouverte, sidérée. Souriant, Largo lui envoya un baiser du bout des doigts, remit son moteur en marche et ressortit de la ferme dans un nouvel envol de poules et de canards complètement paniqués.

Au croisement, il reprit la départementale en direction de Châtillon et poursuivit sa route le plus rapidement qu'il le put.

Dix kilomètres plus loin, il s'arrêta pour examiner les dégâts à sa voiture. Il avait « cassé » son itinéraire à plusieurs reprises et n'avait plus aperçu son mystérieux poursuivant. Il y avait peu de chance pour que celui-ci retrouve sa trace dans le dédale des innombrables départementales de la région.

Le garde-boue avant droit avait reçu un sérieux choc et le phare était brisé. Mais cela n'empêchait pas la Volkswagen de rouler. L'assurance de la société de location couvrirait la réparation.

L'après-midi était fort avancé. Il referma la capote et repartit, croisant deux motards de la gendarmerie nationale auxquels il ne prêta aucune attention particulière.

Deux heures plus tard, il avait oublié l'incident et sifflotait joyeusement la rengaine diffusée par son autoradio. À la sortie d'un village niché dans les derniers contreforts de la Côte-d'Or, il vit un panonceau signalant l'existence, cent mètres plus loin, de l'« *Hostellerie du Vigneron* (Prop. M. & Mme Maurier). Parc. Calme. Cuisine soignée. Vin du pays ».

Pourquoi pas ?

Au son d'un tango ravageur, il engagea la Volkswagen dans l'allée du parc.

* * *

Au moment où sa mère l'appela pour conduire Largo à sa chambre, Marinette Maurier, vautrée sur son lit au milieu de piles de romans-photos et de vieux *Cinémonde*, calculait pour la millième fois le nombre de jours qui la séparaient de sa majorité légale. Elle se leva et s'examina rapidement dans la glace de sa vieille garde-robe.

Les seins déjà lourds, la taille un peu épaisse, les lèvres gourmandes et l'œil langoureux, à dix-sept ans et demi Marinette en paraissait vingt-deux. Normal. Elle en paraissait dix-sept à quatorze, et à trente ressemblerait sans doute à sa mère.

Voilà ce que c'était que d'être née dans la bouffe.

— Marineeeeette !

Quelle barbe !

Ras le bol de cette auberge à la con, de ses parents qui se disloquaient les vertèbres à faire des courbettes aux clients et de ce bled perdu. Le jour de ses dix-huit ans, Marinette n'attendrait pas une heure de plus pour prendre son magot et se tirer. Bye-bye la compagnie. À Paris, elle se louerait un chouette appartement, se ferait mettre le téléphone et réaliserait son rêve : devenir call-girl.

Dans les films, les call-girls ont toujours des appartements super-raffinés, des robes à mouiller d'envie, des voitures sport et des tas d'amants chic qui les couvraient de cadeaux. Elle était certaine de réussir dans cette ambitieuse profession ; elle se sentait toutes les dispositions nécessaires.

Sa première expérience sexuelle datait de ses treize ans, du fait d'un Parisien qui l'avait insidieusement persuadée de le prendre dans sa bouche pendant que sa femme se promenait dans le parc. Rétrospectivement effrayé par son acte, il n'était plus jamais revenu, au grand dépit de la gamine. Il avait donc fallu à celle-ci attendre six mois de plus pour cesser d'être vierge, grâce à un touriste belge qu'elle avait machiavéliquement poussé au bord de l'infarctus. Fébrile et honteux, le débaucheur occasionnel lui avait même fait découvrir, involontairement sans doute, qu'il y avait non pas deux mais trois chemins vers le cœur de la femme.

Cette triple révélation fut le Domrémy de la petite Marinette : elle avait trouvé sa voie.

Mais ce ne fut qu'à quinze ans que son apprentissage amoureux prit son véritable départ. Le Pygmalion de cet enseignement délicat avait été un charmant sexagénaire, veuf et titré, qui compensait des défaillances bien excusables par une capacité d'invention sans limites puisée dans la lecture des classiques. Enchanté de cette bonne fortune tardive et des talents de son élève, le vieil aristocrate était devenu un habitué de l'*Hostellerie du Vigneron*. Il était mort quelques mois auparavant, prématurément sans doute mais parfaitement heureux.

Ce fut lui aussi qui, le premier, lui donna de l'argent.

La vocation de Marinette se précisa.

Depuis, elle repérait parmi les clients de l'auberge ceux qui étaient susceptibles de la payer pour l'avoir dans leur lit. Elle avait ainsi rassemblé un pécule non négligeable et contribué à sa manière, à l'insu de ses parents, à l'essor de l'*Hostellerie du Vigneron*. Hélas, dans ce genre d'auberge à l'écart des grands axes, les messieurs célibataires étaient rares et généralement plus gourmets que gourmands. La nuit, Marinette rêvait d'amants bosselés de muscles durs et de nègres puissants aux sexes démesurés.

— Marinette, tu viens, oui ou non ?!

— Voilà, voilà... j'arrive.

Rageusement, elle défit les deux premiers boutons de son corsage blousant. Sa mère la forçait, dans le service, à s'attifer de cette ridicule robe paysanne. Pour se venger, elle ne portait pas de soutien-gorge.

— Ah, tout de même ! Qu'est-ce que tu fabriquais encore ?

— S'cuse moi, m'man, je repassais ma robe...

— Bon, bon, ça va. Conduis monsieur au 16. Je vous ai donné une chambre à l'arrière, ajouta Mme Maurier en tendant une clé à Largo. C'est plus calme. Vous dînerez ici ?

Distrait par la présence de Marinette qui le déshabillait effrontément du regard, Largo ne répondit pas tout de suite.

— Pardon ?

— Je demandais si vous comptiez dîner ici. Il y a la carte, bien sûr, mais ce soir nous avons du gratin d'écrevisses et une fricassée de canard aux raisins. Ce sont deux spécialités de mon mari.

Le jeune homme sourit à la patronne.

— Cela me paraît superbe, affirma-t-il gaiement. Je suis preneur, ajouta-t-il en reportant son regard vers la fille qui pivotait pour lui montrer le chemin.

Il saisit sa valise et suivit les fesses rondes qui ondoyaient dans l'escalier.

Marinette actionna machinalement les commutateurs, tira les tentures de la porte-fenêtre donnant sur un balcon, ouvrit la porte de la salle de bains encombrée de l'inévitable bidet *made in France* et se pencha pour retirer le couvre-lit du grand lit qui occupait un bon tiers de la chambre.

Elle avait le ventre en fusion.

Ce grand type qui se marrait doucement en la regardant s'agiter ressemblait au chef des pirates dans *Vierge et captive*, l'un de ses romans-photos préférés.

En mieux.

Il devait faire dans les 1,85 m et quelque chose comme vingt-six à trente ans. Mince comme un clou, habillé comme un étudiant, il avait un sex-appeal à paniquer un couvent de Carmélites avec ses cheveux bruns dans tous les sens, sa gueule de gitan affamé, son sourire blanc Persil et ses étranges yeux un peu bridés où dansaient des petites flammes rousses et chaleureuses.

Le genre de bonhomme qui donne envie de sauter dans son bateau et de filer avec lui à l'autre bout du monde. Dans l'immédiat, Marinette avait surtout envie de sauter dans le lit qu'elle était en train d'ouvrir. Elle se pencha encore plus, espérant qu'il verrait bien ses seins qui pendaient librement.

Largo les voyait fort bien.

Il était même assez surpris par la manière directe et sans artifice dont la fille de la maison s'employait à le vamper. On se serait cru dans un remake de série B de *l'Auberge du cheval blanc*.

La robe paysanne devait y être pour quelque chose.

— Vous vous appelez réellement Marinette ?

— Hein ?... Ben oui, quoi... Vous n'aimez pas ?

— Au contraire, j'aime beaucoup. Mais je ne pensais pas qu'on puisse encore trouver en France des filles qui s'appellent ainsi, c'est tout.

— La preuve. Vous n'êtes pas français ?

— Américain.

— Sans charre ? Mince, alors, vous parlez rudement bien le français pour un Amerl... heu... pour un Américain.

— J'ai fait une partie de mes études en France, sourit Largo. Pas loin d'ici, à Fontainebleau.

Un Américain !... C'était sûrement un acteur de cinéma. D'ailleurs, Marinette était certaine d'avoir déjà vu la photo de ce type dans un magazine...

Qu'est-ce qu'elle en avait envie !

C'était la première fois qu'elle se sentait comme ça : toute molle et humide, comme une éponge gorgée d'eau tiède qui ne demande qu'à se faire presser.

Le couvre-lit rangé, elle se déhancha en direction de la porte, balayant Largo d'un regard filtrant qui reléguait Messaline au rayon des héroïnes de romans roses.

— Bon, soupira-t-elle. Faut que je redescende. Le dîner commence à partir de 8 heures. On se verra là-bas, c'est moi qui sers à table. Si en attendant vous avez besoin de quelque chose...

Cette adolescente perverse et bien en chair était aussi excitante qu'était désarmante la franchise de son invite.

Largo n'avait aucune raison de ne pas y répondre. Au contraire. Faisant deux pas vers elle, il la saisit par la taille et l'attira contre lui. Instantanément Marinette se mua en ventouse, le pressant de toutes parts, frottant violemment son ventre contre le sien tandis qu'elle lui dévorait la langue de ses lèvres chaudes et avides.

— Marineeeeette !

Elle s'arracha à lui, un peu haletante.

— Merde, c'est maman. Je dois y aller. On se revoit tout à l'heure ?

— Bien sûr.

— Après minuit, quand tous les crabes seront couchés. Salut.

Sans la moindre équivoque elle lui saisit le sexe à pleine main à travers l'étoffe du pantalon, le pressa gentiment, lui fit un clin d'œil et sortit de la chambre en courant, laissant Largo quelque peu éberlué.

Décidément, l'*Hostellerie du Vigneron* aurait mérité quelques tourelles dans un guide qui n'avait rien à voir avec le Michelin.

En attendant l'heure du dîner, il décida qu'une douche lui ferait le plus grand bien.

Enfoncé dans l'un des fauteuils du bar-salon, Largo sirotait distraitement son vin blanc-cassis en attendant qu'on le prie de passer à table. La clientèle de l'auberge correspondait à celle qu'on pouvait s'attendre à y trouver : une majorité de couples, légitimes ou non, venus à deux cents kilomètres de Paris en gîte d'étape ou pour un week-end prolongé de gastronomie, de promenades et de grasses matinées.

Au bar, la mère de Marinette surveillait d'un œil exercé le niveau des verres d'apéritif des occupants du salon, prête à satisfaire au moindre signe le renouvellement des consommations. Largo n'avait pas revu la volcanique fille du logis ; elle devait être de service à la salle à manger.

Il songea qu'il commençait à sérieusement s'embourgeoiser.

Auberge cossue, pantalon de flanelle, décapotable de location, amours ancillaires et souper fin... Bien sûr, c'était peu de chose pour un garçon qui, du Boeing 747 aménagé en court de tennis aux Lamborghini remplacées chaque semaine, aurait pu s'offrir les caprices les plus follement coûteux sans même écorner sa fortune. Mais c'était déjà beaucoup en regard de sa vie passée.

* * *

À vingt-neuf ans, Largo Winch possédait la totalité ou la majorité des parts de quelque six cents entreprises et sociétés comportant un effectif global de 420 000 salariés à travers une cinquantaine de pays. Ce gigantesque conglomérat, véritable empire économique supranational mondialement connu sous le nom officieux de Groupe W, avait été l'œuvre acharnée d'un petit homme à l'ambition dévorante et géniale : Nerio « Black-Eye » Winch, le « nabot impossible », dont l'ombre planait encore sur les coulisses de Wall Street et les innombrables bureaux du trust qu'il avait patiemment créé. À sa mort, moins de deux ans auparavant, le monde avait appris avec ahurissement l'existence du jeune orphelin yougoslave qu'il avait secrètement adopté un quart de siècle plus tôt[1].

Les actifs propres de Largo étaient évalués, compte tenu de la chute de la monnaie américaine, à la bagatelle

1. Voir *Le Groupe W.*

ahurissante de six ou sept milliards de dollars. Presque le budget national du Danemark.

Quelques chefs d'États totalitaires possédaient peut-être une fortune personnelle supérieure à la sienne, mais comme ce genre d'individus se gardent de faire étalage des exactions qu'ils ont commises au détriment de leur peuple, Largo était officiellement classé en tête de liste des hommes les plus riches du monde, devançant d'une courte tête Sabah al-Salem du Koweït et Fayçal d'Arabie.

Il en était aussi, et de loin, le plus jeune et le plus séduisant.

Depuis sa prise de pouvoir, l'essentiel de ses obligations consistait tout simplement à exister. C'était en effet sa personne, et sa personne seule, qui reliait entre elles ses diverses sociétés, faisant ainsi d'elles, réparties en douze grands secteurs d'activité, le plus puissant konzern international jamais contrôlé par un seul homme. Ainsi l'avait voulu son créateur, le vieux Nerio, pour mettre son œuvre à l'abri des diverses lois et mesures antitrust qui s'étaient développées dans le monde occidental de l'après-guerre. En acceptant ce rôle pour lequel il avait été systématiquement formé, Largo avait perdu sa liberté. À l'image d'un roi constitutionnel qui règne mais ne gouverne pas, il était devenu à la fois le symbole et le prisonnier de son Groupe dont il garantissait l'unité.

Bien sûr il lui était arrivé, et il lui arrivait encore, de prendre des décisions fracassantes, davantage guidées par ses impulsions instinctives que par la volonté de sauvegarder ou d'accroître ses intérêts. Mais il se contentait généralement de se tenir informé des mouvements de ses troupes et de présider le *Big Board*, le grand conseil trimestriel des douze présidents de l'empire. L'argent n'intéressait pas Largo

Winch. L'exercice du pouvoir encore moins. Et il haïssait la lutte sournoise et feutrée, mais implacable, que doivent se livrer les capitaines de la politique et du grand commerce pour asseoir et consolider leur puissance.

Lui, Largo, se savait fait pour une autre forme de combat.

Il avait découvert cela des années plus tôt, quand il s'appelait encore Largo Winczlav et qu'il parcourait le monde, libre et anonyme, à la recherche d'aventures qui ne lui avaient jamais manqué. Éternel coureur d'horizons sans foyer ni attaches, il avait sillonné l'Asie et l'Afrique agitées de convulsions, les brûlots de l'Amérique latine et les dangereux mirages des îles des mers de Chine et du Pacifique. Il avait été mêlé à des guerres qui n'étaient pas les siennes et avait survécu. Il avait été mis au secret dans d'inaccessibles prisons et s'en était évadé. Il avait tué et avait découvert n'en éprouver aucun remords.

Peu de gens savaient, ou même se doutaient, que derrière cette façade de grand jeune homme trop riche plein de charme et de maladresse se cachait un filin d'acier d'une résistance sans limites. *L'autre* Largo, celui qui n'aurait jamais sa place dans l'univers trop policé des affaires, celui qui pouvait survivre des semaines dans la pire des jungles, marcher huit jours sans dormir et tenir tête à n'importe quel adversaire un couteau à la main. Le fauve de combat à l'état brut, d'une volonté implacable et prêt aux audaces les plus folles et aux risques les plus inouïs pour atteindre l'objectif qui lui tenait à cœur.

Confortablement calé dans son fauteuil, son vin blanc-cassis à la main, Largo eut pour lui-même un petit sourire ironique ponctué d'un coin d'amertume.

Rarement dualité avait été à ce point marquée par les circonstances chez un homme. Sans l'extraordinaire destin qui avait fait de lui le plus inattendu des chefs de file du capitalisme international, il aurait sans doute fini sa vie comme obscur mercenaire d'une guerre ignorée dont l'idéal lui aurait plu.

Au lieu de quoi…

Il se secoua. Cette vie-là était révolue. Définitivement. Même ses anciens amis n'étaient plus là pour l'évoquer. Freddy Kaplan, le Suisse allemand aux cheveux de Christ et aux yeux froids d'aventurier, avait disparu onze mois plus tôt, vraisemblablement englouti dans les eaux glacées de l'Atlantique Nord en même temps que celle qui l'avait emmené en otage [1]. Quant à Simon, la joyeuse tête brûlée sans entraves, Largo n'avait plus entendu parler de lui depuis qu'il était parti sous les cocotiers du Pacifique filer le parfait amour avec sa petite flic hollandaise [2].

Il n'avait plus entendu parler non plus d'Aricia del Ferril depuis que leur liaison s'était tacitement terminée à Venise [3]. Un court instant il évoqua le fin visage de madone de celle qu'il avait aimée, puis le chassa de sa mémoire.

Cela aussi, c'était terminé.

Largo ne voulait plus rechercher que d'anonymes étreintes faciles et sans lendemain. Exactement ce que lui offrait Marinette : l'amour gai et sensuel qui n'engage le cœur qu'au niveau des pulsations cardiaques.

Furieux contre lui-même de cette bouffée de nostalgie, il avala d'un trait ce qui restait dans son verre et se leva

---

1. Voir *La Cyclope.*

2. Voir *La Cyclope.*

3. Voir *Le Dernier des Doges.*

pour aller dîner, ignorant sans doute que, milliardaire ou plombier, on se sent toujours vieux à vingt-neuf ans.

Lorsqu'il pénétra dans la salle à manger déjà occupée par quelques clients de l'auberge, il y fut accueilli par une Marinette au regard meurtrier. D'un geste dédaigneux, elle lui désigna une petite table près d'une des fenêtres qui donnaient sur le parc.

— Installez-vous toujours. Votre amie descend dans quelques minutes.

Il y avait deux couverts sur la table. Largo crut avoir mal entendu.

— Mon amie ? Quelle amie ?

— Celle que vous attendiez et qui vient d'arriver, grinça la fille. Elle est allée se changer dans votre chambre. Vous auriez pu m'avertir que vous étiez avec quelqu'un, ajouta-t-elle rageusement entre ses dents.

Le jeune homme ne put s'empêcher de sourire devant la mine renfrognée de la pulpeuse adolescente.

— Voyons, Marinette, c'est une blague ? Je n'attends personne et...

— Fichez-moi la paix et asseyez-vous, coupa-t-elle. J'ai mon service à faire, moi.

Et lui tournant le dos avec un reniflement de mépris, elle roula ostensiblement des hanches vers l'office. Persuadé qu'il s'agissait d'un malentendu, Largo allait s'asseoir lorsque, par la fenêtre, son regard tomba sur les voitures des clients rangées à l'écart. À côté de la sienne se trouvait la petite BMW noire qu'il avait réussi à semer quelques heures plus tôt !

Il était certain que c'était la même.

Se ruant hors de la salle à manger, il gagna le hall : sa clé n'était plus au tableau. En quelques enjambées il fut au premier et voulut ouvrir la porte de sa chambre. Elle était fermée de l'intérieur. Il tambourina.

—Une seconde..., chantonna en anglais une voix féminine de l'autre côté du battant.

Elle tint parole. Une seconde plus tard, la porte s'ouvrit.

—Eh bien, Largo, ne restez pas planté là comme un piquet... Entrez, voyons. Après tout, vous êtes chez vous.

Il obtempéra, complètement éberlué.

La dernière fois qu'ils s'étaient rencontrés, onze mois plus tôt, Marjan Texel était déguisée en religieuse et lui avait passé les menottes. Elle était à l'époque l'adjointe du chef de la brigade des stupéfiants de la police néerlandaise [1]. Cette fois, il n'y avait pas de menottes en vue et elle était vêtue d'une jupe mi-longue en mohair et d'un léger cardigan pardessus un chemisier en soie grège.

—Alors, monsieur Winch, toujours aussi ours avec les dames ? Vous pourriez au moins me dire bonjour et m'assurer que vous me trouvez suffisamment élégante pour partager votre table...

Largo s'assit sur le lit, repoussant une petite valise ouverte qui débordait de vêtements féminins.

—J'aurais des tas de choses à vous dire, Marjan. Et pour commencer, que vous ne manquez pas d'un sacré culot. Vous essayez d'abord de me tuer, et ensuite vous me débusquez jusque dans mon hôtel pour vous faire offrir à dîner... Chapeau !

Elle le dévisagea, les yeux ronds d'innocence.

—J'ai essayé de vous tuer, moi ?! C'est vous, espèce de brute, qui m'avez démoli l'arrière de ma BMW alors que je

1. Voir *La Cyclope*.

vous demandais gentiment de vous arrêter. Vous mériteriez que je vous fasse sauter votre permis, tiens, tout Largo Winch que vous soyez.

Il était inutile de lui expliquer les raisons qui avaient poussé Largo à se méfier d'une voiture inconnue ; elle devait les connaître aussi bien que lui. Se forçant au calme, il considéra pensivement la jeune Hollandaise.

Elle n'avait pas changé.

Ses cheveux blonds roulés à l'ancienne mode en macarons sur ses oreilles lui donnaient un air de petite fille sage, aussitôt démenti par l'éclat rieur de ses yeux bleus, l'impertinence de la poitrine qui saillait sous son chemisier et l'ourlet moqueur de ses lèvres minces. Ainsi vêtue, il émanait d'elle le charme acide d'une cover-girl un peu rétro. En fait, Marjan Texel avait l'air de n'importe quoi sauf de ce qu'elle était jusqu'au bout de ses petits ongles peints : un flic.

— Je pensais justement à vous et à Simon il y a moins d'un quart d'heure. Transmission de pensée, sans doute. Je ne vous savais pas en France, Marjan.

— En stage à Interpol depuis un mois. Moi, ça fait quarante-huit heures que je ne pense qu'à vous, Largo. Très exactement depuis que j'ai appris que vous étiez en Suisse. Même dans un lieu aussi discret que Zurich, votre présence ne passe pas inaperçue, vous savez.

— Je sais. (Il songea aux motards qu'il avait croisés à plusieurs reprises depuis son arrivée en France.) Je suppose qu'en tant qu'officier d'Interpol vous avez droit à un émetteur-récepteur dans votre voiture ?

Elle approuva avec un large sourire.

— En liaison avec la gendarmerie nationale, c'est exact. Votre Coccinelle décapotable immatriculée en Autriche, le poste frontière, les gendarmes me balisant votre itinéraire… simple routine dans un pays où la police est aussi bien organisée.

— Je me disais aussi que ce douanier était exceptionnellement poli, grogna Largo.

Cela réglait la question du comment. Restait celle du pourquoi. Et Largo ne voyait qu'une raison qui ait pu pousser la jeune policière à s'offrir un petit plan ORSEC personnel pour le rencontrer avant qu'il s'engloutisse dans Paris. Il se remit debout et la regarda droit dans les yeux.

— Simon ? (Elle hocha la tête sans répondre. Son sourire avait disparu.) Grave ?

— Je ne sais pas encore…

Il y avait dans la voix de la jeune fille une trace d'angoisse qui mit les sens de Largo en éveil. Il lui prit le coude pour l'entraîner hors de la chambre.

— Venez. Vous m'expliquerez tout ça à table, puisqu'il paraît que je vous invite.

Dans la demi-pénombre du couloir, Marjan ne pouvait pas voir les petites lueurs fauves qui dansaient dans le regard soudain durci de son compagnon.

— Quand avez-vous vu Simon pour la dernière fois, Largo ?

Étonné, le jeune homme reposa sa fourchette.

— Mais… il y a presque un an, quand vous êtes partie avec lui vous dorer dans le Pacifique…

— Et vous n'avez eu aucune nouvelle de lui depuis ?

— Aucune. Simon n'est pas du genre à envoyer des cartes postales, vous savez. Il réapparaîtra un beau jour, sans prévenir, comme s'il était parti la veille. Vous le connaissez aussi bien que moi, non ?

— Je n'en suis pas si sûre... Il y a longtemps que vous avez quitté New York ?

— Trois semaines. Pourquoi ?

— Oui, évidemment, murmura Marjan comme pour elle-même. Trois semaines...

Perdue dans ses pensées, elle mastiqua sans la goûter une bouchée d'écrevisses au gratin.

— Si vous commenciez par le début, Marjan.

La Hollandaise but une longue gorgée de vin et ses joues se teintèrent de rose.

— D'accord. Ce voyage avec Simon a été... formidable, Largo. Réellement formidable. Tuamotu, Nouvelles-Hébrides, Polynésie, sable chaud, amour, paresse et enchantement : le super-rêve sur grand écran Technicolor. Après quatre mois, mon congé exceptionnel était épuisé et je devais rentrer au bercail si je ne voulais pas me retrouver chômeuse. D'ailleurs, nous n'avions plus un sou.

— Et Simon, bien entendu, a préféré rester.

— Bien entendu. Ou, plus exactement, il a choisi de découvrir la magie artificielle des villes de l'Orient. Ce n'est qu'après que j'ai pu reconstituer son itinéraire. Comme vous l'avez dit, ce salaud n'est pas du genre à envoyer des cartes postales.

Largo sourit.

— Toujours amoureuse de lui, je vois.

Marjan redressa la tête, presque agressive.

— Moi ?! Jamais de la vie ! Je... je... Bon, oui, d'accord : je suis toujours amoureuse de lui. Vous voulez me tapoter la main et me dire que ça passera ?

— Non.

— Tant mieux. Bref, je reprends le collier à Amsterdam. Après quelques mois, on m'annonce un changement d'affectation : inspecteur de liaison avec Interpol. Un boulot de fourmi, mais qui me changerait des camés et me permettrait de voyager un peu. Vous savez ce que c'est, Interpol ?

— Une super-police internationale, c'est ça ?

— Faux. Ça, c'est pour les films et les romans policiers. Interpol est un organisme purement administratif qui couvre 126 pays et qui n'a comme seul objet que la centralisation et la diffusion des informations relatives aux crimes et délits dont le caractère peut déborder les frontières d'un pays. C'est en réalité une société privée, remarquablement bien outillée, dont les pays membres paient les services. Le siège est près de Paris, à Saint-Cloud. Je ne suis donc pas, comme vous le disiez tout à l'heure, un inspecteur d'Interpol, mais bien un officier de police détaché auprès d'Interpol...

Ils furent interrompus par Marinette qui, sans douceur, vint rafler leurs assiettes vides. En se penchant, elle écrasa froidement son sein gauche sur la joue de Largo, suffoqué, puis, ignorant délibérément la Hollandaise, s'éloigna d'un pas traînant. Marjan en eut la bouche béante de surprise.

— Qu'est-ce qu'elle a, cette morue ? Des retards d'affection ?

Heureusement qu'elle parlait en anglais. Il n'aurait pas fallu beaucoup pour que la charmante fille du logis lui renverse une soupière de potage sur ses cheveux blonds.

— Elle vous prend pour ma petite amie. Ça lui passera.

— J'espère que ça lui passera avant qu'elle m'arrache un œil d'un coup de fourchette. Elle m'avait déjà paru bizarre quand je lui ai demandé votre clé en arrivant. Vous allez mal dormir, cette nuit, Largo.

— Vous me parliez d'Interpol...

— Juste. Depuis un mois environ, je suis stagiaire à Saint-Cloud. Chaque jour, des informations criminelles viennent du monde entier, sont collationnées, recoupées et complétées par ordinateur, puis réexpédiées vers le pays émetteur et vers tous les pays susceptibles d'être mêlés à l'affaire concernée. Chaque jour également nous arrivent des demandes d'informations auxquelles Interpol s'efforce de répondre à partir de son fichier central, ou qu'il relaie vers les pays susceptibles d'avoir des éléments de réponse. Je vous l'ai dit : un travail de fourmi dans un gigantesque amoncellement de dossiers et renseignements divers à la sauce informatique. Bref, il y a un peu moins de deux semaines, j'étais l'officier stagiaire de service quand un télex de Manille atterrit sur mon bureau. Manille : principale ville des Philippines...

— Je savais, merci. Ah... voici notre fricassée de canard aux raisins... (Délicate comme un tracteur russe, Marinette jeta entre eux un grand plat merveilleusement odorant. Largo servit.) Et bien entendu, le télex parlait de Simon.

— Bien entendu. « Simon Ben Chaïm, citoyen israélien, recherché pour nombreux cambriolages, en fuite sur territoire philippin après avoir abandonné bagages et passeport, prière relayer Tel-Aviv et communiquer infos susceptibles faciliter arrestation. »

Largo réprima un sourire et remplit leurs verres.

— L'ancien voleur retombé dans ses erreurs passées... Ça a dû vous faire un choc, non ?

— J'étais liquéfiée. Mon premier mouvement faillit être de mettre le télex dans mon sac. Mais à Interpol, c'était tout de même un peu trop risqué. J'ai donc réglementairement demandé à suivre cette enquête sous prétexte que l'individu en question avait été mêlé à une affaire dont je m'étais occupée aux Pays-Bas.

—Ce qui est d'ailleurs rigoureusement exact. Dites, ce canard est excellent ; vous devriez manger avant qu'il refroidisse trop.

—Manger ?... Ah, oui, bien sûr... (Elle grignota distraitement un morceau de cuisse.) En dix jours, j'ai dû faire exploser le télex de la police criminelle de Manille à force de les bombarder de questions. Les exploits de Simon ont été faciles à reconstituer, du moins dans cette ville-là : on a retrouvé l'essentiel de son butin caché dans la « suite » que ce chéri s'offrait depuis un mois à l'Intercontinental. Notez que quand je dis « s'offrait », il faut le prendre au pied de la lettre puisqu'il a bien entendu disparu en oubliant de payer sa note. En un mois, le petit ange avait réussi à ouvrir les coffres de quatre particuliers dont un général, de deux agents de change et d'un magasin de meubles, et y avait raflé l'équivalent de 75 000 dollars en valeurs et billets.

—Simon a un don particulier pour ouvrir n'importe quel type de serrure avec un minimum de moyens. Mais il a un don tout aussi particulier pour ne jamais pouvoir profiter très longtemps du produit de ses vols. Ça fait une balance.

—Question de point de vue, grimaça amèrement la jeune Hollandaise. Avant Manille, il semblerait que Simon ait séjourné à Hong Kong. Par recoupements, la police locale a découvert qu'un cambrioleur solitaire qui pourrait correspondre à son signalement avait réussi quelques jolis coups mais s'était heurté au « milieu » chinois. Il paraît que celui-ci n'aime guère la concurrence extérieure. Résultat, mon Simon adoré s'est vu un beau matin déposé dans le premier avion en partance, les poches vides bien entendu. Mes collègues de Hong Kong estimaient qu'il avait eu de la chance de ne pas y laisser son nez ou ses oreilles.

— Vous voyez ? Qu'est-ce que je vous disais...

— Mouais ! Il ne semble pas qu'il soit resté très longtemps à Singapour. La police devait sans doute y être trop bien organisée pour son goût.

— Et avant Singapour ?

— Bangkok. Pendant toute la période qui pourrait correspondre à son séjour là-bas, il y a eu une poussée anormale de cambriolages dont le ou les auteurs n'ont jamais été découverts.

— Aurait-il pour une fois su conserver le produit mal acquis de son dur métier ?

— Même pas, laissa tomber la jeune fille d'une voix désabusée. D'après les indicateurs de la police thaïlandaise, toutes les entraîneuses de la ville conservent encore le souvenir ému d'un joyeux noceur aux yeux violets qui bourrait allégrement de billets de banque toutes les petites culottes qui passaient à portée de sa main.

Largo retint de justesse un éclat de rire. Les yeux de Marjan prirent la couleur du zéro absolu.

— Vous trouvez ça drôle ?

— Moi ?! hoqueta Largo les larmes aux yeux, pas... pas du tout, voyons. J'ai... j'ai failli avaler de travers, c'est tout. Il se reprit. Et où se cache-t-il, maintenant ?

— Je n'en sais rien. La police de Manille non plus. Il a réussi à disparaître sans laisser de traces. Elle but une gorgée de vin et adressa à son vis-à-vis un regard au fond duquel se discernait une sourde angoisse. Qu'en pensez-vous, Largo, vous qui connaissez bien l'Asie ?

Celui-ci réfléchit, épongeant machinalement la sauce de son assiette à l'aide d'un bout de pain.

— Le territoire philippin compte plus de 7 000 îles dont la plupart sont inhabitées, voire même inexplorées.

N'importe qui peut s'y cacher pendant des années sans le moindre risque d'être inquiété.

— Vous voyez Simon jouer les Robinson Crusoé ?

— Non. C'est un homme des villes. Or la seule ville digne de ce nom est Manille, et il y est brûlé.

— Donc ?...

— Donc il aura cherché à quitter l'archipel.

— C'est faisable ? Sans passeport ni papiers ? je veux dire...

Largo plongea songeusement son regard dans les yeux bleus de la jeune Hollandaise.

— Je voudrais vous poser une question, Marjan.

— Je devine laquelle. Mais allez-y tout de même.

— Si vous voulez retrouver Simon, c'est pour l'aider, ou pour l'arrêter ?

Elle ne se troubla pas le moins du monde.

— Je vous ai avoué être encore amoureuse de lui, n'est-ce pas ?

— Ce qui ne répond pas à ma question. Amoureuse ou non. Simon est un voleur et vous un flic. Et j'ajouterais même, en dépit de votre charmant minois et de vos grands yeux innocents, un flic consciencieux qui aime son métier. Il y a opposition d'intérêts, Marjan.

— Pas forcément, répondit-elle d'une voix contrôlée. Si Simon se retrouve sain et sauf aux États-Unis ou en Europe et que ce qu'il a commis en Extrême-Orient ne relève pas des accords réciproques d'extradition, tant mieux pour lui. Et pour moi. Mais s'il s'avérait que quelqu'un devait l'arrêter, ajouta-t-elle en battant imperceptiblement des cils, je préférerais que ce soit moi. Me suis-je montrée assez franche ?

— Sincère, en tout cas. Je n'aimerais pas être à votre place le jour où vous aurez à trancher ce nœud gordien.

Elle repoussa son assiette vide et se rejeta contre le dossier de sa chaise sans répondre. Autour d'eux, le brouhaha des conversations les enveloppait d'un bruit de fond ouaté.

— Pour revenir à votre question, poursuivit Largo, si je devais quitter discrètement les Philippines je descendrais vers le sud, dans l'île de Mindanao. Le coin pullule de contrebandiers qui peuvent vous conduire n'importe où si vous avez de quoi les payer. Il existe même, paraît-il, quelques filières organisées qui se sont spécialisées dans ce tourisme d'un genre particulier.

— Et de là ?

— En principe, où vous voulez. Mais en tant qu'Israélien, le choix de Simon serait assez limité. Les pays les plus proches de Mindanao, Sabah, Sarawak, Indonésie, sont tous musulmans, donc peu conseillés pour un Juif. Restent Hong Kong et Singapour, plus éloignés mais où on retrouve toutes les ambassades occidentales, y compris celle d'Israël. Hong Kong risquant d'être inconfortable pour lui d'après ce que vous m'avez raconté, je pencherais donc pour Singapour.

— Ensuite ?

— Vous connaissez le jeu mieux que moi. Il se fait donner un passeport temporaire par le consulat d'Israël, en prétendant par exemple avoir perdu le sien, et se débrouille pour acheter un billet d'avion.

— Pour New York ?

— Ou Amsterdam. Ou Tombouctou. Ou Novossibirsk. Ou Tokyo.

Elle regarda Largo bien en face.

— Simon n'a jamais atteint Singapour, fit-elle calmement.

— Sûre ?

— Certaine. J'ai vérifié. Et aussi à Djakarta, Brunei, Hong Kong, Taipei et dans toutes les villes qu'il aurait été susceptible d'atteindre clandestinement.

Largo haussa les épaules.

— Alors, c'est qu'il est toujours aux Philippines. Ou en chemin.

Ils décidèrent de se passer de dessert et d'aller prendre un café au salon. Largo ne prêta aucune attention à l'œil sanguinaire dont Marinette les suivit lorsqu'ils quittèrent la salle à manger. L'heure n'était plus aux pensées grivoises. En dépit de son expression d'indifférence, l'histoire que lui avait racontée Marjan le préoccupait beaucoup plus qu'il ne voulait le montrer à la jeune policière.

Ils choisirent deux fauteuils à l'écart et attendirent que Mme Maurier eût déposé deux cafés et quelques biscuits devant eux pour reprendre leur conversation.

— Vous n'avez pas débauché les douaniers et les gendarmes français rien que pour me raconter les aventures de votre beau cambrioleur, Marjan. Qu'attendez-vous de moi ?

— S'il avait des ennuis, à qui Simon s'adresserait-il, à votre avis ?

— À personne. C'est un garçon qui aime résoudre ses problèmes lui-même. Vous le savez, d'ailleurs.

La jolie Hollandaise contint un geste d'agacement.

— Ne jouez pas à l'imbécile. Largo. Ça ne vous va pas. Je parle de *vrais* ennuis.

— Alors peut-être à vous. N'êtes-vous pas sa petite amie ?

Marjan reposa si vivement sa tasse que celle-ci faillit se briser. Plusieurs regards réprobateurs se tournèrent vers elle.

— Assez, Largo, siffla-t-elle d'une voix contenue. Si Simon avait des problèmes suffisamment graves pour devoir faire appel à quelqu'un, ce serait à vous et à personne d'autre, vous le savez fort bien. Il m'a suffisamment parlé de vous pour que même une petite dinde aussi bouchée que moi comprenne que vous êtes son seul véritable ami. Et, en prime, vous disposez de tous les moyens nécessaires pour aider n'importe qui n'importe où.

—Admettons, fit calmement Largo. Ensuite ?

—Vous voulez que je me roule à vos pieds, ou quoi ? Si j'ai voulu vous mettre la main dessus, c'est évidemment pour vous demander de rentrer à New York le plus vite possible. C'est le seul endroit où Simon aurait pu vous faire parvenir un message.

Pas un muscle ne bougea dans le visage apparemment détendu du jeune milliardaire. Il avait déjà pris sa décision bien avant que Marjan le lui demande. Mais il restait un point important à préciser.

—Ce n'est pas la première fois que Simon est en cavale, fit-il doucement remarquer. Généralement, ce genre de situation le ferait plutôt rigoler...

—Pas cette fois-ci, Largo. Cette fois, c'est sérieux. Je... je le sens.

Toute trace d'énervement avait disparu du regard de la jeune fille. Largo n'y lisait plus que le désarroi d'une femme désemparée.

—Soit. Supposez que je trouve effectivement un appel au secours ou toute autre forme de message... Cela deviendra *mon* affaire, Marjan. Ne comptez pas sur moi pour aider qui que ce soit, pas même vous, à coller Simon derrière des barreaux. Je voudrais que cela soit bien clair.

Elle le regarda droit dans les yeux.

—Je m'en fous, Largo. Aidez-le. C'est tout ce que je vous demande.

Elle est vraiment amoureuse, songea Largo.

Ou alors, c'était une comédienne de premier ordre.

— Très bien, dit-il. Je rentre à New York.

Allongé sur son lit, les bras croisés sous sa nuque, Largo réfléchissait. Marjan Texel avait préféré regagner Paris en dépit de l'heure tardive. Il y avait plus d'une heure qu'elle avait quitté l'*Hostellerie du Vigneron*, mais le jeune homme n'avait aucune envie de dormir.

Il se sentait gagné par un début d'excitation, celle qui envahit l'homme de guerre se préparant au combat après des mois d'inaction.

Par une sourde inquiétude, aussi.

Simon, mon frère nomade, mon ami d'aventure, où te caches-tu, toi qui as réussi dans ton amoralité insouciante et joyeuse à te mettre à dos la moitié des polices du Sud-Est asiatique? Largo connaissait suffisamment les policiers asiatiques pour savoir combien ceux-ci avaient la détente facile...

Plongé dans ses pensées, il n'entendit pas s'ouvrir la porte de la chambre et sursauta en découvrant Marinette qui s'avançait vers lui.

Il l'avait complètement oubliée.

— Je suis bien contente que votre petite amie soit partie, dit-elle simplement, un reste de rancune dans la voix.

— Ce n'est pas ma petite amie, dit Largo, souriant, en se dressant sur un coude.

— Pour ce que ça empêche... Vous auriez pu la sauter quand même...

Elle se déshabillait debout, tranquillement, sans préambule ni recherche. Quand elle fut nue, elle se prit les seins à pleines mains et tendit légèrement le ventre.

— Je vous plais ?

Dix-sept ans, un corps plein de fruit au soleil, la pointe de vulgarité dans la pose, la raucité de la voix, la perversité recherchée du regard… Largo sentit une bouffée de désir immédiat l'envahir tout entier.

— Beaucoup, affirma-t-il avec sincérité.

Son corps réagissait, presque douloureusement. La fille s'en aperçut et eut un petit rire de gorge.

— Ça, au moins, c'est une réponse. Une réponse d'homme.

Et, avec un feulement de plaisir, elle se laissa tomber sur lui.

Deux heures plus tard, Largo essayait péniblement de recouvrer quelque force. L'insatiable Marinette l'avait vidé de toute son énergie.

— Tu sais, fit-elle soudain, je t'ai reconnu. J'ai retrouvé ta photo dans un journal.

— Ah oui ? marmonna-t-il, soudain sur la défensive.

Elle sentit son mouvement de recul et sourit.

— T'en fais pas… pour ce que j'en ai à foutre, de ton pognon. Tu es beau, tu es sympa et tu baises bien, c'est tout ce qui compte. Mais je dois t'avouer un truc…

— Quel truc ?

— Ça m'arrive de coucher avec des clients de l'hôtel. Des vieux. Pour du fric.

— Ah bon…

— T'en fais pas, je te dis, railla-t-elle. Je te raconte ça parce que ça me fait marrer.

— Qu'est-ce qui te fait marrer ?

— Ben tiens… De faire l'amour avec l'homme le plus riche du monde et de le faire à l'œil.

Elle éclata de rire devant son air ahuri.

— T'es mignon, tu sais… Allez viens, t'endors pas… Y a encore tout plein de trucs que tu connais sûrement pas et que je voudrais que tu me fasses…

Et, goulûment, elle repartit à l'assaut.

Elle ne le quitta qu'une heure avant l'aube, l'abandonnant dans un lit ravagé. Épuisé, incapable de penser encore, Largo s'endormit comme une masse.

Vendredi 15 septembre
11 heures (GMT + 8)

L'homme derrière lui tourna la molette d'un nouveau quart de tour et Simon poussa un hurlement désespéré.

— Où est le camp des rebelles ? demanda la voix.

Affolé de douleur, le crâne explosant de mille poignards rougis à blanc, Simon ne l'entendit même pas.

— Où est le camp des rebelles ? répéta patiemment la voix.

Il y eut l'imperceptible grésillement du bout incandescent d'un cigare sur la peau nue, l'écœurante odeur de chair brûlée… Le prisonnier n'eut aucune réaction, au-delà de la souffrance.

La voix lâcha un ordre dans une langue inconnue ; l'abominable étau qui lui enserrait la tête se relâcha et Simon revint sur terre, haletant de terreur.

— Où est le camp des rebelles ? fit la voix pour la troisième fois.

— Je ne sais pas, balbutia-t-il. Je vous l'ai déjà dit cent fois, je ne connais pas de rebelles…

— Vous mentez, individu X.

— Je m'appelle Simon Ben Chaïm. Je suis israélien. La police de Manille me recherche. Pour cambriolages.

Ils ont mon passeport. Je vous en supplie, laissez-moi tranquille…

Les mots se bousculaient en désordre entre ses lèvres craquelées.

— Vous mentez, individu X. Vous êtes un mercenaire payé par les rebelles. Vous avez tort de vous obstiner dans les mensonges. Nous avons toutes les preuves.

Une voix métallique, calme, désincarnée, qui n'appartenait à aucun visage.

Cela durait depuis cinq jours. Il y avait eu l'eau glacée, les coups, l'électricité, les brûlures de cigarettes… Aujourd'hui c'était une simple chaise où il était attaché nu, horriblement fragile. Fixé au-dessus du dossier, un lourd anneau de fer lui entourait le crâne, juste au-dessus des oreilles.

Quand cet anneau se resserrait, Simon avait envie de mourir.

Et toujours, l'atroce lumière crue du projecteur qui lui crevait les yeux.

Derrière, invisible, il y avait la Voix.

— En aidant les rebelles, vous avez causé un grand tort à notre pays. C'est un crime capital, individu X. Vous risquez la peine de mort si vous n'avouez pas.

— Je ne connais pas de rebelles…

— Vous mentez. Vous avez été vu à plusieurs reprises en compagnie de rebelles notoires. Nous possédons tous les témoignages.

— Je ne savais pas… Je voulais quitter le pays…

— Vous mentez, individu X.

— Je ne suis pas un individu X, hurla soudain Simon. Je suis Simon Ben Chaïm et je… Aaaaaah.

Son cri se mua en râle inhumain tandis que les os de sa tête étaient comprimés à la limite de l'imaginable.

L'étau se desserra. Tout le corps de l'Israélien était couvert d'une sueur glacée et tremblait sans qu'il puisse le contrôler. Il ne pensait plus, il n'en pouvait plus, il n'existait plus…

— Parlez, individu X. Parlez et votre douleur s'arrêtera.

— Je ne sais pas… Je voulais quitter le pays…

— Vous mentez.

— Je vous jure… Contactez mon ambassade… La police… Cambriolages… Hôtel Intercontinental…

— Vous avouez être un voleur. Vous avez attaqué un yacht américain avec les rebelles moros. Vous avez massacré l'équipage et les passagers. Pour les voler.

— Non, non…

— Ne niez pas. Nous avons retrouvé vos empreintes sur le yacht. Dans la chambre des cartes, sur le coffre, partout.

— Je vous jure…

— La police de Manille ne vous connaît pas. Votre ambassade non plus. Il n'y a jamais eu de cambriolages. Vous êtes un mercenaire. Vous tuez pour de l'argent.

— C'est faux, je…

— Vous mentez. Nous avons retrouvé une barque près du yacht, qui contenait une partie du butin que vous n'avez pas pu emporter. De l'argenterie. Et encore vos empreintes. Vous et vos complices n'êtes que de vulgaires assassins. Où est leur camp ? Parlez, individu X.

Le cauchemar. Le cauchemar qui se refermait implacablement sur lui, orchestré par cette voix sans visage. Et par la douleur. La douleur. La douleur…

— Je vous ai tout raconté, gémit Simon. Cent fois. Mille fois. Je voulais quitter le pays…

Derrière l'éblouissement du projecteur, il y eut la flamme brève d'un nouveau cigare qu'on allumait. Simon sentit sa peau se recroqueviller instinctivement de peur anticipée. Peur de souffrir encore. Peur de craquer. Peur de mourir là, dans cette cave atroce, ignoré de tous, individu X, nu, comme un chien. Peur de la peur.

— Vous avez parlé d'une femme qui conduisait la barque, reprit la voix monocorde. Qui était cette femme ?

Tout au fond du cerveau torturé de Simon, il y eut une étincelle d'affolement. Il avait parlé d'une femme ? Il ne se souvenait plus. Parmi toutes les questions sans signification dont la Voix le harcelait chaque jour, c'était la seule qu'il redoutait car c'était la seule à laquelle il pouvait répondre. Mais il ne devait pas trahir Malunaï. Il devait chasser son nom et son visage de son esprit. Il avait promis. Tout subir plutôt que d'imaginer le corps merveilleux de la jeune Moro livré au sadisme de ces brutes. Kadjang non plus n'avait pas parlé, il en était certain.

— Qui est cette femme ? répéta la voix. Où est-elle ?

— Je... je ne sais pas... Je ne connais pas de femme...

— Celle qui conduisait la barque. Vous l'avez dit. Pourquoi revenir sur vos déclarations ?

— Non, non...

— Vous mentez, individu X.

Non, pas ça. Pas Malunaï.

— Allez vous faire foutre ! cria Simon.

Le père de Malunaï s'était trompé. Non seulement il avait été arrêté en même temps que Simon, mais les soldats avaient également emmené le chef du *kampong* et sept autres hommes du village raflés au hasard. Simon avait eu les mains et les pieds liés comme les autres, sans souci pour sa blessure.

On leur avait ensuite mis un sac sur la tête et on les avait jetés à l'arrière d'un camion bâché, à même le plancher.

Malunaï avait réussi à quitter la hutte sans être inquiétée. Mêlée aux autres femmes, elle avait assisté, le visage figé, à l'embarquement des prisonniers et au départ des soldats vers une destination inconnue.

Ils avaient roulé pendant deux jours, ballottés les uns contre les autres comme des carcasses de bétail en route pour la boucherie. À chaque cahot, le dos de Simon lui donnait envie de hurler. On ne les avait déliés à aucun moment, pas plus qu'on ne leur avait donné à manger ou à boire ni permis de satisfaire leurs besoins. Au bout de quarante-huit heures, les dix hommes, à demi fous de peur et de soif, ne sentaient même plus l'épouvantable odeur de leurs propres excréments qui imprégnaient leurs vêtements et le plancher du camion.

Quand ils s'étaient enfin arrêtés de rouler, ils n'étaient déjà plus capables de marcher. On les avait transportés à dos d'homme, toujours aveuglés, comme de vulgaires sacs de riz. Quand on leur ôta leurs liens et leurs cagoules, ils découvrirent avec épouvante l'endroit où on les avait entassés tous les dix : une cellule de trois mètres sur quatre, sans fenêtre ni égout.

Pas même une cellule : tout au plus un terrier creusé à même le roc.

Là, seulement, on leur donna à boire et à manger : quelques poignées de riz et une eau croupie sur lesquelles ils se ruèrent avec voracité. Sans l'autorité combinée de Kadjang et du chef du *kampong*, ils se seraient battus à mort pour une bouchée de plus.

Dans l'obscurité absolue, ils entendaient régulièrement des hurlements inhumains qui perçaient l'épaisse porte de leur prison. Tous les jours, depuis cinq jours qu'ils croupissaient là, on venait les chercher. Les uns après les autres. Deux des Moros étaient déjà morts. Leurs tortionnaires n'avaient pas jugé utile d'emporter leurs cadavres.

—Nous voulons retrouver cette femme.

—Non, non…, bredouilla Simon.

—C'est pour votre propre bien, fit calmement la voix. Seule cette femme peut prouver que vous dites la vérité. Nous ne cherchons que la justice. Vous serez jugé équitablement par un tribunal militaire. Si quelqu'un peut témoigner de votre innocence, il est de votre propre intérêt de nous le dire. Qui est cette femme, individu X ?

La douleur… Ne pas tomber dans le piège… ne pas tomber dans le piège…

—Il n'y a pas de femme, souffla-t-il d'une voix presque inaudible.

Une nouvelle fois le cercle de feu lui écrasa la tête, le tordant d'une onde atroce.

Hurler. Hurler pour rendre supportable l'intolérable souffrance. Mais elle n'était pas supportable.

—Il y a quelqu'un… cria Simon.

L'anneau se desserra.

—Il y a quelqu'un… prouver… qui je suis… pas mercenaire…

—Qui ?

—À New York… ami… Largo Winch… New York… me connaît.

—Quel nom dites-vous ?

—Largo Winch… vous en supplie… le contacter… prouvera…

Il y eut un silence. L'homme derrière la voix réfléchissait.

— Largo Winch ? Le milliardaire américain ?

— Oui… prouvera… très riche… paiera…

Il ne sentit même pas la gifle qui lui fendit la lèvre.

— Vous me faites perdre mon temps, individu X. Comment un homme comme celui-là connaîtrait-il un vulgaire assassin de votre espèce ? Qui est la femme qui conduisait la barque ?

— Vous en supplie…

Il n'avait plus de force, plus d'espoir, plus rien.

— Seule cette femme peut prouver que vous n'êtes pas un mercenaire payé par les rebelles. Si elle n'existe pas, nous devrons vous faire souffrir jusqu'à ce que vous nous révéliez l'emplacement de leur camp.

— Non… non…

— Qui est cette femme, individu X ?

Un dernier sursaut agita le corps nu du supplicié.

— Va te faire enculer, trouva-t-il encore la force de lancer.

Et il s'évanouit…

Il y eut un long silence.

— Qu'on le ramène dans sa cellule, fit sèchement la voix.

Lundi 18 septembre
19h30 (GMT - 4)

Accoudé au garde-fou de la terrasse entourant son penthouse au sommet du Winch Building, Largo regardait le soleil descendre vers les allées boisées qui longeaient l'Hudson, à trois blocs vers l'ouest.

Il n'avait pas trouvé de message.

Son premier soin, après avoir débarqué le vendredi soir à Kennedy Airport, avait été de se rendre à la chambre que Simon avait occupée un an plus tôt dans East Village, entre St Marks et la 7e Rue. Bien entendu, elle avait été relouée depuis longtemps à un couple hirsute qui semblait avoir décidé une fois pour toutes que le pire ennemi de l'homme était le savon. Entre deux bouffées de pestilence nimbée de marijuana, ils assurèrent gravement à Largo n'avoir jamais eu de nouvelles du précédent occupant, si ce n'était sous la forme de rappels comminatoires de l'American Telegraph & Telephone Co pour des notes impayées.

Il passa ensuite à Grand Central relever la boîte postale que Simon et lui avaient précisément louée pour ce genre de circonstances. Elle lui avait déjà servi une fois pour appeler l'Israélien à la rescousse lors de l'affaire de la Cyclope et il avait continué à en payer l'abonnement. À tout hasard.

Elle était vide.

Vide également sa boîte aux lettres privée à l'entrée de son immeuble. Mais ça, il s'y attendait. Il s'était d'ailleurs toujours demandé à quoi pouvait servir cette boîte aux lettres dans la mesure où tout son courrier transitait par les services de sa secrétaire, laquelle opérait une impitoyable sélection dans la centaine de lettres adressées chaque jour à M. Largo Winch.

Dès le samedi matin, il avait téléphoné au domicile privé de miss Pennywinkle. Si la vieille Anglaise avait été surprise d'entendre son patron alors qu'elle le croyait à Paris, elle ne le montra pas. Mais elle assura n'avoir reçu aucun message de M. Ben Chaïm, ni d'ailleurs aucune lettre personnelle en provenance des Philippines ou d'un quelconque autre pays de sauvages environnant. Largo lui souhaita un bon week-end et demanda l'adresse de l'employée chargée de trier son courrier.

Celle-ci, une certaine Jessica Mullins, vivait seule dans un appartement du quartier étudiant de Yorkville, dans la 82e Rue Est, et n'avait pas le téléphone. Largo s'y rendit en taxi. C'était une grande brune au visage chevalin et au regard hardi, quelque peu éberluée de voir le grand manitou débarquer chez elle au saut du lit. Elle lui proposa un jus d'orange, du café et des œufs sur le plat et affirma n'avoir rien vu passer qui ressemblât de près ou de loin à ce que cherchait le jeune milliardaire. Rien d'autre que les habituelles menaces, lettres d'injures, demandes d'argent, déclarations d'amour et propositions d'un vice ahurissant qui faisaient l'ordinaire du courrier quotidien adressé à Largo.

Le bâillement prononcé du déshabillé et la voix de gorge indiquaient avec une aveuglante limpidité que Jessica Mullins était toute prête à offrir à son employeur autre chose que le petit déjeuner. Largo s'abstint sagement et demanda à la jeune fille de se taire sur l'objet de sa visite. Sans trop d'illusions d'ailleurs, il savait que Jessica, comme d'autres employés qui le touchaient de près, recevait un discret supplément de salaire de Dwight Cochrane pour informer celui-ci de tout ce qui concernait Largo.

Il y avait longtemps que le jeune homme avait compris que le Numéro 3 du Groupe ne concevait d'en être l'administrateur qu'en en étant aussi le Richelieu.

Largo occupa son dimanche à traîner dans les bistrots et autres lieux qu'affectionnait Simon quand il était à New York. Inutilement.

Le dimanche soir, il voulut communiquer à Marjan Texel le résultat négatif de ses recherches. Mais la jeune Hollandaise devait être sortie, le numéro qu'elle lui avait donné à Paris ne répondait pas. Il lui envoya un télégramme.

Il avait passé la journée du lundi à ronger son frein dans son immense penthouse vitré. John Sullivan, le massif *Executive* et numéro 2 du Groupe, s'était enfin décidé à prendre des vacances et se trouvait quelque part dans les Bahamas avec Cathy Blackman, sa secrétaire-maîtresse-amie. Largo n'avait d'autre part aucune envie d'affronter sans nécessité la tignasse rousse et l'œil perpétuellement agressif de sa redoutable secrétaire.

Elle le tira cependant de son isolement pour lui demander s'il voulait saluer André Bellecourt, le président de la M.D. [1] « Aéronautique » de Chicago venu à New York mettre au point avec Cochrane le lancement de sa dernière création, le Mowgli Jet III. Pendant deux heures, Largo

1. Main Division. Le Groupe W est divisé en douze M.D. (voir *Le Groupe W*).

écouta poliment le Français discourir sur les mérites et les promesses de cet appareil totalement révolutionnaire : un avion d'affaires à décollage vertical. Le premier modèle d'usine devait être lancé dans un mois à O'Hare[1] en présence, Bellecourt l'espérait, du *Secretary of Transportation*[2]. Mais le jeune milliardaire, tout en reconnaissant l'énorme intérêt de cette nouvelle production pour la M.D. de Chicago, avait manifestement l'esprit ailleurs. En outre, depuis la disparition de Freddy Kaplan, son pilote et ami, il s'était quelque peu désintéressé de l'aviation.

Il avait donc retrouvé avec soulagement la tranquillité bohème de son penthouse en perpétuel désordre. De sa terrasse, en jean et torse nu dans la chaleur vespérale de l'été indien, il avait regardé le Winch Building se dégorger progressivement de tous ses employés, 24 étages plus bas. À cette heure-ci, hormis les gardiens du service de sécurité, il n'y avait plus dans l'immeuble que l'équipe du soir du *New York Daily*, le quotidien new-yorkais de la M.D. « Presse » du Groupe, qui occupait les trois premiers étages.

Largo ne regrettait pas d'être revenu à New York. Mais puisque l'intuition alarmante de Marjan Texel s'était révélée sans fondement, il n'avait qu'une hâte : repartir. Comme n'importe quel mortel ordinaire, le propriétaire du Groupe W avait besoin de vacances.

Pourtant, il ne se résolvait pas à décrocher son téléphone pour réserver une place sur un vol à destination de l'Europe. Il était certain que la policière hollandaise ne s'était pas trompée : Simon avait des ennuis. L'absence de message pouvait évidemment signifier qu'il s'en était sorti.

---

1. Aéroport principal de Chicago.

2. Ministre des Transports.

Elle pouvait signifier également que le jeune Israélien était dans l'incapacité d'en envoyer.

Indécis, il regagnait l'intérieur du penthouse quand le téléphone sonna.

— Monsieur Winch ?

— Oui.

— Monsieur Largo Winch ?

Une voix d'homme doucereuse dont l'anglais chantant ignorait les « r ». Un accent d'à peu près n'importe où entre Istanbul et la Corée en passant par l'Afrique.

— C'est bien moi.

— Je suis le sultan Massar Gur Manakan...

Une blague ?

— Quel nom dites-vous ?

— Le sultan Massar Gur Manakan. Mais vous pouvez simplement m'appeler monsieur Manakan.

— Trop aimable. Que puis-je pour vous, monsieur Manakan ?

— J'ai un message à vous transmettre, monsieur Winch. De la part de votre ami Simon...

Largo sentit sa main se crisper sur l'écouteur. Ça y était !

— Bon sang !... Pourquoi ne m'avez-vous pas appelé plus tôt, Manakan ?

— Monsieur Manakan, je vous prie. J'ai essayé de vous atteindre toute la semaine passée à votre bureau, mais on m'a dit que vous étiez absent. Il m'a fallu du temps et beaucoup d'efforts pour obtenir votre numéro privé, monsieur Winch.

— D'accord, se calma Largo. Où êtes-vous, monsieur Manakan ? Pouvons-nous nous voir tout de suite ?

— C'est pour cela que je téléphone, monsieur Winch. Pour vous voir.

— Pouvez-vous venir chez moi ?

— Non. Vous comprenez, je dois être… prudent. Ma présence sur le sol américain n'est pas, comment dirais-je, tout à fait officielle…

— Bien. Chez vous. L'adresse, monsieur Manakan ?

— Un instant, monsieur Winch… Je voudrais d'abord être certain que vous apporterez votre carnet de chèques avec vous. Je suppose qu'un homme comme vous dispose d'un compte provisionné, n'est-ce pas…

— Très spirituel ! Combien ?

— Comprenez-moi bien, ce n'est pas pour moi. Nous allons avoir besoin de beaucoup d'argent, ces prochains mois…

— Combien, Manakan ?

— Dix mille dollars. Pour vous ce n'est rien, monsieur Winch. Pour nous, c'est énorme.

— Qui est-ce, nous ?

— C'est sans importance. Nous sommes d'accord, monsieur Winch ?

Largo n'avait aucune envie de marchander. Il s'en foutait.

— D'accord. Dix mille dollars. Mais uniquement si vous avez réellement quelque chose d'utile à me raconter au sujet de Simon. L'adresse ?

— C'est une pension de famille, fort modeste je le crains : la Marqueta's Mansion, 112e Rue Est. Dirions-nous 22 heures, monsieur Winch ?

Largo réfléchit rapidement. Ça lui laissait un peu plus de deux heures…

— D'accord, répondit-il. La Marqueta's Mansion, 112e Rue Est, 22 heures.

Et il raccrocha.

En dépit de son titre ronflant, le sultan Massar Gur Manakan n'habitait pas les beaux quartiers. La 112e Rue, c'est le cœur de Spanish Harlem, le ghetto portoricain. C'est-à-dire, après le coucher du soleil, un des endroits les plus malsains de la terre.

Ouvrant le double fond de sa valise, Largo sortit les six couteaux que Joseph Schellenberg avait spécialement fabriqués pour lui. Joseph Schellenberg était un vieil artisan qui vivait modestement dans la vallée de la Samina, au Liechtenstein. Il était aussi, quand il acceptait de s'en donner la peine, l'un des meilleurs fabricants de couteaux à lancer du monde.

Ceux qu'il avait créés pour Largo n'étaient pas, à proprement parler, des couteaux. Pas même des poignards. Leur lame quadrangulaire, parfaitement symétrique et aux arêtes non tranchantes, les faisait davantage ressembler à de simples stylets, assez laids au demeurant. Cette impression de banalité inoffensive était renforcée par l'absence de garde et par la couleur d'un noir terne de l'acier spécialement traité au tungstène. Mais ces stylets, équilibrés au dixième de millimètre, pouvaient être une arme redoutable entre les mains d'un bon lanceur.

Largo était, d'instinct, un lanceur prodigieux. En outre, fait encore plus rare, il lançait indifféremment des deux mains. Entre ses doigts n'importe quel couteau s'animait d'une vie propre, véritable agent de l'osmose qui s'établissait entre la lame et l'esprit qui lui assignait une cible.

Les couteaux de Joseph Schellenberg pesaient normalement 225 grammes pour une longueur hors tout de 28 cm, dont 18 cm de lame. L'intérieur de celle-ci était creusé d'une cavité longue de 14 cm, qui se rétrécissait progressivement en direction de la pointe. Cette cavité contenait 60 grammes de mercure.

Entre le moment où il quitte la main et celui où il se plante dans la cible, un couteau doit faire un demi-tour. Pas un peu plus ni un peu moins. Exactement un demi-tour. La position des doigts sur la lame et le mouvement du poignet doivent donc varier en fonction de la distance. Un très bon lanceur, un professionnel de cirque par exemple, peut épingler une carte à jouer jusqu'à une distance de huit mètres. Dix mètres est un maximum aléatoire. Pour atteindre douze mètres, il faut une arme particulièrement lourde et beaucoup de chance. Grâce au déplacement du centre de gravité provoqué par le mercure au fil du pivotement de la lame, Largo pouvait, avec les couteaux de Schellenberg, atteindre une cible à quinze mètres.

Le jeune homme se mit en caleçon et fixa deux des armes, dans leurs étuis spéciaux, sur la face interne de chacun de ses mollets. Puis, choisissant un autre jean dans son placard, il l'enfila. La seule différence entre ce jean et celui qu'il venait d'ôter était une mince fente horizontale qui ouvrait l'épais tissu sur quatre centimètres, juste au-dessus de la tête de chacun des poignards. À moins d'y prêter une attention toute particulière, ces deux fentes, à l'intérieur de l'entrejambe, ne se remarquaient pas. Prenant la souche de son billet d'avion qui traînait sur une table, il l'épingla à l'aide d'une punaise sur la porte du placard et recula d'une douzaine de pas.

Bras ballants, il prit une profonde inspiration… et plongea. Glissant le pouce et l'index de sa main droite dans la fente de son mollet gauche, il saisit le manche du couteau, l'extirpa en se redressant, le fit glisser le long de ses doigts, trouva la lame, balança le bras et lança. La longue pointe quadrangulaire se planta en plein centre de la souche, traversant la porte de part en part.

Si un témoin avait assisté à la scène, un chronomètre à la main, il aurait constaté qu'entre l'instant où le jeune homme s'était incliné et celui où l'arme avait touché sa cible il s'était écoulé très exactement sept dixièmes de seconde.

Largo sourit, récupéra le couteau, le remit en place, enfila un léger blouson, glissa son carnet de chèques dans une poche intérieure et descendit dans son ascenseur privé jusqu'au deuxième étage.

L'*American News Inc* était, par ordre d'importance, la dixième Main Division du Groupe W et la seule, avec l'Administration, à avoir son siège à New York. Elle était d'ailleurs officiellement propriétaire du Winch Building, dont elle occupait les douze premiers étages et louait les douze suivants à Largo pour une redevance annuelle fixée forfaitairement à dix dollars et solennellement payée le 1er janvier de chaque année. Holding de diverses sociétés de presse et d'édition, son activité se limitait jusqu'à présent au territoire des États-Unis, où elle diffusait une centaine de périodiques et une douzaine de quotidiens d'importances diverses.

Parmi ceux-ci, le *New York Daily* était le dernier quotidien du Groupe à paraître à New York même depuis la conversion du *Manhattan's Drums* en hebdomadaire l'année précédente. Face à la crise grave que traversait la presse depuis plusieurs années, Stephen Dundee, président de l'*American New Inc*, avait en effet résolu de rassembler dans une seule rédaction une partie de l'effectif et l'indispensable portefeuille publicitaire des deux titres, et le *Drums* était devenu un magazine format tabloïd ne paraissant plus que le samedi. Il y avait eu un certain nombre de protestations, pas mal de grincements de dents et quelques licenciements, mais le *New York Daily* avait survécu au marasme.

Contrairement à ses concurrents du matin, le *New York Times* et le *Daily News*, et à celui du soir, le *New York Post*, le *New York Daily* paraissait tout au long de la journée en plusieurs éditions successives. C'était, pour les États-Unis, une originalité qui faisait sa force et son renom, mais qui exigeait aussi une équipe particulièrement nombreuse assurant le journal vingt-quatre heures sur vingt-quatre.

Lorsque Largo pénétra dans l'immense salle de rédaction du deuxième étage, une dizaine de *rewriters* s'activaient fiévreusement à donner leur forme définitive aux articles qui devaient paraître dans la première édition du matin. Ils couraient à tour de rôle soumettre leur prose au rédacteur de service assis au fond de la salle derrière un vaste bureau couvert de téléphones. Celui-ci approuvait, raturait, renvoyait, refusait, sans cesser de parler dans deux téléphones à la fois et d'envoyer les uns après les autres les jeunes reporters débutants qui attendaient près de lui à la chasse aux chiens écrasés du soir.

C'était un homme au milieu de la cinquantaine. Avec sa cravate dénouée, ses bretelles trop voyantes, sa tignasse hirsute, son mégot de cigare éteint à la bouche et ses coups de gueule, il s'efforçait visiblement de ressembler à sa propre caricature de journaliste de la vieille école blanchi sous le harnais et qui sait, lui, ce que veut dire le mot « information ».

D'un coup d'œil au bloc d'identification posé sur le bureau, Largo vit qu'il s'appelait Macpherson. Kirk B. Macpherson.

— Désolé de vous déranger, Macpherson, dit-il.

Il devait presque crier pour couvrir le brouhaha des conversations, des machines à écrire et des sonneries de téléphone.

L'autre releva simultanément la tête et un sourcil.

— Par les saintes culottes de Dieu, le grand patron en personne ! Vous cherchez un boulot dans le journalisme, monsieur Winch ?

— Laissez tomber le « monsieur », Macpherson. Question boulot, ça va, je parviens encore à boucler mes fins de mois. C'est un renseignement que je voudrais. Y a-t-il des journalistes du *Daily* qui soient plus particulièrement spécialisés dans l'Extrême-Orient et le Sud-Est asiatique ?

— Bien sûr…

L'un des téléphones l'interrompit. Avec un vague geste d'excuse, le vieux rédacteur décrocha, se contentant de hacher de grognements ce que son correspondant lui débitait. Debout devant lui, Largo avait conscience d'être le point de mire des jeunes reporters qui dévoraient des yeux cet homme à peine plus âgé qu'eux et qui personnifiait ce qu'ils n'atteindraient sans doute jamais : la Fortune.

Macpherson raccrocha.

— Kendall ! aboya-t-il. Le *precinct*[1] de la 37e Ouest. Un pauvre type dessoudé par sa nana au chalumeau. Retour dans une heure. Pas de photos.

L'un des jeunots bondit sur ses pieds et fila vers la sortie comme si son avenir en dépendait.

Ce qui était d'ailleurs le cas.

— Au chalumeau, je vous jure…, grommela Macpherson d'un air accablé.

---

1. Commissariat.

— Ça n'a pas l'air de manquer de distractions, l'équipe de nuit, dites donc, dit Largo en souriant.

Le rédacteur redressa la tête.

— Mon garçon, si nous devions imprimer tout ce qui se passe chaque nuit dans cette putain de ville, c'est *New York Creepy*[1] qu'il s'appellerait, notre canard. Bon, qu'est-ce que vous me demandiez, encore ?… Ah oui, les gars de l'Extrême-Orient… Le meilleur, c'est Cratzmyer, mais il est au Japon pour un mois. Prescott, lui, est au Cambodge ; ça commence à sérieusement barder là-bas, avec les Viets. Il y a encore Armitage, mais je crois qu'il est en congé. C'est urgent votre truc ?

Il fut une nouvelle fois interrompu par un des téléphones, et un autre candidat au titre de journaliste bondit hors de la salle. Cette fois, il s'agissait d'un « trip » au LSD qui avait mal tourné : un gosse de vingt ans qui s'était pris pour un oiseau et s'était envolé d'une fenêtre du huitième étage.

— Très urgent, dit Largo.

L'autre réfléchit.

— Désolé, je ne vois plus personne… Ah si, vous pourriez toujours essayer Keyhole, s'il est chez lui.

— Keyhole ?

— John French, dit Johnny Keyhole. Un free-lance. Nous avons publié pas mal de ses papiers. Il a traîné la moitié de sa vie dans toutes les boîtes à putes entre Tokyo et Calcutta. Je dois avoir sa fiche quelque part ici… Quand il est à New York, il habite du côté de Jackson Heights, dans le Queens…

— Pourquoi Keyhole ?[2]

---

1. *Creepy* : l'un des plus fameux magazines d'horreur aux États-Unis.

2. *Keyhole* : « trou de serrure ».

Macpherson réussit à sourire sans faire tomber son mégot de cigare et extirpa un carton d'un tiroir.

— Il a débuté il y a vingt-cinq ans dans un petit torchon à scandales d'Hollywood. Spécialisé dans les cocus célèbres. Le surnom lui est resté, même s'il est devenu par la suite un excellent journaliste pour tout ce qui concerne l'Orient.

— Merci, fit Largo en prenant la fiche. Il y a un endroit calme d'où on peut téléphoner ?

Le vieux rédacteur indiqua vaguement l'une des portes derrière lui et plongea sur l'un des appareils qui s'était remis à sonner pour annoncer un nouveau crime.

— John French ?

— C'est moi. Qui est à l'appareil ?

— Largo Winch.

Il y eut un petit silence.

— « Le » Largo Winch ?

— Le seul.

— Un instant, je coupe la télé...

Il fut de retour en moins d'une minute. Largo entendit le claquement d'un briquet et le bruit léger d'une première bouffée que l'on aspire.

— Je vous écoute, monsieur Winch.

— Macpherson, du *Daily*, m'a dit que vous connaissiez bien l'Orient, monsieur French. Je voudrais vous demander un renseignement. Bien entendu, je suis tout près à vous rémunérer.

— Allez-y. On s'arrangera toujours après.

Il avait une voix agréable, un peu rocailleuse, avec un rien de gouaille retenue dans l'intonation.

— Est-ce que le nom de sultan Massar Gur Manukan vous dit quelque chose ?

Le journaliste ne mit même pas deux secondes à répondre.

— Bien sûr. C'est le collecteur de fonds du FLNM. Il est connu comme le loup blanc dans tous les milieux de la côte Est susceptibles de sympathie promusulmane. Son visa de séjour est expiré depuis longtemps, mais il est toujours là.

— Le FLNM ?

— Le Front de libération nationale moro, les musulmans dissidents du sud des Philippines.

— Je vois. Il est vraiment sultan ?

— Tout ce qu'il y a de plus authentique, ricana doucement la voix de French. En titre, en tout cas. Son père régnait sur un petit sultanat semi-autonome du côté de Mindanao ou de Palawan, je ne sais plus. Bien entendu, lors de l'indépendance des Philippines en 1946, le papa s'est retrouvé sans emploi avec une petite pension symbolique du gouvernement.

— À quoi ressemble-t-il, ce Manakan ?

— Une grande bringue tout en os avec une petite barbiche en pointe et un calot blanc sur le crâne. Je peux vous demander pourquoi ces questions, monsieur Winch ?

— Non, French. Désolé, mais il s'agit d'une affaire strictement privée. Par contre, je voudrais que vous me prépariez un petit topo sur la situation actuelle des Philippines. Plus particulièrement sur tout ce qui concerne le Sud et les Moros. Mille dollars, ça vous irait ? Discrétion comprise.

— Pshhh... Pour ce prix-là, vous pouvez même avoir ma petite sœur en prime. Pour quand, le topo ?

— Je vous recontacterai. Autant vous y mettre tout de suite, les programmes télé ne valent de toute façon pas un clou.

Largo raccrocha et descendit aux sous-sols prendre la Gremlin 2 litres de service qu'il utilisait parfois pendant ses séjours à New York. Excité à l'idée d'avoir enfin trouvé un début de piste, il ne prêta aucune attention au coupé Ford qui quitta le parking juste derrière lui.

Il ne remarqua pas non plus la vieille Studebaker garée le long de Central Park qui démarra à leur suite lorsque les deux voitures atteignirent la rue.

Remonter vers le nord-est, à New York, une expérience fascinante. À partir de la 96e Rue à l'est et de la 85e à l'ouest, on passe, en l'espace de quelques blocs, de l'opulence à la misère, des luxueux immeubles d'une grande cité moderne aux murs éventrés des taudis-dortoirs où s'entassent les laissés-pour-compte d'une société dont les principes de liberté se paient du risque de crever seul comme un rat.

Au bout de Central Park, Largo tourna à angle droit dans la 110e Rue en direction de l'est. À sa droite, au-delà du parc : le Manhattan blanc des WASP[1] et des Juifs. À sa gauche, de la 110e à la 225e Rue : l'effarante jungle urbaine de Harlem. Devant lui : le quadrilatère formé par Madison, l'East River, la 97e et la 125e et qu'on appelle le Barrio ou, plus volontiers, Spanish Harlem. Là, le long des rues crevées que l'on ne répare plus, dans des immeubles croulants hérissés d'échelles d'incendie et entrecoupés de terrains vagues, s'empile la plus grande partie du million et demi de Portoricains et autres Latino-Américains qui sont venus chercher à New York le paradis sur terre.

Largo vira à gauche dans Park Avenue, contourna la halle de La Marqueta, le populaire marché portoricain

1. *White Anglo-Saxon Protestant*, la synthèse des « purs » Américains.

où se vendent infiniment plus d'amulettes et de philtres vaudou que de cartons de lait, reprit à droite dans la 112e Rue et s'arrêta devant la plaque éraflée qui annonçait pompeusement la Marqueta's Mansion. Il coupa le moteur, vérifia machinalement si ses couteaux étaient en place et sortit de la Gremlin. Il était encore tôt dans la soirée et bon nombre des habitants de la rue prenaient le frais sur le seuil, s'interpellant en espagnol d'une maison à l'autre avec une faconde et une animation toutes méditerranéennes. Une bande de gosses en tee-shirts déchirés se précipita vers la voiture en glapissant comme des perroquets excités. Après un an et demi de séjour new-yorkais, Largo savait qu'il devrait payer celui qui paraissait le plus costaud pour qu'on ne lui raye pas sa carrosserie ou qu'on ne lui vole pas ses roues. Il choisit l'un des gamins, conclut le marché et traversa la rue. Le gosse courut derrière lui.

—*Hey, mister señor!...*

Il devait avoir une douzaine d'années mais ses yeux en avaient quarante.

—Qu'est-ce que tu veux encore? lui demanda Largo en souriant.

—Ne regardez pas, mais je crois qu'on vous suit...

Largo ne regarda pas.

—Qu'est-ce qui te fait dire ça?

—Y a une bagnole qui est arrivée derrière vous. Une Ford coupé. S'est arrêtée à un bloc d'ici en même temps que vous et y a personne qu'est descendu.

Le sourire du jeune homme s'effaça. Il tira un billet de 5 dollars de sa poche et le donna au gosse.

—Merci du tuyau, fiston. Tiens, c'est ta prime de détective. Veille sur ma bagnole et ne t'en fais pas pour le reste.

Le petit Portoricain prit le billet d'un air grave et retourna surveiller la Gremlin. Les nerfs soudain tendus, Largo pénétra dans l'immeuble.

En dépit du nom de « manoir » qu'elle s'attribuait sans vergogne, la Marqueta's Mansion tenait davantage du clapier hideux que de la pension dite de famille. Le couloir, symboliquement éclairé par une unique ampoule de 15 watts, sentait le pipi de chat, et un téléviseur braillait à travers une porte entrouverte. Largo y passa la tête et vit une matrone en bigoudis calée dans un fauteuil devant son petit écran. De sa main droite, elle piochait mécaniquement dans la boîte de bonbons qu'elle tenait dans la gauche.

— M. Manakan, *por favor* ?

La femme ne se retourna même pas.

— Au deuxième, cria-t-elle. Porte C.

L'éclairage de la cage d'escalier aurait obligé un aigle à porter des lunettes. Sur le palier du deuxième, Largo eut toutes les peines du monde à trouver la bonne porte. Celle-ci s'ouvrit dès qu'il eut frappé.

— Entrez, cher ami, entrez... Vous êtes juste à l'heure.

Le sultan Massar Gur Manakan ressemblait parfaitement à la description qu'en avait faite le journaliste : un sac d'os tout en longueur. Largo entra dans la pièce. Elle suait la misère en dépit de l'ordre et de la propreté que son occupant s'efforçait visiblement d'y faire régner. Près du lit, l'unique fenêtre était barrée par l'escalier d'incendie extérieur. Dans un coin, une petite table croulait sous un monceau de paperasses. Le jeune homme songea que vivre dans ce décor devait être assez éprouvant pour un ancien fils de sultan. D'autant plus que des sommes importantes lui passaient sans doute entre les mains. Il en conclut que Manakan avait le courage de l'abnégation et l'honnêteté foncière des idéalistes.

Le Moro scrutait son visiteur de ses petits yeux intelligents.

— Je crains de n'avoir aucune boisson forte à vous offrir, fit-il de son ton chantant. Mais je peux vous faire du café, si vous voulez.

— Non merci. Venons-en directement au fait, si vous le voulez bien. Qu'avez-vous à me dire au sujet de Simon ?

Le collecteur de fonds leva une main aux doigts interminables.

— Un instant, monsieur Winch. J'espère que vous avez apporté le chèque ?

— J'ai apporté mon chéquier, dit Largo avec agacement. Comme je vous l'ai dit, je suis prêt à vous payer ce que vous demandez pour une information valable. La question est la suivante, Manakan : ce que vous allez me dire au sujet de Simon vaut-il 10 000 dollars ?

Le long Moro sourit. Apparemment, à ce tarif, il acceptait qu'on laisse tomber le « monsieur » quand on s'adressait à lui.

— Pour vous, oui, monsieur Winch. Il s'agit d'un ami qui vous est cher, paraît-il. Veuillez rédiger le chèque, je vous prie. À mon ordre : Massar Gur Manakan.

Largo songea un instant à discuter. Puis il se rappela ce que lui avait dit le gamin. Était-il suivi ? Ce n'était peut-être qu'une coïncidence, mais... De toute manière, il avait hâte de quitter ce taudis et le quartier. N'importe qui pouvait le reconnaître à tout moment. C'était inutilement dangereux. On le savait trop riche pour que le plus minable des truands n'imagine pas son portefeuille bourré de billets de mille.

Il prit son chéquier, fit un chèque de 10 000 dollars et le donna à Manakan. Celui-ci l'examina avec le respect dû aux images saintes et le mit dans sa poche.

—Merci, monsieur Winch. Cette somme sera bien employée, soyez-en sûr. Elle contribuera à la défense de la liberté d'un peuple qui...

Largo, qui savait de quoi il retournait, le coupa d'un geste.

—Au fait, Manakan !

L'autre s'inclina légèrement et prit sur la table un journal qu'il tendit à Largo.

—Vous lirez dans ce *Manila Times* le récit, quelque peu orienté, d'un tragique incident qui a eu lieu dans mon pays voici une dizaine de jours...

Ce furent les dernières paroles sur terre du sultan Massar Gur Manakan.

La détonation d'une arme de gros calibre éclata dans la petite pièce, couvrant le fracas du verre brisé. Pétrifié, Largo vit le front de son interlocuteur s'ouvrir en deux et le sommet de son crâne exploser dans un geyser sanglant de débris d'os et de cervelle. Le grand Moro partit en arrière s'affaler contre le mur avec un bruit de sac crevé et le jeune homme plongea d'instinct sur le linoléum à l'instant précis où une seconde détonation lui explosa aux oreilles. La balle coupa net l'un des pieds de la table, à quelques centimètres de sa tête. Sous le choc, la table s'effondra et les papiers qui étaient dessus volèrent dans tous les sens. Roulant sur lui-même, Largo vit confusément, à travers la fenêtre éclatée, la silhouette d'un homme en complet blanc debout sur l'échelle d'incendie. Le bras droit tendu, l'homme le visait avec un revolver qui lui parut énorme.

Il n'y avait dans la pauvre chambre aucun meuble derrière lequel s'abriter efficacement. Sans cesser de rouler, le jeune homme se plia en deux, saisit l'un de ses couteaux et, se détendant brusquement, le lança au moment même où l'autre tirait pour la troisième fois.

Le projectile lui frôla l'épaule et traversa la porte derrière lui, la fendant en deux. Comme dans un film au ralenti, Largo vit le tueur lâcher son arme et ramener ses mains sur son plexus solaire d'où dépassait le manche du couteau. Ses yeux s'agrandirent de surprise indignée, sa bouche s'ouvrit pour un cri qui ne vint jamais, puis, posément, il se plia en deux et bascula dans le vide.

Largo prit brusquement conscience des rumeurs qui commençaient à s'élever de l'autre côté de la porte. Alertés par les coups de feu, les occupants de la pension n'allaient pas tarder à venir aux nouvelles. Il se redressa, arracha le journal des doigts crispés du mort et le glissa dans la poche intérieure de son blouson. Après un instant d'hésitation, il ferma les yeux sans vie du Moro et récupéra aussi son chèque. Puis, ouvrant ce qui restait de la fenêtre, il prit pied sur l'échelle d'incendie.

Deux étages plus bas, dans la faible lueur d'une arrière-cour submergée d'immondices, un deuxième homme en complet blanc était penché sur le cadavre écrasé du premier. Entendant du bruit, il leva les yeux, aperçut Largo qui descendait, ramassa le revolver du mort et fit feu avant de s'enfuir à toutes jambes. La balle pulvérisa une vitre d'un immeuble voisin. Impulsivement, Largo dégringola les quatre demi-volées de marches rouillées et s'élança à la poursuite du fuyard.

Il voulait savoir.

Pas plus que son défunt complice, l'homme ne ressemblait à un simple voyou du quartier. Son complet blanc, inhabituel à New York, semblait de bonne coupe, et lorsqu'il passa sous une fenêtre éclairée, Largo vit qu'il avait des cheveux blonds.

Des professionnels ?

Mais pour quelle raison ?…

Se faufilant de ruelle en ruelle, Largo sur ses talons, le tueur atteignit un terrain vague proche de Lexington Avenue dont on voyait passer la circulation deux blocs plus loin. Une vieille Studebaker était garée dans l'ombre, de l'autre côté du terrain. L'homme franchit celui-ci en quelques longues foulées, atteignit la voiture et ouvrit fébrilement la portière.

Largo se rua. Sans réfléchir. Il était en plein milieu de l'espace découvert lorsque l'autre se retourna, pointant son arme à deux bras tendus. Bloquant net, Largo plongea dans la terre sale, sa main gauche filant vers son mollet droit pour saisir son deuxième couteau.

L'étui était vide.

La nuque explosant d'une sueur glacée, il se tâta fébrilement la jambe, sachant déjà que ce serait inutile. Le poignard avait dû glisser quand il s'était roulé sur le linoléum de la chambre de Manakan.

Fichu.

L'autre, à moins de quinze mètres, ne pouvait pas le manquer. La détonation lui parut ridiculement faible pour une arme d'un aussi gros calibre. Incrédule, il vit le tueur lâcher son revolver avec un jappement de douleur et se jeter à l'intérieur de la Studebaker dont il lança le moteur. Une seconde après, la voiture tournait le coin et disparaissait en trombe vers Lexington.

— Ça va, Largo ? Vous n'avez rien ?

Largo se retourna, complètement éberlué. Dans la demi-pénombre, il distingua Marjan Texel qui courait vers lui, un petit colt Cobra à la main. Trois mètres derrière elle, le jeune Portoricain qu'il avait laissé à la garde de la Gremlin riait de toutes ses dents.

— Marjan ?! Mais… qu'est-ce que vous faites ici !?

La Hollandaise eut un joli sourire, très mondaine.

— Moi ? Mais vous sauver la vie, très cher.

Largo acheva de se relever, s'époussetant machinalement les genoux sans quitter la nouvelle arrivante des yeux.

— Je veux dire : à New York ?

— Oh, ça… Il était de toute manière question que je vienne poursuivre mon stage ici. J'ai obtenu d'en avancer la date, voilà tout.

— Voilà tout… Vous me suivez, c'est ça ?

Elle releva le nez, subitement agressive.

— Vous n'allez pas vous en plaindre, non ? À propos, vous devriez profiter de ce que vous êtes en veine de gratitude excessive pour remercier votre petit copain. Sans lui pour me guider dans ce labyrinthe de poubelles, vos vieux poussahs du Groupe W auraient pu s'habiller en noir, demain.

Et, plantant là le jeune milliardaire, elle se dirigea vers l'endroit d'où était partie la Studebaker. Largo sentit à côté de lui la présence du petit Portoricain.

— *Hombre !* siffla le gosse, admiratif. Vous avez vu ce tir ? À trente mètres qu'elle l'a eu le gars. C'est quoi, cette fille ? Calamity Jane ?

— C'est un flic.

— Un flic ?! Ça alors… J'croyais qu'y avait qu'à la télé qu'on voyait des nanas-flics balancées comme des Cadillac. Le gosse s'interrompit, soudain méfiant. Et vous, m'sieur, z'êtes flic aussi ?

Largo se tourna vers lui avec un sourire amusé.

— Non, pas vraiment.

— Tant mieux, fit le gamin avec conviction. Pasque ça m'aurait plutôt embêté d'avoir aidé un flic…

— Je vois. Tu t'appelles comment, fiston ?

— Ricardo, m'sieur. Ricardo Cortina.

Largo lui prit la main et la lui serra.

— Eh bien, Ricardo Cortina, j'ai l'impression que je te dois la vie. Je ne l'oublierai pas. Parole d'homme. Qu'est-ce qui te ferait le plus plaisir au monde, Ricardo ?

Le gosse haussa les épaules.

— Ce qui me ferait plaisir, de toute façon, on l'aura pas. Alors, filez-moi dix dollars et on n'en parle plus.

— Dis toujours. On peut rêver, non ?

Ricardo le dévisagea de son regard d'adulte, précocement endurci à subir tous les coups bas.

— Un terrain de basket, si vous voulez savoir. Un vrai. Avec à côté des jeux pour les gosses. Voilà, vous êtes content ? Pour nous, le rêve, c'est de la merde.

Largo haussa les épaules et prit un billet dans sa poche.

— Tu as peut-être raison... Tiens, je monte à vingt dollars. Retourne vite surveiller ma bagnole, Ricardo.

— *Gracias, yankee*, sourit le gamin.

Et il fila à toutes jambes s'engouffrer dans la ruelle la plus proche. Marjan revenait, tenant l'arme abandonnée par le tueur dans un mouchoir.

— Un Smith & Wesson 44 magnum, annonça-t-elle gaiement. Idéal pour la chasse au buffle. Avec ce calibre, les minettes auraient eu beaucoup de mérite à s'attendrir devant votre cadavre, Largo.

— J'aurais dû vous le dire plus tôt, Marjan : merci.

— Ah, tout de même... Mais ne vous croyez pas obligé d'en faire tout un plat, vous savez. J'adore rendre service. Vous avez eu le temps de voir la plaque de la voiture ?

— Non. J'avais une motte de terre dans l'œil. Et puis, je ne sais pas si vous l'avez remarqué, il fait assez sombre dans ce quartier.

Elle lui prit le bras et l'entraîna.

—Très juste. Venez. Raccompagnez-moi jusqu'à ma Ford et filons avant que mes collègues locaux s'amènent avec leurs grandes matraques.

—Vous ne les attendez pas ?

—Je réglerai ces détails après. Pour l'instant, j'aurais surtout besoin d'un whisky bien tassé. Chez vous. En écoutant ce que vous aurez à me raconter, Largo. Vous me devez bien ça, non ?

—Je vous dois encore plus, Marjan.

Pendant une ou deux minutes, ils marchèrent en silence et atteignirent le coupé Ford de Marjan garé dans la 112e Rue. Un block plus loin, à hauteur de la Gremlin, un début d'attroupement encombrait le trottoir de la Marqueta's Mansion.

—Je vais essayer de récupérer ma voiture sans me faire trop remarquer, dit Largo. Vous me suivez ?

—D'accord. D'ailleurs, ajouta la jeune femme avec un sourire moqueur, je connais déjà le chemin. Dites, Largo...

—Oui ?

—Pour tout vous avouer, mon permis de port d'arme n'est pas valable aux États-Unis. Réglementairement, j'aurais dû vous laisser tuer.

Dans la 110e Rue en direction de l'ouest, Largo vit que le feu du croisement avec Central Park West passait à l'orange. C'était l'occasion qu'il attendait. Exprimant mentalement ses regrets à l'adresse de Marjan, il écrasa brutalement l'accélérateur et traversa le carrefour en trombe. Derrière lui, la jeune Hollandaise mit quelques secondes de trop à réagir et dut stopper net au feu devenu rouge, irrémédiablement bloquée par le flot de voitures qui se ruaient vers la Huitième Avenue.

Imaginant sans plaisir le joli visage de la jeune femme crispé de rage, Largo contourna vivement la cathédrale St John tout illuminée et fonça dans Amsterdam Avenue jusqu'au City College de la 135ᵉ Rue.

Tant pis pour les sentiments chevaleresques.

Son enquête sur Simon démarrait en plein brouillard, et il préférait agir sans la policière sur ses talons tant qu'il ne saurait pas à quoi s'en tenir exactement.

Il redescendit la 135ᵉ Rue vers l'est, jetant de fréquents coups d'œil à son rétroviseur. Mais il savait déjà avoir semé la jeune femme. Ne connaissant pas New York, Marjan n'avait aucune chance de le retrouver. Tout au moins tant qu'il ne regagnerait pas le Winch Building.

Il longea la Harlem River par le Drive, rejoignit le Queens par le Triboro Bridge et prit la direction de l'aéroport de La Guardia. Quelques minutes plus tard, il atteignait les premières maisons du quartier de Jackson Heights.

* * *

Le néerlandais est une langue aux sonorités particulièrement riches en matière de jurons. Lorsque Marjan Texel eut épuisé son répertoire, elle dut se rendre à l'évidence : ce salaud de Winch l'avait possédée comme une débutante.

Elle s'examina dans le petit miroir du pare-soleil et eut une grimace amère. Si Largo l'avait vue en pleine lumière, il aurait pu remarquer les traits fatigués et les poches sous les yeux de la jeune femme. Elle s'était tapé deux jours de planque et de filature sans autre résultat que de tirer le jeune milliardaire d'embarras. Plus la certitude que Largo avait découvert quelque chose concernant Simon.

Quelque chose d'assez grave pour qu'il ait résolu de le lui cacher. Elle ne savait même pas qui il était allé voir dans cette minable pension du Barrio, ni ce qui s'y était passé exactement. Le seul moyen d'en apprendre un peu plus, Largo excepté, serait d'avoir accès à l'enquête de police. Donc de faire un rapport officialisant sa participation à la cavalcade de ce soir. Donc de subir un sérieux blâme, d'autant plus sérieux que l'histoire du stage new-yorkais était une pure invention et qu'elle était ici en situation parfaitement irrégulière.

En outre, un rapport voudrait dire mettre Simon dans le bain vis-à-vis des flics de New York. Et ça, Marjan était bien forcée de s'avouer qu'elle ne le voulait pas. En tout cas, pas avant de savoir de quoi il retournait exactement. En suivant de sa propre initiative le jeune milliardaire aux États-Unis, elle avait mis le doigt dans l'engrenage. À présent, désemparée, elle sentait le piège cornélien se refermer sur elle. Non, vraiment, ça n'avait rien de marrant d'être un flic amoureuse d'un voleur.

Sa meilleure chance restait par conséquent de retrouver Largo et de jouer franc jeu avec lui en espérant qu'il en ferait autant. Cet ingrat rigolerait bien en découvrant le guêpier dans lequel elle s'était fourrée pour sauver sa sale peau de gosse de riche.

Rageusement, elle remit son moteur en marche et prit la direction du Winch Building. Il faudrait bien que Largo passe par chez lui à un moment ou un autre. Elle attendrait le temps nécessaire. Marjan inséra sa Ford parmi les voitures garées près de l'entrée de l'immeuble et se prépara à passer une longue nuit, jurant à part elle de faire payer cher ses heures de sommeil en retard à monsieur Largo Winch.

* * *

La jolie Hollandaise n'était pas la seule à maudire le milliardaire. À quelques blocs de là, dans une cabine téléphonique longue distance du *Bus Terminal* de la Huitième Avenue, un homme aux cheveux blonds luttait contre l'engourdissement qui l'envahissait. Un imperméable jeté en travers de son épaule droite dissimulait la tache sanglante qui maculait son veston blanc. Son visage, ordinairement bronzé, était livide, et il avait toutes les peines du monde à ne pas laisser échapper le cornet qu'il serrait dans sa main gauche. Mais il n'avait pas voulu courir le risque de téléphoner de son hôtel.

À son oreille, la voix de son interlocuteur claquait, sèche et méprisante.

— Deux imbéciles ! sifflait-elle avec une colère contenue. J'ai engagé deux imbéciles ! Vous étiez pourtant prévenus que Winch pouvait être dangereux. Duke n'a eu que ce qu'il méritait.

— Sans la fille…

— Oui, mais il y a eu la fille. Et qui est-elle, cette fille, hein ? D'où sortait-elle ? Je suppose que vous n'en savez rien ?

— Heu… non, je…

— Et vous ne savez évidemment pas non plus, espèce de crétin, qui était la personne que Winch était allé voir dans cette pension, ni même si cette personne est encore en vie ?

— Ben, non. C'est Duke qui avait…

— Taisez-vous, Field ! Vous êtes trop con ! Laissez-moi réfléchir.

Il y eut un silence. L'homme en blanc s'appuya contre la paroi de la cabine et ferma les yeux. Son épaule lui faisait un mal de chien. Lorsque la voix reprit, elle s'était quelque peu radoucie.

— Je vais mettre quelqu'un d'autre sur la suite de cette affaire. Pour vous, Field, c'est terminé. Je vais vous donner l'adresse d'un médecin discret à New York. Allez-y immédiatement, il sera prévenu. Dès que vous vous sentirez mieux, vous rentrerez par le premier avion. Ne repassez pas à votre hôtel, quelqu'un se chargera de vos bagages et de votre note. Est-ce bien clair ?

— Très clair. Je... Merci, monsieur.

Son correspondant lui donna une adresse et raccrocha. Avec un faible sourire, l'homme en fit autant et sortit de la cabine.

L'homme en complet blanc qui héla un taxi devant le *Bus Terminal* avait vingt-sept ans et se faisait appeler Stewart Field. Ce n'était pas son vrai nom. Il avait déjà réussi cinq « contrats » et se prenait pour un dur. Mais, ce soir, il avait découvert la peur et, par là même, la limite de ses moyens. Il jeta l'adresse au chauffeur et se laissa aller contre le dossier de la banquette arrière avec une grimace de soulagement. Le taxi s'ébranla, l'emmenant vers la mort.

Dans moins d'une demi-heure, le « médecin discret » injecterait dans l'artère radiale du pseudo-Stewart Field une solution à haute teneur en potassium. Son corps serait découvert le lendemain matin dans un recoin désaffecté des docks et son décès attribué aux suites de sa blessure. Se mélangeant rapidement aux autres composants organiques du métabolisme, l'excès mortel de potassium ne laisse aucune trace décelable à l'autopsie.

Lundi 18 septembre
23 h 45 (GMT - 4)

De taille moyenne, trapu, le cheveu très court et le visage bronzé d'un grand voyageur, John French dit Johnny Keyhole avait quarante-six ans, un goût avoué pour les cravates voyantes et les grosses voitures, et la passion nostalgique des bandes dessinées des années 1930-1940. Admirateur secret d'Humphrey Bogart à qui il ne ressemblait pas, il se voulait cynique sans plus savoir lui-même s'il s'agissait d'une façade ou si un quart de siècle de journalisme à chaud l'avait réellement amené à se fermer aux émotions ordinaires du commun des mortels. En tout cas, il ne laissa paraître aucun étonnement en voyant Largo sonner à sa porte à minuit moins le quart.

— French ? Je suis Largo Winch. Désolé d'arriver sans prévenir, mais…

— Vous ne me dérangez pas, monsieur Winch. Entrez.

Largo s'exécuta.

— Le « monsieur » est superflu, sourit-il en serrant la main du journaliste. Ce n'est pas une visite officielle.

— Okay. Moi, c'est Keyhole. Macpherson a dû vous raconter. Depuis le temps que mes amis et mes ennemis m'appellent ainsi, j'ai l'impression que French était quelqu'un d'autre disparu depuis longtemps. Vous voyez, ajouta-t-il en désignant une table surchargée de livres et de coupures de presse, j'ai déjà commencé à travailler pour vous.

— Je crois que je vais me contenter d'un topo verbal, Keyhole. Le temps s'est mis à compter double depuis mon coup de fil.

L'appartement qu'occupait le free-lance dans un petit immeuble de trois étages de Jackson Heights était d'une banalité effondrante. Des meubles bon marché, quelques bibelots hideux, un tapis à flanquer la conjonctivite à un daltonien, c'était tout. Seule la bibliothèque, surchargée de livres et de rééditions de *Flash Gordon* et de *Prince Valiant*, donnait une touche de vie à ce désert impersonnel. Une unique éclaboussure de couleur hurlait sur les murs, immanquable : une énorme toile qui aurait pu être un Bernard Buffet polychrome avec lequel on aurait laissé jouer le chat. Il était visible que Keyhole se foutait du décor comme de son premier article et que cet endroit n'était pour lui qu'un lit où il venait dormir entre deux déplacements.

Le journaliste s'alluma une cigarette et désigna une des chaises qui entouraient la table.

— Asseyez-vous, Winch. Vous voulez un coup de rouge ? C'est tout ce que j'ai.

— D'accord, approuva Largo. Un coup de rouge est exactement ce qu'il me faut.

Pendant que son hôte allait chercher une bouteille et deux verres dans la petite cuisine attenante, il rédigea un chèque qu'il tendit à Keyhole après que celui-ci les eut servis. Le journaliste l'examina sans autre réaction qu'un petit sourire ironique au coin de la bouche. Largo remarqua seulement à cet instant qu'il portait des lunettes sans monture légèrement teintées de jaune, qui ne permettaient pas de distinguer la couleur exacte de ses yeux.

— 1 500 dollars ? Je croyais que vous aviez parlé de 1 000. Vous gaspillez votre fric, mon bon.

— J'aurais un ou deux petits services supplémentaires à vous demander.

— Lesquels ?

— Pourriez-vous me loger cette nuit ?

L'autre leva un sourcil intrigué qu'il rabaissa presque immédiatement. C'était manifestement un homme blindé contre l'inattendu.

— Pas de problème. J'ai là un excellent canapé-lit. Moche mais confortable. Quoi d'autre ?

— Je voudrais que vous alliez chez moi me chercher une valise.

Keyhole jeta le chèque sur la table en direction de Largo.

— Vous m'étonnez, Winch. Je ne vous voyais pas sous ce jour-là. Désolé, mais je suis journaliste, pas larbin. Vous pouvez reprendre ça et utiliser mon téléphone pour réquisitionner un porteur.

Les yeux fauves de Largo pétillèrent.

— Excusez-moi, je me suis mal exprimé. Je dois commencer à prendre de mauvaises habitudes. Mais j'ai malheureusement de bonnes raisons de ne pas pouvoir y aller moi-même. C'est un dépannage que je vous demande, Keyhole.

— Une histoire de cul ?

— De bonne femme, en tout cas.

Keyhole se leva et but son verre d'un trait.

— Très bien. Rédigez un autre chèque, Winch. De mille dollars. Les services de ce genre, ça ne se paie pas. Comment fait-on pour pénétrer dans votre sacré penthouse ?

Largo le lui expliqua, lui demandant de faire mine d'aller à la salle de rédaction du *New York Daily* et de prendre son ascenseur privé, dont il lui donna la clé.

—Sur le lit, vous verrez une valise ouverte mais non défaite. À côté, quatre couteaux. Mettez-les dans la valise. Mettez-y aussi mon passeport qui se trouve sur la table de nuit. C'est tout. C'est chic de votre part d'accepter.

Le journaliste fut de retour en moins d'une heure et demie. En son absence, Largo brûla dans un cendrier le chèque repris à Manakan et celui qu'il venait de remplir, en fit un troisième de mille dollars, but un tiers de la bouteille de vin et parcourut quelques-unes des coupures de presse étalées sur la table. Les seuls bruits qui troublaient de temps à autre le silence de ce quartier tranquille étaient ceux des derniers avions du soir qui décollaient de l'aéroport de La Guardia, à moins d'un mile de là.

Ce ne fut qu'au bout de trois quarts d'heure qu'il se souvint du *Manila Times* glissé dans la poche intérieure de son blouson. Le quotidien était daté du 7 septembre, onze jours plus tôt. Les neuf dixièmes de la première page étaient consacrés au massacre par des « pirates moros sanguinaires » des occupants d'un yacht américain, le *Morning Rose*, dans une petite baie de la presqu'île de Zamboanga. Le yacht appartenait à Horace K. Midsummer, le richissime industriel américain. Parmi les victimes, au nombre de douze, on avait la douleur de compter le propre fils de l'industriel, Graham Midsummer, et de ses deux invités : l'éminent parlementaire philippin Meynardo Vergara et un haut fonctionnaire du State Department US, Don Bigelow. Plus les secrétaires particuliers des deux hommes, deux jeunes « hôtesses » et, bien entendu, l'équipage.

Une photo, assez horrible, montrait l'entassement des cadavres dans le salon du yacht, tels que l'armée les avait découverts la veille. Trois autres photos plus petites, sûrement des documents d'archives, étaient des portraits souriants du parlementaire et des deux personnalités américaines.

L'indignation, disait le chroniqueur, était à son comble. Quand donc cesseraient les agissements révoltants de ces musulmans du sud du pays qui, une fois de plus, venaient de démontrer qu'ils n'étaient que des sauvages sans loi ni frein ? Il fallait que la courageuse armée des Philippines nettoie une bonne fois pour toutes ces foyers d'insurrection et de désordre qu'étaient les îles de Mindanao, de Palawan et des Sulu. Quant aux coupables de cet horrible assassinat, leur arrestation n'était qu'une question d'heures, et on pouvait espérer que leur châtiment serait exemplaire.

Dans la marge de l'article, écrits au crayon vraisemblablement de la main de Manakan, Largo lut le nom de Simon ainsi que le sien suivi de son numéro de téléphone. Il y avait aussi une petite phrase de trois mots écrite dans une langue qu'il ne connaissait pas. Il recopia ces trois mots sur un bout de papier qu'il glissa dans la poche de sa chemise. Puis, ayant trouvé une gomme sur la table, il effaça soigneusement les caractères inscrits par le malheureux sultan.

Il ne s'était donc pas trompé : Simon avait bien essayé de quitter l'archipel par le sud. Là, d'une manière ou d'une autre, il avait été mêlé au tragique fait divers relaté par le quotidien philippin. Il avait sans doute été arrêté et, d'une manière ou d'une autre, avait tenté d'en avertir Largo par l'intermédiaire du FLNM, dont Manakan était le porte-parole à New York. Ça pouvait se tenir. Ce qui était incompréhensible, par contre, c'était que quelqu'un ait jugé nécessaire d'empêcher ce message d'être transmis.

Nécessaire au point de ne pas hésiter à faire abattre le Moro.

Ou alors, Manakan n'avait été que la victime d'une malheureuse coïncidence et c'était lui, Largo, qui était visé, pour une raison sans le moindre rapport avec cette affaire.

Une seule chose était certaine : Largo partirait dès demain pour Zamboanga *via* Manille. Plus que jamais, l'exposé qu'il attendait de Keyhole allait lui être utile ; autant savoir dans quel nid de guêpes il allait sauter à pieds joints.

Le journaliste jeta la valise sur le canapé.

— Voilà, grogna-t-il. Tout y est, vous pouvez vérifier.

— Merci, fit sincèrement Largo. Vous n'avez rencontré personne ?

— À part un portier, non. Votre petite amie ne s'est pas manifestée.

— Elle n'avait aucune raison de le faire en voyant un journaliste pénétrer dans l'immeuble pour se rendre au *New York Daily*. Ça fait toute la différence.

— Ouais, murmura Keyhole d'un ton sceptique. Sans doute. Pas mal, vos couteaux, Winch. Un souvenir de famille ?

— Je ne m'en sépare jamais, assura Largo avec un large sourire.

Le journaliste se remplit un verre de vin et considéra pensivement la longue silhouette féline du garçon assis en face de lui. En dépit de son flegme, il ne pouvait pas s'empêcher d'être impressionné par la fermeté de ce regard aux tons de flamme.

— Vous savez sans doute que vous n'avez pas précisément la réputation d'être un petit jeune homme tranquille, commença-t-il. Je me demande… Vous êtes sûr que vous ne voulez pas me mettre dans le coup ?

— Non, Keyhole, désolé. Je vous l'ai déjà dit : affaire privée.

— Dans ma profession, ce mot ne veut pas dire grand-chose. Enfin… ce soir, c'est vous le patron…

Il s'assit et consulta son bracelet-montre.

— Nous y allons ? Nous avons toute la nuit devant nous, si vous voulez.

— Si ça ne vous ennuie pas de vous coucher tard…

— Bah, sourit le journaliste en haussant les épaules. Je suis comme vous : je ne dois pas pointer dans un bureau le matin. Autant en profiter, non ?

— Je suppose que je peux sauter la propagande touristique et le bla-bla édifiant sur l'essor économique et social du pays. Vous êtes déjà allé là-bas ?

— Oui, répondit Largo. Limitez-vous à l'essentiel de la politique actuelle et, notamment, à celle relative aux populations du Sud.

— Bien. La clé politique des Philippines est d'une simplicité biblique et tient tout entière dans l'obstination d'un homme de soixante et un ans à garder le pouvoir absolu.

— Le président Marcos ?

— C'est bien de lui que je parle. Lorsque nous avons donné l'indépendance aux Philippines, en 1946, nous leur avons offert en prime une Constitution et un système parlementaire calqués sur ceux des États-Unis. Le premier président « indépendant », Roxas, était un ancien collaborateur de l'occupation japonaise, réhabilité et dûment chapitré par MacArthur. Il a si bien joué le jeu américain que deux ans plus tard, à sa mort, tout le nord du pays était secoué par une agitation opportunément appelée communiste : la fameuse révolte des Huks. Ça vous dit quelque chose ?

— Bien sûr, fit Largo. Ils ont failli renverser le régime dans les années cinquante, si je me souviens bien.

— Ils ont été à deux doigts de réussir, en effet. Il a fallu toute la poigne de Ramon Magsaysay et l'aide massive des Américains pour éviter aux Philippines de basculer dans l'autre camp. Mao venait de prendre le pouvoir en Chine, l'Europe frissonnait en pleine guerre froide et nous, nous étions traumatisés par la « chasse aux sorcières » de ce paranoïaque de McCarthy. Les Philippines étaient notre plus sûr allié en Extrême-Orient, et je peux vous assurer que nous avons mis le paquet pour nous le garder.

Keyhole s'interrompit pour boire une gorgée de vin et allumer une cigarette.

— Magsaysay a vraiment été, de 1953 à 1957, un grand président. Il favorisait le capitalisme américain mais n'en a pas moins réussi à débarrasser son pays de presque toutes les lois et traités de tutelle dont les États-Unis avaient assorti le cadeau de son indépendance. Il est mort dans un accident d'avion alors que sa popularité était à son comble. Son vice-président, Garcia, lui a succédé pour quatre ans, mais n'avait pas le dixième de sa poigne et de son prestige. La corruption et les achats d'influence, toujours latents en Orient, se sont développés à la vitesse d'un cancer galopant, et le gouvernement était complètement pourri lorsque Macapagal succéda à Garcia en 1961. Ce fut pire encore sous son mandat, et le pays tout entier a été à deux doigts de basculer dans la faillite totale. Bref, le fruit était mûr lorsque Ferdinand Marcos, leader du mouvement nationaliste, le cueillit aux élections de 1965.

» Avec Marcos au pouvoir, tout va changer. Suivez bien le processus… La Constitution des Philippines, comme la nôtre, ne permet à un président de n'être réélu qu'une seule fois ; soit, au total, un maximum de huit ans de pouvoir. En novembre 1969, Marcos se fait donc régulièrement réélire. Mais en septembre 1972, sentant venir la fin de son ultime mandat, il a un trait de génie en instaurant la loi martiale, suspendant de ce fait les mécanismes constitutionnels et parlementaires traditionnels. Devenu président d'un pays « en guerre » et chef suprême de l'armée, Marcos peut alors se contenter du moyen commode de gouverner par décrets.

— Et le prétexte de cette loi martiale ?

— Précisément ce qui semble vous intéresser : l'agitation des ethnies musulmanes du sud du pays, que les Espagnols avaient baptisées « Moros » parce qu'elles descendaient des pirates arabes du XIVe siècle. Mais avant de vous parler d'elles, laissez-moi achever brièvement de vous brosser le tableau politique actuel des Philippines.

» Officiellement, la pluralité des partis est garantie par la Constitution. Pratiquement, il n'y en a qu'un seul : le parti gouvernemental, ex-Mouvement nationaliste devenu le Mouvement de la nouvelle société. Le sénateur Benigno Aquino, leader du Parti du pouvoir populaire, le parti d'opposition, est en prison depuis cinq ans. Quant à José Maria Sison, le président du parti communiste clandestin, il a été arrêté par l'armée en novembre 1977 après dix ans de clandestinité. Un schéma classique, comme vous le voyez.

— Comment réagissent les États-Unis ?

— La bouche en cul-de-poule, comme d'habitude dans ces cas-là. Les Philippines sont le dernier bastion asiatique où nous avons encore des bases militaires, ce qui fait de Marcos un homme à ménager. Mais lui, d'autre part, a besoin de nous pour encadrer son armée et étayer son pouvoir. Le State Department l'a quand même convaincu de faire un geste. Marcos a donc offert à son pays une belle Constitution toute neuve selon laquelle le président est élu pour six ans mais n'a plus qu'un rôle figuratif, tous les pouvoirs étant concentrés entre les mains du Premier ministre.

— Qui est ?...

— Marcos, évidemment. Il a pris officiellement ses fonctions de président-Premier ministre le 12 juin de cette année. Ah, j'oubliais de vous dire que deux mois auparavant, en avril, Marcos avait organisé, à grand renfort de publicité internationale, les premières élections législatives du pays depuis dix ans. Inutile de vous préciser que le parti gouvernemental a remporté une écrasante victoire.

— Et la loi martiale ?

— À ma connaissance, elle n'a jamais été abrogée.

— Alors, pourquoi cette fiction de Premier ministre aux pleins pouvoirs ?

Satisfait de l'intérêt manifesté par son auditeur, le journaliste s'accorda une petite pause pour allumer sa énième cigarette de la soirée. Il vida la bouteille dans le verre que lui tendait Largo et se leva pour aller en chercher une autre à la cuisine.

— J'ai une théorie là-dessus, répondit-il en se rasseyant à sa table. Pour moi, la réponse à votre question s'appelle Imelda.

— Imelda ?

— L'épouse du président. La belle Imelda Marcos, quarante-neuf ans, déjà gouverneur de Manille et, ces dernières années, envoyée plénipotentiaire du gouvernement pour les négociations délicates à l'étranger. J'ai l'impression que le vieux Ferdinand veut réussir avec Imelda ce que Juan Peron avait tenté en Argentine avec son Evita. Le mécanisme serait le suivant : aux prochaines élections présidentielles, s'il y en a dans les délais prévus, Imelda Marcos deviendrait présidente, son mari se « contentant » de rester Premier ministre. Et, au décès du barbon, à la belle de se débrouiller pour rassembler de nouveau les rênes du pouvoir dans son adorable menotte. L'Histoire est truffée d'exemples de ce genre, vous savez ; le partage du pouvoir après celui de l'oreiller.

— Et les Moros dans tout ça ? demanda Largo.

— J'y arrive, mon cher, j'y arrive. Les Moros se prétendent, sans doute à juste titre, le seul peuple du tiers-monde à n'avoir jamais été colonisé. Ils oublient les Éthiopiens, mais il est vrai que ceux-ci ont été occupés pendant six ans par les Italiens de Mussolini. On ne sait pas grand-chose de l'histoire des Moros. Sans doute n'en ont-ils pas. Ces descendants de barbaresques métissés de Malais sont restés des pirates et des contrebandiers pendant des siècles, en marge de tout contrôle. Les Espagnols, qui ont régné sur les Philippines pendant près de quatre cents ans, n'ont jamais réussi à s'implanter dans leurs territoires. Quand les Américains eurent racheté les Philippines à l'Espagne après la guerre de 1898 [1], ils ont tout fait pour les briser et y ont malheureusement presque réussi. L'un des grands faits d'armes du général Pershing, chargé de « pacifier » les Philippines juste avant son apocryphe « Lafayette, nous voici » de 1918, a été de massacrer une vingtaine de ces malheureux et de faire coudre leurs cadavres dans des peaux de porc, pour l'exemple. Inutile de vous dire qu'après ce

1. Pour 20 millions de dollars, soit 66 cents à l'hectare. Les prix avaient monté depuis l'achat de l'Alaska aux Russes en 1867 (5 cents / ha), celui de l'énorme territoire appelé alors Louisiane aux Français en 1803 (4,5 cents / ha) et, surtout, depuis le meilleur investissement immobilier de tous les temps : le rachat de l'île de Manhattan aux Indiens par Pierre Minuit, Wallon huguenot émigré aux Pays-Bas, pour un tas de verroterie estimé à 24 dollars actuels. (*NdA*)

coup-là nos compatriotes ne sont pas tellement bien vus du côté de Mindanao. Ah ! oui, j'oubliais de vous préciser un détail amusant : l'aide de camp du général Pershing à l'époque était un certain Dwight Eisenhower.

» Après l'indépendance du pays nous allons, une fois de plus, assister à un schéma classique. Depuis bien avant le départ des Américains, le système social orchestré par Manille était celui du « caciquisme », qui encourage l'enrichissement de quelques-uns, qu'on appelle là-bas les *illustrados*, au détriment de tous les autres. Système peu original toujours en vigueur aujourd'hui. Pour récompenser leurs fidèles, les présidents successifs n'ont rien trouvé de mieux que de leur attribuer d'énormes domaines dans les îles du Sud, où la terre est excellente, notamment pour la canne à sucre. Et, bien entendu, les « sauvages » qui occupaient les territoires concédés étaient purement et simplement expulsés. Résultat : les diverses ethnies moros se sont petit à petit organisées en guérillas de résistance active et, en 1969, un jeune et brillant professeur tausug de vingt-six ans fondait le FLNM, le Front de libération nationale moro. Il s'appelle Nur Misuari et c'est toujours lui qui, à l'heure actuelle, dirige ce parti farouchement autonomiste.

Keyhole s'interrompit pour consulter une feuille de papier couverte de notes.

— L'armée a réagi en arrêtant quelques leaders autonomistes. Fin 1970, le FLNM riposte en créant la BMA, la Bangsa Moro Army, et c'est le début d'une guerre secrète et sans merci entre les « rebelles » et les militaires du Southern Command basés à Zamboanga City. Guerre qui sert de prétexte, comme je vous l'ai dit, à l'instauration de la loi martiale décrétée en 1972 par le président Marcos. Celui-ci fait appel aux Américains tandis que les Moros se tournent vers Kadhafi, éternel champion des causes musulmanes opprimées. Et c'est l'escalade, soigneusement cachée à l'opinion publique internationale en interdisant purement et simplement aux correspondants étrangers de se rendre dans le Sud.

— Mais vous, vous y avez été ? questionna Largo.

— Bien entendu, sourit Keyhole. Et d'autres aussi. En cas de capture par les Philippins, nous étions bons pour le peloton d'exécution. Mais ça fait partie du jeu. Il y a eu ainsi des milliers de morts ignorés dans les deux camps. Le point culminant de la guerre a été atteint en septembre 1975 lorsque la ville de Jolo, la principale ville des Sulu, a été totalement rasée par l'aviation américano-philippine. Bilan : 35 000 civils tués. C'était une vraie guerre, vous savez. Pas une guérilla d'opérette. À cette époque, la BMA disposait de 30 000 soldats réguliers répartis en 72 bataillons, régulièrement instruits et entraînés dans des camps mis à leur disposition par le Sabah voisin et armés par la Libye. Plus, évidemment, des dizaines de milliers de volontaires occasionnels.

» Avant Jolo, une première tentative de négociations avait échoué à Kuala-Lumpur, Marcos s'étant montré intraitable. Mais brusquement, en 1976, renversement de situation. La belle Imelda va voir Kadhafi en Libye, une conférence de la paix est organisée en toute hâte à Tripoli avec Misuari, Marcos multiplie les concessions et le cessez-le-feu est signé tambour battant le 24 décembre. Joyeux Noël, la guerre est officiellement terminée.

— Les Américains ?

— D'une part, bien sûr. Le Pentagone, qui venait enfin de se retirer du guêpier vietnamien, en avait assez d'engloutir cent millions de dollars par an dans cet affrontement sans gloire. Mais le vrai motif de ce retournement est un liquide malodorant et cher qu'on appelle pétrole. Contrairement à l'Indonésie, qui flotte littéralement dessus, les Philippines n'en ont pas une goutte. Le kérosène des bombardiers F-5 qui pilonnaient les musulmans de Jolo venait en droite ligne des nappes pétrolifères musulmanes d'Arabie Saoudite. Ameuté par Kadhafi et par le FLNM, la Conférence islamique et les pays arabes de l'OPEP ont fini par s'en émouvoir et ont mis le marché en main à Marcos : foutez la paix à vos musulmans ou nous fermons le robinet. Le vieux Ferdinand n'est pas fou et il a dare-dare envoyé son intelligente et pulpeuse épouse faire des grâces à Tripoli pour signer la paix.

Largo étira ses membres engourdis par l'immobilité. Il n'était pas loin de 3 heures du matin et, autour du petit immeuble, la nuit était totalement silencieuse. Mais, en dépit de l'heure tardive et du vin rouge généreusement versé par son hôte, le jeune homme ne se sentait aucune envie de dormir. Au contraire, une sourde excitation le gagnait lentement : la certitude intuitive de passer bientôt à l'action, quelle qu'elle soit et où qu'elle soit.

— Brillant exposé, professeur. Bravo. Et où en est la situation aujourd'hui ?

Le journaliste, une nouvelle cigarette aux lèvres, haussa les épaules.

— Aussi paisible qu'un championnat d'artificiers organisé dans un entrepôt d'essence. On a rendu leurs terres aux Moros, on a reconstruit les écoles détruites, mais le FLNM est allé trop loin pour ne pas vouloir exiger à présent l'indépendance complète du Sud. Il y a eu encore pas mal d'escarmouches dont, en novembre dernier, une sorte de combat naval au large de Dinas où soixante Moros ont été tués. Comme toujours quand une mauvaise paix est mal signée, on trouve dans les deux camps des colombes et des faucons. Chez les Philippins, les faucons sont représentés par une faction d'officiers durs qui trouvent que Marcos a fait son temps et qu'il a baissé un peu trop vite sa culotte devant les Arabes. L'un de leurs leaders les plus féroces est un certain colonel Angel Ortega, le propre adjoint du chef d'état-major du Southern Command.

» Du côté des Moros, la plus grande partie des soldats de la BMA ont pris le maquis, jurant de combattre jusqu'à l'indépendance complète de leur pays. Leur chef est un homme que personne, à part eux, ne connaît, et qui s'est fait très romantiquement surnommer le Tigre de Mindanao.

— Misuari ?

— Non. Misuari est le maître à penser de la révolution. Ce n'est pas un homme de guerre. Le Tigre de Mindanao doit être un homme au prestige à la fois militaire et religieux, sans doute un descendant de l'un des anciens sultans. Son identité n'a jamais été découverte. À tout hasard, Manille a mis sa tête à prix pour un million de pesos [1].

— Et où se trouve ce maquis ?

— Quelque part dans la presqu'île de Zamboanga. Introuvable.

— Quoi ? s'étonna Largo. Vous voulez dire qu'une armée de 15 000 ou 20 000 hommes réussit à disparaître pendant plus d'un an sans laisser de traces ?

Keyhole regarda ironiquement son auditeur par-dessus ses lunettes teintées.

— On voit que vous ne connaissez pas la jungle montagneuse de Zamboanga, mon bon. Aussi difficile à traverser

1. Un peso philippin = 0,15 $ = 0, 75FF = 4,50 FB (en 1979).

que Times Square en dehors des clous. Elle n'a rien à envier à celle de Bornéo, de Nouvelle-Guinée ou du Mato Grosso. Des marécages où on ne peut se déplacer qu'en radeau, des zones de forêts impénétrables, des montagnes infranchissables, les moustiques, les serpents, bref l'enfer vert dans toute son horreur. Les Philippins ont une peur bleue de s'y risquer et, quand ils le font, ils ne s'écartent jamais des pistes qui relient les villages de l'intérieur. Les Moros de la BMA, eux, y sont nés et savent comment y survivre. Ils pourraient être 50 000 sans qu'on aperçoive jamais l'ombre d'un seul d'entre eux. Castro a bien passé trois ans dans les maquis de Cuba sans jamais se faire localiser. Et croyez-moi, les montagnes cubaines, c'est le bois de Boulogne à côté de Zamboanga.

—Évidemment, admit Largo. Dites, vous m'y faites penser, la situation aux Philippines ressemble assez fort à celle d'une république latino-américaine, non ?

—Si on veut, ricana Keyhole. Régime militaire contre guérilleros. Et le fait que la plupart des noms sont espagnols renforce cette impression. Mais en Amérique latine, les maquisards et autres Tupamaros cherchent à renverser le pouvoir en place. Ici, les Moros ne veulent que l'indépendance de leur région. Toujours est-il que cette armée rebelle reste une sacrée épée de Damoclès pour le régime de Manille, et les militaires, qui n'ont plus le droit de faire officiellement la guerre, se décarcassent férocement pour délier les langues de ceux qui ont le malheur de tomber entre leurs mains et qu'ils croient susceptibles de connaître l'emplacement des bases de la BMA. La situation est tellement tendue qu'un rien suffirait à remettre le feu aux poudres. Comme, par exemple, ce truc qui s'est passé à Zamboanga il y a une dizaine de jours… Attendez, que je mette la main sur cet extrait de presse…

Le journaliste déplaça en tous sens les livres et les documents qui encombraient la table devant lui sans trouver ce qu'il cherchait. Calmement, Largo prit le *Manila Times* dans son blouson et le lui tendit.

— C'est à ceci que vous faites allusion ?

Derrière les lunettes jaunes, les yeux de Keyhole doublèrent de superficie en voyant l'article de la première page. Incapable de dissimuler sa stupéfaction, il releva lentement la tête et dévisagea Largo comme s'il le voyait pour la première fois.

— Bordel de Dieu, Winch ! Vous savez que vous commencez à m'intriguer sérieusement. Où avez-vous eu… ? C'est Manakan qui vous a donné ça ?

Largo hocha la tête sans répondre. L'autre jeta le quotidien sur la table avec mauvaise humeur, mais se reprit rapidement.

— Je sais que je ne dois pas vous poser de questions, grommela-t-il, mais vous admettez que ça devient bougrement difficile. Enfin… oui, c'est bien de ça qu'il s'agit. Ces cons de Moros ont été attaqués ce foutu yacht en flinguant tous les passagers, comme au bon vieux temps. Malheureusement pour eux, ils se sont offert un tableau de chasse au-dessus de leurs moyens : un parlementaire philippin, un haut fonctionnaire américain et surtout l'unique héritier de l'empire Midsummer. Résultat : excitée par les « faucons », la presse de Manille appelle les Philippins à la guerre sainte et le vieux Midsummer menace le State Department d'armer lui-même des bombardiers pour aller raser la presqu'île tout entière. Un beau bordel en perspective. Nos journaux en ont pas mal parlé, la semaine dernière. Vous les avez lus ?

— J'étais en Europe, fit brièvement Largo. On est certain que ce sont les Moros qui ont fait le coup ?

—Qui voulez-vous que ce soit d'autre ? La mer de Sulu est pratiquement une mer intérieure moro et la presqu'île de Zamboanga, à part les trois villes côtières, est totalement sous leur contrôle.

—Le motif?

—Pillage, haine des Américains, n'importe quoi... La BMA a sans cesse besoin d'argent pour acheter des armes et du matériel sanitaire. Ils avaient peut-être appris que le *Morning Rose* transportait un chargement de valeur, qui sait ? Comme de toute manière il ne reste personne pour nous le dire...

—Si, intervint songeusement Largo. Il y a peut-être quelqu'un.

—Ah oui ? Qui ça ?

—Le vieux Midsummer. C'est lui qui était propriétaire du yacht, non ? Que savez-vous de lui, Keyhole ? Ce nom me dit quelque chose...

Un sourire railleur tordit la bouche du journaliste.

—Vous devriez le connaître, se moqua-t-il. C'est un confrère à vous. Pas tout à fait aussi riche, mais ce n'est pas faute d'avoir essayé.

—Ah oui, je me souviens. Mon père m'a parlé de cet homme. Les mines, c'est ça ?

—C'est bien ça. Mines d'or dans le Sud-Ouest africain, de diamants en Sierra Leone, de bauxite au Canada, de cuivre dans le nord des Philippines, d'étain en Malaisie et en Australie, etc. Une énorme montagne de fric arrachée aux entrailles de la terre.

—Je me suis laissé dire qu'il s'était souvent comporté comme une franche crapule en affaires...

—Et votre papa adoptif, c'était un ange, sans doute ? Le seul moyen de réussir à devenir milliardaire est de savoir ne rien respecter, ni honneur ni promesses, vous le savez fort bien. Ni Rockefeller ni Onassis n'ont fait fortune sans piétiner un certain nombre de cadavres et de paroles données. Nerio Winch et Midsummer non plus. Le vieil Horace a commencé sa carrière comme simple prospecteur il y a plus de soixante ans, avec deux atouts majeurs : un flair incroyable pour détecter n'importe quel type de gisement, et une absence complète de sens moral. Aujourd'hui, il n'a pas loin de quatre-vingts ans et ne sort pratiquement plus de l'espèce de château qu'il s'est fait construire à Beverly Hills. La mort de Graham a dû être un coup terrible pour lui ; c'était son fils unique et son seul héritier.

Largo se leva souplement.

— Beverly Hills, dites-vous… Vous n'auriez pas un horaire des lignes intérieures, par hasard ?

Pas un muscle ne bougea dans le visage du journaliste. Calmement, il vida le fond de la deuxième bouteille dans son verre.

— Vous avez un vol American Airlines qui part de La Guardia à 8 heures ce matin, répondit-il sans lever le nez. Vous arriverez à Los Angeles à 10 heures, *western time*. Et le soir même, à 20 heures, vous pouvez prendre le 747 de la Panam pour Manille *via* Honolulu. Vous y débarquerez le surlendemain matin à 5 h 30, heure locale. Toujours besoin d'un horaire, Winch ?

— Chapeau, dit Largo en souriant. Non seulement vous devinez bien, mais vous êtes une véritable petite encyclopédie, Keyhole. Et je ne parle pas seulement des horaires d'avion. Vous m'avez rudement aidé, mon vieux.

Si le journaliste fut sensible au compliment, il ne le montra pas.

— Être free-lance exige de se tenir au courant de pas mal de choses, vous savez. Je vous signale au passage que vous n'avez aucune chance d'être reçu par le vieux Midsummer. Il ne voit plus personne depuis des années. Et ces jours-ci certainement moins que jamais.

— Bah, fit Largo avec insouciance. Il fera bien une exception pour moi. Ne suis-je pas un confrère en pognon ? C'est vous-même qui l'avez dit.

— À votre guise, Winch. C'est vous qui payez votre billet.

Il se leva à son tour, alla déposer la bouteille vide dans la cuisine, farfouilla dans un placard et revint avec un sac de couchage roulé en boule qu'il jeta sur le canapé à côté de la valise de Largo.

— J'espère que vous pourrez vous contenter de ça. C'est tout ce que j'ai comme literie.

— Ce sera parfait, assura le jeune homme. Il jeta un coup d'œil à son bracelet-montre. Si je veux attraper cet avion, ça me laisse un peu plus de trois heures de sommeil. J'essaierai de ne pas vous réveiller.

— Eh bien, heu... bonsoir. Heureux de vous avoir connu, Winch. Vous trouverez un carton de lait dans le placard et vous... Je...

Indécis, le journaliste laissa mourir sa phrase, son regard perdu dans l'ignoble toile accrochée au mur. Puis, d'un seul coup, il pivota, le visage anormalement crispé.

— Merde, Winch ! Merde, merde, merde !... Je ne manque pourtant pas d'imagination, mais je ne parviens pas à trouver une seule raison qui puisse vous pousser à vous intéresser à toute cette histoire. Manakan vous a converti à la cause des Moros, ou quoi ?

Largo eut une brève pensée pour le malheureux

collecteur de fonds et soutint sans un battement de paupières le regard furieux de son hôte.

— C'est beaucoup plus simple que ça, Keyhole, fit-il posément. Un de mes amis a été involontairement mêlé à cette affaire de yacht. Je ne sais ni comment ni pourquoi, mais je vais essayer de le sortir du pétrin. C'est tout. Vous voyez qu'il n'y a pas de quoi pondre trois lignes en vingt-cinquième page.

L'indécision et le doute se lisaient à travers les verres jaunes des lunettes.

— C'est la vérité, Keyhole.

— Bien, je... Excusez-moi. Déformation professionnelle. Disons que je n'ai rien demandé. Dormez bien, ajouta-t-il en se dirigeant vers la porte de sa chambre.

— Oh, un dernier renseignement, Keyhole...

— Oui ?

— Quelle langue parlent les Moros ?

— Un dialecte malais mélangé d'un vieux reste d'arabe. Pourquoi ?

— Vous le comprenez ?

— Non. Quelques mots, tout au plus. Quand j'étais là-bas, je m'étais amusé à commencer à rédiger un petit lexique moro-anglais. Mais bien entendu, j'ai laissé tomber en revenant ici.

— Vous pourriez essayer de me déchiffrer ceci ? interrogea Largo en lui tendant le bout de papier qu'il venait de sortir de la poche de sa chemise.

Le journaliste l'examina, une profonde ride barrant son front bronzé.

— Il y a un mot dont je suis sûr, finit-il par dire, c'est « femme ». Mais les deux autres... Attendez.

Se dirigeant vers sa bibliothèque, il y prit sans hésitation un petit cahier dont il tourna lentement les pages. Au bout de quelques minutes, il releva la tête, perplexe.

—J'ai trouvé. Mais ça n'a pas l'air de vouloir dire grand-chose…

—Allez-y toujours.

—Textuellement, vos trois mots veulent dire : « la femme à l'œil unique »…

La foudre s'abattit sur le cerveau de Largo. Bouleversé, il dut faire un immense effort pour masquer l'émotion qui venait de s'emparer de lui.

—Si j'avais la plume poétique, ajouta gaiement Keyhole sans se douter du choc que ses paroles provoquaient chez le jeune milliardaire, je traduirais votre phrase par « la cyclope ».

Il remit le cahier en place et rendit son bout de papier à Largo en lui tapant sur l'épaule.

—Allez, bonne nuit, mon vieux. Tâchez de profiter des quelques heures de sommeil qui vous restent. Si vous allez là-bas, vos prochaines journées pourraient être assez mouvementées.

Une voyante n'aurait pas pu mieux prédire ce qui attendait Largo.

Mardi 19 septembre
16 heures (GMT + 8)

Pour la première fois depuis une semaine qu'il croupissait dans ce trou, Simon se sentait émerger de l'espèce d'abrutissement douloureux dans lequel les traitements qu'il avait subis l'avaient tenu plongé en permanence. Cela devait bien faire quarante-huit heures maintenant qu'on n'était plus venu le chercher pour une nouvelle séance de torture. Pure estimation de sa part, d'ailleurs, car il y avait longtemps qu'il avait perdu la notion de l'écoulement du temps. En outre, depuis ces mêmes quarante-huit heures, la nourriture s'était considérablement améliorée, tant en qualité qu'en quantité.

Il n'avait plus quitté la cellule qu'une seule fois, quelques heures auparavant. Mais à son immense surprise, et à son soulagement plus grand encore, on l'avait conduit à une infirmerie où un médecin avait soigneusement désinfecté la blessure de son dos, qui en avait grand besoin. Ahuri, incrédule, Simon était revenu le torse bardé d'un large pansement propre dont l'odeur d'éther le grisait.

Ses compagnons avaient bénéficié du même adoucissement de régime, infirmerie exceptée, et les gardes s'étaient finalement décidés à enlever les cadavres des deux Moros morts quelques jours plus tôt. Même si les huit hommes étaient toujours entassés dans leur infect terrier sans air ni lumière, c'était presque le paradis à côté de l'horreur des jours précédents. L'Israélien se perdait en conjectures sur les motifs de ce revirement de situation.

Il fit jouer ses articulations, les unes après les autres, veillant à ne pas heurter les autres prisonniers qu'il entendait chuchoter entre eux dans leur incompréhensible dialecte. Ce n'était pas la grande forme, loin de là, mais il ne souffrait plus trop et son cerveau redevenait capable de raisonner correctement.

Dans l'obscurité totale, il sentit quelqu'un se glisser près de lui.

— C'est vous, Kadjang ?

— Oui, souffla en anglais la voix du Moro. Comment vous sentez-vous, Simon ?

— Pas encore tout à fait prêt à battre le record olympique du 110 mètres haies, mais nettement mieux qu'avant-hier. Qu'est-ce qu'il se passe, à votre avis ? Ils ont des remords ?

Le jeune Israélien sentit l'haleine de Kadjang près de son oreille.

— Ne parlez pas si fort, chuchota celui-ci. Il y a peut-être un garde chargé de nous écouter derrière la porte.

— Vous croyez ? S'ils voulaient entendre ce que nous disons, ils auraient placé un micro quelque part. Ce serait plus simple. Il y en a peut-être un, d'ailleurs…

— Non. Mes compagnons et moi, nous avons vérifié pendant qu'on vous soignait. Nous avons tâté chaque recoin de cette cellule, centimètre par centimètre, plafond compris. Pas de micro. Simon ?…

— Oui ?

—Vous… vous avez parlé? Au sujet de Malunaï, je veux dire?…

Simon eut un petit ricanement amer.

—Non, Kadjang. J'ai dû balancer pas mal de conneries à ces salauds, mais je suis certain de n'avoir rien lâché à propos de votre fille.

—Allah vous bénisse, murmura le Moro d'une voix étranglée. Allah vous bénisse, Simon.

—Oh, moi, Allah, vous savez… Ils m'ont aussi bombardé de questions sur un camp de rebelles, un tigre de Mindanao et des tas de salades du même genre. Là, si je peux dire, j'étais plus tranquille: je ne savais même pas de quoi il s'agissait. Vous le savez, vous?

Toujours à voix basse, Kadjang lui expliqua longuement quelle était la situation de son pays.

—Ils nous ont posé les mêmes questions, conclut-il. Aux autres et à moi. Inutilement, bien entendu. Nous connaissons tous l'existence de la BMA dans la jungle de Zamboanga, ses hommes viennent parfois dans les *kampongs* chercher de la nourriture fraîche, mais aucun villageois ne connaît heureusement l'emplacement de leur camp.

—Et vous?

—Moi? fit le Moro avec un petit rire désenchanté. Je ne suis qu'un modeste instituteur dans un village près de la côte. J'ai avoué être un membre actif du FLNM, ce qui est vrai, mais par la grâce d'Allah j'en sais encore moins que nos frères de l'intérieur sur les mouvements de la BMA.

—Dites donc, soit dit en passant, vous m'avez l'air rudement instruit pour un modeste instituteur, non?

—J'ai eu la chance, dans ma jeunesse, d'avoir pu faire mes études à Londres. Mais c'est de l'histoire ancienne, je préfère ne pas en parler.

— D'accord, fit Simon. De toute façon, les diplômes ne servent plus à grand-chose dans ce trou à rats. Et le chef de cette BMA, votre Tigre de Mindanao, c'est quoi, comme type ?

— On raconte beaucoup de choses sur lui. Certains disent qu'il serait le fils de l'ancien sultan de Samal, sur la côte sud-est de l'île. D'autres vont jusqu'à penser qu'il s'agit d'un descendant du Prophète venu sur terre pour délivrer les vrais croyants du joug des chrétiens. Je doute même que ses propres hommes sachent qui il est réellement. Mais, ce qui est sûr, c'est que depuis le cessez-le-feu cet homme est devenu pour tout le peuple moro le symbole de la liberté et de l'indépendance.

— Le vengeur masqué, hein ? ricana doucement Simon. Mais il regretta aussitôt sa raillerie. Excusez-moi, Kadjang, je ne voulais pas me moquer. Est-ce que vous avez une idée de la raison pour laquelle on nous a arrêtés et questionnés comme ça ? Ce sont des vrais nazis, ces mecs. Moi, j'étais en cavale pour avoir piqué quelques bricoles à Manille, mais ça, ils ont l'air de s'en foutre comme de leur première cravache. Ils ne veulent même pas me croire quand je dis qui je suis et que les flics me courent après. Ce n'est tout de même pas cette foutue histoire de yacht qui peut les exciter comme ça, non ?

— Je crains que si, répondit doucement le père de Malunaï. J'ai beaucoup réfléchi à cette affaire, Simon, et je suis presque persuadé que les militaires cherchent à se servir de ce prétexte pour redéclencher la guerre et en finir définitivement avec les Moros.

— Ça m'a l'air un peu gros, non ?

— Le prétexte que Hitler avait fabriqué de toutes pièces pour envahir la Pologne était encore plus mince. Et les Moros n'ont pas en Asie l'importance que les Polonais avaient dans l'Europe de 1939. La plupart des Philippins nous craignent et nous haïssent. Ceux qui veulent la guerre à outrance seront soutenus sans réserve par l'opinion publique.

— Pourtant, ce ne sont pas des Moros qui ont attaqué ce yacht, murmura Simon comme s'il se parlait à lui-même.

— Je sais, dit simplement Kadjang d'une voix lasse. Mais qu'est-ce que ça change, si le prétexte est bon ?

— Mais pourquoi nous avoir arrêtés, nom d'un chien ? Pourquoi moi ? Pourquoi vous ? Pourquoi les pauvres types de ce village où nous étions, puisque ça crève les yeux qu'ils ne savent rien sur vos sacrés rebelles ?

— Vous, pour se débarrasser d'un témoin gênant. C'est pour cela qu'ils veulent à tout prix retrouver ma pauvre Malunaï. Nous, parce que nous sommes des Moros. Et que, si nous sommes condamnés à mort et exécutés avec suffisamment de publicité, le prétexte du yacht n'aura même plus besoin d'être évoqué par les militaires, sinon pour obtenir l'aide des Américains. La population moro tombera d'elle-même dans le piège. Il y aura des troubles, des imprudences, quelques soldats du Southern Command seront assassinés en représailles et Manille n'aura plus qu'à tranquillement ordonner le massacre. C'est affreux de simplicité.

Le jeune Israélien éprouva tout à coup une certaine difficulté à avaler sa salive.

— Condamnés à mort ?! Vous rigolez, j'espère ?...

— Vous, je ne sais pas, Simon. Mais en ce qui concerne mes compagnons et moi-même, c'est certain. Cela fait obligatoirement partie du plan. Mais ma vie m'importerait peu si je pouvais sauver celle des milliers d'hommes, de femmes et d'enfants qui vont mourir. Hélas, dans ce pays, les Moros ne sont pas considérés comme des êtres humains à part entière. Vous, Européen, vous ne pouvez pas comprendre…

— Je ne suis pas européen, murmura Simon d'une voix sourde. Je suis israélien. Et je peux vous assurer qu'en tant que Juif j'en connais un bout sur ce genre de question.

Il sentit contre son épaule le tressaillement de surprise de Kadjang.

— Vous… vous êtes juif?!

— Je m'appelle Ben Chaïm. Marrant, non? Je serai sans doute le premier Juif à mourir au nom d'une cause musulmane. Cause dont je n'ai, par ailleurs, rien à foutre, ajouta-t-il assez bas pour que le Moro ne puisse pas l'entendre.

Un long moment, ils restèrent silencieux dans le noir, vaguement bercés par les conversations à voix basse de leurs compagnons de cellule.

Simon était atterré par l'hypothèse du Moro. Qu'est-ce que sa bon Dieu de mauvaise étoile avait eu besoin de l'envoyer s'engluer dans ce merdier?! Sa seule minuscule petite chance était Largo, dont il avait lancé le nom à la voix qui l'interrogeait. Il y avait une infime possibilité pour que cet homme essaie de vérifier si, oui ou non, son prisonnier était un ami du milliardaire américain. Et une possibilité encore plus infime pour que Largo en soit averti.

Il tenta pendant quelques minutes de se raccrocher à cet espoir puis, délibérément, le rejeta. Ça ne ferait que le déprimer davantage. Il ne devait compter que sur lui-même. Et puisque, pour une raison inexpliquée, on leur laissait recouvrer un peu de forces, autant essayer d'en profiter. Une prison, c'est fait pour s'en évader. C'était ça, le problème auquel il devait s'attaquer. Ça et rien d'autre. La première chose était donc de se repérer.

— Vous avez une idée de l'endroit où nous sommes ? demanda-t-il à Kadjang.

Mais celui-ci ne répondit pas. Au poids plus lourd qu'il sentait contre son flanc, Simon comprit que le Moro s'était endormi, sans doute à bout d'épuisement. Et il se rendit compte un peu tard que, préoccupé par son propre cas, il n'avait même pas songé à s'enquérir de l'état de cet homme deux fois plus âgé que lui.

D'un geste presque maternel, il fit glisser la tête de Kadjang sur son épaule.

* * *

Le soldat technicien des transmissions déposa ses écouteurs et réenroula la bobine du magnétophone, hochant la tête avec satisfaction. Il ne parlait pas un mot d'anglais et n'avait donc rien compris à la conversation entre les deux prisonniers. Mais celle-ci, admirablement captée par la minuscule capsule émettrice FM dissimulée dans les bandages de Simon, était d'une netteté parfaite. Retirant la bobine de l'appareil, il la tendit à l'homme en uniforme bleu de colonel de l'armée de l'air qui se tenait debout à côté de lui.

Sans que le soldat comprenne pourquoi, cet officier lui faisait peur. Une peur étrange, insurmontable. Il était très grand pour un Philippin, presque 1,80 m, et son visage d'une beauté de statue semblait avoir été taillé dans l'ivoire tant il était capable de rester immobile. Mais c'étaient surtout ses yeux qui dérangeaient. Tous les Asiatiques ont les yeux noirs. Mais le noir de ceux-ci était… différent. Quand ils se fixaient sur vous, vous aviez l'impression presque nauséeuse de plonger tout droit dans le néant.

— Voilà, mon colonel, fit-il timidement en tagalog. L'enregistrement est très clair.

L'officier prit la bobine, remercia sèchement le technicien et gagna directement le petit bureau qu'on avait mis à sa disposition. Ouvrant la porte d'une armoire métallique surmontée de l'inévitable photographie officielle du président Marcos en grand uniforme, il en retira un magnétophone portatif qu'il déposa sur le bureau. Il y plaça la bobine, brancha l'appareil, le mit en marche et, s'asseyant dans un fauteuil, écouta attentivement.

Après la troisième audition, il se releva, un léger sourire sur ses lèvres minces, et arrêta le magnétophone. Avec un minimum d'intelligence et d'astuce, il avait obtenu plus d'informations en quelques heures que ces brutes des renseignements spéciaux en cinq jours d'interrogatoire et de torture. Quand donc ces imbéciles comprendraient-ils qu'à l'heure de l'électronique et des études de comportement la clé du renseignement ne passait plus par ces méthodes primitives d'un autre âge ?

Il rédigea une courte note à l'intention de l'officier de la sécurité au quartier général du Southern Command à Zamboanga City, lui enjoignant de mettre tout en œuvre pour retrouver une certaine Malunaï, fille d'un instituteur de la région nommé Kadjang. Puis il sonna un planton et lui ordonna de faire transmettre immédiatement le message.

Ce Kadjang était intelligent. Pas au point de deviner qu'un micro peut se dissimuler ailleurs que dans un mur, mais suffisamment pour raisonner avec logique. Contrairement à la plupart de ses compatriotes, le colonel d'aviation était loin de sous-estimer les Moros. Celui-ci avait parfaitement compris le mécanisme de l'opération. Bien entendu, il n'avait pu en reconstituer que la phase « officielle », la partie visible de l'iceberg. Personne ne pourrait jamais deviner que les événements qui allaient se produire durant les prochaines semaines faisaient partie d'un vaste plan d'ensemble soigneusement calculé. Personne non plus ne pourrait soupçonner le véritable objectif de ce plan.

C'était le Juif qui avait failli tout flanquer par terre dès le départ, par une de ces coïncidences si totalement improbables que le mécanisme le mieux élaboré n'aurait pu en tenir compte. Mais, heureusement, il avait pu être annihilé à temps. Quant à la fille, cette Malunaï, elle était infiniment moins dangereuse, mais le colonel serait quand même plus tranquille quand on lui aurait mis la main dessus. Il ne serait même pas nécessaire de l'emprisonner ; une mort rapide et discrète, le corps abandonné aux carnivores de la jungle, et le problème serait réglé.

Seul dans le bureau silencieux, l'officier réfléchit longuement au cas de Ben Chaïm. Il ne fallait pas commettre d'erreur, ce serait vraiment trop bête. Une idée, lentement, se fit jour dans son esprit. Consultant son bracelet-montre, il calcula que, de l'autre côté de l'Océan, il était 3 heures du matin. Son correspondant serait sans doute furieux d'être réveillé en pleine nuit, mais tant pis. Il s'approcha du téléphone posé sur le bureau.

Cet appareil était très différent d'un poste ordinaire, raison pour laquelle le colonel s'était précisément fait affecter ce bureau-ci. Le support du cornet émergeait directement d'une grosse boîte noire un peu plus grande qu'un carton à chaussures et comportant trois touches : un brouilleur. La ligne était en outre, l'officier le savait, directement reliée aux réseaux national et international, sans passer par le standard des transmissions. Après les préfixes qu'il connaissait par cœur, il forma un numéro. Relayée par satellite, la communication s'établit immédiatement et un téléphone se mit à sonner à quinze mille kilomètres de là.

Dès qu'il eut la voix ensommeillée de son correspondant en ligne, le colonel brancha le brouilleur, s'identifia et parla pendant cinq minutes. Puis il y eut un silence. L'officier savait qu'en raison de l'énorme distance, même en transmission UHF, il fallait près de quinze secondes pour que le dernier mot qu'il avait prononcé soit perçu par son interlocuteur, et le même laps de temps pour que la réponse de celui-ci lui parvienne. Il écouta attentivement cette réponse, approuva, lâcha une brève formule de politesse et raccrocha, satisfait.

Levant son visage de statue vers la photographie au-dessus de l'armoire, il eut un petit sourire condescendant à l'adresse du vieil homme qui s'accrochait au pouvoir dans son palais de Malacanang [1].

Dans moins de deux mois, si tout allait bien, lui, Angel Ortega, serait l'homme le plus puissant des Philippines.

1. Palais présidentiel à Manille.

Mardi 19 septembre
14 h 30 (GMT - 7)

L'un des deux gardes armés en uniforme raccrocha le téléphone dissimulé dans le mur et actionna l'ouverture électrique du portail. Le taxi de Largo pénétra dans le parc et dut parcourir encore six cents mètres avant de s'arrêter devant l'entrée principale de l'énorme manoir éclaboussé de chèvrefeuille et de glycine en fleurs. Après avoir demandé au chauffeur de l'attendre, Largo gravit les quelques marches qui menaient au perron où l'attendait un majordome aux impeccables gants blancs.

Située sur la plus haute des collines de Beverly Hills, à l'ouest de Los Angeles, la propriété Midsummer dominait impérialement cet immense quartier super-résidentiel qui bat depuis quarante ans tous les records mondiaux de millionnaires au kilomètre carré. En le traversant, le jeune homme avait dû constater une fois de plus qu'il n'avait pas encore appris vraiment ce que c'était que l'argent. Sans doute ne l'apprendrait-il jamais. Ce qui, dans son cas, était pour le moins un comble.

Le majordome l'introduisit dans un hall éblouissant de marbre qui aurait pu abriter sans problème une session des Nations unies au grand complet. Moins d'une minute plus tard, un petit homme sans âge, chauve et banal, jaillissait d'une des innombrables portes et se précipitait vers Largo, la main tendue.

— Monsieur Winch ? Ravi de vous connaître. Je suis Stanley Roshman, l'avocat de M. Midsummer.

— Enchanté, fit Largo en pressant la chose molle que l'autre lui avait glissée dans la paume. C'est à vous que j'ai parlé au téléphone, je crois ?

— C'est exact, tout à fait exact. M. Midsummer va vous recevoir dans un instant, monsieur Winch. Je vous demanderai seulement de le ménager et de limiter votre entretien à une demi-heure tout au plus. M. Midsummer, vous vous en doutez, a été extrêmement éprouvé par la... heu... par le décès de son fils...

— Je comprends, monsieur Roshman. Rassurez-vous, je ne resterai pas longtemps.

Et il suivit le petit homme dans le large escalier qui menait au premier étage.

En dépit de l'assurance qu'il avait montrée devant Keyhole, Largo avait été surpris de la facilité avec laquelle il avait obtenu un rendez-vous pour le jour même avec le magnat des mines. Il lui avait téléphoné dès son arrivée à l'International Airport de L.A. et avait eu Roshman à l'appareil. Après avoir décliné son identité et expliqué en deux mots qu'il voulait voir Midsummer au sujet du *Morning Rose*, il n'avait dû attendre que cinq minutes pour entendre l'avocat lui proposer une entrevue à 14 h 30.

Cela lui laissa le temps de réserver un aller simple sur le vol PA 811 de 20 heures à destination de Manille *via* Honolulu, et de prendre pour la journée une chambre à l'Holiday Inn qui se trouve dans l'enceinte même de l'aéroport. Il y prit une douche, se rasa et se changea. Et comme il lui restait deux heures à tuer, il prit un taxi jusqu'au siège de la WBS sur le Santa Monica Boulevard.

La Western Broadcasting System, que la plupart des gens avaient évidemment rebaptisée Winch Breadcasting System [1]. était la principale des trois chaînes contrôlées par la petite M.D. « Télévision », onzième en importance du Groupe W, et dont le siège se trouvait dans le même immeuble. Waldo Buzetti, président de la division, était absent, mais Largo tomba sur le chef des informations de la chaîne au moment où celui-ci partait déjeuner. Il s'en fit reconnaître et, devant le plat du jour d'un petit restaurant voisin, l'interviewa sur les Midsummer.

Mais le journaliste ne lui apprit rien qu'il ne sache ou ne soupçonne déjà. Le vieil Horace, parti de rien, avait bâti son immense fortune à force de flair, de génie opportuniste et d'obstination. Son unique épouse était morte dans un accident de chemin de fer après trois ans de mariage, lui laissant un fils, Graham, qui venait d'avoir quarante-huit ans quand il s'était fait assassiner par ces pirates des Philippines. Deux fois divorcé, sans enfants, Graham avait été un homme sans scandales dont on parlait peu et que l'on disait efficace dans la gestion des affaires familiales.

Le journaliste avait connu personnellement Adrian Pearson, le commandant du *Morning Rose*, et il savait que le yacht, l'un des plus beaux de sa catégorie, avait fait plusieurs fois le tour du monde, servant de bureau flottant aux Midsummer lorsqu'ils visitaient leurs fiefs d'Afrique,

---

1. *Bread* : « pain », mais aussi, par extension, « argent » ou « dollars ». *Casting* : « coulée en fusion pour la fabrication des pièces métalliques ». *Breadcasting system* doit donc se comprendre comme le « système à fabriquer des dollars ».

d'Australie ou d'Amérique latine. Le bâtiment était enregistré à Panama, comme il se doit.

Quant à Roshman, pour ce que l'homme de la télévision en savait, il était le conseil attitré du vieux milliardaire. Contrairement à ce qui se passe en Europe, il est fréquent, aux États-Unis, de voir des juristes s'employer au service exclusif d'un seul patron, et tout brasseur d'affaires un peu important veille à avoir dans son staff, au même titre que son chauffeur et son valet de chambre, « son » avocat dûment inscrit au barreau. C'était, là encore, un de ces nombreux points où Largo s'écartait de la règle.

Le déjeuner terminé, le jeune homme avait remercié son informateur et pris un nouveau taxi pour gagner Beverly Hills.

Abrité du soleil californien par des persiennes devant les fenêtres, le salon du premier étage, meublé en style colonial américain, baignait dans une demi-pénombre. Assis dans un fauteuil à haut dossier, Horace Midsummer regardait Largo venir vers lui sous la conduite de l'avocat. Il était horriblement maigre et le plaid qui lui recouvrait les épaules le faisait ressembler à une vieille momie frileuse. Le cœur du garçon se serra en apercevant, près du vieillard, sur un guéridon, le portrait de celui dont il avait déjà vu la photo dans le *Manila Times* : un homme dans la force de l'âge, aux cheveux abondants et les yeux agrandis par les classiques lunettes d'écaille du businessman *made in USA*. Le coin gauche du cadre était barré d'un large ruban noir.

— Approchez, jeune homme, approchez…

La voix ressemblait à une petite toux sèche qui faisait mal.

—Monsieur Midsummer, je suis désolé de vous déranger…

—Pas du tout, pas du tout. J'étais curieux de vous voir. J'ai bien connu votre père, vous savez…

Largo se demanda à part lui à combien de sordides affrontements les deux hommes, aussi implacablement acharnés l'un que l'autre à bâtir leur fortune, avaient dû se livrer. Et tout ça pour en arriver là, dans ce fauteuil, vieil oiseau de proie décharné perdu dans cet immense manoir, sans amis et pleurant son fils mort avant lui.

—Sachez que je compatis sincèrement à votre douleur, commença Largo d'un ton embarrassé.

Il laissa mourir sa phrase en percevant le geste de Roshman debout à côté de son patron et comprit que ses condoléances de pure forme étaient superflues.

—Votre conseil m'a demandé d'être bref, poursuivit-il. J'irai donc droit au but de ma visite. J'ai appris incidemment que l'un de mes amis avait été mêlé malgré lui à ce… à l'affaire du *Morning Rose*.

—Quel ami ? demanda âprement le vieil homme. Qu'a-t-il fait ? Que savez-vous de cette horrible histoire ?

Profondément enfoncés dans leurs orbites cadavériques, les petits yeux du magnat des mines s'étaient brutalement mis à flamboyer de fureur.

—Rien de plus que ce qu'en ont dit les journaux, monsieur Midsummer. Et j'ignore comment et pourquoi Simon Ben Chaïm, l'ami en question, se trouvait dans les parages. Je pars ce soir même pour Zamboanga City afin d'en savoir plus. Ce que je voudrais vous demander, en m'excusant de devoir raviver votre chagrin, c'est si, à votre connaissance, les autorités de là-bas sont absolument certaines que ce sont bien des Moros qui ont attaqué votre yacht.

— Évidemment que ce sont eux, s'emporta le vieillard. Je les connais, ces sauvages. Tous des… des pirates, des brutes qui… qui…

— Calmez-vous, monsieur, intervint Roshman en lui posant une main apaisante sur le bras. Vous savez que vous ne devez pas vous énerver. Il y a eu une enquête officielle, poursuivit-il à l'adresse de Largo. Les conclusions sont formelles : les assassins appartiennent bien à l'ethnie des Moros. D'ailleurs, les coupables ont déjà été arrêtés. Nous en avons été avertis il y a quelques jours et la presse en a même parlé. Ce tragique événement est extrêmement douloureux à évoquer, monsieur Winch. Puis-je vous demander ce que vous désirez savoir exactement ?

— Tout ce dont la presse n'a pas parlé, monsieur Roshman. Que faisait le *Morning Rose* dans la mer de Sulu ? Y avait-il quelque chose à bord susceptible d'exciter la convoitise des pirates ? A-t-on trouvé des témoins du drame qui… ?

— Qu'est-ce que ça peut vous foutre ? le coupa brutalement Midsummer, bavant de colère. Vous êtes devenu flic, ou quoi ? Ça ne vous suffit pas que mon fils soit mort, il faut que vous veniez m'emmerder jusque chez moi ? Fous-le à la porte, Sidney ! Fous-le dehors ! Je ne veux plus voir personne, tu m'entends ?! Personne !

Un demi-siècle de vernis d'éducation venait de craquer, rendant à l'ancien prospecteur le langage de ses débuts. Largo ne pouvait que le comprendre. D'autant plus que le pauvre vieux avait l'air à moitié gâteux. Il se laissa emmener hors de la pièce par un Roshman au regard réprobateur. Tassé dans son fauteuil, tremblant de rage, le vieillard le suivit haineusement des yeux jusqu'à ce que la porte se referme sur lui.

L'entrevue n'avait pas duré trois minutes.

— Vous ne vous y êtes pas très bien pris, monsieur Winch.

— J'en ai peur, en effet. Je ne suis pas très doué pour ce genre d'enquêtes délicates.

Dans le hall de marbre, le petit avocat devait lever sa grosse tête ronde de fruit confit pour soutenir le regard de Largo.

— Monsieur Midsummer a été terriblement atteint, poursuivit-il. Il m'a fait remuer la moitié du State Department pour essayer de venger son fils. L'ambassadeur à Manille a même été rappelé en consultation à Washington.

— Bon sang, c'est à ce point-là ?

— C'est à ce point-là. Les Philippins sont d'ailleurs assez furieux eux-mêmes. Le meurtre de leur parlementaire ne leur a pas beaucoup plu.

— Qu'a-t-on fait des corps, monsieur Roshman ?

— Ils ont été enterrés là-bas. Sauf les corps de Graham, du commandant Pearson et de Bigelow qui ont été rapatriés aux États-Unis, réclamés par leurs familles. Graham a été inhumé il y a quatre jours dans le caveau des Midsummer, au cimetière de Beverly Hills. Dans la plus stricte intimité, bien entendu.

— Je comprends. Dites-moi, vous avez parlé de l'arrestation des coupables. Y avait-il un Européen parmi eux ?

— Pas à ma connaissance. Non, rien que des indigènes, des Moros. Puis-je vous poser une question à mon tour, monsieur Winch ?

— Bien sûr.

— Pourquoi avoir demandé à M. Midsummer s'il était certain que c'étaient bien des Moros qui avaient attaqué le *Morning Rose* ?

Largo réprima un léger sursaut. Mais le visage lisse de l'homme de loi ne reflétait qu'un intérêt poli.

— Oh, comme ça. Comme je vous l'ai expliqué, il semblerait que cet ami dont je vous ai cité le nom soit impliqué dans l'affaire. J'essaie donc, avant d'aller là-bas, d'en savoir le plus possible, c'est tout.

— Ce sont bien des Moros, monsieur Winch. Il n'y a aucun doute là-dessus.

— Mais quel motif auraient-ils eu ?

Les deux hommes étaient lentement arrivés à la porte d'entrée. La main sur la lourde poignée de cuivre, Stanley Roshman baissa imperceptiblement la voix.

— Oh, à vous je peux bien vous le dire, monsieur Winch. C'est tout à fait confidentiel mais, comme homme d'affaires, vous comprendrez. Le coffre du *Morning Rose* contenait 300 000 dollars. En liquide. Bien entendu, la presse n'en a rien su et nous n'avons pas jugé utile de mentionner ce fait aux autorités philippines.

— Pourquoi cela ?

— Mon Dieu… vous savez comment ça se passe, dans ces pays. M. Midsummer a d'importants intérêts aux Philippines. Il avait en vue une nouvelle exploitation minière dans les îles, ce qui est devenu difficile pour des capitaux américains depuis l'abrogation du Bell Trade Act [1]. Graham était, disons, chargé de nous attirer la bienveillance de quelques consciences locales, et ce Vergara devait en principe servir d'intermédiaire pour la distribution de la manne. Une pratique extrêmement courante, là-bas, n'est-ce pas.

---

1. Loi économique imposée par les États-Unis en 1946 et qui permettait aux Américains, champions comme chacun sait de l'anticolonialisme, d'exploiter les ressources de l'archipel comme s'ils étaient eux-mêmes philippins. Le président Magsaysay en obtint la modification puis l'abrogation en 1956 et 1957.

— Et vous pensez que… ?

— Que quelqu'un a réussi à apprendre l'existence de cette somme et a renseigné ces pirates. Cela me paraît évident. Je me suis laissé dire que ces Moros étaient plus ou moins en rébellion et cherchaient de l'argent pour acheter des armes… Voilà, monsieur Winch. Vous me permettez de ne pas vous retenir davantage. Je vous souhaite un bon voyage, et de résoudre le problème de votre ami.

— Merci, monsieur Roshman. Ah ! oui, une dernière chose… Vous ne vous êtes pas rendu sur place lors de… heu, de l'accident ?

— Non. M. Midsummer ne supporte plus beaucoup les longs voyages. Et puis, à quoi bon, n'est-ce pas…

— Vous ne voyez pas quelqu'un là-bas qui aurait suivi l'enquête du côté américain ?

— Si, bien entendu. Vous pouvez aller voir de ma part le premier secrétaire de l'ambassade, Henry Anderson. Je le connais un peu. Très bonne famille de Boston. C'est lui qui nous a tenus au courant. (Roshman baissa soudain la voix comme s'il soupçonnait le majordome qui venait de réapparaître dans le hall d'être l'antenne locale du KGB.) Il paraît d'ailleurs que c'est lui qui s'occupe de la CIA à Manille, souffla-t-il d'un air de conspirateur en ouvrant la porte à Largo.

Avant de pénétrer dans le taxi qui l'avait attendu, le jeune homme jeta un dernier coup d'œil à l'imposante demeure. Sur le perron, la courte silhouette de l'avocat semblait n'attendre que son départ pour retourner se précipiter aux pieds de son riche patron.

Un bon petit chien-chien bien stylé.

Largo n'était jamais venu en Californie mais n'avait

aucune envie d'entamer sa découverte du « Golden State » par la ville de Los Angeles.

Ce n'était d'ailleurs pas une ville à proprement parler mais, étalé sur plus de cent kilomètres, le rassemblement de soixante-quinze bourgades pour la plupart industrielles, entrecoupées de zones pétrolières, de chantiers et d'interminables autoroutes urbaines. Les statistiques de cette riante cité proclament fièrement que les deux tiers de sa surface sont consacrés à la voiture. Ce qui laisse tout de même un petit quelque chose pour les aciéries, les usines chimiques, les raffineries et les dizaines de milliers de tonnes d'ordures ménagères déposées chaque jour sur les trottoirs par ses trois millions d'habitants.

De toute façon, il avait du sommeil en retard. De retour à son hôtel, il demanda qu'on l'appelle à 18 h 30 et s'endormit immédiatement. Lorsque la sonnerie du téléphone le réveilla, il n'était que 17 heures. Largo allait protester lorsque le réceptionniste acheva de lui rendre ses esprits en lui signalant que M. Dwight Cochrane désirait lui parler et l'attendait dans le hall.

* * *

À cinquante-cinq ans, l'administrateur du Groupe W était le prototype de l'Américain de bonne souche qui se sait arrivé au sommet de la hiérarchie salariée. La mâchoire énergique, des cheveux gris fer impeccablement coiffés, un hâle soigneusement entretenu, le regard perçant à peine atténué par des lunettes sans monture, Dwight Cochrane était aussi à l'aise devant les caméras de télévision que dans l'analyse d'un bilan consolidé ou la synthèse critique de la situation sidérurgique en Sibérie orientale. Brillant et sûr de lui, il n'ignorait pas que les 420 000 salariés du Groupe

W l'avaient unanimement surnommé « le Himmler de Central Park » et s'en moquait éperdument. À la tête de la toute-puissante Administration, il se consacrait avec un acharnement glacial à contrôler les innombrables rouages du trust dont il avait la surveillance.

L'apparition brutale de Largo à la tête du Groupe avait été pour son Numéro 3 le début de jours difficiles. Ce garçon sorti de nulle part ne respectait aucune des règles traditionnelles dans la gestion de son colossal patrimoine, pas même celle d'un minimum de décence vestimentaire. Voir chaque trimestre ce galopin irresponsable venir présider le *Big Board* des douze présidents de M.D. en jean et chemise ouverte était une véritable torture pour l'ancien élève des sévères collèges du Massachusetts. Et il préférait rejeter dans l'oubli les aventures d'une abomination indécente dans lesquelles Largo l'avait entraîné à son corps défendant [1].

L'administrateur reconnaissait cependant à l'héritier de Nerio Winch un indéniable flair en matière de prospective internationale. L'une de ses premières décisions importantes, celle de démanteler la M.D. « Électronique » en siège à Taipei, avait été un véritable coup de génie visionnaire. Comme si Largo avait été le seul à savoir qu'un an plus tard les États-Unis rejetteraient la Chine nationaliste du fils de Tchang Kaï-chek dans les limbes pour ouvrir les bras à l'immense marché potentiel qu'était celle du défunt Mao. Mais ces quelques coups de chapeau mis à part, il fallait bien admettre que les rapports entre Dwight Cochrane et Largo Winch relevaient davantage du combat de chiens que de l'amour tendre de deux pigeons.

1. Voir les volumes précédents.

— Qu'est-ce que vous faites ici, monsieur Cochrane ? Je vous croyais à New York.

— J'ai pris la « navette » de 14 heures à Kennedy, répliqua l'administrateur de son habituelle voix sèche et distante. Comme vous pouvez le constater, je vous cours après, monsieur Winch.

Contrairement à la coutume américaine, les deux hommes avaient tacitement décidé de maintenir le « monsieur » dans leurs conversations. Sans doute pour refréner la tentation des écarts de langage.

— Pourquoi ? Et d'abord, comment m'avez-vous retrouvé ? grogna Largo en s'installant dans un des fauteuils du *lobby*, le plus à l'écart possible du *desk* de la réception.

Cochrane en fit autant, raide comme un poireau surgelé.

— Oh, vous n'ignorez pas que je dispose de tous les moyens d'investigation nécessaires. Vous êtes un personnage trop connu pour pouvoir disparaître facilement, monsieur Winch. Je sais même que, dans un peu moins de trois heures, vous comptez embarquer sur un vol à destination de Manille.

— Vous avez réellement une âme de flic, monsieur Cochrane.

— Je sais. Et c'est pour ça que vous me payez, monsieur Winch.

Ce qui était parfaitement exact.

Les 484 informaticiens, enquêteurs itinérants et employés de l'Administration étaient, Cochrane en tête, directement au service de Largo, sans passer par la fiction d'une société. Sous la féroce impulsion de leur chef, ils étaient devenus une véritable police économique de l'empire Winch. Quand ce n'était pas, comme l'administrateur venait de le démontrer, une police tout court.

— À propos de flics, poursuivit-il en fixant sévèrement Largo, j'ai eu la surprise de recevoir ce matin la visite d'un inspecteur de la 5e brigade dans mon bureau. Il paraîtrait que vous êtes allé vous amuser du côté de Spanish Harlem, hier soir, monsieur Winch. Votre voiture et vous-même avez été formellement reconnus par de nombreux témoins.

— C'est exact, lâcha sèchement Largo. Et alors ?

— Alors ? Comme il y a tout de même eu une petite fusillade et deux morts, l'attorney aurait aimé vous poser quelques questions. Avec tout le respect qu'il vous doit, naturellement.

— J'y répondrai à mon retour. Vous n'avez qu'à payer une caution en attendant.

— C'est déjà fait, monsieur Winch.

— Eh bien, c'est parfait. C'était pour me dire ça que vous avez fait cinq heures de vol, monsieur Cochrane ?

Le visage pincé du Numéro 3 se crispa légèrement.

— Non, monsieur Winch. C'est pour vous demander de laisser tomber.

— Laisser tomber quoi ?

— L'idée d'aller aux Philippines pour essayer de sortir ce hippie de Ben Chaïm du pétrin dans lequel il a dû se fourrer. Sapristi, monsieur Winch, si vous tenez tellement à ce bon à rien, le Groupe ne manque pas d'avocats pour faire ce travail à votre place, vous ne pensez pas ?

— Vous méritez réellement votre surnom, murmura songeusement Largo. Je vois que la petite Mullins est allée faire son rapport. Combien la payez-vous, monsieur Cochrane ?

Ce dernier écarta la question insidieuse d'un geste dédaigneux de la main.

— Ne vous méprenez pas, monsieur Winch. Je sais que je suis votre employé, mais je ne cherche qu'à servir vos intérêts. Même malgré vous, le cas échéant.

Largo ne s'était pas trompé : l'administrateur se prenait bien pour le Richelieu d'un groupe dont le jeune milliardaire serait tout à la fois le Louis XIII et le d'Artagnan.

Encore heureux qu'il n'y ait pas une Anne d'Autriche dans le tableau.

— Écoutez, monsieur Cochrane, vous n'allez tout de même pas jouer la nounou chaque fois que je prends l'avion, non ? D'habitude, ce serait plutôt Sullivan qui tiendrait ce rôle...

— Si John Sullivan n'était pas absent, il serait ici avec moi, soyez-en persuadé.

— Mais bon sang, dit en souriant Largo qui commençait à s'amuser, vous ne savez même pas pourquoi je vais aux Philippines. Simon a des ennuis, c'est vrai, mais je ne vais pas l'en tirer à coups de bazooka, tout de même. Je connais des gens, à Manille. Le Groupe y a des intérêts, il y a une ambassade, des avocats, des lois... Je compte simplement utiliser des moyens d'enquête et de pression que Simon n'a pas les moyens de se payer, c'est tout. En quelques jours, ce sera réglé et vous me verrez débarquer bien tranquillement à New York. Il n'y a vraiment pas de quoi vous agiter ainsi, monsieur Cochrane.

Dwight Cochrane secoua la tête, nullement convaincu.

— Monsieur Winch, si vous étiez un homme ordinaire, l'idée de vous parler de tout ceci ne m'aurait même pas effleuré. Les problèmes de votre ami Ben Chaïm vous regardent, il s'agit d'une affaire personnelle et je n'aurais pas à m'en mêler. Seulement...

— Seulement ?

— Seulement, vous n'êtes *pas* un homme ordinaire. Par je ne sais quel mauvais tour de votre destin, vous ne pouvez apparemment pas vous lancer dans une entreprise personnelle sans déclencher du même coup de véritables batailles rangées : des coups de feu sont tirés, le sang coule, des hommes meurent… C'est insupportable, monsieur Winch. Tenez, cette nuit encore…

— Est-ce ma faute ?

— Généralement pas, je l'admets. Enfin, je le suppose. Mais les faits sont là.

Les yeux de Largo virèrent à l'orange sombre. Il en avait tout à coup assez de se faire admonester comme un bébé irresponsable.

— Écoutez-moi bien, mon vieux, fit-il d'un ton sec. Je sais parfaitement que vous et Sullivan passez votre temps à trembler dans vos petits bureaux bien propres à l'idée qu'il puisse m'arriver quelque chose. Si je disparais, le Groupe disparaît aussi, tout s'effondre et vous perdez votre job. J'en suis désolé, mais c'est ainsi, je n'y peux rien et j'en ai plus que marre de vous voir vous précipiter sur moi avec des mines de mère poule affolée chaque fois que je veux traverser la rue. Je n'ai pas l'intention de rester votre prisonnier, monsieur Cochrane. Et tant pis pour vous si ça vous donne des insomnies.

— Il vous faudrait un héritier, murmura l'administrateur.

— C'est ça. Un héritier. Ça arrangerait tout. Seulement, nous ne sommes plus au temps des rois de France et de la raison d'État, monsieur Cochrane. Et je n'ai aucune intention de me marier dans l'immédiat ni d'adopter un petit Vietnamien pour vous rendre le sommeil.

— C'est pourtant bien de raison d'État qu'il s'agit, monsieur Winch. Ou presque. Le Groupe W, tel qu'il existe, représente une extraordinaire puissance sur la place financière. Démantelé, il ne serait plus rien. Excusez-moi d'être franc, mais vous semblez oublier que c'était là la seule raison pour laquelle votre père vous avait adopté.

— Inutile de me le rappeler, c'est le genre de choses qu'on n'oublie malheureusement pas. Mais je vous ferai remarquer à mon tour qu'il ne m'a pas demandé mon avis.

— C'est regrettable, fit froidement Cochrane. Comme il est regrettable que vous ayez si peu le souci de vos intérêts.

— Mais vous, vous l'avez à ma place, n'est-ce pas ?

— Exactement. Et il y aurait peut-être une solution qui pourrait tout arranger.

Il y eut un moment de silence, seulement troublé par les vrombissements des avions qui ne cessaient de décoller et d'atterrir, et par le brouhaha des voyageurs entrant et sortant qui se succédaient au comptoir de la réception, à une vingtaine de mètres des deux hommes.

— Enfin, nous y voilà, murmura Largo. Allez-y, monsieur Cochrane. Expliquez-moi la *vraie* raison pour laquelle vous êtes venu me débusquer jusqu'ici.

L'administrateur s'appuya contre le dossier de son fauteuil et joignit ses doigts manucurés sans cesser de fixer son vis-à-vis de ses intelligents yeux gris.

— Toutes les parts et actions du Groupe que vous possédez sont en réalité la propriété d'une petite société du Liechtenstein, la Zukunft Anstalt, dont vous détenez la totalité des parts de fondateur. C'est bien ça, n'est-ce pas ?

— C'est moi-même qui vous l'ai appris il y a un an et demi, dit Largo en se demandant où Cochrane voulait en venir.

— Bien. J'ai longuement étudié la question, monsieur Winch. Le seul moyen d'éviter que la cohésion du Groupe ne dépende que de votre seule existence, sans pour autant léser vos intérêts personnels, serait de transférer la propriété de cette Anstalt à une Fondation, la Fondation Winch par exemple, dont vous seriez le président et, disons, Sullivan et moi-même les administrateurs…

— Rien que ça !… Et pourquoi vous deux ? l'interrompit le jeune homme.

— Oh, vous pourriez bien entendu désigner d'autres personnes de votre choix. Mais John et moi étant de toute manière chargés de veiller à vos intérêts propres au sein du Groupe, notre fonction dans cette Fondation ne serait qu'un prolongement logique de ce que nous faisons déjà. Il va de soi que les bénéfices de cette Fondation, c'est-à-dire en fait les revenus de vos parts dans les sociétés du Groupe, seraient intégralement versés à votre compte personnel. Je vous l'ai dit, l'idée n'est pas de vous léser d'un seul cent.

— Non, murmura Largo. L'idée n'est pas de me léser sur le plan financier. L'idée est de m'enlever mon contrôle sur le Groupe.

— Peut-être… Mais en échange, vous seriez libre d'aller risquer votre vie aux quatre coins du monde si ça vous chante. Du fait de la Fondation Winch, la survie du Groupe W resterait assurée.

— Votre proposition est très intéressante, monsieur Cochrane, fit Largo en se levant. Très intéressante, très cynique et très réaliste. Je propose que nous en discutions après mon retour. Maintenant, si vous voulez bien m'excuser, j'ai un avion à prendre…

Le sévère administrateur ne broncha pas d'un cil, se contentant de relever légèrement la tête pour maintenir son regard planté dans les yeux fauves du garçon.

— Non, dit-il froidement.

— Comment ça, non ? dit Largo en sursautant.

— Non. C'est maintenant que je veux régler ce problème, monsieur Winch.

— Vous rigolez, ou quoi ? Mon avion part dans deux heures…

— Aucune importance…

Cochrane se pencha pour saisir un attaché-case, l'ouvrit et en retira un mince dossier qu'il tendit à Largo. Celui-ci le prit machinalement.

Tout y était.

La création de la Fondation Winch dûment enregistrée à Vaduz, la cession des parts de fondateur de la Zukunft Anstalt, la nomination de Largo comme président à vie et celles de Sullivan et de Cochrane comme administrateurs pour cinq ans, l'ordre de transfert permanent des revenus de la Fondation à l'un des comptes privés du jeune milliardaire…

Il ne manquait que la signature de Largo.

— Nom de Dieu ! souffla celui-ci, sidéré. Depuis quand prépariez-vous ce coup-là, Cochrane ?

— Un certain temps, je l'admets. Ces documents sont prêts, en fait, depuis six mois. J'attendais simplement l'occasion favorable…

Les yeux étincelant d'une soudaine colère, Largo jeta brutalement le dossier sur les genoux de l'administrateur.

— Vous devriez savoir que je n'aime pas qu'on me force la main, Cochrane. Reprenez vos torchons et foutez le camp ! Je vous jure que nous réglerons ça à New York quand je serai rentré.

— Non, fit Dwight Cochrane pour la seconde fois. Ou bien vous signez ces papiers maintenant, ou bien je téléphone à l'attorney pour lui signaler votre présence ici et votre intention de quitter le pays. Je crois avoir compris que vos empreintes se trouvaient sur le couteau qui a tué l'une des victimes d'hier soir, monsieur Winch. Je ne doute pas que vous réussissiez à vous disculper, mais cela prendra du temps, et votre petite expédition aux Philippines risque de s'en trouver sérieusement compromise.

Largo devint blanc comme un suaire.

— Vous !? souffla-t-il. Vous, Cochrane !? Du chantage !?...

Le visage de Cochrane resta impassible.

— Dans l'intérêt du Groupe, oui, monsieur Winch. Du chantage.

Les mâchoires serrées, le sang aux tempes, le jeune homme se mit à marcher de long en large entre les fauteuils du hall.

Il n'aurait jamais cru...

Ce n'était pas que le principe proposé par l'administrateur lui déplaisait. Le pouvoir ne l'intéressait pas, et il y gagnerait en effet sa liberté. Mais la manière, bon sang, la manière...

Il n'était pas question de céder. Pas de cette façon. D'autre part, Largo était certain que Cochrane mettrait sa menace à exécution. Le Numéro 3 avait brûlé ses vaisseaux et se moquait éperdument que son patron passe ses jours en prison, dans un asile de fous ou coincé dans un poumon d'acier du moment qu'il restait en vie.

Quel machiavélique salaud !

Ainsi, c'était bien par de tels moyens que l'on devenait l'un de ces puissants dignitaires du grand commerce. Et encore, Cochrane pouvait être considéré comme un homme relativement intègre. Combien d'adversaires, combien de concurrents des monstres dévorés d'ambition comme Midsummer ou Nerio Winch n'avaient-ils pas dû réduire à leur merci par de semblables procédés ?

Mais s'indigner ne servait à rien. Il devait absolument prendre cet avion, et Largo, Cochrane l'avait dit lui-même, n'était pas un homme ordinaire. Il ne restait donc qu'une seule solution.

Il se calma et jeta un rapide coup d'œil en direction du *desk*. Les employés s'activaient à enregistrer un troupeau d'hommes d'affaires japonais en transit et personne ne faisait attention aux deux hommes. Revenant vers l'administrateur toujours posément installé dans son fauteuil, il tendit la main gauche.

— Laissez-moi rejeter un coup d'œil sur ces papiers, monsieur Cochrane.

L'autre esquissa l'ombre d'un sourire, certain d'avoir gagné. Sans méfiance, il se pencha légèrement en avant pour donner les documents au jeune homme et ne vit même pas le mouvement incroyablement rapide de la main droite de celui-ci. Avec une violence calculée, les doigts raidis de Largo le frappèrent sous le menton, juste à la jointure de la carotide et des ganglions cervicaux. Cochrane s'effondra comme un sac, tassé contre le dossier du fauteuil.

Largo releva vivement la tête. Personne n'avait rien vu.

Il courut vers le *desk*.

— Vite, aidez-moi ! Mon ami vient d'avoir un malaise.

Un des employés se précipita.

— Un malaise ? Juste ciel ! Vous voulez que j'appelle un médecin ?

— Non, non, c'est inutile, rétorqua Largo en l'entraînant vers Cochrane inanimé. C'est un diabétique. Il a une crise et j'ai le médicament nécessaire dans ma chambre. Aidez-moi simplement à le transporter jusque-là et je m'occuperai du reste.

— Vous êtes sûr ? fit l'autre, hésitant.

— Certain. J'ai l'habitude.

Trois minutes plus tard, après s'être débarrassé de l'employé avec un généreux pourboire, Largo examina Cochrane, que les deux hommes avaient allongé sur le lit de Largo.

Les yeux fermés, l'administrateur respirait régulièrement. Le jeune homme le repoussa, arracha les draps, les roula et s'en servit pour immobiliser solidement l'homme qu'il avait assommé, en s'aidant des montants du lit. Puis, après avoir vérifié que son prisonnier respirait librement par le nez, il le bâillonna avec une bande de tissu déchirée dans la taie d'oreiller.

Le respectable président de la M.D. Administration mettrait bien quelques heures à se dégager. Au pire, il serait délivré le lendemain par les femmes de ménage.

Largo boucla rapidement sa valise, sans oublier d'y glisser les documents de la Fondation Winch, et, après un dernier clin d'œil ironique à l'adresse de l'homme garrotté sur le lit, descendit payer sa note à la réception. Il expliqua à l'employé qui l'avait aidé que son ami était tiré d'affaire mais dormirait sûrement toute la nuit. Il ne fallait donc surtout pas le déranger.

L'employé assura avec empressement qu'il n'y avait aucun problème à ce que la chambre reste occupée jusqu'au lendemain midi, et Largo quitta l'Holiday Inn d'un cœur léger pour se diriger vers le hall des départs internationaux.

Une heure et demie plus tard, confortablement installé dans un large fauteuil de première classe, il survolait les premières vagues de l'océan Pacifique.

* * *

Ce ne fut qu'à 3 heures du matin, à peu près au moment où le Boeing 747 de Largo redécollait de Honolulu en direction de l'ouest, que Dwight Cochrane réussit enfin à se dégager des draps qui l'immobilisaient. Ses longues heures d'efforts patients avaient apaisé sa rage depuis longtemps, et ce fut avec le plus grand calme qu'il prit dans la poche intérieure de son veston un carnet qu'il consulta longuement.

Ayant trouvé ce qu'il cherchait, il décrocha le téléphone qui se trouvait près du lit.

— Oui ? fit la voix ensommeillée de la standardiste de nuit.

— Je voudrais un numéro à Manille, demanda brièvement Cochrane.

— Manille dans l'Arkansas ?

— Non, aux Philippines.

* * *

À une trentaine de kilomètres de l'Holiday Inn, exactement à la même minute, quelqu'un d'autre venait également d'obtenir une liaison téléphonique avec la capitale des Philippines. À Manille, il était déjà 6 heures du soir.

— Winch est bien dans le vol PA 811, dit l'homme. Je viens d'en recevoir la confirmation d'un de nos agents à Honolulu.

— Très bien, fit la voix distante de quinze mille kilomètres du colonel Angel Ortega. Tant pis pour lui.

— Vous comptez toujours appliquer ce plan dont vous m'avez parlé ?

— Bien entendu.

— C'est risqué.

— Pas tellement. En cas de réussite, nous pouvons gagner plusieurs semaines. En cas d'échec… Faire disparaître discrètement quelqu'un n'a jamais été un grand problème dans mon pays.

— D'accord. Mais quand ce quelqu'un s'appelle Largo Winch… Enfin, ça, c'est votre partie, colonel.

— C'est bien ainsi que je l'entends, fit sèchement l'officier d'aviation. Mais rassurez-vous : si Winch est bien l'homme qu'il a la réputation d'être, ça marchera.

Et après une courte formule de politesse, il raccrocha.

L'homme en fit autant, une grimace de satisfaction lui tordant le coin de la bouche.

À cet instant précis, il ne ressemblait plus du tout au banal petit avocat servile et empressé qui s'était présenté à Largo sous le nom de Stanley Roshman.

Mercredi 20 septembre
22 heures (GMT + 8)

Simon savait que c'était la nuit parce que la pièce comportait trois fenêtres donnant sur un coin de ciel, et que ce ciel était noir. Mais il aurait été incapable de dire s'il était 9 heures du soir ou 4 heures du matin.

Les murs autour des huit prisonniers étaient d'un gris uniforme, sales et tristes, parfaitement déprimants. Et ce n'étaient pas le grand crucifix et le portrait du président Marcos, seules taches de couleur à y être accrochées, qui contribuaient à les égayer. Les huit hommes avaient été assis en ligne sur deux bancs. Leurs mains étaient libres mais leurs pieds avaient été entravés par les chaînes à une longue barre de fer scellée dans le sol devant eux. Simon avait essayé de rester près de Kadjang, mais l'un des quatre soldats armés qui les encadraient l'avait contraint sans ménagement à s'asseoir entre deux autres Moros. Aucun de ces deux malheureux n'était capable de prononcer une seule syllabe d'anglais, et l'Israélien se voyait réduit à suivre son propre procès sans y comprendre un traître mot.

Car c'était bien d'un procès qu'il s'agissait. Le tribunal formé par les cinq officiers supérieurs assis derrière une longue table en face des huit accusés ne laissait aucun doute sur ce point. Un sixième officier, plus jeune et moins gradé, se trouvait debout près des prisonniers. Il jouait le rôle, Simon le supposait, d'avocat de la défense. Même s'il ne s'agissait que d'une parodie bouffonne, du moins les formes étaient-elles respectées.

Un septième personnage, également debout, se tenait près de la table des juges militaires. Un civil, vraisemblablement un interprète. Les débats se tenaient en tagalog et l'interprète, quand l'officier surchargé de décorations qui faisait office de président lui en donnait l'autorisation, traduisait en dialecte moro. L'un comme l'autre étaient du martien pour Simon.

À un certain moment, Kadjang, à l'autre bout du banc, voulut se lever pour intervenir avec indignation. D'un violent coup de crosse dans la nuque, le soldat le plus proche de lui l'assomma pour le compte et le père de Malunaï s'écroula sur le sol. Les prévenus n'avaient pas le droit à la parole. Rien ne pouvant donc ralentir les débats, ceux-ci furent menés tambour battant. L'avocat de la défense se lança dans un discours enflammé d'une minute et demie, les cinq officiers se concertèrent brièvement et l'un d'eux se leva pour lire le prononcé du jugement écrit d'avance sur la feuille de papier qu'il tenait à la main. L'interprète traduisit et les Moros, le visage d'un gris de cendre, se mirent à gémir convulsivement.

C'en était trop pour Simon. Gêné par ses chaînes, il se mit maladroitement debout, la mâchoire crispée de rage.

—Y en a marre, à la fin, cria-t-il. Est-ce que quelqu'un pourrait nom de Dieu m'expliquer à quoi rime ce bordel de carnaval ?...

Il eut le temps d'apercevoir les visages étonnés des cinq officiers qui se tournaient vers lui, mais ne vit pas la crosse levée au-dessus de sa nuque et roula sur le sol, évanoui.

Le procès officiel des auteurs du massacre du *Morning Rose* était terminé.

Quand il revint à lui, Simon n'en crut pas ses yeux. Il se trouvait dans une cellule qui, avec ses trois mètres sur deux pour lui tout seul, lui parut avoir les dimensions d'une salle de bal. Au-dessus de sa tête, au ras du plafond, une petite ouverture grillagée laissait passer de l'air frais, et dans un coin il découvrit avec émotion un robinet muni d'un écoulement d'eau. En outre, il disposait d'une table et d'un banc, tous deux scellés dans le béton du sol, et, ô merveille des merveilles, d'une paillasse étendue sur une natte et d'une vraie couverture.

L'espace de quelques secondes, il crut sincèrement s'être réveillé au paradis des Hébreux.

La douleur de sa nuque le ramena sur terre. Il y porta la main et y trouva un épais pansement. Il prit alors conscience de l'odeur d'éther et constata qu'on avait profité de son inconscience pour également renouveler le bandage qui lui entourait le torse. Il ne sentait presque plus la blessure de son dos. Si on lui avait dit que l'épisode du yacht et de l'hydravion ne s'était produit que quinze jours auparavant, il ne l'aurait pas cru ; pour lui, ces événements semblaient dater d'un lointain passé. En deux semaines, Simon Ben Chaïm avait vieilli de deux ans.

Sans cesser d'examiner avec ébahissement le luxe inouï qui l'entourait, il se demanda si les autres prisonniers bénéficiaient des mêmes privilèges ou s'il avait eu droit à un traitement de faveur. Et dans ce dernier cas, pourquoi.

Il n'eut pas à se poser la question très longtemps.

La porte de sa cellule s'ouvrit et deux soldats se ruèrent à l'intérieur, mitraillettes pointées. Du canon de leur arme, ils obligèrent vigoureusement l'Israélien à s'allonger sur sa paillasse. Lorsque celui-ci se fut exécuté, le jeune officier qui avait assuré la défense des prisonniers pénétra à son tour dans le cachot. Il était tout petit, pas plus de 1,50 m, et arborait le large sourire satisfait de celui qui vient de se faire féliciter par ses supérieurs pour avoir bien rempli sa mission.

—Ah, tout de même, grogna Simon. Je vais peut-être enfin savoir de quoi il retourne. À moins que vous non plus ne parliez pas anglais ?

—Tous les officiers philippins parlent l'anglais, zézaya le visiteur en se plantant devant le détenu qu'il dominait de toute sa minuscule hauteur. Je vois que vous avez été soigné et qu'on vous a mis dans une cellule propre. C'est bien, c'est très bien…

—Je n'en ai rien à foutre de votre cellule propre ! Dites-moi plutôt ce que vos guignols de collègues ont raconté tout à l'heure.

—Il est inutile de vous énerver, fit l'autre, toujours souriant. Je peux vous affirmer que votre procès s'est déroulé tout à fait selon les règles en vigueur dans notre pays depuis l'établissement de la loi martiale.

—Ça alors, qu'est-ce que je suis content ! ricana Simon en se redressant sur un coude. Et on peut connaître le résultat de ce numéro de cirque si bien réglé ?

—Mais la peine de mort, bien entendu.

—Quoi ?!

L'Israélien voulut bondir sur ses pieds mais les deux soldats intervinrent en glapissant, le forçant à rester allongé.

—La… la peine de mort ?! hoqueta-t-il, j'ai été condamné à mort, moi ?!

—C'est évident. N'êtes-vous pas complice de ces pirates ? Vous avez été condamnés à être pendus tous les huit. Ensuite vos corps seront cousus dans des peaux de porc et transportés à Zamboanga City où ils seront exposés pendant deux jours en expiation de votre abominable crime.

— Pendus… peaux de porc… exposés…

Tout s'était mis à tourner autour de Simon.

Ce n'était pas vrai. Ce n'était pas possible. Il vivait une farce, un énorme canular. On l'avait arrêté, emprisonné, torturé, et maintenant on voulait le pendre. Mais il allait se réveiller, il allait enfin émerger de cet interminable cauchemar…

Il sentit des larmes de rage et d'impuissance lui piquer les yeux et fit un effort désespéré pour les empêcher de couler. Non, ne pas pleurer. Ne pas s'abaisser devant cet avorton qui ricanait devant lui comme si tout cela n'était qu'une bonne blague d'étudiants.

— Il faut prévenir mon ambassade, dit-il d'une voix raffermie. Je suis innocent. Vous allez commettre un meurtre pur et simple.

— Vous n'avez pas d'ambassade, individu X. Pas de papiers, pas de nom, pas de nationalité, donc pas d'ambassade.

Individu X !…

C'était Kafka qui continuait.

— Mais nom d'un chien, plaida Simon, c'est bien vous qui assuriez notre défense, non ?

— C'est exact. Avant de faire mon service militaire, j'ai terminé mes études de droit à l'université Santo Tomas de Manille.

Alors, à quoi servez-vous ? Qu'est-ce que vous avez bien pu leur raconter, à ces comiques ?

Le sourire du petit Philippin s'élargit encore plus.

— J'ai assuré au tribunal que vous vous repentiez de votre affreux forfait et que vous seriez heureux si, grâce au jugement rendu, votre châtiment pouvait être suffisamment exemplaire pour dissuader d'autres rebelles de commettre de nouveaux crimes.

— Espèce de petit enculé!...

Soudain saisi d'une folle envie de meurtre, Simon se dressa comme un fauve, les mains tendues vers la gorge du minuscule officier. Une nouvelle fois, les gardes s'interposèrent, le rejetant brutalement sur sa paillasse.

Le Philippin ne souriait plus.

— Vous feriez mieux d'accepter le verdict qui a été rendu, dit-il d'un ton sec. Ce verdict est juste, et agir comme vous le faites ne vous amènera que des ennuis. D'autant plus que, par un acte de clémence du tribunal, vous et vos comparses serez traités décemment et convenablement nourris jusqu'au moment de votre exécution.

— C'est ça, grinça amèrement Simon. Comme ça, nous serons en pleine forme au moment de grimper sur le gibet. On peut savoir pour quand est prévue cette joyeuse cérémonie?

D'un ordre bref, le petit officier entraîna les deux soldats en direction de la porte.

— Vous serez pendus après-demain, vendredi 22 septembre, à 10 heures du matin, répondit-il aimablement. C'est-à-dire dans... (il consulta son bracelet-montre) dans trente-quatre heures exactement.

Et la porte se referma, laissant le jeune Israélien seul avec l'énorme panique qui commençait à s'emparer de lui.

Trente-quatre heures!...

Il se trouvait au secret, ignoré de tous, dans une prison bourrée de soldats et dont il ne connaissait même pas le nom, et il ne lui restait que trente-quatre heures pour découvrir un moyen de sauver sa peau !

Deuxième partie

MANILLE

Jeudi 21 septembre
7 h 45 (GMT + 8)

— Je suis sincèrement désolé, monsieur Winch, mais je ne peux rien faire pour vous. Absolument rien. Tous nos vols à destination de Zamboanga City ont été suspendus par les autorités militaires.

Assis dans son petit bureau climatisé de l'aéroport international de Manille, le responsable du dispatching voyageurs des Philippine Airways arborait effectivement la mine contrite d'un curé forcé de refuser les derniers sacrements à un mourant non baptisé. Il venait de prendre son service et, en dépit de l'heure matinale, n'était vêtu que d'un *barong tagalog* flottant par-dessus son pantalon noir bien serré sur les fesses. Pour quatre-vingt-dix-huit pour cent des Manillais, cette chemise transparente en fibre d'ananas, surchargée de broderies, était devenue un véritable uniforme, servant indifféremment de costume de travail ou de tenue de soirée. Seule la quantité des broderies changeait avec l'heure. Quant à la distinction sociale, elle se marquait par ce qui se voyait *sous* le *barong*, et qui pouvait aller du sobre singlet blanc aux tee-shirts les plus abominablement hurlants qu'un fabricant textile névropathe puisse rêver de concevoir.

L'employé de la compagnie d'aviation devait faire partie de la classe moyenne. Il se contentait d'exhiber une paire d'éblouissantes bretelles vertes zébrées de mauve.

— Je ne comprends pas, fit Largo. J'ai vu décoller sous mes yeux l'avion que j'aurais dû prendre à 6 h 40 et dans lequel on m'a empêché de monter. Et d'après votre horaire, il y en a un autre dans trois heures, à 11 h 40…

— Non, non, se récria l'autre. Vous vous trompez, monsieur Winch. Plus d'avions. Celui de ce matin était un vol spécial, réservé à des officiels qui devaient aller là-bas. Vous comprenez, c'est la guerre à Zamboanga. Enfin, presque. Vous avez certainement entendu parler des événements…

— Oui, grogna le jeune homme. Oui, j'en ai entendu parler.

C'était le moins qu'il puisse dire.

Depuis qu'il avait débarqué deux heures plus tôt, après onze heures de vol ininterrompu à partir de Hawaii, il s'était heurté, de responsable en responsable, au même refus poli de le laisser poursuivre sa route vers le sud. Force lui avait été d'attendre l'arrivée du dispatcher pour une dernière tentative.

Apparemment aussi vaine que les précédentes.

Il soupira intérieurement.

Bien sûr, il pouvait toujours louer une voiture. Mais il y a douze cents kilomètres de mauvaises routes entre Manille et la presqu'île de Zamboanga, encombrées en permanence par d'interminables colonnes de vieilles charrettes tirées par des *carabaos*, ces buffles locaux couleur de vieux pneu dont la lenteur n'a d'égale que le mauvais caractère. Cela voulait dire au moins quatre jours de voyage, avec de sérieuses chances de tomber en panne ou d'avoir un accident en cours de trajet. Il y avait aussi le bateau, mais ça risquait d'être encore plus long.

Non, l'avion restait de loin la meilleure solution.

— Écoutez, fit-il d'un ton conciliant. Vous savez qui je suis. Je suis certain que nous pourrions trouver un moyen d'arranger ça.

La vision d'une pile de dollars illumina brièvement le regard de l'employé, pour s'éteindre aussitôt. Le malheureux dut faire un immense effort sur lui-même pour secouer négativement la tête.

— C'est hélas impossible, lâcha-t-il avec un soupir de regret. Tout à fait impossible, monsieur Winch. Depuis quelques jours, l'aéroport a été placé sous le contrôle de l'armée et nous avons reçu des ordres très stricts en ce qui concerne tous les vols vers le sud.

— Dans ce cas, il ne me reste plus qu'à rencontrer cette autorité militaire pour obtenir la permission de poursuivre mon voyage. Qui la représente, ici ?

— C'est moi, fit une voix sur le seuil de la porte.

Tournant la tête, Largo vit un élégant officier de l'armée de l'air pénétrer d'un pas vif dans la pièce. Les insignes étant les mêmes qu'aux États-Unis, il reconnut un *full colonel*. Le nouvel arrivant aboya un ordre bref. L'employé des Philippine Airways sauta de sa chaise et s'empressa de quitter son propre bureau après avoir adressé un hochement de tête furtif au jeune milliardaire.

La porte refermée, l'officier s'avança, la main tendue.

— On m'a signalé que vous aviez un problème et j'étais curieux de rencontrer une personnalité aussi célèbre que vous, monsieur Winch. Je suis le colonel Angel Ortega, adjoint au chef d'état-major du Southern Command en charge des régions IX et X.

Largo réprima un sursaut d'étonnement. Ce nom était celui qu'avait cité Keyhole. L'homme devant lui était le leader des « faucons » de Manille.

— Enchanté, colonel, répliqua-t-il machinalement en acceptant la poignée de main. Quelles sont ces régions IX et X ?

Il ne se souvenait pas d'avoir jamais vu un homme aussi beau, plastiquement parlant. Presque aussi grand que lui, doté d'un corps aux proportions idéales mis en valeur par l'uniforme bleu bien coupé, Ortega avait un visage d'une perfection de traits à traumatiser un sculpteur classique pour le restant de ses jours. Pourtant, aucun charme n'émanait de cette statue vivante. Sans doute à cause de ses yeux. Ceux-ci, d'un noir total, étaient fixés sur Largo avec la chaleur expressive de deux aiguilles de verre teinté.

Le colonel sourit. C'est-à-dire qu'il étira légèrement ses lèvres minces.

— C'est du jargon, excusez-moi. Il s'agit des provinces du Sud : Mindanao et les Sulu. Nous avons quelques troubles là-bas en ce moment. Vous avez dû entendre parler de cette affaire de meurtre des occupants d'un yacht américain, n'est-ce pas ? Ce sont des indigènes de l'endroit, des Moros, qui ont fait le coup. Nous les avons bien entendu arrêtés et leurs congénères de l'île de Mindanao s'agitent un peu. Ça ne durera pas bien longtemps, mais en attendant nous avons été contraints d'interdire tout le secteur aux civils non autorisés et aux touristes étrangers. Pour leur propre sécurité, vous comprenez. Vous devriez plutôt aller passer vos vacances dans le Nord, monsieur Winch. Aux Hundred Islands, par exemple, près de Baguio. C'est un endroit de toute beauté.

— Je ne suis pas en vacances, colonel.

—Vraiment ? Puis-je alors vous demander pourquoi vous désirez vous rendre à Zamboanga City ? Vous avez des intérêts là-bas ?

—Non. Dites-moi, colonel, me serait-il possible de rencontrer votre chef, le responsable des opérations du Southern Command ?

Ortega leva poliment un sourcil.

—L'amiral Costamante ? Je crains que ce soit difficile, monsieur Winch. Il est parti à Washington en même temps que votre ambassadeur.

—Ah bon. Et en son absence, c'est vous qui assurez la responsabilité militaire du sud du pays ?

—Exact. C'est d'ailleurs à ce titre que je contrôle entre autres les vols civils vers ces destinations. Bien entendu, ajouta l'officier avec un petit rire sans joie, pour les questions importantes je prends mes ordres au grand quartier général de la présidence. Un soldat a toujours un chef au-dessus de lui, n'est-ce pas ? Puis-je vous demander pourquoi ces questions, monsieur Winch ?

Le colonel s'était tout naturellement assis à la place laissée libre par le dispatcher derrière le bureau, laissant le siège des visiteurs à Largo. En dépit de l'air froid dont il se sentait examiné par son vis-à-vis, le jeune homme sentit un début d'exaltation le gagner. Par un coup de chance inouï, il était tombé dès son arrivée sur l'homme qui connaissait probablement le mieux les tenants et aboutissants de l'affaire du *Morning Rose*.

—Puis-je vous parler sans détour ? demanda-t-il.

—Je vous en prie.

—Voilà. J'ai reçu un message émanant de l'un de mes amis semblant indiquer qu'il a été mêlé, d'une manière ou d'une autre, au massacre de Midsummer et des occupants du *Morning Rose*. Et ce même message laisserait penser que ce ne sont pas des Moros qui en seraient les auteurs.

— Je ne comprends pas, monsieur Winch. Pourriez-vous être plus précis, s'il vous plaît ?

— Malheureusement non. Le message était, disons, très fragmentaire, la personne chargée de le transmettre ayant été empêchée de remplir sa mission jusqu'au bout.

— C'est-à-dire ?

— Elle a été tuée en essayant de me contacter à New York. Assassinée.

— Par qui ?

— Je l'ignore.

— Étrange. Mais passons. Qui était cette personne ?

Largo n'hésita qu'un très court instant. Il n'avait rien à perdre en disant la vérité.

— Le collecteur de fonds du FLNM à New York : le sultan Massar Gur Manakan.

Ortega n'eut pas la moindre réaction.

— Ce n'est pas, à nos yeux, une référence très recommandable, monsieur Winch.

— Sans doute mon ami n'a-t-il pas eu le choix de son intermédiaire.

— Comment cela, monsieur Winch ? Qui est cet ami ? Où se trouve-t-il ? Qu'a-t-il fait ?

— C'est un Israélien, Simon Ben Chaïm. Je crois savoir qu'il est depuis plus d'un mois aux Philippines. Mais ce qu'il a fait et où il se trouve, je l'ignore, colonel. C'est pour l'apprendre que je voudrais me rendre à Zamboanga City, puisque c'est de là que son message semble être parti.

— Je crains que ce soit impossible, monsieur Winch. Et plus que probablement inutile. Je n'ai jamais entendu parler de ce Ben Chaïm. Ni d'aucun Israélien dans ce secteur.

— Il n'y a eu aucun Occidental mêlé à l'affaire ?

— À ma connaissance, non. À part les victimes, bien entendu.

— Et parmi les suspects arrêtés ?

— Non plus, forcément.

Largo s'attendait à cette réponse. Cela confirmait ce que Roshman lui avait déjà dit. Mais c'étaient évidemment les services d'Ortega qui avaient dû informer les familles intéressées des résultats de l'enquête. Il était donc normal que les deux versions se recoupent. Il scruta pensivement le regard du colonel, mais les yeux d'anthracite étaient aussi insondables que le fond d'un puits.

— Vous avez dit que le message de cet ami semblait disculper les Moros de ce massacre, reprit l'officier. Cela m'étonne beaucoup, mais mon devoir est de ne négliger aucun élément dans une enquête dont les retombées sont aussi graves. Qui serait, selon votre ami, l'auteur de ce crime ?

Quelque chose dans l'attitude de l'impassible colonel déclencha une petite sonnette d'alarme dans l'inconscient de Largo. Un ton d'ironie sous-jacente, peut-être, comme si Ortega éprouvait un plaisir subtil à jouer avec lui au chat et à la souris. Et puis cette rencontre inopinée avec l'homme clé de la situation qu'il cherchait justement à démêler, n'était-ce pas un peu *trop* de chance ?

Mais il repoussa son impression de méfiance, se reprochant de se laisser influencer par le fait que cet homme si beau et si distant lui était antipathique. Il était parfaitement normal, étant donné ses responsabilités, qu'Ortega lui fasse subir un interrogatoire. De toute manière, le jeune homme n'avait pas le choix : il ne pourrait atteindre son but qu'avec l'aide des autorités. Et le colonel Angel Ortega, en charge du

Southern Command, était de tous les militaires de ce pays de militaires le mieux placé pour l'y aider.

—Avez-vous jamais entendu parler de la Cyclope, colonel ? demanda-t-il.

Pas plus que précédemment, le visage de statue ne marqua la moindre émotion.

—Non. Qui est-ce ?

—Une femme, la cinquantaine, de nationalité néerlandaise. J'ignore son véritable nom. C'est une pirate professionnelle qui a sévi pas mal d'années dans les mers de Chine, un peu plus au nord d'ici.

—Jamais entendu parler. Et ce serait elle qui, d'après votre mystérieux Israélien, aurait attaqué le *Morning Rose* ?

—J'ai des raisons de le croire.

—Des raisons, soit. Mais avez-vous des preuves ?

—Moi, non. Mais sans doute Ben Chaïm en a-t-il. C'est pourquoi je désire le retrouver, colonel. Outre le fait, bien entendu, de vouloir l'aider à se sortir de ses ennuis, s'il en a.

Ortega se leva lentement et se dirigea vers la fenêtre qui donnait sur les pistes d'envol. Les mains derrière le dos, très droit, il regarda un long moment un DC-10 de la BOAC dégorger sur le tarmac sa cargaison de touristes au teint de rosbif mal cuit.

—J'avoue que je ne comprends pas, finit-il par dire en se retournant vers Largo. Vous n'êtes pas lié à Midsummer ni à aucune autre des personnes qui se trouvaient sur ce yacht. Alors en quoi cela vous préoccupe-t-il à ce point de savoir que les auteurs du massacre soient des Moros, une soi-disant pirate hollandaise ou même des Martiens débarqués de leur soucoupe volante ?

Les yeux du garçon se rétrécirent imperceptiblement.

— Je pourrais vous répondre : par simple souci de la justice, colonel. Mais vous avez raison : j'ai un motif personnel de m'intéresser à cette affaire s'il s'avère que la Cyclope s'y trouve mêlée.

— Je vous écoute.

— C'est une vieille histoire.

— Quand on est chargé d'une enquête, on aime toujours les vieilles histoires, monsieur Winch.

— Soit. J'ai rencontré la Cyclope il y a un an, aux Pays-Bas. Elle était installée depuis trois ans dans une petite île de Frise occidentale où elle avait monté un laboratoire clandestin de transformation d'héroïne. À l'aide de diverses complicités, elle était parvenue à se servir des appareils d'une ligne aérienne que je possède pour expédier la drogue en fraude aux États-Unis. J'ai réussi à démanteler son réseau, mais la Cyclope est parvenue à s'échapper à bord d'un des Boeing 707 de la Winchair, la compagnie en question. Et, ce qui est plus grave, en emmenant comme otage mon pilote personnel, un Suisse allemand du nom de Freddy Kaplan.

— Bigre... Et moi qui croyais que les milliardaires passaient leur temps à compter leurs bénéfices et à courir les starlettes ! Ensuite ?

— Rien. Ils ont disparu. Depuis un an, j'ai tout fait pour les retrouver, en vain. Aucune trace, nulle part dans le monde, de la Cyclope ou de Kaplan. La version officielle de la police néerlandaise est que le 707 est tombé dans l'Atlantique avec ses occupants. J'ai bien dû finir par me rallier à cette version.

— Jusqu'au jour où vous avez reçu le fameux message de Ben Chaïm ?

— Voilà.

— Un sacré roman-feuilleton, votre histoire, monsieur Winch, remarqua songeusement Ortega.

— Je l'admets, rétorqua sèchement Largo. J'ai oublié de vous préciser que Kaplan n'était pas seulement mon pilote. C'était aussi mon ami.

— Ah bon, lui aussi ?

— N'ironisez pas, colonel. En fait, Ben Chaïm et Kaplan sont pour moi plus que des amis. Ce sont mes compagnons de route. Les seuls. Et l'un peut me mener à l'autre. Pour les retrouver, je serais prêt à lever une armée, s'il le fallait. J'en ai les moyens.

— Sûrement. Mais pas ma bénédiction, monsieur Winch.

— Ça, je m'en doute, sourit Largo. Il n'en reste pas moins que ces deux hommes se trouvent quelque part sur votre territoire, colonel. Et c'est pourquoi je veux aller à Zamboanga.

Il y eut un silence. Pendant une longue minute les deux hommes se toisèrent du regard.

— Non, dit posément Ortega.

— Non ?

— Non, monsieur Winch. Je ne peux pas prendre cette responsabilité. Une affaire Midsummer suffit à mon pays. Je ne veux pas y ajouter une affaire Winch.

— Mais…

— Vous ne connaissez pas ces Moros, coupa Ortega. Ce sont des sauvages. Et ils n'aiment pas les Américains.

— Cela veut-il dire que vous ne croyez pas mon histoire ?

— Disons que je la trouve rocambolesque. Et un peu trop vague. Mais la question n'est pas là…

— Je suis assez grand pour prendre mes responsabilités, colonel.

— Je n'en doute pas, monsieur Winch. Mais cela ne changerait rien aux miennes si vous étiez tué.

— Je peux vous signer une décharge…

— Ne soyez pas ridicule.

Largo se leva à son tour.

— Très bien, j'ai compris. Je suppose que rien ne pourra vous faire changer d'idée ?

— Rien. Mon pays n'a pas toujours une très bonne réputation, monsieur Winch. Mais vous constaterez que tout le monde n'y est pas forcément à vendre. N'essayez pas non plus de gagner Zamboanga par la mer ou par la route, vous vous heurteriez à des barrages que vous ne franchiriez pas.

Les dents serrées, Largo fit face au colonel qui l'escortait jusqu'à la porte du bureau. Cet homme était un bloc de granit. Rien ne pourrait l'ébranler.

— J'essaierai quand même, colonel, fit-il sèchement. Je ne suis pas de ceux qui renoncent facilement. Et je vous préviens loyalement que je vais de ce pas à l'ambassade américaine.

— Ce sera une démarche inutile. Anderson, le premier secrétaire, n'a aucun pouvoir en l'absence de votre ambassadeur. Monsieur Winch, poursuivit Ortega d'une voix qu'il s'efforçait de radoucir, j'essaie de vous faire comprendre que je ne cherche qu'à garantir votre sécurité. Comme celle de n'importe quel étranger. Si votre histoire est vraie…

— Elle l'est.

— Vous pouvez être assuré que j'ordonnerai des recherches et une enquête dont je vous communiquerai les résultats, quels qu'ils soient. Et, bien entendu, je reste à votre disposition pour tout problème que vous pourriez rencontrer durant votre séjour à Manille.

— Trop aimable, fit Largo d'un ton contraint.

Il était presque certain, à présent, que sa rencontre avec Ortega n'était pas le fait du hasard.

Côte à côte, les deux hommes longèrent un couloir et débouchèrent dans le grand hall. Quelques soldats désœuvrés se raidirent sur le passage de l'officier supérieur, saluant comme à la parade. Ortega cingla l'air de deux ou trois aboiements brefs et Largo n'attendit que soixante secondes pour voir apparaître sa valise au bout du bras d'un porteur. Puis, toujours escorté par son cerbère, il franchit l'une des portes de sortie. Une longue Lincoln noire battant fanion philippin surgit comme par magie et s'arrêta devant lui.

— Mon chauffeur va vous conduire à votre hôtel, expliqua Ortega. Il est trop tôt pour aller à l'ambassade, ils n'ouvrent qu'à 9 h 30. Où comptez-vous descendre ?

— Au *Manila Paradise*, à Makati.

— Excellent. C'est un très bon hôtel.

— Je sais, dit froidement Largo. Il m'appartient.

* * *

Situé à six kilomètres au sud-est du centre de la ville, le district de Rizal-Makati est un quartier bien léché créé de toutes pièces il y a une quinzaine d'années pour servir de centre commercial et administratif au mouvement des affaires internationales. Presque toutes les succursales des sociétés étrangères et des compagnies aériennes y ont leur siège, à une distance convenable du grouillement de la populace manillaise et chinoise. Avec ses galeries commerciales, ses avenues tirées au cordeau, ses *shopping centers*, ses *quick restaurants* et ses immeubles de bureaux, Makati est tout aussi dépourvu d'âme que les centaines de quartiers identiques qui ont été bâtis depuis vingt ans avec le même souci d'efficacité triste aux abords de la plupart de nos grandes villes.

C'est autour de Makati que vivent la quasi-totalité des Occidentaux et des *illustrados* de Manille, dans de superbes villas entourées d'arbres aux accès barrés par des chaînes et des gardes privés. Pour leur permettre de supporter leur exil doré, quand ils sont fatigués de se retrouver les uns chez les autres en tenue de cocktail, les résidents de ce quartier privilégié ne sont jamais à plus d'un kilomètre du Manila Polo Club, du Fort Bonifacio Golf Club, du Country Club ou du champ de courses de Santa Ana.

Et c'est tout naturellement dans Makati que se sont élevés près de la moitié des hôtels de luxe de la capitale philippine. À égale distance du *Manila Mandarin* et de l'*Intercontinental*, le *Manila Paradise*, avec ses dix-huit étages, son night-club, ses deux piscines et son portier plus galonné que feu MacArthur, ressemblait comme un frère à ses deux voisins.

Il appartenait pour 80 % à la Paradise International Ltd, une chaîne hôtelière d'origine britannique faisant partie de la M.D. « Hôtellerie », neuvième du Groupe, dirigée à Paris par l'Italien Marcello Scarpa. Les vingt autres pour cent provenaient de capitaux bancaires philippins. Largo possédant lui-même 72 % des actions de la Paradise International, il savait donc, en franchissant la porte du grand hall, être chez lui à 56,7 %.

Le directeur-gérant du *Paradise* le savait également. Il se précipita ventre à terre pour saluer le jeune homme et s'empressa de lui faire attribuer la « suite présidentielle » au dernier étage. Du vaste balcon, on embrassait toute la baie de Manille jusqu'à l'embouchure du Pasig, entre le port septentrional et la vieille ville.

— Comment vont les affaires ? demanda Largo pour dire quelque chose.

Le directeur haussa les épaules. C'était un Philippin maigre et triste qui répondait au joli nom de Roméo Baraoïdan.

— Pas fameuses. Vous savez quelle est la situation.

Largo savait.

Quelques années plus tôt, le gouvernement Marcos, soucieux d'attirer le tourisme, avait offert des exonérations fiscales sans précédent à tout investisseur désireux de construire un hôtel dans le pays. C'était alors la grande vogue des guérisseurs philippins et la plupart des chaînes internationales s'étaient ruées sur Manille comme des frelons sur une tartine de confiture. Mais à présent les guérisseurs étaient retombés dans l'oubli et la ville se retrouvait à la tête du nombre invraisemblable de 40 000 lits de première catégorie qu'il fallait remplir chaque nuit.

Le jeune milliardaire dut discuter encore quelques minutes avec Baraoïdan avant de réussir à s'en débarrasser. Il pouvait le comprendre. Ce n'était pas tous les jours qu'un employé du Groupe W avait l'occasion de plaider sa cause auprès du grand manitou en personne. Le directeur finit quand même par se retirer, plié en deux, après avoir assuré à Largo que le moindre de ses désirs, quel qu'il puisse être, serait exaucé à la minute. Celui-ci se contenta de lui demander une voiture de location et un plan de la ville.

L'ambassade des États-Unis se trouvait sur Roxas Boulevard, l'imposante avenue qui longe la baie sur douze kilomètres depuis l'aéroport jusqu'au North Harbour. Au volant d'une Mercedes 600 blanche décapotable, Largo dépassa lentement le Centre culturel, l'impressionnant complexe futuriste dû en 1969 à l'initiative d'Imelda Marcos et bâti sur une presqu'île artificielle.

Il faisait déjà très chaud et il appréciait l'air marin qui lui rafraîchissait le visage. Ce qui ne l'empêchait pas de se sentir un peu ridicule dans cette gigantesque voiture qui ne lui allait pas. Il soupçonnait fortement Baraoïdan de lui avoir donné son véhicule personnel. En tout cas, la Mercedes dut impressionner favorablement le marine de garde à l'entrée de l'ambassade, qui salua par réflexe au moment où Largo franchit la grille.

Le premier secrétaire, Henry Anderson, ne fit aucune difficulté pour le recevoir immédiatement. C'était un homme assez massif, constellé de taches de rousseur sous ses rares cheveux blonds, et qui essayait visiblement de paraître moins que ses quarante ans du côté de la ceinture.

— J'attendais votre visite, grogna-t-il en broyant la main de son visiteur. Le colonel Ortega vient de me téléphoner pour me l'annoncer.

La bonne vieille franchise brutale *made in USA*.

— Déjà ? sourit Largo. Et qu'a-t-il raconté d'autre ?

— Rien, fit Anderson en lui désignant un siège. Il m'a dit que vous m'expliqueriez ça vous-même. Café ?

Au moins, avec le premier secrétaire, on ne perdait pas son temps en futiles mondanités. Largo se demanda si ce joueur de rugby égaré dans la diplomatie resterait le même le jour où il serait nommé ambassadeur. Puis il se rappela qu'Anderson, d'après Roshman, était l'antenne locale de la CIA, ce qui l'excluait de la carrière traditionnelle du State Department.

Une blonde platinée jaillie en droite ligne d'une page centrale de *Playboy* leur apporta du café, sans cesser pour autant de mâchonner son chewing-gum. Largo attendit qu'elle ait quitté la pièce en roulant consciencieusement des fesses pour exposer à Anderson ce qu'il avait déjà raconté au colonel philippin et la fin de non-recevoir de celui-ci.

— On pourra dire que cette histoire m'aura emmerdé jusqu'au bout, ronchonna l'Américain lorsqu'il eut terminé. De toute façon, je ne peux rien faire pour vous aider. C'est la loi martiale, ici, et je n'ai aucun pouvoir.

— Même en me donnant un sauf-conduit diplomatique ?

— Si vous n'aviez pas été vous fourrer d'entrée de jeu entre les pattes d'Ortega, ça aurait pu marcher à la rigueur. Mais maintenant ça ne prendrait plus.

— Et du côté du grand quartier général ?

Anderson haussa les épaules, blasé.

— Ou bien vous tomberez sur des généraux d'opérette sans autorité réelle, ou bien vous aurez affaire à des durs qui marchent la main dans la main avec Angel Ortega. C'est un homme puissant, ici.

— Un simple colonel ? s'étonna Largo.

— Un simple colonel qui sait ce qu'il veut. Et ce qu'il veut, c'est la guerre.

— La guerre ?! Ils n'en sont pas encore là, tout de même.

— Qu'est-ce que vous croyez que Costamante est allé faire à Washington avec mon patron ? ricana l'Américain. Renouveler ses réserves de tee-shirts ? Les Philippins veulent profiter de l'incident pour remettre ça dans le Sud et écraser définitivement les Moros. Et pour ça, ils ont besoin des F-5 et du napalm américain. Inutile de préciser que, de son côté, le vieux Midsummer tape à fond sur le même clou du côté de ses petits copains du State Department.

— Et le président Marcos, dans tout ça ?

— De plus en plus débordé par son aile droite, c'est-à-dire par l'armée. Il faut dire qu'il a commis une boulette monumentale en avril dernier, juste avant les élections.

— C'est-à-dire ?

— Amnesty International avait sorti un rapport assez accablant sur la torture aux Philippines. Alors, pour se faire bien voir de l'opinion publique tant nationale qu'internationale, le vieux Ferdinand a ostensiblement foutu 2 000 officiers et sous-officiers à la porte de l'armée. Pour mauvais traitements envers des prisonniers.

— Plutôt un beau geste, non ?

— Très émouvant, railla le premier secrétaire, cynique jusqu'à la moelle des os. Surtout de la part d'un homme entré dans l'arène politique à dix-huit ans en assassinant le rival de son père aux élections législatives de 1935. Toujours est-il que ce beau geste, comme vous dites, lui a mis à dos la plupart des militaires. En temps de paix, Marcos parvient encore à les contrôler. Mais si la guerre reprend dans le Sud…

Largo fixa le diplomate, un peu surpris tout de même.

— Tout ça me paraît un peu dur à avaler, Anderson. On ne déclenche pas une guerre sur un prétexte aussi mince…

— Si on veut l'éviter, non. Mais quand au contraire on est à l'affût du moindre détonateur… (Il rafla sur son bureau plusieurs quotidiens et les tendit à Largo.) Regardez ce qu'Ortega et ses amis en ont fait, de votre prétexte aussi mince…

C'étaient trois des quatre quotidiens en langue anglaise de Manille : le *Philippine Herald*, le *Manila Times* et le *Manila Chronicle*, datés du matin même. Leur manchette de première page était consacrée au même sujet : la condamnation à mort des Moros coupables du massacre du *Morning Rose* et leur exécution par pendaison pour le lendemain matin à 10 heures. Les auteurs des articles s'étendaient avec complaisance sur le sort infamant qui attendait les corps des condamnés. Pour illustrer leur texte, ils avaient ressorti quelques photos des cadavres découverts sur le yacht américain. Tout y était, sauf la mention du lieu de détention des Moros et celui de leur exécution.

—Alors, ricana Anderson, vous avez compris ? Je vous signale que j'ai appris de source sûre que ces pauvres types ont été condamnés hier soir à 22 heures. Or, les rédacteurs en chef de ces journaux ont reçu les éléments de leurs articles dès 18 heures, avec l'ordre d'en tirer quatre colonnes au moins.

—Et ces Moros, ils sont coupables ?

—Quelle importance ? Le résultat sera le même. Vous avez déjà entendu parler de la BMA ?

—La Bangsa Moro Army ? Oui, on m'en a parlé. La plupart de ses soldats se sont repliés dans la jungle de la presqu'île de Zamboanga, sous la conduite d'un mystérieux Tigre de Mindanao.

—C'est bien ça. Le Robin des Bois local. Eh bien, croyez-moi, Winch, quand les types de la BMA auront lu ça, ils ne vont pas rester assis les bras croisés. Ça va bouillir, dans le Sud, et nous, nous serons bien forcés d'aider nos vieux alliés philippins, pétrole arabe ou pas. Vous comprenez pourquoi notre ami Ortega ne tient pas particulièrement à voir des touristes se balader dans les parages ? Et surtout pas un Américain qui vaut je ne sais plus combien de milliards de dollars ? J'y tiens encore moins que lui, d'ailleurs. Je ne veux pas me retrouver scribe de troisième classe dans un arrière-bureau de Washington.

—J'ai compris ça depuis un moment, murmura Largo en rendant les journaux au massif diplomate. Ces articles ne mentionnent pas l'endroit de l'exécution. C'est normal ?

—Dans la mesure où les militaires ne tiennent tout de même pas à voir des bandes de Moros venir manifester trop près de Manille, oui, c'est normal. Mais ça se saura quand même.

—Parce que ces condamnés se trouvent à Manille ?

—À une soixantaine de kilomètres au sud, dans une ancienne forteresse espagnole, San Juan de Buenavista. Mais tout le monde l'appelle « la forteresse de Makiling ». C'est la pire des prisons politiques du pays. Entièrement contrôlée par l'armée. Aucun civil n'a le droit d'y pénétrer.

—Makiling… le mont Makiling ? Tout près du lac Taal ?

—C'est bien ça. Un énorme château fort sur un piton rocheux tout au sommet de la montagne, à 1 100 mètres d'altitude. Totalement imprenable. Une seule route y mène, contrôlée par au moins trois barrages. Passé le premier barrage, les soldats ont ordre de tirer sans sommation sur tout ce qui bouge en dehors de la route. Et la montagne tout entière est sillonnée jour et nuit par des patrouilles munies de chiens et de viseurs à infrarouge.

—Bel endroit pour un pique-nique, apprécia Largo.

—Charmant, en effet, ironisa lourdement Anderson. C'est à la fois une prison et une place forte stratégique. Vers le nord, on voit la plaine jusqu'à Manille ; vers le sud, on surveille l'accès par la mer ; et vers l'est, on contrôle l'unique route vers le reste du pays, là où l'île de Luçon n'a plus que huit kilomètres de large. José Rizal, le héros national de la résistance contre les Espagnols, disait déjà : « Qui tient Makiling coupe les Philippines en deux. » Mais, au fond, pourquoi me demandez-vous tout ça, Winch ?

—Ça, ça dépendra de votre réponse à ma question suivante…

—C'est-à-dire ? marmonna Anderson, soudain sur ses gardes.

Largo le regarda bien en face, ses yeux fauves plantés dans le regard bleu pâle du diplomate.

—Vous êtes un homme bien informé, Anderson. Avez-vous entendu dire qu'un Européen, un Israélien plus exactement, se trouvait parmi les accusés de ce procès bidon ?

Le visage de l'autre se ferma comme un guichet de poste en fin de journée.

—Comment voulez-vous que je le sache ? grommela-t-il.

—Allons..., le chef de poste de la CIA à Manille doit bien avoir un informateur ou un autre au mont Makiling, non ?

—Qui vous a dit ?!...

—Aucune importance. Votre fonction réelle n'est certainement pas un secret d'État. Alors ?

Anderson se leva si brusquement qu'il faillit faire basculer son siège. Ses taches de rousseur flamboyaient comme des feux de signalisation. Mais il avait vingt ans de métier derrière lui et se reprit rapidement.

—Laissez tomber, Winch, siffla-t-il d'une voix un peu rauque. Allez passer des vacances ailleurs ou rentrez compter vos sous à New York, mais tirez-vous de ce sac de nœuds.

Largo sentit un grand calme l'envahir. Pour la première fois depuis le début de son enquête, il sentait qu'il tenait quelque chose de plus que trois petits mots écrits au crayon dans la marge d'un journal.

—C'est déjà une réponse, Anderson, fit-il froidement. D'après ces articles, sept Moros ont été arrêtés et condamnés. Je repose ma question : y a-t-il un huitième homme ?

Il fut interrompu par la mâcheuse de chewing-gum sur roulements à billes, qui entra sans frapper et se déhancha en direction d'Anderson, un télex à la main.

—*Sorry*, Henry, nasilla-t-elle. Ça m'a paru super-urgent. Je l'ai déjà décodé.

—Merci, Madge, grommela le premier secrétaire en prenant le bout de papier. Tu serais gentille de frapper quand j'ai un visiteur, mon chou.

Haussant les épaules sans répondre, la créature de rêve aseptisée disparut et Anderson lut le télex, les sourcils froncés.

—Tenez, grinça-t-il en tendant le bout de papier à Largo. C'est exactement ce que je craignais. Vous pouvez lire, c'est vous que ça concerne.

Surpris, le jeune homme déchiffra le message.

Il était bref.

« De Washington Priorité A – Veiller sécurité Largo Winch débarquant Manille 78.09.21.0530 vol PA 811 – L'empêcher tous moyens faire ses conneries habituelles dans la situation présente. »

« Conneries » en toutes lettres.

C'était signé d'un nom inconnu de Largo et émanait du centre opérationnel de la Central Intelligence Agency, près de Washington.

Le jeune milliardaire sourit, mais ses yeux avaient viré à l'orange foncé.

—J'ai bonne réputation chez vous, dites donc. Qu'est-ce que ça signifie, Anderson ?

L'autre, toujours debout, avait les mâchoires contractées et une vague lueur de meurtre flottait dans le bleu délavé de son regard.

—Ça signifie, éclata-t-il, que j'ai assez de problèmes à régler dans ce foutu pays sans me laisser emmerder par des amateurs bourrés de fric dans votre genre, Winch ! Ça signifie que votre satané Dwight Cochrane, que j'ai eu le malheur d'avoir comme professeur à Harvard il y a vingt ans, m'a téléphoné ici hier soir, de Los Angeles, pour m'avertir de votre arrivée et me signaler qu'il allait prévenir Washington de me casser les reins s'il arrivait le moindre bobo au moindre cheveu de votre chère petite tête brune. Ça signifie surtout que cet enfoiré l'a fait et que je n'ai pas envie de mobiliser la moitié de mes hommes pour vous servir de nounou. Voilà ce que ça signifie, nom de Dieu !

Le sourire de Largo s'élargit.

— Je vois. Eh bien, dans ce cas, Cochrane m'aura rendu un grand service...

— Comment ça ? sursauta l'Américain, interloqué.

— De deux choses l'une, mon vieux. Ou bien je pars à Zamboanga aujourd'hui même. Je trouverai bien un moyen, et ce n'est ni vous ni Ortega qui pourrez m'en empêcher, croyez-moi. Ou bien vous répondez à ma question. Si Simon se trouve effectivement au mont Makiling, vous êtes tiré d'affaire. Je ne pourrai pas attaquer la forteresse à moi tout seul. Le seul moyen que j'aurai de le tirer de là sera de remuer tout ce que je pourrai trouver comme relations suffisamment puissantes aux États-Unis. Et pour ça, il ne me faudra qu'un téléphone. Je n'aurai même pas besoin de quitter Manille, et vous pourrez dormir tranquille.

C'était un coup de poker.

Anderson pouvait se contenter de hausser les épaules et le jeter poliment dehors. Il pouvait aussi céder.

Il tenta un biais.

— Dormir tranquille, c'est vite dit, fit-il d'un ton hésitant. Il y aura des retombées...

— Pas sur vous. Il ne s'agit pas d'un citoyen américain.

— Peut-être, mais tout de même...

— Anderson, y a-t-il oui ou non un huitième homme parmi les accusés du *Morning Rose* ?

L'homme de la CIA détourna la tête.

— Oui, lâcha-t-il dans un souffle.

Les muscles de Largo se relâchèrent. Il ne s'était même pas rendu compte à quel point ils s'étaient contractés.

— Qui ? demanda-t-il.

— Je n'en sais rien.

— Qui, Anderson ?

L'autre écarta les bras, furieux.

— Je vous dis que je n'en sais rien, merde ! D'accord, j'ai appris qu'un Occidental avait été arrêté en même temps que les Moros. Mais du moment qu'il ne s'agissait pas d'un Américain, je n'en avais rien à foutre, moi ! Vous pouvez comprendre ça, Winch ?

— En me mettant à votre place et en faisant un très gros effort, oui, je peux essayer de le comprendre. Ce que je ne comprends pas, par contre, c'est pourquoi cette gravure de mode d'Ortega m'a menti aussi platement.

Anderson était lancé.

— Mais, mille milliards, éructa-t-il, parce qu'il n'allait tout de même pas vous laisser foutre en l'air sa belle combinaison.

— Quelle combinaison ?

L'autre en sursauta, l'œil rond.

— Ma parole, Winch, vous êtes naïf ou vous le faites exprès ? Cette guerre contre les musulmans lui permettra de passer pour un héros, et lui et sa clique en profiteront pour balayer Marcos et prendre le pouvoir, tout simplement.

— Rien que ça, siffla doucement Largo. Et son chef, l'amiral Costamante ?

— Il ne compte pas. Il suivra ou disparaîtra, comme les autres vieilles badernes du GQG. Ce seront les colonels, Winch. Comme à Athènes en 1967. C'est mon boulot de prévoir ce genre de choses et j'ai déjà fait un rapport dans ce sens. Au nom du ciel, vous gardez ça pour vous, hein ? Voilà que vous me forcez à divulguer mes petits secrets d'État, maintenant.

— Laissez-moi deviner… Ortega a fait rafler quelques Moros au hasard pour les condamner à grands coups de tam-tam et, Dieu sait pourquoi, Ben Chaïm s'est trouvé pris dans le lot. Si c'est de lui qu'il s'agit. Si je parviens à le tirer de là et que les Moros sont innocents, il le clamera bien haut, et toute la combinaison du beau colonel s'écroule. C'est bien ça ?

— Évidemment. Vous vous rendez compte dans quoi vous êtes venu mettre les pieds, Winch ?

— Ouais… Et vous, Anderson, de quel côté êtes-vous ?

Le massif diplomate se figea.

— Moi ?

— La CIA, si vous préférez. C'est elle qui finance le coup ?

— Non.

Il faut de l'argent pour prendre le pouvoir. Même quand il s'agit d'un putsch militaire. D'où vient-il, si ce n'est pas des Américains ?

— Les gros capitalistes philippins qui veulent se débarrasser du népotisme des Marcos ne manquent pas, ronchonna Anderson en haussant les épaules.

— Passons, dit Largo sans le quitter des yeux. Si vous n'êtes pas derrière Ortega, rien ne vous empêche de m'aider, n'est-ce pas ? Je suppose que vous pouvez facilement vous renseigner sur le huitième homme de Makiling…

— Mais, bon sang, comprenez donc, Winch ! Si je vous tuyaute, Ortega saura forcément d'où ça vient. Et s'il réussit son coup, je suis brûlé à Manille.

— Peut-être. Mais s'il le rate, vous aurez été du bon côté. Par contre, si vous me laissez tomber et que Marcos reste au pouvoir, c'est auprès de lui que vous serez brûlé. Sans compter que vous m'aurez, *moi*, sur le dos jusqu'à la fin de vos jours, Anderson.

— C'est du chantage ?

— Même pas, ricana Largo. Vous vous trouvez pris entre plusieurs feux et vous êtes un professionnel de l'analyse. À vous d'évaluer le choix le moins désagréable pour vous, mon vieux.

L'Américain soupira. Son front dégarni était plissé de rides et le jeune homme pouvait presque entendre les rouages de son cerveau cliqueter à toute allure.

— Très bien, finit-il par dire. Je vais essayer de me renseigner. Où puis-je vous joindre ?

Largo dut se maîtriser pour ne pas bondir de joie. Il jeta un coup d'œil à son bracelet-montre et se leva le plus posément qu'il put.

— Au *Manila Paradise*, appartement 1802. Il est onze heures moins cinq. Si je n'ai pas de vos nouvelles à 13 heures, je partirai pour Zamboanga.

— 14 heures. Il me faut un peu de temps.

— D'accord, 14 heures. Ça vous laisse trois heures. Et n'allez pas maintenant vous amuser à me raconter que Ben Chaïm se trouve à Makiling pour me faire plaisir, hein ? Je veux la description physique exacte de ce huitième homme. Ça, vous ne pourrez pas l'inventer.

— Que votre fric vous étouffe, Winch !

— C'est bon de se sentir aimé par ceux qui vous

protègent, sourit Largo en se dirigeant vers la porte. 14 heures, Anderson.

L'homme de la CIA ne fit pas un mouvement pour le reconduire. Adossé à son bureau, il semblait vieilli de dix ans.

Le téléphone sonna à 13 h 58. Largo faillit le briser en deux en sautant dessus. Cela faisait presque trois heures qu'il marchait dans sa chambre comme un lion en cage.

—Winch ? Anderson.

—Enfin ! Alors ?

—Le huitième homme est un Blanc : 1,75 m environ, assez costaud, cheveux noirs, des yeux très bleus, presque violets. Et il est circoncis.

Largo sentit ses phalanges s'écraser sur le plastique du cornet.

—C'est lui, Anderson. A-t-il... a-t-il aussi été condamné ?

—Oui. Il doit être pendu demain matin avec les autres.

—À... à 10 heures ?

—À 10 heures.

Il y eut un silence. Un long silence.

—Hé, Winch, vous êtes toujours là ? s'inquiéta la voix.

—Oui... oui, je suis là...

—Que comptez-vous faire ?

—Qu'est-ce que vous voulez que je fasse, soupira le jeune homme d'un ton découragé. Je pourrais toujours essayer de voir Marcos...

—Le président est dans son palais d'été, à Baguio, dans le Nord. Le temps que vous arriviez jusque-là et que vous obteniez une audience, si vous en obtenez une...

—Alors, il ne me reste plus qu'à remuer tout ce qui compte à Washington et à New York. Je mettrai tout le poids de mon Groupe dans la balance, s'il le faut.

—Là-bas, il n'est que 2 heures du matin, objecta Anderson. La côte Est se trouve exactement de l'autre côté de la terre.

—Je sais, Anderson, je sais... Merci.

Et comme un automate, il raccrocha.

Simon pendu !

Dans un mouvement de rage irrésistible, Largo empoigna le téléphone à deux mains et le projeta de toutes ses forces contre le mur. L'appareil explosa dans un jaillissement de débris de plastique.

Il lui restait vingt heures pour sauver l'Israélien !

* * *

À soixante kilomètres à peine du luxueux appartement, les mains en sang, Simon Ben Chaïm grattait comme un termite.

Il avait réussi assez facilement à arracher un des tortillons de fer rouillé qui fermaient la lucarne au-dessus de sa tête. Ce grillage n'était pas très solide. Ce n'était pas nécessaire. Un enfant de deux ans n'aurait pas réussi à se glisser à travers cette ouverture.

La sueur dégoulinant entre les poils de sa barbe de quinze jours, Simon s'était patiemment attaqué au béton autour d'un des pieds de la table, scellée dans le sol, ne s'interrompant qu'en entendant le bruit des soldats qui lui apportaient ses repas.

Heureusement, la lourde porte de sa cellule n'avait pas de judas.

Au début, il avait mouillé le béton d'eau, pour essayer de l'attendrir. Puis, il avait très vite constaté que du sucre mélangé à son urine donnait un bien meilleur résultat. Alors, depuis douze heures, Simon buvait beaucoup et réclamait un supplément de sucre avec le café qui accompagnait sa nourriture.

Le petit officier philippin n'avait pas menti : on le nourrissait bien pendant les dernières heures qui lui restaient à vivre. Et on lui fichait la paix.

Simon ne voulait pas mourir. Pas sans essayer quelque chose, en tout cas.

Il ne savait pas où il se trouvait. Il ignorait tout de la configuration des lieux et du nombre de soldats qui occupaient sa prison. Il ne savait même pas si celle-ci était dans une ville ou en rase campagne.

Il verrait bien.

La première chose était de sortir de cette cellule. La porte n'avait pas de serrure visible. Elle était fermée de l'extérieur par des barres d'acier qui coulissaient dans le mur. Le seul moyen était d'attendre l'heure d'un repas. Les soldats étaient deux. Toujours. Avec des mitraillettes. Il lui fallait donc une arme. Simon avait tout de suite pensé à l'un des pieds de la table.

Avec une lenteur désespérante, le béton se désagrégeait en morceaux minuscules. Par la lucarne, on ne voyait qu'un mur aveugle. Mais la lumière qui tombait d'en haut indiquait qu'il faisait jour. Il fallait absolument qu'il ait terminé avant la nuit.

Rageusement, Simon se remit à gratter.

Il n'avait pas une chance sur cent de réussir son coup. Pas une sur mille. Mais nom d'un Juif, cette chance, il allait la tenter !

Jeudi 21 septembre
19 heures (GMT + 8)

Avec des pieds de plomb, Largo traversa la Luneta, la grand-place de Manille bordée de ministères, et se dirigea vers le parking où il avait laissé la Mercedes. Débouchant à une allure folle de Magallanese Drive, un *jeepney* fonça sur lui, tous klaxons hurlants, et il n'eut que le temps de se rejeter en arrière, jurant entre ses dents.

Véritables massacreurs de piétons, les *jeepneys* sont à Manille ce que les seins nus sont à Bali et les *klongs* à Bangkok : l'indéracinable label touristique figurant immanquablement sur tous les prospectus. Ces vieilles jeeps récupérées de l'armée US et transformées par leurs chauffeurs en bolides psychédéliques, éclaboussées de couleurs vives, de rétroviseurs étincelants et de slogans à la gloire du Seigneur, servent indifféremment de taxis et de transports en commun. Personne n'a jamais su exactement combien de *jeepneys* sillonnaient la ville avec un souverain mépris pour le code de la route philippin. Mais il est un fait qu'on ne peut faire un pas dans Manille sans se faire encadrer en tous sens par ces véhicules délirants.

Largo, lui, ne voyait rien. Depuis quatre heures interminables, il se forçait à marcher au hasard des rues, sans but, uniquement pour ne pas devenir fou à rester enfermé entre les quatre murs de sa suite. Les seuls numéros de téléphone qu'il savait pouvoir appeler utilement à New York et à Washington étaient des numéros de bureaux. C'est-à-dire inutilisables avant 8 heures.

Jamais le jeune homme n'avait maudit à ce point les fuseaux horaires. Ici, à Manille, il ne pouvait rien faire. Les gens qu'il pouvait éventuellement y contacter n'auraient pas le poids suffisant pour déjouer la machination d'Ortega.

Il ne pouvait qu'attendre.

Et marcher.

Il était certain d'être suivi. Par un homme du colonel. Ou par un agent d'Anderson. Ou les deux. Il s'en moquait éperdument.

Marcher. Se mêler aux touristes qui se bousculaient devant les ruines du fort Santiago, tout ce qui restait d'Intramuros, la vieille ville espagnole entièrement détruite par les Japonais pendant la dernière guerre mondiale. Errer dans les ruelles du quartier chinois de l'île Binondo, entre les deux bras du fleuve Pasig. Découvrir la gentillesse des Manillais, toujours aimables, souriants, affairés et propres jusqu'à l'obsession. Repousser fermement les vendeurs clandestins de *baluts*[1]. Arpenter les rues sans grâce d'une ville mal venue, issue de l'union morganatique entre le grouillement asiatique et l'urbanisation à l'américaine. Éviter la lèpre du quartier de Tondo, où quatre cent mille des trois millions d'habitants de Manille s'entassent dans l'un des plus effroyables bidonvilles de notre planète. S'arrêter

1. Délicatesse spécifiquement philippine, officiellement interdite à la vente. Il s'agit d'un œuf de poule fécondé et qui doit être consommé quelques jours avant l'éclosion. On décapite l'œuf et on croque le fœtus de poussin d'un coup de dents. Avis aux amateurs.

un moment dans Rizal Park pour regarder un groupe folklorique en *patadiong*[1] danser au bénéfice d'un troupeau de Suédois en voyage organisé. Et éviter de se faire écraser par un *jeepney.*

Avec un soupir de soulagement, Largo retrouva sa Mercedes, sortit du parking et tourna à gauche dans Taft Avenue en direction de Makati.

Il allait enfin pouvoir commencer à agir.

Il restait quinze heures avant l'exécution des condamnés.

Une surprise désagréable l'attendait dans le hall du *Paradise.* Le directeur, la mine un peu moins triste qu'à l'accoutumée, discutait à la réception avec une demi-douzaine de personnes. À leur attitude, aux appareils photographiques accrochés à l'épaule de plusieurs d'entre eux, Largo reconnut sans peine des journalistes. Il voulut battre en retraite mais il était trop tard, Baraoïdan l'avait aperçu. Le maigre Philippin se précipita vers lui, souriant d'une oreille à l'autre.

— Ah, monsieur Winch, enfin vous voilà ! Ces messieurs vous attendaient...

— Qu'est-ce qu'ils font là ? s'enquit sèchement Largo. Qui les a prévenus ?

— Mais... moi, bien sûr. Il y a déjà eu un écho en deuxième page de l'édition d'après-midi du *Chronicle.* Votre visite à Manille est une excellente publicité pour l'hôtel, monsieur Winch.

Ravi.

Déjà les journalistes s'approchaient, un bloc à la main, tandis que leurs photographes réglaient leurs appareils.

1. Costume national féminin, comportant des manches à gigot et une collerette Médicis en fibre d'ananas. Attendrissant héritage des anciens maîtres espagnols.

Largo résista héroïquement à l'envie d'aplatir le long nez de M. Baraoïdan.

— Sombre crétin ! grinça-t-il entre ses dents. C'est tout ce que vous avez trouvé pour rendre mon séjour agréable ? Venez avec moi, ajouta-t-il en s'élançant à travers le hall. Nous allons dans votre bureau.

Le jeune homme dépassa sans s'arrêter le groupe des journalistes quelque peu médusés et s'engouffra dans une porte près de la réception marquée « Manager's office ». Baraoïdan le suivit en trottinant, son sourire gommé net.

— Mais, monsieur Winch, je pensais... Les affaires de l'hôtel...

Largo referma la porte.

— Ne pensez plus et asseyez-vous, Baraoïdan.

L'autre s'exécuta, l'air d'un cancre devant le conseil de discipline.

— Avez-vous remplacé le téléphone de ma chambre ?

— Oui, oui, monsieur Winch, c'est fait. Je suis désolé pour l'autre appareil, vraiment désolé...

Largo haussa les épaules, agacé.

— C'était moi qui l'avais cassé et vous le savez très bien. Est-il possible de m'installer une deuxième ligne ?

— Oui, oui, c'est possible.

— Tout de suite ?

— Oui, oui, monsieur Winch. Tout de suite. Nous avons un technicien attaché à l'hôtel.

Le jeune homme songea qu'il était parfois bien agréable d'être propriétaire de l'hôtel où on logeait. Ça simplifiait les discussions avec le personnel.

— Parfait, fit-il d'un ton radouci. Faites-moi immédiatement installer cette deuxième ligne, Baraoïdan. Je voudrais également qu'une standardiste me soit affectée toute la nuit. Exclusivement pour ces deux lignes. J'aurai sans doute énormément de coups de téléphone à donner et à recevoir des États-Unis pendant les prochaines heures. La deuxième ligne servira exclusivement à la réception. Toutes les communications qui me seront adressées seront en PCV. Vous m'établirez la note. C'est bien clair ?

— Oui, oui, monsieur Winch, c'est parfaitement clair.

— Tout ce dispositif doit être prêt à fonctionner à 20 h 30, c'est-à-dire dans une heure.

— 20 h 30, très bien, monsieur Winch.

— Ah ! oui, vous me ferez également monter un repas froid. Plus une provision de sandwichs.

— Des sandwichs ? Vous ne préférez pas notre poulet braisé au maïs ? C'est notre spéc...

— Repas froid et sandwichs, Baraoïdan.

— Heu, très bien, monsieur Winch. Repas froid et sandwichs. Avec du champagne, naturellement...

— Avec de l'eau minérale. Deux litres.

— Oui, oui, très bien, monsieur Winch. De l'eau minérale. Tout ce que vous voudrez, monsieur Winch.

— Merci, Baraoïdan. Ce sera tout.

Largo crut un instant que le directeur allait bondir au garde-à-vous, mais celui-ci eut la présence d'esprit de se retenir à la dernière seconde.

— Heu... monsieur Winch...

— Oui ?

— Les... heu... les journalistes ? Qu'est-ce que je... ?

Le jeune homme eut un charmant sourire avant de quitter le petit bureau.

— Vous en ferez tout ce que vous voudrez, Baraoïdan. N'est-ce pas vous qui les avez invités ? Tenez, offrez-leur donc votre poulet au maïs. Ça leur fera sûrement plaisir...

Dans le hall, il rasa les murs jusqu'aux ascenseurs. Préoccupé d'éviter les regards du petit groupe qui bavardait avec animation au comptoir de la réception, il ne prêta aucune attention aux deux hommes en complet foncé qui, des fauteuils du lobby, ne le quittaient pas des yeux.

Un serveur lui apporta son repas froid à 19 h 45. Tout en mangeant, Largo notait sur une feuille de papier la liste des personnalités qu'il avait eu l'occasion de rencontrer aux États-Unis en tant que patron du Groupe W et qu'il comptait appeler en priorité.

Il y avait pêle-mêle quelques hauts fonctionnaires, un attaché de l'ambassade d'Israël à Washington, un membre des Nations unies, deux généraux du Pentagone et le président de la principale société américaine d'importation de sucre philippin. Ses deux meilleurs atouts, à son avis, seraient un conseiller spécial à la Maison Blanche avec lequel il avait sympathisé lors d'une soirée privée, et le directeur du bureau new-yorkais d'Amnesty International qu'il avait rencontré pendant un congrès. C'étaient les deux personnes les plus susceptibles de rapidité efficace dans leur intervention. Il se demanda un moment s'il ne serait pas bon de mettre également le vieux Midsummer dans le bain. Mais il n'était encore que 5 heures du matin à Los Angeles. Il aurait donc le temps d'aviser plus tard, en fonction de la tournure que prendraient ses contacts.

Largo n'avait pas dans son carnet tous les numéros de téléphone nécessaires. Il inscrivit le nom de sa secrétaire en tête de liste. Elle lui communiquerait les numéros manquants et servirait de relais à New York.

Sa montre indiquait 20 h 10. Dans vingt minutes commencerait, à travers vingt mille kilomètres d'espace-temps, une épuisante course contre la montre pour sauver un obscur cambrioleur juif qui devait être pendu demain.

* * *

Dans un dernier effort, Simon réussit à briser le pied de la table au ras du plateau. Le reste fut facile. Presque entièrement dégagée du béton qui l'enserrait, l'autre extrémité du pied vint sans difficulté.

Il épongea son front dégoulinant avec le pan de sa chemise en loques et soupesa son arme improvisée. C'était un solide bâton de 4 cm de diamètre. L'une de ses extrémités, celle qui avait été scellée dans le sol, était cerclée de métal. L'Israélien eut son premier sourire depuis longtemps : il disposait là d'une excellente massue.

À l'extérieur, la nuit était tombée depuis un temps que Simon évalua à une bonne heure. En septembre, entre les dixième et quinzième parallèles nord, l'obscurité est complète à 19 heures. Il devait donc être aux environs de 20 heures.

Les Philippins qui en ont les moyens mangent cinq fois par jour. Le petit déjeuner, bien sûr, très copieux. La *merienda* de 11 heures. Le déjeuner. La *merienda* de 17 heures. Et le dîner, toujours tardif, vers 21 ou 22 heures. Depuis leur condamnation, les prisonniers bénéficiaient de ce régime de luxe. Par conséquent, Simon n'avait plus qu'une heure ou deux à attendre avant de voir entrer les deux soldats qui lui apporteraient son dernier repas.

Son dernier, car il avait entendu dire qu'on ne nourrissait jamais les condamnés le matin de leur pendaison. Sans doute parce qu'un ventre plein réagit mal à ce genre de traitement.

Et de toute manière son dernier, car il n'attendrait pas jusque-là. Il mourrait cette nuit, percé de balles.

Ou réussirait l'impossible.

Les nerfs à vif, ses deux mains crispées sur son gourdin improvisé, Simon prit position à côté de la porte de sa cellule.

* * *

Il était 20 h 15 quand on frappa à la porte de l'appartement. Pensant qu'il s'agissait du technicien de l'hôtel qui venait placer son téléphone supplémentaire, Largo alla ouvrir et n'en crut pas ses yeux : devant lui se trouvait la fille la plus incroyablement ravissante qu'il eût vue depuis longtemps. Sa peau était plus foncée que celle de la plupart des Manillaises et elle n'était vêtue que d'un simple sarong et d'une blouse blanche, à la mode des paysannes de l'intérieur. Autour de son cou pendait une assez laide chaîne de fer mat.

— Vous êtes Largo Winch ? demanda l'apparition avec un accent chantant.

— Oui, sourit celui-ci. Malheureusement, je suis très occupé. Revenez une autre fois, d'accord ?

Il était persuadé que la créature de rêve lui était envoyée par Baraoïdan. Un « cadeau » du directeur désireux de se faire pardonner la gaffe des journalistes.

La jeune femme, la mine grave, ne broncha pas, se contentant de fixer Largo de ses admirables yeux sombres.

— Je m'appelle Malunaï, fit-elle. Quelqu'un m'a dit avoir lu dans le journal que vous étiez ici. Je suis venue.

— Eh bien, Malunaï, c'est très gentil à vous. Mais je vous l'ai dit, je suis occupé et je...

Elle l'interrompit d'un geste impérieux.

— J'étais avec Simon quand c'est arrivé. Il m'a dit que vous étiez son ami.

Tout en regardant Malunaï dévorer à belles dents ce qui restait du repas froid et des sandwichs, Largo sentait le trouble l'envahir. Une sourde exaltation de toutes les cellules de son corps et de son esprit. Quelque chose qu'il n'avait que rarement ressenti. Et toujours devant une femme ou un danger.

Cette fille était superbe. En dépit de la voracité avec laquelle elle apaisait sa faim, chacun de ses gestes conservait une fascinante dignité. Dans le luxueux décor standardisé du salon de la suite, elle avait l'air d'une princesse en terre étrangère. Une princesse sauvage venue d'un très lointain pays encore inexploré.

Mais cet émoi quasi hypnotique s'estompa rapidement lorsque la belle Moro entama le récit de ce qui s'était passé quinze jours auparavant. Largo ne l'interrompit pas une seule fois, laissant ces nouvelles pièces du puzzle prendre leur place. Lorsqu'elle eut terminé, il lui posa plusieurs questions, essentiellement relatives à l'épisode du yacht. Mais elle ne put lui fournir aucune indication sur ce qui avait amené Simon à faire le rapprochement entre les cadavres du *Morning Rose* et la Cyclope.

Et si l'Israélien s'était servi du nom de la pirate comme simple mot de reconnaissance, pour prouver à Largo que son appel au secours émanait bien de lui ?

Non, c'était absurde. Simon aurait trouvé autre chose. La coïncidence était trop énorme.

— Qu'avez-vous fait après que les soldats eurent quitté le *kampong* ? interrogea-t-il.

— J'avais entendu ce que Simon avait dit à mon père juste

avant qu'ils soient arrêtés, répondit Malunaï. Je suis allée trouver un responsable du FLNM à Dipolog, dans le nord de la presqu'île. Mon père et moi étions des membres actifs du mouvement. C'était pour y contribuer en gagnant de l'argent que je faisais partie de ce réseau de passeurs clandestins.

— Et que vous a dit ce responsable ?

— Qu'il connaissait votre nom. Que vous étiez un homme puissant dont les journaux avaient souvent parlé. Et que, si Simon était vraiment votre ami, vous pourriez sans doute nous aider.

— C'est lui qui m'a fait prévenir ?

— Oui. Il m'a expliqué que nous avions quelqu'un en Amérique qui essayait d'obtenir là-bas de l'argent pour notre cause. Il m'a dit qu'il allait le prévenir de vous contacter en utilisant le mot de passe que Simon avait donné à mon père. Heureusement, je l'avais entendu.

— Oui, fit songeusement Largo. Heureusement. Eh bien, vous voyez, Malunaï, le message m'a été transmis.

Il jugea inutile de lui parler de la mort du sultan Manakan. Dans cette affaire encore parsemée de zones obscures, c'était un des points qu'il s'expliquait le moins.

— Comment se fait-il que vous vous trouviez à Manille ? demanda-t-il.

Elle avait fini de manger. Elle se leva et s'approcha de la grande baie vitrée qui donnait sur la terrasse. Au loin, la capitale brûlait de tous ses néons.

— Je savais que les soldats avaient emmené les prisonniers vers le nord, répondit-elle d'une voix sourde. Et puis, j'ai appris qu'à Zamboanga les gendarmes de la PhilCon me recherchaient. Je suis partie. J'espérais voir encore mon père. Mais je ne sais même pas où ils l'ont enfermé. Je suis arrivée jusqu'à Manille. Ç'a été très difficile. Je devais me cacher.

J'ai eu très faim. Un sympathisant du FLNM m'a logée, à Tondo. Mais il a peur, avec tout ce qu'on dit ici sur les Moros. Et ce matin, dans le journal, j'ai appris...

Malunaï s'interrompit, saisie d'un tremblement convulsif. Mais elle se domina et regarda Largo droit dans les yeux. Son admirable visage exprimait un mélange de douleur et de confiance.

— Mais vous allez les sauver, n'est-ce pas ? Vous êtes venu pour ça ? Vous allez empêcher que mon père soit pendu par ces brutes ?

Un peu atterré, Largo se rendit compte que, préoccupé par Simon, il ne s'était pas soucié un seul instant des sept Moros qui devaient partager le sort de l'Israélien.

Par tous les dieux, que cette femme était belle avec ses longs cheveux enveloppant de nuit sa silhouette de nymphe de la jungle !

— Oui, dit-il d'une voix qu'il eut du mal à reconnaître lui-même. Oui, je suis venu pour ça.

Quoi qu'il arrive, il ne pourrait jamais oublier le regard de cette princesse sombre ainsi posé sur lui. En attendant, par ce simple regard, son problème venait de se multiplier par huit.

— Vous savez où ils sont ? interrogea la jeune femme.

— Oui, dans la forteresse du mont Makiling, à une soixantaine de kilomètres au sud de Manille.

Manifestement, ce nom ne disait rien à Malunaï.

— C'est un ancien château fort espagnol, expliqua-t-il. Une prison militaire, au sommet d'une montagne.

— Vous allez l'attaquer ? demanda-t-elle, les yeux brillants. J'irai avec vous.

Largo songea aux quatre couteaux qui lui restaient, cachés dans le double fond de sa valise.

— Non, Malunaï, sourit-il. Je ne vais pas attaquer la forteresse. Il y a d'autres moyens.

Elle eut l'air déçue.

— Je ne comprends pas. On m'avait dit que vous étiez un homme puissant, un *Aswang*[1]. Vous avez l'air fort et courageux. Comment peut-on délivrer des prisonniers sans attaquer leur prison ? Nous devons y aller cette nuit même. Demain il sera trop tard.

Largo se leva et, s'approchant d'elle, voulut lui poser une main sur l'épaule. Elle se déroba d'un mouvement effarouché et il n'insista pas.

— Je ne suis pas un *Aswang*, Malunaï. Je ne suis qu'un homme ordinaire. Mais il est exact que j'ai des relations puissantes. Je vais leur téléphoner d'ici. Toute la nuit s'il le faut. Et je trouverai les personnes qui pourront empêcher l'exécution de Simon, de votre père et des autres Moros.

En dépit du ton assuré qu'avait pris Largo, Malunaï parut sceptique.

— C'est avec des armes qu'on se bat. Pas avec des téléphones.

Pour la seconde fois, Largo ne put s'empêcher de sourire.

— On ne le sait peut-être pas encore à Zamboanga, mais les temps ont changé, Malunaï. C'est sans doute moins glorieux, mais à notre époque un téléphone bien employé peut être plus efficace qu'un millier de mitrailleuses. Faites-moi confiance. Vous resterez avec moi et vous comprendrez.

La jeune Moro ne répondit pas tout de suite. Se détournant, elle laissa errer son regard dans la nuit qui

---

1. Génie.

entourait le dernier étage de l'hôtel. Quand elle refit face à Largo, l'expression de son visage avait changé.

Calmement, elle défit les boutons de sa blouse et l'ôta. Ses seins, ronds et gros, étaient accrochés très haut, presque à hauteur des clavicules.

Interloqué, la gorge un peu nouée, Largo la regarda s'avancer vers lui, telle une brune déesse de bois verni. La chaîne de fer autour de son cou prenait sur sa peau nue d'étranges reflets païens.

— Je n'ai jamais été à un homme, dit Malunaï d'une voix un peu rauque. Jamais. Si tu sauves la vie de mon père, je serai à toi. Je serai ton esclave. Tu pourras faire de moi tout ce que tu voudras.

Il allait parler lorsqu'un coup à la porte le fit sursauter. Cette fois, c'était sûrement le technicien. Il était en retard, d'ailleurs. Largo indiqua à Malunaï la porte qui donnait sur la chambre.

— Allez par là et rhabillez-vous, lui dit-il gentiment. Le temps qu'on m'installe un second téléphone. Inutile de donner des idées aux employés de l'hôtel.

Docilement, elle ramassa sa blouse et obéit. Dès qu'elle eut disparu, le jeune homme alla ouvrir.

Il était dit qu'il ne verrait jamais le technicien du *Manila Paradise*. Deux hommes en complet sombre s'encadraient dans le chambranle. Le visage fermé. Fait rare pour des Philippins, ils portaient tous deux une cravate. Derrière eux, dans le couloir, Roméo Baraoïdan se tordait les mains.

— Monsieur Winch, balbutia-t-il, j'ai bien dit à ces messieurs…

— Vous, taisez-vous ! aboya le plus âgé des deux hommes sans lâcher Largo du regard. Il sortit un étui de sa poche et le mit sous le nez du jeune homme. Je suis l'inspecteur Casis, de la sécurité civile. Et voici mon adjoint, le sergent Bunag. Vous vous appelez Largo Winch ?

Pour autant que Largo pût en juger, la carte de police avait l'air authentique. Mais il ne fit aucun mouvement pour laisser entrer les deux hommes.

— C'est bien moi, fit-il sèchement. Que désirez-vous, inspecteur ?

Celui qui s'était présenté sous le nom de Casis remit son étui dans la poche intérieure de son veston et en sortit un papier plié en quatre qu'il tendit au jeune milliardaire.

— Nous avons un ordre de perquisition vous concernant, monsieur Winch. Si vous voulez l'examiner...

Le document était en tagalog.

— Baraoïdan !

— Oui, monsieur Winch...

— Jetez un coup d'œil là-dessus et dites-moi si ça a l'air en règle.

Le directeur saisit d'une main un peu tremblante le feuillet que Largo lui tendait par-dessus l'épaule de Bunag. Tandis qu'il lisait, des gouttes de sueur perlèrent sur son front plissé. Les deux policiers attendaient patiemment.

— Alors ?

— C'est... ahem... ça a l'air en ordre, monsieur Winch...

— Qui l'a signé ?

— Le... il y a un cachet... c'est ça, oui : le juge d'instruction du district de Rizal-Makati...

— Merci, Baraoïdan. Puis-je savoir ce que vous cherchez, messieurs ?

— Ça, mon pote, on te le dira quand on l'aura trouvé, grogna Bunag.

Et il s'avança.

Le sergent Bunag était une montagne de viande qui devait peser dans les cent dix kilos pour son mètre soixante-cinq. Quant à la boule rasée qui lui tenait lieu de tête, elle ressemblait davantage à un parcours de moto-cross qu'à un visage humain. Largo comprit qu'il était inutile d'insister et s'effaça, la rage au ventre. Il avait également eu le temps d'apercevoir la crosse nickelée du colt que Casis portait sous l'aisselle ; l'inspecteur n'avait rien fait pour chercher à la dissimuler.

— Entrez aussi, lança amèrement le jeune homme à Baraoïdan. Plus on est de fous, plus on est sûr de s'amuser. D'ailleurs, je suis certain que ces messieurs seront ravis d'avoir un témoin.

Les policiers ne faisant pas mine de s'y opposer, le directeur s'exécuta timidement. Il referma la porte et s'adossa au chambranle, s'épongeant le front avec un joli mouchoir rose qu'il avait sorti de sa poche.

Dans le salon de la suite, Casis et Bunag entamaient mollement leur « perquisition », ouvrant quelques tiroirs, renversant les vases, soulevant les tapis et regardant derrière chaque cadre. Largo ne se faisait aucune illusion. La comédie n'était même pas bien jouée.

Si le coup venait du colonel Ortega, tout était à craindre : arrestation, prisonnier abattu lors d'une tentative de fuite, n'importe quoi. L'importance de Largo dans le monde des affaires n'impressionnerait pas un homme qui était résolu à déclencher une guerre pour prendre le pouvoir. Par contre, si c'était Anderson qui était à l'origine de cette chausse-trape, on se contenterait d'expulser le jeune milliardaire hors du pays, résolvant ainsi d'un seul coup tous les problèmes de l'homme de la CIA.

Mais, dans un cas comme dans l'autre, Simon était perdu.

Les salauds!

Largo hésita un moment à bondir en direction de la porte et à s'enfuir. Mais, mine de rien, les deux policiers ne le perdaient de vue à aucun moment, la main prête à dégainer leur arme. Et puis, il y avait aussi Malunaï dans la chambre voisine. Il ne voulait pas abandonner la jeune Moro.

Après dix minutes de consciencieux chipotage, Casis s'approcha du blouson de Largo jeté sur le dossier d'un fauteuil. Le jeune homme eut l'impression d'assister à un très mauvais téléfilm de série B. Saisissant le blouson de sa main gauche, le policier dissimula un instant sa main droite aux yeux des spectateurs. Puis il poussa une exclamation et, lorsque sa main réapparut, elle tenait un petit sac en plastique transparent rempli de poudre blanche.

— Hé, Bunag, viens un peu voir ce que j'ai trouvé.

Se dandinant comme un gorille, le sergent s'approcha de son supérieur, prit le sachet, l'ouvrit et y glissa son doigt qu'il lécha ensuite avec une mine gourmande.

— Sapristi, inspecteur, récita-t-il. Mais c'est de l'héroïne! Et presque pure. Du 95 ou 96 %, à mon avis. Y en a pour une fortune, là-dedans.

— Ouais, grimaça Casis en revenant vers Largo. Pas étonnant qu'il soit devenu si riche. Hein, Winch?

Roméo Baraoïdan en ouvrait des yeux grands comme des quarante-cinq tours.

— Mons... monsieur Winch, chevrota-t-il. Ce... ce n'est pas possible...

— Imbécile! fit calmement Largo. Vous ne voyez pas que c'est un coup monté? Je voudrais que vous préveniez Henry Anderson, Baraoïdan, le premier secrétaire de l'ambassade des États-Unis. Son numéro privé doit se trouver dans l'annuaire.

— Je ne crois pas que ça marchera, sourit Casis. J'ai appris, tout à fait incidemment, que M. Anderson était parti cet après-midi pour Baguio, où il avait été convoqué.

Ben voyons...

— Très bien. Dans ce cas, je désirerais parler au colonel Angel Ortega.

Le sourire de l'inspecteur s'élargit.

— Le colonel a quitté Manille en début de soirée. Allez, Bunag, va chercher sa valise dans sa chambre. On l'embarque.

— Laissez, sursauta Largo. Je vais y aller moi-même.

Il fit un pas en avant et se heurta à la masse du sergent.

— L'inspecteur a dit Bunag, grogna celui-ci d'une voix à décaper un pipe-line. Et Bunag, c'est moi. Bouge pas, mon pote. J'vais pas te les salir, tes p'tites chemises de soie.

Et il s'engouffra dans la chambre.

Il y eut un cri aigu, le bruit d'une gifle et, trente secondes plus tard, Bunag réapparut, hilare, traînant Malunaï derrière lui.

— Hé, chef! tonitrua-t-il joyeusement. Regardez le chouette petit supplément de programme que j'ai trouvé dans les affaires de ce type.

Les yeux étincelant de colère et de peur, la jeune Moro se débattait comme une tigresse. Mais il lui était impossible de se dégager de l'énorme poigne du sergent.

— Qu'est-ce que ça signifie ? demanda sèchement Casis. Qui est cette femme ?

Largo lut l'éclair de panique dans le regard de Malunaï. Il se souvint de ce qu'elle lui avait dit : elle était recherchée par la PhilCon.

— C'est une prostituée, dit-il froidement. Elle n'a rien à voir dans cette histoire. J'ai bien le droit de coucher avec une fille si ça m'amuse, non ?

— Une prostituée, tiens, tiens... Pieds nus et en sarong... Et elle s'appelle comment, cette prostituée ?

— Comment voulez-vous que je le sache ?... Vous demandez leur nom aux putes, vous ?

— Non, évidemment. Je note au passage qu'on se livre à la prostitution dans votre hôtel, Baraoïdan, ajouta l'inspecteur en se tournant vers le directeur toujours debout contre la porte. Vous savez que c'est puni par la loi.

Le malheureux devint livide. Ah, il s'en souviendrait, de la visite du grand patron !...

— Mais... mais, je ne comprends pas, inspecteur, bredouilla-t-il. Ce... ce n'est pas possible... on ne les laisse jamais entrer... Elle a dû se glisser par une entrée de service...

— Ouais, grommela Casis. On verra ça plus tard. (Il eut un regard lubrique pour la poitrine qui tendait la blouse de la jeune femme.) Embarque-la aussi, Bunag. J'aurai sûrement quelques questions à lui poser.

Largo serra les poings, prêt à frapper. Le sergent eut un gros rire agricole et plaqua posément son énorme battoir sur les fesses de sa prisonnière.

— Allez, viens, poulette ! On va bien se marrer tous les tr... Aaaaaah.

Sa phrase se perdit dans un hurlement de possédé. Vive comme une panthère, Malunaï lui avait planté deux doigts raidis de sa main libre en plein dans les yeux. Bunag s'écroula sur le tapis, beuglant de souffrance. Libérée, la Moro s'élança en direction de la porte, dont Baraoïdan s'écarta prudemment.

Déjà Casis avait sorti son colt de son holster. Froidement, il mit Malunaï en joue. Celle-ci avait déjà ouvert la porte. La pointe du soulier de Largo percuta le poignet du policier avec une violence inouïe. Il y eut un craquement sec et le revolver s'envola à travers le salon.

— Espèce de petit…

Casis n'eut pas le temps d'en dire davantage. Largo était déchaîné. Il cueillit l'inspecteur d'un crochet au menton dans lequel il mit toute sa rage. L'autre bascula en arrière et s'effondra dans le canapé, à trois mètres de là. Son acolyte se roulait toujours en gémissant sur le sol, du sang filtrant de ses paupières crispées.

La voie était libre.

Écartant d'une bourrade le triste Baraoïdan au bord de la syncope, Largo fonça dans le couloir à la suite de la Moro.

Il l'aperçut au moment précis où elle s'engouffrait dans un ascenseur, vingt mètres plus loin. Il s'élança en l'appelant, mais trop tard : la porte coulissante s'était déjà refermée sur la jeune femme.

Arrivé à son tour devant les ascenseurs, Largo enfonça frénétiquement le bouton d'appel. Pas question de dégringoler dix-huit étages à pied avec Casis sur les talons. L'inspecteur ne resterait sûrement pas étourdi plus d'une minute ou deux. Il y eut le « ting » caractéristique, une des portes glissa et le jeune homme se jeta dans la cabine, renversant presque deux vieilles touristes américaines à lunettes triangulaires qui protestèrent hargneusement. Sans se soucier des commentaires acidulés des deux vieilles taupes sur la triste jeunesse d'aujourd'hui et ces hippies qui étaient tous des graines de communistes, Largo bloqua son pouce sur le bouton du rez-de-chaussée.

Aucune trace de Malunaï dans le vaste hall. Sans doute avait-elle préféré l'itinéraire plus discret par lequel elle avait dû pénétrer dans l'hôtel une heure auparavant. Tant pis, il la retrouverait bien plus tard. Se forçant au calme, il traversa à longues enjambées les petits groupes de touristes désœuvrés qui erraient près de la réception et s'engouffra dans la porte-tambour qui menait à l'extérieur.

Le portier souleva sa casquette, un sourire à cent dollars plaqué sur sa face d'employé bien nourri.

— Bonsoir, monsieur Winch. Vous allez en ville ? Voulez-vous que j'aille vous chercher votre voiture ?

La Mercedes était garée dans le parking de l'hôtel, à cent mètres de là.

— Excellente idée, mon vieux, marmonna Largo d'un ton absent. Dépêchez-vous, je vous attends ici.

Juste en face de lui, de l'autre côté de l'avenue, une voiture de police lui crevait les yeux. Adossés à la carrosserie, deux agents en uniforme bavardaient paisiblement, tournés dans sa direction.

Largo se traita de tous les noms. Il aurait pu songer que l'inspecteur et son adjoint pithécanthrope n'étaient pas venus à pied. Les deux flics l'avaient aperçu, mais sans lui prêter une attention particulière. Trop tard pour reculer. Le portier avait déjà disparu derrière le coin en direction du parking. De toute façon, pour sortir de Makati, il lui fallait une voiture. Avec un peu de chance…

Un appel tomba du ciel et les deux policiers, surpris, levèrent le nez. Largo eut un mouvement de recul. Il devinait sans peine l'inspecteur penché sur la terrasse du dix-huitième étage, le visage déformé par la rage.

C'était fichu.

Rentrer dans l'hôtel était la pire des solutions. Il ne

pourrait pas s'y cacher indéfiniment. De plus, chaque minute comptait.

Un *jeepney* plus étincelant qu'un arbre de Noël escalada la rampe d'accès et s'arrêta à deux mètres de Largo. Son chauffeur sauta à terre pour aider le couple de touristes assis à l'arrière à descendre. À trente mètres de là, les deux flics semblaient avoir compris la situation. Ils dégainèrent le pistolet réglementaire qu'ils portaient à la ceinture et s'élancèrent au pas de course en direction de l'entrée du *Paradise*. La Mercedes n'était nulle part en vue. Largo n'hésita pas.

En trois enjambées, il contourna le *jeepney* et bondit au volant. Le moteur tournait toujours. Enclenchant la première, Largo démarra dans un hurlement de pneus, plantant sur le trottoir le chauffeur, complètement éberlué.

Devant lui, déserte et rectiligne, s'étendait la longue avenue qui menait au Makati Commercial Center. Passant rapidement les vitesses, il poussa le *jeepney* au maximum de sa puissance.

— Dites donc, fiston, vous auriez au moins pu nous laisser descendre avant de voler cette voiture, vous ne trouvez pas ?

Largo frémit en réalisant que le couple était toujours derrière lui. Les malheureux n'avaient même pas eu le temps de mettre un pied dehors.

D'un coup d'œil au rétroviseur intérieur, il vit deux têtes à cheveux blancs. Leurs regards se croisèrent. Le visage de la femme était apeuré, mais celui de l'homme semblait calme. Une bonne tête de solide provincial du Middle West, bien burinée. Largo aurait même été prêt à jurer que le bonhomme souriait : enfin un épisode inattendu dans son voyage trop bien organisé.

— Désolé, m'sieur-dame, lança-t-il assez haut pour couvrir le vacarme du moteur. Une course urgente. Je vous dépose à la première station de taxi, c'est promis.

— Des ennuis, fiston ?

— On pourrait appeler ça comme ça, oui…

Du même regard à son rétroviseur, il avait aperçu la voiture de police qui le prenait en chasse. Dans les lignes droites de Makati, elle le rattraperait facilement. Pourvu que ces excités ne se mettent pas à tirer. Ce couple à l'arrière était bien sympathique.

— Oh, mon Dieu mon Dieu mon Dieu, gémit la femme.

— Calme-toi, Martha, répondit gentiment son mari. Tout se terminera très bien, tu verras.

Largo aurait aimé partager ce bel optimisme. Il déboucha comme un obus dans le centre commercial, mais les rares passants ne semblèrent pas s'en étonner. Les *jeepneys* roulaient toujours comme ça. Derrière lui, les policiers avaient enclenché leur sirène. Ils appelaient sûrement par radio leurs collègues à la rescousse. La chasse était lancée.

Tout ce que voulait Largo, c'était un endroit où il puisse se réfugier pour la nuit et d'où un téléphone lui permettrait de lancer sa série d'appels transocéaniques. Il avait son carnet d'adresses, ses chèques et son passeport sur lui. Tout pouvait donc encore s'arranger. Après, une fois Simon tiré d'affaire, il pourrait se faire arrêter, ça lui serait égal. Mais, pour avoir le temps de réfléchir où trouver un tel endroit, il fallait d'abord qu'il sème ses poursuivants. Et ça, il n'y arriverait qu'en se perdant dans le centre de Manille.

Or Manille était à huit kilomètres. Et une seule voie y menait : le South Expressway qui rejoignait Taft Avenue à hauteur du Rizal Stadium. Il se rendit alors compte que, dans ce quartier géométrique et bien aseptisé de Makati, il allait être pris au piège. À moins de sortir de ces avenues à angles droits et de se perdre dans la nature. Mais il ne pouvait pas risquer la vie de ses deux passagers involontaires dans cette aventure.

À cette heure de la soirée, le centre commercial était presque désert. À part quelques restaurants et un ou deux night-clubs, tout était fermé. Largo vira sèchement à droite puis à gauche et freina brutalement devant l'entrée d'une galerie piétonnière couverte qui s'ouvrait entre un supermarché et un magasin de disques.

— Vite ! cria-t-il en tournant la tête. Descendez !

Le vieil homme derrière lui réagit au quart de tour et sauta à terre. Mais la pauvre Martha, complètement paniquée, mit ce qui parut une éternité à Largo pour s'extirper du siège arrière du *jeepney*. Ses lèvres bougeaient toutes seules, comme si elle récitait ses prières. Enfin elle fut sur le trottoir, tremblante comme une feuille d'automne.

— Merci, fiston, fit l'homme, un bras autour des épaules de sa femme. Et… bonne chance !

Largo n'eut pas le temps de répondre. La voiture de police venait de surgir en trombe dans son dos. Il allait redémarrer quand il vit, cent mètres devant lui, une deuxième voiture identique tourner le coin et lui barrer le passage. Emballant le moteur, il braqua froidement le volant, escalada le trottoir et lança son véhicule à fond de train dans la galerie piétonnière, tous phares allumés.

Dans cet espace couvert, le vieux moteur surchauffé faisait un tintamarre épouvantable. Largo se demanda si les flics auraient le culot de l'y poursuivre en voiture ou s'ils tenteraient plutôt de bloquer les issues. Il espérait seulement pouvoir traverser le bloc d'immeubles avant que les autres aient le temps d'en faire le tour.

Un embranchement en Y se présenta. Il prit à droite. Heureusement qu'il n'y avait pas un chat dans cette galerie. À cette allure dingue, il aurait déjà écrasé une demi-douzaine de personnes. Soudain, son cœur s'arrêta. À vingt mètres devant lui, la galerie s'effondrait d'un niveau.

Les yeux hors de la tête, il se mit presque debout sur la pédale du frein. Mais il était trop tard. Lancé à plus de 80 kilomètres à l'heure, le *jeepney* s'envola par-dessus le large escalier qui reliait les deux niveaux, effleurant à peine les marches.

Le choc de l'arrivée, quatre ou cinq mètres plus bas, faillit bien assommer Largo. Le volant lui défonça durement la poitrine et un voile rouge lui brouilla le cerveau pendant quelques dixièmes de seconde. Dans une sorte d'état second, une voix lui disait que son véhicule allait exploser en cent cinquante morceaux. Mais les essieux de l'ancienne « tout-terrain » de l'armée US en avaient vu d'autres et, avant même que son conducteur ait le temps de réaliser qu'il était toujours vivant, le *jeepney* continuait sa course démente.

Largo revint sur terre en apercevant la sortie de la galerie au bout d'une ligne droite, cent mètres devant lui.

Gagné !

Il reprit le contrôle de son véhicule. Allons, il avait maintenant une chance de s'en sortir…

L'arche qui donnait sur la rue n'était plus qu'à cinquante mètres quand une voiture de police s'y encadra dans un crissement de freins. Elle ne s'était pas encore arrêtée que trois agents en jaillissaient, toutes armes dehors.

Perdu !

Sans réfléchir, Largo tourna le volant. Il y eut une

effroyable explosion de verre brisé et le jeune homme vit avec horreur des têtes et des membres humains voler en tous sens autour de lui. Ce ne fut qu'une seconde plus tard, en zigzaguant follement entre des comptoirs surchargés de vêtements, qu'il comprit qu'il roulait dans un grand magasin dont il avait pulvérisé l'une des vitrines et les mannequins qui s'y trouvaient.

Dans un tourbillon de chemisiers en solde, il vit devant lui l'éclairage public de la rue et fonça, les dents serrées. Une deuxième explosion, un souffle d'air, le choc du trottoir, contre-braquage, et les pneus du *jeepney* mordirent en criant d'agonie l'asphalte de la voie publique.

Surexcité, Largo ne put retenir un hurlement de joie sauvage.

Gagné !

Il entendit à peine les cris derrière lui, les rafales d'armes automatiques, l'impact des balles dans les roues et dans la carrosserie. Avec un étonnement indicible, il sentit le contrôle de son véhicule lui échapper. Le *jeepney* oscilla d'un trottoir à l'autre, heurta une Buick en stationnement, fit un tête-à-queue, perdit ce qui lui restait d'enjoliveurs contre un mur, rebondit comme un homme ivre vers le milieu de la rue, bascula sur deux roues, hésita une interminable seconde, et s'abattit tout à fait, les quatre roues tournant dans le vide, pour enfin rendre son âme méritante dans un geyser de vapeur qui fusa en sifflant du radiateur crevé.

La poursuite était terminée.

Largo avait perdu.

L'inspecteur Casis arborait l'expression d'un Scharführer SS retrouvant à Auschwitz le professeur israélite qui l'a recalé à l'examen dix ans plus tôt.

— Bunag est en route pour l'hôpital, grinça-t-il d'une voix haineuse. Il risque de rester borgne pour le restant de ses jours. Et moi, tu m'as cassé le poignet, petit salaud. Je ne parle même pas de tes exploits dans la galerie commerciale ni du *jeepney* que tu as fichu en l'air. Tout ce que j'espère, c'est de pouvoir te garder cette nuit. Parce qu'alors je te jure que tu vas en baver, Winch !

Le mépris qu'il lut dans les yeux fauves du garçon était tel qu'il faillit le gifler. Se contenant avec peine, le policier décrocha le téléphone posé devant lui et, de la main gauche, forma rageusement un numéro.

* * *

— Je suis désolé, inspecteur, dit le juge d'instruction Lazarraga de sa voix la plus officielle. Je comprends votre courroux mais les instructions sont formelles : le prisonnier doit être immédiatement transféré à la base militaire de l'aéroport, où il sera remis à la garde du capitaine Guzman. (...) Oui, avec ses bagages. (...) Non, je vous l'ai dit, il ne sera pas poursuivi sur le territoire philippin. Nous nous contentons de l'expulser. Le mandat est déjà en possession du capitaine Guzman. (...) Je sais, mon cher inspecteur, mais ce sont les ordres. Ah ! oui, le prisonnier doit être remis intact. Il n'est pas question de le molester en aucune manière. Je sais que c'est un détail, inspecteur, mais je préférais le préciser. À tout hasard. (...) C'est ça, au revoir, inspecteur.

Le juge raccrocha et regarda l'officier qui était assis de l'autre côté du bureau.

— Il a bien failli leur échapper, fit le colonel Angel Ortega d'une voix glaciale. Je ne vous félicite pas, Lazarraga.

— Peut-être, mais ils ont quand même fini par l'avoir, bredouilla le magistrat, soudain très mal à l'aise.

— Non sans peine, si j'ai bien compris, ricana l'homme au visage d'ivoire. Un amateur, seul et sans armes, contre les deux meilleurs hommes de votre section spéciale... Il commence à me plaire, ce Winch.

— Heureusement, il aura quitté le pays demain matin.

— Oui, heureusement, murmura rêveusement Ortega. Rien d'autre ?

— Non. Ah, si... il y avait une fille dans la chambre de Winch. C'est d'ailleurs elle qui a éborgné le sergent Bunag.

— Une pute ?

— C'est ce que Winch a prétendu. Mais Casis en doute. C'est une indigène en sarong, très belle, paraît-il...

Le colonel tapa du poing sur le bureau et Lazarraga blêmit d'un coup. Cet homme lui faisait une peur insensée.

— Une fille en sarong ! Et si c'était... ?

— Qui... qui ça, colonel ?

— Aucune importance. Redécrochez votre téléphone et mobilisez tous vos hommes, Lazarraga. Je veux retrouver cette fille.

Le juge d'instruction se tassa sur son siège.

— Mais...

— Exécution, Lazarraga ! Il s'agit probablement d'une Moro nommée Malunaï. Membre actif du FLNM et extrêmement dangereuse. Il me la faut à tout prix !

* * *

C'était une petite pièce parfaitement banale. Elle ne contenait qu'une table, deux chaises, un lit de camp et un banc adossé au mur près de la porte. Sur le lit de camp : la valise de Largo. Intacte. Les policiers ne l'avaient même pas fouillée.

La pièce était au premier étage. Par la fenêtre sans barreaux, le jeune homme pouvait voir l'arrière d'une série de hangars bâtis en ligne. Il savait qu'à quinze cents mètres de là commençaient les pistes de l'aéroport civil. Les atteindre serait l'affaire de cinq minutes, sans même s'essouffler. L'ennui, c'était que, sous la fenêtre, deux soldats en armes étaient de faction. Et que, sur le banc contre le mur, dans la pièce même, un troisième soldat pointait son M16 [1] d'un air farouche droit sur le prisonnier.

Prisonnier, Largo l'était bel et bien. Même si cette pièce où on l'avait enfermé avec son garde n'avait rien d'une cellule. Un M16, c'est un très vilain machin de 3,2 kg qui tire des balles de 5,56 mm à une vitesse initiale de 975 m/s.

Il n'avait pas été tellement surpris quand l'inspecteur Casis, la rage au cœur, avait dû se contenter de l'escorter jusqu'à cette section militaire de l'aéroport. Il était évident que le policier n'était qu'un pion dans cette machination. Physiquement, Largo se tirait donc assez bien de l'aventure ; à part quelques contusions peu douloureuses dues à l'équipée en *jeepney*, son corps était en pleine forme. S'il avait été du genre à s'apitoyer sur lui-même, il aurait pu frémir rétrospectivement en imaginant ce qu'il aurait subi si Casis avait été autorisé à le garder.

Mais si les muscles fonctionnaient bien, le moral, lui, n'était pas brillant.

Le jeune milliardaire avait conscience de s'être laissé jouer comme l'amateur qu'il était. Demain, on le collerait de force dans le premier avion en partance pour les États-Unis et Simon serait pendu. Cet acharnement à se débarrasser de lui prouvait l'importance que risquait de prendre l'Israélien

1. Fusil d'assaut américain mis au point pendant la guerre du Vietnam.

s'il restait en vie. Si Largo avait compris cela plus tôt, il aurait joué la partie autrement et n'en serait sans doute pas là.

Mais il était un peu tard pour se lamenter. Et que le coup vienne de ce paniqueur d'Anderson ou d'Ortega ne changeait rien au résultat.

Il y eut un claquement de verrou et la porte s'ouvrit pour livrer passage à un officier en uniforme bleu. Le soldat assis sur le banc bondit au garde-à-vous.

—Je suis le capitaine Salvador Guzman, fit sèchement le nouvel arrivant en restant sur le seuil. En charge de l'ADC[1] de Manille. Avez-vous besoin de quelque chose, monsieur Winch ?

C'était un homme de taille moyenne, le visage fermé, le regard neutre. Un dur sans imagination. Un bon soldat.

—Qu'allez-vous faire de moi ? interrogea Largo sur le même ton.

—Vous garder jusqu'à demain matin et vous embarquer sur le vol des Philippines Airways de 8 heures à destination de New York *via* Tokyo.

—Vous m'avez pris mon passeport, mes chèques et mon carnet…

—Je vous les rendrai demain juste avant le décollage. Vous n'en aurez pas besoin cette nuit.

—Je désirerais parler au colonel Ortega. Il me connaît.

—Le colonel n'est pas à Manille.

—Puis-je au moins contacter un membre de mon ambassade ?

—Les ambassades sont fermées à cette heure-ci, vous le savez très bien.

---

1. Airport Defence Corps : unités de défense des aéroports civils.

— Mais bon sang ! éclata Largo. Vous savez au moins qui je suis ? Vous savez pourquoi on m'expulse ?

Le visage du capitaine se ferma encore davantage.

— Vous êtes un vulgaire trafiquant de drogue, Winch. Et rien de plus, quelle que soit la célébrité dont vous jouissez. Inutile de vous cacher le mépris que j'ai pour les gens de votre espèce. Je trouve que vous avez une sacrée chance de vous en tirer ainsi. Si ça ne tenait qu'à moi…

Jouait-il la comédie, lui aussi ? Non, Largo était persuadé que l'officier était sincère.

— Écoutez, capitaine, plaida-t-il. Je ne peux pas vous le prouver, mais il s'agit d'un coup monté. Je ne vous demande qu'une chose : laissez-moi disposer d'un téléphone relié à l'international. Je suis prêt à payer tout ce qu'il faudra…

— Vous ne voudriez pas également une manucure et quelques danseuses ? Désolé, Winch, mais il est hors de question d'accéder à une requête de ce genre.

Guzman fit un pas en arrière et lança un ordre bref dans le couloir. Un soldat apparut, portant par l'anse un W.-C. chimique qu'il déposa dans un coin de la pièce.

— Voilà pour vos urgences, Winch. Il sera inutile de demander à sortir de cette pièce. J'ai reçu l'ordre de prendre toutes mes précautions : il paraît que vous êtes un homme dangereux.

— C'est trop d'honneur, grommela Largo.

— Vous pouvez dormir sur ce lit, mais la lumière restera allumée en permanence, poursuivit le capitaine sans tenir compte de l'interruption. Votre garde sera relevé toutes les deux heures, de même que les hommes de faction sous les fenêtres et les deux sentinelles qui resteront dans le couloir. À la moindre velléité de fuite de votre part, je vous fais attacher sur votre lit. Tout est bien clair ?

— Lumineux, capitaine. Vous êtes sûrement un homme très organisé.

— En effet. Avez-vous faim ou soif?

— Non, fit sèchement Largo.

— Alors, nous nous reverrons demain matin. Bonsoir.

Guzman tourna les talons et allait sortir quand il sembla se rappeler quelque chose.

— Un dernier point, Winch. Inutile d'essayer de soudoyer l'un ou l'autre de ces soldats. Aucun d'eux ne parle un seul mot d'anglais.

La porte claqua et le garde de Largo se rassit sur son banc.

C'était le début d'une longue nuit.

Il était exactement 22 heures.

Jeudi 21 septembre
22 heures (GMT + 8)

Simon se raidit en percevant le grincement du chariot de la cantine qui s'approchait.

Le scénario, lors des repas précédents, avait été immuable. L'un des soldats entrait, mitraillette pointée, et prenait position contre le mur, à côté de la porte. Alors seulement le second soldat pénétrait à son tour dans la cellule, portant le repas sur un plateau qu'il déposait sur la table. Celui-là gardait son arme accrochée à l'épaule. Il ressortait ensuite et le premier le suivait, sans jamais quitter le prisonnier des yeux ni dévier le canon de sa Thomson.

Car c'étaient de bonnes vieilles Thomson M1, modèle 42, qu'il s'agissait. Sans doute reconditionnées. Un joujou aussi increvable que la Coccinelle de Volkswagen. Simon les avait reconnues du premier coup d'œil. Il en avait eu une toute semblable dans son kibboutz du Golan avant d'être incorporé à l'armée pendant la guerre du Kippour et de toucher une Uzi flambant neuve des usines de Herstal [1].

1. Les Uzi israéliennes sont fabriquées sous licence par la Fabrique nationale d'armes de guerre (FN) à Herstal (Belgique).

Il devait attaquer immédiatement s'il voulait bénéficier de l'effet de surprise. Passée la première seconde, le soldat qui ouvrait la porte aurait tout le temps de presser la détente et de transformer Simon en dentelle. Il fallait donc réussir à l'assommer d'un seul coup pour avoir le temps de bondir dans le couloir avant que le second, empêtré dans ses gamelles et son plateau, ait le temps de décrocher son arme.

Heureusement pour le bon déroulement de ce plan, les militaires circulaient tête nue dans le bâtiment.

Le chariot s'arrêta à hauteur de la porte et la barre de protection glissa dans le mur. Simon leva le lourd pied de table. Le battant s'ouvrit à la volée et le premier soldat entra, précédé par le canon de sa mitraillette.

Simon abattit son gourdin de toutes ses forces, atteignant l'homme sur le côté de la tête.

Il y eut un vilain craquement et le malheureux s'effondra d'un coup, le crâne fendu. Avant même qu'il ait touché le sol, l'Israélien l'enjamba et jaillit comme un fauve hors de la cellule. De l'autre côté du grand chariot à plusieurs niveaux, le second soldat, un plateau dans les mains, le fixait avec une horreur incrédule, la mâchoire pendante. Simon balaya l'air de son arme, mais l'homme se baissa par réflexe et le pied de table heurta violemment une grande marmite en aluminium. Cela fit un bruit de cloche de cathédrale. Le lourd récipient vola dans les airs, projetant trente litres de soupe bouillante sur le Philippin, qui tomba en hurlant de douleur. Contournant vivement le chariot, l'Israélien acheva le travail d'un moulinet bien appliqué.

Ouf!

Il allait se pencher pour essayer de dégager la Thomson coincée sous la masse inanimée du soldat quand des appels et un bruit de godillots se firent entendre à une extrémité du couloir.

Ce dernier, large de deux mètres, avait une trentaine de mètres de long. Une dizaine de portes s'y alignaient. Sûrement d'autres cellules. D'un côté, le couloir s'achevait en cul-de-sac. De l'autre, il débouchait sur un escalier qui montait. C'était de ce côté-là que résonnaient les cris. Un quelconque piquet de garde qui dévalait les marches, alerté par le tintamarre.

Côté discrétion, c'était plutôt raté.

Dégoulinant de sueur, le souffle court, Simon réussit enfin à saisir la mitraillette et poussa un juron. Engluée de potage, le canon bouché, l'arme était inutilisable. Deux soldats déboulèrent au bas de l'escalier et s'arrêtèrent net en découvrant la scène. Puis, d'un même mouvement, ils levèrent leurs Thomson en direction du prisonnier.

Saisi d'une rage incoercible, celui-ci bondit derrière le chariot et, le poussant de toutes ses forces, se mit à courir en direction des deux hommes. Les soldats tirèrent ensemble. Une grêle de balles s'abattit sur les casseroles et les montants métalliques du chariot, ricochant en tous sens dans un ahurissant ballet de guêpes en folie. Dans l'espace clos de cet étroit couloir, le fracas des armes automatiques faisait un boucan effroyable.

Mais rien ne pouvait arrêter Simon derrière son tank improvisé. Il était survolté. Les deux soldats, de tout jeunes gens qui sortaient à peine de l'instruction, épuisèrent leur chargeur de trente cartouches en moins de trois secondes. Ils n'eurent jamais le temps d'en remettre un nouveau. Le premier soldat fut écrasé comme une mouche contre le mur par la masse du chariot propulsé à une vitesse d'obus. Simon fit exploser la mâchoire du second d'un revers du pied de table, qu'il n'avait pas lâché.

Emporté par son élan, sans même accorder un regard à ses victimes, il se jeta dans l'escalier.

Le couloir du dessus était mieux éclairé et ses murs étaient peints en blanc. De plus, il semblait comporter une issue à l'autre extrémité. Simon s'y élança. Il ne voulait pas continuer à grimper avant de s'être repéré. Il n'avait pas la moindre idée de ce qu'il allait faire, mais il devait le faire vite. Les coups de feu avaient dû alerter pas mal de monde.

Une porte s'ouvrit et un gros sous-officier apparut, boutonnant hâtivement sa vareuse. Simon ne ralentit même pas, se contentant de balancer au passage son bras armé du pied de table. Touché au ventre, le bonhomme poussa un barrissement étranglé et repartit en arrière s'affaler dans la pièce qu'il venait de quitter.

Décidément, ce gourdin valait bien le meilleur des fusils d'assaut. Pour un peu, le jeune Israélien se serait cru au bowling.

Le couloir tournait à angle droit pour repartir dans un autre couloir, identique au premier. Une sirène d'alarme s'éleva brusquement quelque part, vrillante, faisant sursauter le fugitif. C'était mal parti. S'il continuait à courir ainsi, en aveugle, il finirait immanquablement par être abattu ou capturé. Il devait s'orienter. Haletant, les poumons sifflant comme une vieille cornemuse, Simon examina les portes qui se succédaient devant lui. L'une d'elles arborait une croix rouge. Il crut reconnaître l'infirmerie où on l'avait soigné deux jours plus tôt. À cette heure-ci, elle devait être déserte…

Un brouhaha d'appels et de cris commençait à s'élever de tous côtés. Il n'avait plus le choix. Il courut vers la porte de l'infirmerie et pesa sur la poignée. Elle était ouverte. La pièce était dans l'obscurité. Vif comme une anguille, il se glissa à l'intérieur. À la même seconde, un groupe de soldats surgissait en vociférant du couloir par lequel il était venu.

Inondé de transpiration, le corps agité d'un tremblement nerveux, Simon referma la porte. La meute passa en courant, sans s'arrêter.

Il avait gagné un répit.

Le major Raul Querubin, commandant du fort de San Juan de Buenavista, achevait de dîner en compagnie du capitaine médecin et des deux autres officiers de sa garnison quand on vint l'avertir du motif de l'alerte et de l'évasion de Simon.

Un tic lui secoua la pommette gauche.

Les instructions du colonel Ortega, pour être secrètes, n'en avaient pas moins été formelles : ce prisonnier n'existait pas. Il n'avait à aucun moment été inscrit sur les registres du fort. Et si le colonel avait tenu à ce qu'il soit exécuté avec les autres, il avait précisé que le communiqué officiel pour la presse ne mentionnerait que les sept Moros pendus en même temps que lui.

Le major Querubin n'avait pas cherché à comprendre. Officier de carrière, membre des « faucons » de Manille, il avait obéi à son supérieur.

Et voilà que c'était justement ce prisonnier-là qui se lançait dans une tentative d'évasion. Si les soldats le descendaient, la chose risquait de se savoir, avec toutes les conséquences désagréables que cela entraînerait. Querubin préférait ne pas imaginer la réaction d'Ortega si l'homme parvenait à s'échapper.

Mais là, il était plus tranquille. À sa connaissance, personne n'avait jamais réussi à s'évader de la forteresse de Makiling.

Son état-major étant devant lui, il donna ses ordres, en insistant sur le fait qu'il fallait à tout prix essayer de récupérer le prisonnier vivant.

Simon ignorait évidemment ce détail essentiel et se sentait résolu à vendre chèrement sa peau. Il s'aperçut que l'infirmerie baignait dans une demi-pénombre, faiblement éclairée par la lumière qui filtrait à travers le carreau en verre dépoli d'une porte donnant de l'autre côté de la pièce. C'était probablement le bureau du médecin. Celui-ci devait encore s'y trouver, plongé dans l'étude de quelque dossier.

Pour ne pas avoir réagi au vacarme qui secouait tout le bâtiment, ce toubib devait être sacrément dur de la feuille. Ou s'en foutre éperdument. Mais, dans un cas comme dans l'autre, il pouvait lui être utile.

Simon venait de songer qu'un otage lui permettrait peut-être de franchir les barrages qui le séparaient de la sortie. Et quel meilleur otage peut-on trouver qu'un médecin ? Généralement non violent par profession, donc plus docile, il est auréolé d'un respect suffisant pour que le dernier des abrutis n'ose pas risquer de le blesser en tirant sur celui qui l'escorte. S'approchant silencieusement de la porte vitrée, l'Israélien eut un sursaut en entendant de sourds halètements rauques s'élever de l'autre côté du panneau.

Peut-être, après tout, n'était-ce pas sur des dossiers que l'homme de l'art était penché. Pesant sur la poignée, Simon ouvrit brutalement la porte.

C'était bien un bureau. Et on y forniquait effectivement. Mais ce n'était pas le médecin qui se livrait à cette intéressante occupation. Son pantalon baissé jusqu'aux chevilles, un robuste infirmier en blouse blanche sodomisait gaillardement un petit garçon agenouillé dans un fauteuil, fesses bien levées et le visage enfoui dans le dossier. Au fracas de la porte qui s'ouvrait, le petit garçon releva la tête et Simon reconnut avec ahurissement le minuscule sous-lieutenant qui s'était si « patriotiquement » chargé de la défense des accusés vingt-quatre heures plus tôt.

Une seconde qui dura un siècle, les trois hommes se dévisagèrent, figés par la stupeur. L'Israélien fut le premier à réagir. Il bondit, balançant son gourdin, et l'infirmier bascula en arrière, sa face plate et bovine éclatée comme une tomate trop mûre, pour aller s'affaler en travers du bureau. Saillant entre les pans de sa blouse, son énorme sexe encore dressé pointait dérisoirement vers le plafond.

Le petit officier poussa un couinement de souris apeurée et tenta de s'extirper du fauteuil. Simon tendit le bras et le saisit par la nuque d'une seule main. Gentiment. Sans trop serrer.

—Lai… laissez-moi, glapit le Philippin d'une voix suraiguë. Vous n'avez pas le droit !…

Heureusement que le ululement de la sirène couvrait ses cris en dehors de la pièce.

—Alors, ma jolie, ricana Simon, on profite de son service militaire pour s'offrir des soirées d'extase ? Si ta maman savait ça, je parie qu'elle te priverait de sucreries.

Amaigri, sale, en loques, le visage mangé de barbe et l'œil féroce, l'Israélien était à ce point effrayant que le jeune sous-lieutenant manqua s'évanouir de terreur. Il était partagé entre la panique et l'humiliation. Avec sa vareuse d'officier bien boutonnée qui arrivait au ras de ses fesses nues et ses chaussettes kaki pour tout vêtement en dessous de la ceinture, il avait conscience d'être au dernier degré du ridicule.

— Vous... vous vous êtes évadé, chevrota-t-il avec une belle logique. Laissez-moi partir. Je ne vous ai rien fait.

— Ça, pour n'avoir rien fait, on peut dire que tu n'as rien fait. Ni pour moi ni pour les autres. Aussi, pas question de te laisser filer, ma salope. Tu m'accompagnes.

— Quoi ?! Vous... vous êtes fou ? Vous n'avez aucune chance...

— On peut toujours essayer. N'es-tu pas mon défenseur ? Ça va être le moment de montrer tes talents, mon mignon. Et je ne parle pas de ceux que tu pratiques à coups de vaseline...

Simon lui donna une petite tape sur la nuque et le minuscule officier, qui ne devait pas peser cinquante kilos chaussettes comprises, s'aplatit dans le fauteuil. Allant vivement vers le bureau, l'Israélien s'assura que l'infirmier-étalon était toujours inoffensif. À en juger par le sang qui s'écoulait de son front, le consolateur du petit Philippin resterait hors d'usage pour encore un bon moment.

Il avisa au passage le pantalon du sous-lieutenant, bien plié sur le bureau à côté du corps inanimé. Sur ce pantalon étaient déposés un ceinturon et un pistolet dans son étui. Simon extirpa l'arme avec une grimace de satisfaction. C'était un pistolet automatique classique, du type Colt Commander. Le chargeur de neuf cartouches 9 mm était plein.

— Qu'est-ce... que faites-vous ?... Vous... vous n'allez pas me tuer ?...

Le Philippin tremblait convulsivement, prêt à pleurer. On était loin du petit pète-sec qui était venu voir Simon dans sa cellule.

À ce moment précis, la sirène d'alerte s'arrêta. Dans le silence relatif qui suivit, Simon entendit des bruits de portes claquées violemment.

Les soldats fouillaient systématiquement toutes les pièces de l'étage.

D'un seul mouvement, il bascula le corps de l'infirmier de l'autre côté du bureau, puis bondit vers la porte qu'il referma avant de chercher l'interrupteur. Ne le trouvant pas, il pulvérisa l'ampoule du plafond d'un coup de crosse. Le sous-lieutenant n'eut pas le temps de profiter de l'obscurité pour esquisser le moindre geste. Il se sentit empoigné par un maelström et plaqué sur le tapis derrière le fauteuil tandis que la voix de l'Israélien lui grondait à l'oreille.

— Un bruit, un seul geste, et je te vide ton propre chargeur dans le cul. Et ce calibre-là, je suis pas sûr que tu apprécieras. Compris ?

Avec une horreur sans nom, le petit Philippin sentit le canon du pistolet se plaquer sans douceur entre ses fesses tremblantes. C'en était trop pour lui. Il s'évanouit.

Le cœur à cent à l'heure, Simon entendit à travers le mur les soldats pénétrer dans une pièce voisine et en ressortir moins d'une minute plus tard. C'était apparemment une fouille sommaire. Ils devaient être persuadés que le fugitif avait déjà réussi à quitter l'étage. La porte de l'infirmerie s'ouvrit à son tour et la lumière jaillit de l'autre côté du panneau vitré. Il y eut des bruits de voix, des raclements de godasses. Simon sentit ses muscles se crisper…

Soudain, son sang se gela. La silhouette d'un soldat se profilait derrière la vitre, la main sur la poignée. Il dégagea son pistolet et le pointa en direction de la porte. Celle-ci s'ouvrit. La main de l'homme tâtonna le long du mur à la recherche de l'interrupteur. Il finit par le trouver, l'actionna, constata que la lumière ne s'allumait pas, balaya l'obscurité du bureau d'un regard indifférent, haussa les épaules et sortit de la petite pièce en refermant la porte, ignorant à quel point il avait été près de mourir.

Le soupir de soulagement de Simon aurait mis en marche un moulin hollandais.

Les soldats quittèrent l'infirmerie pour aller poursuivre leur fouille plus loin, et le bureau fut plongé dans une obscurité presque totale. Au-dehors, la lune émergea d'un groupe de nuages et le jeune Israélien réalisa que la petite pièce comportait une fenêtre sans rideau ni barreaux. Après s'être assuré que son prisonnier était toujours inconscient, il contourna les meubles et ouvrit doucement la fenêtre.

C'était la première fois depuis quinze jours qu'il aspirait de l'air pur. Il vacilla, presque enivré. Cette caresse sur son visage était déjà un avant-goût de la liberté.

Pourtant, cet air était chaud et moite sous un ciel chargé de nuages. En face de Simon, parallèle au bâtiment où il se trouvait, un haut mur fait d'énormes moellons barrait tout l'horizon à quatre mètres devant lui. En se penchant, il lui sembla qu'il dépassait en hauteur le bâtiment lui-même, se perdant dans la nuit une bonne dizaine de mètres au-dessus de sa tête, totalement infranchissable.

Vers le bas, un espace libre de trois ou quatre mètres courait entre le bâtiment et la muraille. Cette zone semblait inutilisée. En tout cas, on n'y voyait personne. C'était donc par là qu'il devait filer. L'ennui, c'était que Simon se trouvait à ce qui lui parut être le deuxième étage. Il y avait environ huit mètres à sauter. Toutes les chances de se péter une cheville à l'atterrissage.

La lune replongea dans les nuages, tout redevint noir et Simon, au jugé, revint vers le petit Philippin. L'empoignant à bras-le-corps, il l'amena tout près de la fenêtre. Ballotté comme un vieux sac, le sous-lieutenant émergea de l'inconscience.

—Qu'est-ce que... ? Je... Ah, mon Dieu ! gémit-il en se remémorant sa pitoyable situation.

—Alors, ma grande folle, on reprend goût à la vie ? grinça Simon en lui collant le pistolet sous le nez. Je vais te poser quelques questions et je voudrais que tu y répondes vite. Très vite. Je suis assez pressé. Et d'abord, comment t'appelles-tu ?

—Ocampo. Sous-lieutenant de réserve José-Luis Ocampo.

—Très bien, José-Luis. Où sommes-nous ?

—Mais... à l'infirmerie.

Simon lui donna un petit coup de canon de son arme sur le nez et le minuscule officier poussa un piaillement de douleur.

—Ne m'agace pas, José-Luis. Ou bien tu ne plairas plus jamais aux beaux messieurs. C'est quoi, cette prison ?

—C'est... c'est le fort de San Juan de Buenavista, un ancien château fort espagnol, sur le mont Makiling.

—Parfait, ma douceur. Continue comme ça. Où sommes-nous par rapport à Manille ?

—Une soixantaine de kilomètres au sud.

—Bien. Effectif de la garnison ?

—180 hommes. Tous de carrière. Je suis... je suis le seul réserviste...

—Encore heureux pour le sérieux de l'endroit, ricana méchamment l'Israélien. Combien de sorties, à ton château fort ?

—Une seule, par la cour principale, de l'autre côté de ce bâtiment-ci.

—On peut atteindre cette cour par ici ? demanda Simon en montrant la fenêtre ouverte.

— Heu… oui, en contournant l'aile, mais…

— Parfait. Viens, on y va !

— Vous… vous êtes fou ?!

— J'en ai l'air ?

— Mais… mais je ne veux pas. Nous sommes au deuxième étage. Vous allez nous tuer.

— Je croyais qu'on apprenait aux militaires, même de réserve, qu'il fallait savoir prendre des risques. Tu sautes, ou tu préfères que je te jette par la fenêtre ?

Un nouveau reflet de lune éclaira en plein le visage verdâtre d'Ocampo.

— Écoutez, hoqueta-t-il précipitamment. Il y a une autre pièce qui donne dans l'infirmerie. Une chambre avec quatre lits. Pour les blessés graves. Ce soir, il n'y a personne. On pourrait prendre les matelas…

Simon se redressa avec un large sourire et tapota la joue de son minuscule prisonnier.

— Mais c'est que tu deviens rudement coopératif, tu sais ! C'est une très bonne idée, ça. Allez, gonfle tes biceps et amène-toi.

— Heu… dites, monsieur, je… je ne pourrais pas remettre mon pantalon ?

D'une bourrade, l'Israélien le propulsa dans l'infirmerie.

— Pas question, mignonne. Je te préfère comme ça. Avec ton cul qui brille comme un phare, au moins je ne risque pas de te perdre quand on sera dans la nature.

Il ne leur fallut que quelques minutes pour transporter les quatre matelas et les balancer par la fenêtre du bureau. Simon n'avait pas hésité à allumer la lumière de l'infirmerie. Le risque était infiniment moins grand que celui de heurter dans l'obscurité une des étagères surchargées de flacons. En lorgnant au passage les provisions d'éther et d'alcool à 90 degrés, l'Israélien eut la tentation de s'en servir pour mettre le feu à l'étage. Cela ferait une belle diversion. Mais il la repoussa en songeant à l'infirmier qui gisait dans un coin du bureau, toujours inconscient. Il n'avait aucune raison de ménager ses tortionnaires, mais il ne se sentait pas le courage de condamner un homme à griller vif, fût-il la plus épaisse des brutes.

Pour sauter, Simon plaqua le petit officier contre lui, une main sur sa bouche pour l'empêcher de crier. Les matelas amortirent leur chute et ils roulèrent sans dommage sur la terre battue. Une seconde après, l'un tirant l'autre, ils couraient dans la nuit le long du bâtiment. Moins d'une minute plus tard, par un étroit passage, ils atteignaient la cour.

Elle était immense, entièrement ceinte de hautes et épaisses murailles sur le faîte desquelles couraient des chemins de ronde. Les bâtiments, en L sur deux côtés, paraissaient ridiculement petits en dépit de leurs trois étages. Aux quatre coins de l'enceinte s'élevaient, à la mode hispano-arabe, d'imposantes tours d'angle carrées qui servaient de postes de guet et de garde. De leurs sommets, quatre faisceaux de projecteurs balayaient inlassablement l'espace découvert de la cour.

Si Simon n'avait été qu'un simple spectateur, il eût trouvé le spectacle grandiose. Un véritable son et lumière organisé en son honneur.

Traversant sporadiquement les flaques de lumière blanche, des pelotons de soldats galopaient en tous sens, exhortés par leurs sous-officiers dont les glapissements ricochaient en écho contre les murailles. Ce n'était pas encore la pagaille, mais ça commençait à furieusement y ressembler. Tassé dans l'ombre d'une encoignure, le pistolet contre la nuque de son otage, le fugitif vit tout de suite ce qu'il cherchait. De l'autre côté de la cour, les hauts murs se rejoignaient en une arche voûtée bien éclairée par de grosses lampes encastrées : la sortie.

À son grand étonnement, il ne vit ni porte ni barrière. Bien sûr, l'issue semblait gardée par un groupe de soldats assez important. Mais s'il parvenait à forcer ce barrage, il serait hors de l'enceinte et ses chances de réussite se verraient multipliées par dix.

Il ne devait pas s'être écoulé plus d'une demi-heure depuis que Simon s'était évadé de sa cellule. Mais, pour la première fois depuis le début de sa folle tentative, il eut le sentiment grisant qu'il avait peut-être une chance de s'en sortir.

Il essayait de trouver un moyen de traverser la cour sans être vu quand il aperçut le *command car*. Le petit véhicule blindé n'était qu'à une dizaine de mètres des deux hommes, garé devant l'une des entrées du bâtiment. Adossé à la portière, le chauffeur regardait en ricanant la course désordonnée de ses collègues.

Ça, c'était le vrai coup de bol. La bonne étoile qui revenait briller à son firmament personnel.

—Tu sais conduire ça? souffla Simon à l'oreille d'Ocampo en lui montrant le *command car*.

L'autre eut un hoquet d'angoisse.

—Ça… ça ne marchera pas, bredouilla-t-il. Ils vont nous tirer dessus…

—Avec toi comme otage ? Je ne pense pas. En tout cas, c'est une chance à courir.

—Non, non, geignit le petit sous-lieutenant. Aucune chance. Ils veulent vous tuer. Ils me l'ont dit…

— Qu'est-ce que tu racontes !? rugit l'Israélien en l'empoignant par la nuque.

À sa grande surprise, le Philippin fondit en larmes.

— Ils m'ont… ils m'ont dit que vous deviez disparaître… pour la sûreté de l'État… mais il fallait un procès, au cas… au cas où il y aurait une enquête…

— Ignoble petit cloporte ! Et toi, un avocat, tu as marché dans cette sale combine ?

— Ce n'est pas ma faute, larmoya Ocampo. J'étais en service… j'ai obéi aux ordres… c'est la loi martiale, ici… moi, je ne compte pas…

Mais Simon ne l'écoutait plus. Sans lui lâcher la nuque, il le poussa devant lui en direction du *command car*.

Manuel Lontok avait signé un engagement de dix ans dans l'armée et s'estimait satisfait de son sort. Comme chauffeur du major Querubin, il avait la bonne planque et avait même été nommé caporal. Bien sûr, on racontait pas mal d'horreurs sur ce qui se passait dans les caves de Makiling. Mais, somme toute, ça ne le regardait pas. On le nourrissait bien, il recevait sa solde chaque semaine et le reste, ce n'était pas son problème. Savoir garder son nez propre et se mêler de ses oignons, c'est la règle d'or de tous les militaires du monde.

Pour l'instant, le caporal Lontok se payait tout doucement une sacrée pinte de bon sang en regardant les copains s'essouffler à courir derrière leur évadé fantôme. Heureusement qu'il était exempt de ce genre de corvée. Il en était à ce stade de pensées agréables quand il entendit un glissement furtif derrière lui et tourna machinalement la tête. Beaucoup trop tard. Assommé net par la crosse du pistolet de Simon, il roula sur les pavés inégaux de la cour.

Cependant, avant de sombrer dans l'inconscience, Manuel Lontok avait eu le temps d'enregistrer une scène qui devait rester gravée dans sa mémoire pour le restant de ses jours : l'évadé, hirsute et en haillons, poussant devant lui le sous-lieutenant Ocampo. Le petit officier avait le visage noyé de larmes. Et à part sa vareuse, il était complètement à poil !

Le rugissement du moteur fit tourner toutes les têtes.

— Fonce, nom de Dieu ! hurla Simon. Fonce !

Ocampo, terrorisé, embraya et le *command car* s'élança dans la cour. Le cœur cognant à se rompre, l'Israélien vit comme dans un songe les soldats qui s'écartaient précipitamment sur leur passage. Leurs visages ahuris, dans la blancheur livide des projecteurs, semblaient appartenir à des fantômes.

La voûte se rapprochait.

Il allait réussir.

Quelques coups de feu isolés ricochèrent sur le blindage du véhicule. Simon éclata d'un rire de fou. Avec un tel engin, il pourrait forcer tous les barrages, gagner la côte la plus proche et vivre, vivre, vivre !...

Son rire se mua en cri de rage en comprenant pourquoi l'issue du fort ne comportait ni porte ni barrière. Glissant sans bruit de la voûte, une énorme herse descendait vers le sol. Les Philippins avaient conservé l'héritage de leurs prédécesseurs espagnols, mais en y adaptant l'électricité.

— Plus vite ! Plus vite !

Mais il savait déjà qu'il avait perdu la partie. Le bas de la herse toucha les pavés dans un grondement de tonnerre, faisant douloureusement vibrer les barreaux épais comme des poignets d'enfant et plus serrés que les mailles d'un filet.

Simon était pris au piège.

—Alors, où en est-on ? aboya Querubin.

—Il est coincé dans la cour, mon major, répondit un *full lieutenant* d'un air ennuyé. On le cherche. On finira par l'avoir, mais ce ne sera pas facile. Le salaud est armé, et puis...

—Et puis ?

—Il semblerait qu'il ait un otage : le sous-lieutenant Ocampo.

—L'avocaillon ?

—Oui, mon major.

—Qu'avait-il besoin de se foutre dans ses pattes, ce petit imbécile ?...

Querubin réfléchit rapidement. Il n'avait aucune estime pour Ocampo. Cet avorton était un lâche et un pédé. Et pire que tout, c'était un civil.

—Faites évacuer la cour mais bloquez toutes les issues, ordonna-t-il. Postez des hommes sur tous les chemins de ronde. Je veux un silence complet. Et mettez en batterie tous les projecteurs de réserve. On finira bien par le faire sortir de son trou, ce rat.

—Mais, mon major, objecta le lieutenant, il a un pistolet. Nous risquons de perdre des hommes si nous voulons l'attraper vivant. Et il y a Ocampo.

—Je me fous d'Ocampo, rugit Querubin. Mais vous avez raison, je ne veux sacrifier aucun de mes hommes. Vous donnerez l'ordre de lâcher les chiens.

Courant sans cesse pour échapper aux énormes pinceaux de lumière croisés qui tombaient du ciel, Simon se sentait perdu dans une sorte de labyrinthe diabolique. Inexplicablement, la cour semblait s'être vidée, et les cris des sous-officiers avaient cessé de retentir à tous les échos. Les projecteurs qui le pourchassaient semblaient rester les seuls signes de vie dans cette maudite forteresse où tout n'était plus que nuit et silence.

Comme si l'immense cour avait été transformée en jeu d'adresse électronique géant dans lequel un joueur sadique avait remplacé la cible par un être humain : lui.

À côté de Simon, Ocampo haletait, pitoyable.

— Laissez-moi partir, supplia-t-il. Je... je n'en peux plus...

Pour toute réponse, l'Israélien resserra sa prise et entraîna son otage pour un nouveau bond dans l'obscurité.

D'instinct, le fugitif s'était écarté des bâtiments devant lesquels il imaginait sans peine les soldats attendant la curée. Il longeait la muraille opposée, avec l'espoir insensé d'y trouver une fissure, un trou, n'importe quoi où se cacher. La lune avait définitivement disparu derrière les nuages et la clarté aveuglante des projecteurs balayant le sol à quelques mètres de lui l'empêchait de distinguer quoi que ce soit. Son crâne heurta durement une palissade de bois et il étouffa un juron.

Tâtant l'obstacle de sa main libre, il comprit que ce n'était pas une palissade, mais une sorte d'estrade, dressée à un mètre cinquante environ au-dessus du sol, tout contre la muraille. Se baissant, il constata qu'il y avait moyen de se glisser sous les planches. Ce ne serait peut-être qu'un répit, mais là, au moins, il échapperait aux projecteurs. Poussant le petit sous-lieutenant devant lui, il se faufila dans cet abri improvisé et se laissa tomber sur le sol, épuisé.

À quel jeu jouait-on, nom de Dieu ?!

La réponse lui parvint moins de dix secondes plus

tard, à ce point terrifiante qu'il sentit la sueur de son corps se transformer sur-le-champ en mille filets de glace. Bondissant silencieusement dans les flaques de lumière, de longues et souples formes noires se ruaient en direction des deux hommes tassés dans leur précaire refuge.

Des chiens!

C'étaient des dogues allemands, de la taille d'un jeune veau, luisants comme des panthères, plus féroces que des piranhas. Seuls leurs dresseurs osaient les approcher. Ils étaient capables de briser en deux une bûche de hêtre d'un seul coup de leur formidable mâchoire.

Lâchant son prisonnier, Simon jaillit de sous l'estrade au moment même où l'un des fauves s'y engouffrait. Un deuxième dogue se rua sur lui. Instinctivement, le jeune Israélien pointa son pistolet et pressa deux fois la détente. L'énorme molosse s'abattit à ses pieds dans une flaque de sang.

Alors, quelque chose craqua dans le cerveau affolé du sous-lieutenant de réserve José-Luis Ocampo. Saisi d'une panique aveugle, irrépressible, le petit homme s'élança en criant de terreur à travers la cour.

— Non, hurla Simon. Ne cours pas! Ils vont te...

Mais il était déjà trop tard. Trois des dogues s'étaient automatiquement lancés à la poursuite du fuyard. Fou de peur en entendant leur halètement rauque dans son dos, le minuscule officier trébucha sur le pavé et tomba durement sur le ventre, en plein dans la tache de lumière d'un des projecteurs. Des cris éclatèrent du côté des bâtiments, il y eut un bruit de course... Le premier des chiens avait atteint l'homme écroulé. Excité par la poursuite, il n'avait plus d'yeux que pour ces petites fesses blanches qui tremblaient sous son nez dans la lumière trop crue.

Sourd aux ordres de son dresseur, grondant de plaisir anticipé, il plongea voracement, la gueule ouverte…

Même les bourreaux de Makiling, pourtant blasés, frémirent en entendant le hurlement dément du malheureux sous-lieutenant.

Le cerveau brouillé d'horreur, Simon avait profité de ce répit involontaire pour se hisser à tâtons sur l'estrade. L'un des chiens y arriva en même temps que lui et se jeta à sa gorge. Il tira à bout portant et roula sur les planches, déséquilibré par le poids de la bête qu'il venait de tuer net. Il se dégagea juste à temps pour éviter l'attaque d'un deuxième dogue et, brusquement, cligna des yeux, ébloui. Guidé par les coups de feu, l'un des projecteurs venait de le prendre en plein dans son faisceau.

Heureusement pour lui, ses adversaires furent encore plus décontenancés que lui par cette brutale agression de lumière vive. Simon tira encore. Et encore. Et encore. Les énormes fauves revenaient sans cesse à l'assaut pour s'écrouler les uns après les autres. Malade de dégoût, l'Israélien se haïssait de devoir tuer ces animaux dressés au meurtre par des hommes trop lâches pour oser faire leur sale besogne eux-mêmes. Combien étaient-ils, ces dogues sortis de l'enfer ? Dix ? Cent ? Mille ?…

Soudain, il n'y en eut plus.

Il y avait trois cadavres de chiens près de lui sur l'estrade et un quatrième, celui qu'il avait tué en premier lieu, sur les pavés de la cour. Un cinquième dogue, blessé, se traînait en gémissant en direction des bâtiments.

C'était fini.

On n'entendait plus un bruit, comme si tous les spectateurs qui avaient assisté dans l'ombre à ce combat de titans honoraient par leur silence le vainqueur dérisoire et en loques qui se dressait seul en pleine lumière, dominant les corps de ses ennemis terrassés.

Mais Simon ne ressentait plus rien, au-delà de l'épuisement. Il tituba en arrière, trébucha sur l'un des cadavres et serait tombé si sa main gauche, battant l'air, ne s'était machinalement raccrochée à une corde qui pendait. S'aidant de ce soutien inattendu, il se redressa et l'horrible vérité le frappa comme un coup de poing : la corde qu'il tenait en main était un nœud coulant.

Il était sur la plate-forme du gibet qui l'attendait le lendemain !

Une nausée brutale lui tordit le ventre. Il avait résisté à la torture, il avait tout risqué pour retrouver sa liberté, tout tenté... On ne pouvait pas aller plus loin. On ne pouvait pas lui demander davantage. Sauf une chose. La dernière. Lui, Simon Ben Chaïm, ne donnerait pas à ses tortionnaires la satisfaction de le voir gigoter au bout de cet ignoble morceau de chanvre... Le regard tourné vers l'ombre du bâtiment où se tenaient les soldats, il se redressa et sourit en portant le canon de son arme contre sa tempe.

— *Lehaim!*[1] murmura-t-il.

Et il pressa fermement la détente.

Il lui sembla que le « clic » du percuteur frappant à vide avait dû s'entendre jusqu'à l'autre bout de la cour. Hébété, incrédule, il regarda sans y croire le pistolet désarmé. C'en était trop. L'incroyable tension accumulée pendant l'heure hallucinante qu'il venait de traverser avait atteint son ultime limite. Simon sentit ses jambes se dérober sous lui, sa conscience se déconnecta et il s'écroula sur les planches imprégnées de sang, évanoui.

1. « À la vie ! » (toast hébreu).

Alors seulement, les soldats sortirent de l'ombre et s'avancèrent.

* * *

— Eh bien ? s'enquit le major Querubin.

— On l'a mis dans un cachot, répondit le commandant en second. Enchaîné. Et pour plus de sûreté, le toubib lui a collé un sédatif à endormir un éléphant. Il ne bougera plus jusqu'à demain.

— Intact, j'espère ?

— Comme neuf, l'ordure. Malheureusement, on ne peut pas en dire autant des hommes qu'il a amochés. À lui tout seul, ce type a fait autant de dégâts qu'un escadron blindé.

— Deux fractures du crâne, précisa le capitaine médecin. Deux mâchoires fracturées, un nez cassé, une rate éclatée et je ne sais plus combien de côtes brisées. J'ai dû réquisitionner tous les lits d'une chambrée pour pouvoir installer les blessés.

— Sans compter les chiens que ce salaud a descendus, intervint amèrement le *full lieutenant*.

— Je souhaiterais avoir quelques salauds de son espèce parmi mes hommes, rétorqua sèchement Querubin. J'aurai peut-être plaisir à actionner moi-même le levier de la trappe quand il aura la corde au cou, mais je crois bien que je saluerai ensuite sa dépouille. Dans quel état est Ocampo ?

— Moche, grimaça le toubib. Le clebs lui a bouffé les trois quarts des fesses. J'ai rarement vu une plaie aussi horrible.

— « Tu seras puni par où tu as péché », récita en ricanant le lieutenant.

— Vous vous croyez spirituel, lieutenant ?

— Non, mon major. Excusez-moi.

— A-t-il des chances de s'en tirer, docteur ?

— Oui, si on le transporte immédiatement à Manille pour l'opérer. J'ai pu lui faire une transfusion et je l'ai bourré de morphine, mais c'est une mesure provisoire. Il survivra, mais il ne pourra plus jamais marcher.

C'était bien ce que le major Querubin avait craint d'entendre. Ses hommes, ses officiers, il les contrôlait suffisamment pour éviter que l'incident de cette nuit ne soit rapporté en dehors des murailles du fort. Mais cette petite tante d'Ocampo était un civil. Et à présent qu'il était aussi gravement blessé, il n'aurait plus aucun motif de se taire. Au contraire.

— Je désire le voir, dit-il de son ton de commandement.

Le médecin sursauta.

— Maintenant ? Mais, mon major...

— Maintenant, intima Querubin d'une voix cassante. Conduisez-moi, docteur.

À l'infirmerie, les deux hommes s'arrêtèrent devant la porte de la petite chambre attenante.

— Attendez-moi ici, je le verrai seul, précisa le major.

— Mais il est sous l'effet de la morphine. Il ne pourra pas...

Sans écouter les protestations du toubib, Querubin pénétra dans la chambre et referma la porte derrière lui. Une longue minute s'écoula, puis un coup de feu fit violemment sursauter le médecin. N'y tenant plus, il ouvrit la porte.

Ocampo gisait dans un des lits, couché sur le ventre, les bras en croix, la tempe gauche éclatée. Querubin remettait calmement son pistolet dans son étui.

— Le sous-lieutenant Ocampo s'est conduit en homme, expliqua-t-il en regardant le médecin droit dans les yeux. Quand il a compris qu'il resterait infirme pour la vie, il a préféré se suicider. Il s'est jeté sur mon arme et s'est tiré une balle dans la tête avant que je réussisse à l'en empêcher.

Le major Raul Querubin avait été avant de ligne dans l'équipe de football américain de l'AFP [1] et il était célèbre dans toute l'armée pour sa force de taureau. Le capitaine médecin eut un regard pour la chétive silhouette du cadavre et ne dit rien.

— Je crois, poursuivit posément le major en l'entraînant hors de la pièce, qu'il serait d'ailleurs préférable de dire qu'Ocampo s'était accidentellement fourvoyé dans l'enclos des chiens. Cela nous évitera d'innombrables tracas administratifs et cela vaudra mieux pour la réputation posthume de ce malheureux. Oui, tout bien réfléchi, je crois que je vais faire mon rapport dans ce sens. Après tout, ce sont les balles de son pistolet qui ont abattu les dogues qui s'étaient jetés sur lui, n'est-ce pas ? Le sous-lieutenant s'est défendu comme un lion. Nous l'enterrerons dimanche avec les honneurs militaires.

Le médecin préféra ne pas répondre. Tournant les talons sans prendre congé, il se dirigea vers sa chambre en maudissant le jour où il avait pris la décision de s'engager dans l'armée de métier. Querubin haussa les épaules et gagna son bureau pour rédiger son rapport.

Mais avant cela, il avait un autre rapport à faire. Verbal, celui-là. Contrairement aux baudruches gonflées de vanité du GQG, le colonel Ortega n'était pas le genre d'homme à qui il serait judicieux de dissimuler ce qui venait de réellement se passer.

* * *

1. Forces armées des Philippines. 185 000 hommes environ (dont 45 000 réservistes).

Lorsque Angel Ortega raccrocha le téléphone posé sur son bureau, rien dans son visage de statue n'aurait permis de déceler l'émotion rétrospective qu'il venait de ressentir. Si ce satané Juif avait réussi son coup, toute sa belle combinaison aurait pu s'effondrer. Mais, heureusement, Querubin avait réagi comme il le fallait. Un excellent soldat, ce major Querubin. Et qui savait se servir de sa tête tout en obéissant aux ordres, ce qui était rare.

Le colonel parcourut du regard les manchettes des quotidiens en tagalog et en anglais étalés devant lui. Tout se déroulait à merveille de ce côté-là. Les rédacteurs rivalisaient de superlatifs pour stigmatiser le crime des « ignobles pirates moros ». Une manifestation de protestation contre l'exécution du lendemain avait été dispersée devant Malacanang à grands coups de matraque par les gendarmes de la PhilCon. Et ça commençait à sérieusement s'agiter dans le Sud.

Cet après-midi, Ortega avait d'ailleurs donné des instructions pour que l'on accorde une autorisation de voyage vers Zamboanga City à tous les correspondants de presse étrangers qui en feraient la demande. Il était essentiel que l'opinion publique internationale comprenne bien que, cette fois, ce seraient les musulmans de la BMA et du FLNM qui déclencheraient les hostilités. Il s'accorda un sourire de satisfaction et voulut se lever pour quitter son bureau quand la sonnerie du second téléphone suspendit son mouvement.

Surpris, le colonel regarda l'appareil. C'était sa ligne privée. Très peu de gens en connaissaient le numéro. Qui diable pouvait bien l'appeler aussi tard ? Puis il se souvint qu'il n'était que 8 heures du matin à Los Angeles. Ce devait être Roshman qui commençait sa journée en venant aux nouvelles.

C'était effectivement l'avocat américain. Ortega s'abstint de lui parler de la tentative d'évasion de Ben Chaïm, se contentant de lui assurer que tout se déroulait conformément aux plans.

— Sauf que la fille court toujours, persifla la voix lointaine de Roshman.

— Plus pour longtemps, riposta l'officier d'un ton sec. Je lui aurai mis la main dessus avant vingt-quatre heures.

— Ouais, c'est vous qui le dites...

— Ça suffit, Roshman. C'est mon problème. Vous, vous avez votre partie à jouer. Laissez-moi la mienne, voulez-vous.

— Je... Bon, excusez-moi, colonel. Mais quand je pense à ce qui est en jeu, je deviens nerveux. Vous êtes sûr que tout ira bien du côté de Winch ?

Ortega considéra le cornet avec agacement.

— Certain. Pour plus de sûreté, j'ai fait convoquer Anderson à Baguio, sous un prétexte quelconque. Il n'y a donc rien à craindre d'une éventuelle intervention officielle.

— Tant mieux. Eh bien, je me permettrai de vous rappeler demain, après... ahem... après l'exécution.

— C'est ça, Roshman, rappelez-moi demain.

Le colonel raccrocha pensivement. À part la fille, tout allait bien, en effet. Et, seule, cette Malunaï ne pourrait pas être bien dangereuse. Qui s'amuserait à prêter foi aux dires d'une simple indigène ?

Il se sentirait quand même plus tranquille quand le problème Winch serait réglé. Et s'il appelait le capitaine Guzman, pour la bonne forme ? On n'était jamais trop prudent. Reprenant son téléphone de service, il composa le numéro du responsable de l'ADC de l'aéroport de Manille.

Jeudi 21 septembre
23 h 20 (GMT + 8)

Largo allongea l'homme évanoui sur le lit de camp puis, déchirant une de ses chemises, le ligota et le bâillonna sommairement. Après un instant d'hésitation, il déposa le M16 à côté du soldat ; cette arme serait trop encombrante et, de toute manière, il n'avait pas l'intention de courir le risque de blesser quelqu'un.

Il était 23 h 20. Ce qui lui laissait une quarantaine de minutes avant la relève de ses gardes. Il faudrait bien que ce soit suffisant.

Il se changea le plus rapidement possible, fixant deux de ses poignards à ses mollets en prenant bien soin que, cette fois, ils ne puissent plus glisser accidentellement hors de leurs étuis. Une chemise foncée, un jean en denim, des mocassins légers, son blouson… il était paré. Il glissa ses deux couteaux de réserve dans une poche intérieure, noua autour de sa taille une seconde chemise et referma sa valise.

Il n'en aurait plus besoin.

Une fois de plus les circonstances le poussaient à sortir des chemins trop bien tracés. Pour atteindre envers et contre tous l'objectif qu'il s'était fixé, Largo Winch allait redevenir ce qu'il n'avait en réalité jamais cessé d'être : un animal de combat.

Cette évidence commandait à présent chacun de ses gestes. Il se sentait calme, déterminé, totalement maître de lui.

Onze heure trente.

Il grimpa sur une chaise et, à l'aide d'une pièce de un peso trouvée dans la poche du soldat, entreprit de dévisser les attaches de la grille qui filtrait l'arrivée de l'air conditionné.

Il lui avait fallu une heure et quart pour aboutir à un plan d'action plus ou moins cohérent. Assis sur le lit de camp sous le regard indifférent de son gardien, il était d'abord rapidement parvenu à une décourageante évidence : non seulement il avait été mis sur la touche par un truc vieux comme le monde, mais, même sans cela, ses appels téléphoniques n'auraient servi à rien.

Ortega avait froidement nié la présence de Simon à Makiling. Les journaux n'en parlaient pas. Donc, l'Israélien ne s'y trouvait pas officiellement. Il avait fallu l'aveu officieux d'Anderson et la confirmation de Malunaï pour que Largo apprenne la condamnation de son ami.

Officieux…

Cela voulait dire qu'aucune démarche officielle n'aurait eu la moindre chance d'aboutir. Les autorités philippines se seraient contentées de nier avec un étonnement poli et l'affaire en serait restée là. Même le président des États-Unis aurait été impuissant à tirer de sa prison un homme qui n'existait pas. Et en admettant que Largo soit néanmoins parvenu à déclencher une enquête, ce qui semblait plus que douteux, Simon aurait eu vingt fois le temps d'être éliminé entre-temps.

Quel imbécile il était de n'avoir pas compris tout cela plus tôt !

Il devait donc aborder le problème d'une manière diamétralement opposée.

Une idée avait lentement germé dans son esprit enfiévré. Il commença par la repousser, mais elle revenait avec insistance, se précisant, se façonnant au fil des minutes. Il la reprit, l'analysa, la modifia, la structura… Oui, à l'extrême limite ça pouvait tenir debout. À peu près comme un unijambiste sur une patinoire, mais debout quand même. À l'extrême limite. C'était une idée comme il les aimait : tellement dingue qu'elle en avait une chance de réussir. En tout cas, il n'en avait trouvé aucune autre. Pas une minute, pas une seconde Largo n'avait eu l'intention d'attendre les bras croisés qu'on l'embarque comme un mouton sur le premier avion à destination de New York. Entre autres défauts, il avait celui d'être plus obstiné qu'un mulet breton.

Pour donner à cette folie un minuscule espoir d'aboutir, il lui faudrait des alliés. Il avait d'emblée éliminé la possibilité de convaincre le capitaine Guzman de sa bonne foi ; ce serait aussi inopérant que de tenter de persuader un concile de cardinaux des vertus de la sexualité de groupe. Et, de toute façon, Largo était certain de ne pouvoir compter sur aucun Philippin pour l'aider dans son projet.

Quant aux Moros, en admettant qu'il y en ait à Manille, il ne les croyait pas suffisamment organisés pour réussir ce coup-là. De plus, il lui aurait fallu l'aide de Malunaï pour mettre la main sur l'un ou l'autre d'entre eux. Il se voyait mal fouillant l'immense bidonville de Tondo à la recherche hypothétique de la jeune femme, en admettant qu'elle s'y soit de nouveau réfugiée.

Même chose pour Anderson et les agents de la CIA. Que l'Américain ait ou non partie liée dans l'expulsion de Largo, celle-ci devait trop bien l'arranger pour qu'il lève ne fût-ce que le petit doigt à sa rescousse. D'ailleurs, volontairement ou non, il était parti pour Baguio, ce qui réglait la question.

C'était à d'autres alliés qu'il pensait. Ceux-là, il pourrait peut-être les rencontrer sans perdre trop de temps. C'était une chance à courir. Si le dixième de ce qu'on chuchotait à mots couverts sur ces hommes était vrai, rien ne devait leur être impossible.

Même pas ce que Largo comptait leur demander.

Bien.

La première étape consistait évidemment à s'évader de cette pièce, puis de l'aéroport. La fenêtre et la porte étant hors de question, Largo avait tout de suite pensé aux canalisations de l'air conditionné. Ces grandes conduites en tôle galvanisée étaient conçues pour permettre le passage d'un technicien chargé de leur éventuelle réparation, et elles circulaient d'un bout à l'autre du bâtiment. Le tout serait de trouver la bonne sortie.

Assommer le garde à l'aide de sa manchette favorite, celle-là même qu'il avait utilisée au détriment de Dwight Cochrane, avait été une opération d'une déroutante facilité. Largo s'était approché du soldat en feignant de lui demander une cigarette, et l'autre, convaincu de sa supériorité de militaire armé, ne s'était pas méfié.

Il restait dix heures et vingt-cinq minutes avant l'exécution de Simon quand Largo déposa la grille dévissée au pied du mur.

Avec une température moyenne de plus de 20 °C et un taux d'humidité avoisinant les 100 %, les nuits de septembre sont lourdes à Manille. Aussi les privilégiés qui disposent d'un système de conditionnement d'air s'en servent-ils généralement d'abondance.

Les militaires de l'ADC de l'aéroport international ne faisaient pas exception à la règle. Largo était transi. Le souffle glacé qui l'enveloppait aurait enrhumé un ours polaire. Mais il ne s'en souciait pas, concentrant toute son attention sur sa progression aussi silencieuse et aussi rapide que le lui permettaient l'étroitesse et l'obscurité totale du conduit.

Il perçut un premier embranchement sur sa gauche. Une faible lumière en sourdait, ainsi que des éclats de voix et des gros rires. Sans doute un corps de garde. À éviter. Il continua tout droit, rampant comme un Indien aveugle. Au bout de quelques mètres, un nouvel embranchement partait en pente douce vers sa droite. Largo le prit, se contorsionnant pour faire passer ses pieds devant afin d'éviter de glisser si la pente s'accentuait. Tant qu'à aboutir quelque part, il préférait que ce soit au rez-de-chaussée plutôt qu'au premier étage.

Il rejoignit ainsi un conduit plus large qui continuait à descendre. Sûrement le collecteur principal menant au compresseur. D'ailleurs, le bruit de soufflerie se rapprochait. S'il allait jusque-là, il serait coincé dans un cul-de-sac. Et gelé à mort. Plusieurs déviations s'ouvraient dans le collecteur. Largo en prit une au hasard, repartant la tête en avant.

Il perçut rapidement la lumière au bout du conduit et voulut rebrousser chemin. Quelqu'un parlait. Il crut reconnaître la voix du capitaine Guzman et, à en juger par son intonation, l'officier était au téléphone. La prudence eût conseillé de faire demi-tour, mais la curiosité l'emporta. Largo s'avança sans bruit jusqu'à ce que son nez touche la grille.

C'était bien Guzman, assis de dos à son bureau juste en dessous du jeune homme. Il était seul dans la pièce, le cornet de son téléphone à l'oreille.

— (...) Certainement, mon colonel. Vous pouvez compter sur moi. (...) Non, non, aucun problème. Je devais justement procéder à la relève des gardes, c'est bientôt l'heure. (...) Bien entendu, mon colonel, je ne bouge pas de mon bureau de toute la nuit. Mes respects, mon colonel.

Largo retenait son souffle... Ortega ? Plus que probable. C'était donc bien lui qui avait orchestré l'expulsion de Largo. Même s'il niait la présence à Makiling d'un prisonnier occidental, le leader des « faucons » n'avait voulu prendre aucun risque.

Heureusement, Guzman avait parlé en anglais, ainsi que tous les officiers philippins affectent de le faire quand ils conversent entre eux. Le capitaine raccrocha, se leva, prit au passage son képi accroché à une patère et quitta la pièce après avoir éteint la lumière. Largo dénoua hâtivement la chemise qu'il portait autour de la taille. Il n'avait plus un instant à perdre : dans quelques minutes, sa fuite serait découverte.

Il noua solidement une des manches au grillage puis, après s'être remis pieds en avant, tint fermement l'autre manche entre ses mains. Deux violents coups de talon suffirent à déboîter la grille avec un minimum de bruit. La retenant par la chemise, le jeune homme la laissa doucement glisser jusqu'au sol. Une seconde après, il avait pris pied dans le bureau faiblement éclairé par les lumières lointaines de l'aérogare civile.

Il ouvrit la fenêtre qui, au rez-de-chaussée, donnait directement sur la zone militaire des pistes. Se penchant prudemment, il aperçut à quinze mètres de là les deux sentinelles de faction sous la fenêtre éclairée de la pièce dont il s'était enfui. Les deux hommes bavardaient paisiblement. La garde montante n'était pas encore arrivée.

Enjambant le rebord, Largo se laissa tomber dans l'herbe maigre qui bordait le bâtiment. Les deux sentinelles ne bronchèrent pas. Courbé en deux, le jeune homme se glissa sans bruit dans la direction opposée.

Trente secondes plus tard, plongé dans la nuit à l'abri des regards, il courait de toutes ses forces en direction de la clôture d'enceinte de l'aéroport.

Il avait réussi sa sortie sans la moindre bavure.

Mais de l'autre côté de la clôture, après avoir pris pied sur le trottoir qui menait à l'aérogare, Largo découvrit ce que savent tous ceux qui ont un jour tenté de s'évader d'un camp de prisonniers : sortir du camp peut être relativement facile ; c'est après que le véritable problème commence.

Manille était à huit kilomètres vers le nord, au bout d'une longue ligne droite désespérément déserte à cette heure. La perspective de perdre un temps ultra-précieux à rejoindre la ville à pied n'avait rien de follement excitant. Surtout avec les militaires qui allaient lui donner la chasse d'une seconde à l'autre.

Tout semblait pourtant encore calme du côté du bâtiment de l'armée dont il venait de s'enfuir, à six cents mètres de là. Il est vrai qu'il n'était que minuit moins deux. Peut-être Guzman, en militaire strictement discipliné, attendait-il minuit juste pour effectuer la relève. Si c'était le cas, il restait deux minutes à Largo pour trouver une solution.

Deux cents mètres plus loin, dans la direction opposée à la route de Manille, l'extérieur de l'aérogare était désert quoique brillamment illuminé. Le dernier avion de ligne de la journée avait atterri plus d'une heure auparavant et les taxis étaient repartis ailleurs chercher une autre clientèle.

De toute manière, Largo n'avait ni passeport ni argent. Il songea un peu tard qu'il aurait sans doute pu récupérer l'un et l'autre dans le bureau du capitaine. Quoique, à vrai dire, le temps lui avait manqué pour entreprendre une fouille en règle. Son seul viatique était le peso, un peu tordu d'ailleurs, dont il s'était servi pour ouvrir la grille de la bouche d'air conditionné.

Voler une voiture ? Il y en avait plusieurs rangées devant l'entrée principale de l'aérogare. Probablement celles des employés de nuit. Peu de chances que l'un d'eux ait été assez distrait pour laisser ses clés sur le tableau de bord. Et Largo ignorait tout des trucs si simples en apparence qui permettent à tout bon héros de roman policier de bricoler les fils de contact. En outre, il ne se sentait aucune envie d'aller faire l'imbécile en pleine lumière.

Bref, c'était l'impasse. Enrageante et bête.

Tout à coup, des appels résonnèrent du côté du bâtiment militaire. Des lumières jaillirent de plusieurs fenêtres. Des silhouettes sortirent en courant. Ça y était ! Exactement au même instant, une des voitures garées devant l'aérogare se mit en marche et s'ébranla dans la direction de Largo.

Celui-ci n'avait plus rien à perdre. S'avançant sur la route, il agita énergiquement son pouce levé.

Quitte ou double.

À son grand soulagement, la voiture s'arrêta à sa hauteur. C'était une impressionnante Chevrolet Camaro hérissée de chromes et peinturlurée à flanquer la conjonctivite à un punk schizophrène. Le conducteur se pencha pour ouvrir la portière du côté passager.

—Alors, coco? railla une voix que Largo reconnut immédiatement. Trop fauché pour se payer un taxi?

C'était Johnny Keyhole.

* * *

—Vous pensez bien que je n'allais pas laisser passer un coup pareil, ricana le journaliste.

La lourde voiture dévorait l'asphalte du Roxas Boulevard, le compteur à quatre-vingt-dix miles. Déjà les premières lumières de la ville se ruaient à leur rencontre. Largo se retourna pour regarder par la vitre arrière: personne ne semblait les poursuivre.

—Que voulez-vous dire? demanda-t-il.

—La Cyclope. Notez que le nom n'a fait « tilt » dans ma tête que plusieurs heures après votre départ.

—Comprends pas, grommela Largo.

Keyhole tourna la tête et le considéra par-dessus ses verres teintés de jaune.

—Ne faites pas l'enfant, Winch. Vous savez très bien de quoi je parle. Le trafic d'héroïne, la Winchair, Vlieland, l'enlèvement de votre copain Kaplan… Ça doit remonter à environ un an, c'est ça?

—Comment êtes-vous au courant? Les journaux n'en ont pas parlé.

—Mais les journalistes, oui. Vous n'imaginez pas ce qu'un bon journaliste peut entasser comme informations qu'il ne publie jamais, Winch.

—Soit. Et alors?

—Voyons, coco… Un yacht attaqué dans la mer de Sulu. Le nom de la Cyclope traduit en dialecte moro. Et vous qui vous excitez sur le truc comme un babouin en rut. Je n'ai pas le quotient intellectuel d'Einstein, mais tout de même… Ça peut être le scoop de ma vie, ça. J'ai donc transformé vos 1 000 dollars en billet d'avion, et me voilà. Je suis arrivé à Manille en début d'après-midi.

— Mouais…

La Camaro ralentit pour contourner Rizal Park et prendre l'Ayala Boulevard en direction du centre.

— Je comptais partir demain matin pour Zamboanga City, poursuivit Keyhole. J'étais persuadé que vous y étiez déjà.

— Figurez-vous qu'on ne m'a pas laissé y aller.

— Apparemment non, gloussa le journaliste. Moi, par contre, on m'a donné l'autorisation dès que j'ai montré ma carte de presse. C'est tout juste si l'officier qui me l'a délivrée ne m'a pas dit merci en prime.

— Ah bon ? Curieux…

— N'est-ce pas ? Bon, nous voici en ville. Où voulez-vous aller, Winch ? Je suppose que vous ne désirez pas récupérer votre chambre au *Manila Paradise* ?

— Très drôle. Garez simplement votre tank dans un endroit sombre et expliquez-moi quel petit lutin vous a conduit à l'aéroport, Keyhole. Vous m'attendiez ?

Keyhole inséra la Camaro entre deux voitures garées le long d'un trottoir et coupa le contact. Puis il s'alluma une cigarette et, s'étirant contre son dossier, aspira voluptueusement la première bouffée.

— Exactement, fit-il. Je vous attendais. Mais le petit lutin, c'est moi. J'avais lu dans une de leurs feuilles de chou que vous étiez descendu au *Paradise*. J'en ai donc fait autant. Je voulais vous parler. J'étais à la réception quand vous avez fait votre petit numéro. Heureusement, j'avais emprunté cette voiture à un copain. J'ai suivi votre gymkhana en *jeepney* dans Makati, puis votre convoyage vers l'aéroport.

Il était facile d'en déduire que nos amis philippins avaient trouvé un prétexte quelconque pour vous jeter dehors.

— Bien deviné, apprécia Largo.

— Élémentaire, mon bon. Le reste était un pari. Connaissant votre réputation, j'étais persuadé que vous alliez tenter quelque chose pour vous tirer de là. Je n'avais rien de particulier à faire cette nuit, et mon métier m'a donné l'habitude des planques. Je vous donnais jusqu'à 4 heures du matin, Winch. Tous mes compliments : vous n'avez pas traîné.

Le jeune homme considéra son vis-à-vis avec un mélange d'étonnement et de respect. Sous ses dehors de cynique blasé, le journaliste savait faire fonctionner ses cellules grises et prendre des risques.

— Je vous dois un sacré gueuleton au *Plaza*, Keyhole. Sans vous, j'étais cuit. Ils m'auraient rattrapé en cinq minutes.

— Laissez tomber le gueuleton. C'est une histoire que vous me devez. Et cette fois, vous ne vous en tirerez pas avec un chèque, Winch.

Largo réfléchit rapidement. À cent mètres de la voiture, un cinéma dégorgeait les spectateurs de la dernière séance de nuit. Il était presque minuit trente. D'autre part, Keyhole connaissait bien le pays et pouvait lui être d'une aide précieuse.

— Soit, dit-il.

Il raconta tout ce qu'il savait. En phrases courtes et précises. Sans rien omettre. Sa rencontre en France avec Marjan Texel. Son retour à New York. Son entrevue tragique avec le sultan Manakan. Sa visite à Horace Midsummer. L'accueil du colonel Ortega. La révélation d'Anderson. L'histoire racontée par Malunaï. La condamnation de Simon. Le coup monté par les deux policiers. Et sa fuite de l'aéroport, sans papiers ni argent.

Keyhole savait écouter. Il ne l'interrompit pas une seule fois, se contentant de siffler doucement lorsque Largo eut fini de parler.

— Tsss… Un sacré roman, votre histoire, dites donc. Vous feriez un bon détective. Et maintenant, que comptez-vous faire ? Vous planquer ? Ou essayer de secouer le cocotier auquel s'accrochent les gros bonnets du pays ?

— Je n'ai plus le temps de secouer le cocotier, répondit doucement le jeune homme. Je vais aller chercher Simon et les sept Moros.

— Comme ça ?

— Comme ça.

— Je peux vous demander comment vous comptez vous y prendre ?

— Non.

— Vous n'avez pas confiance en moi ?

— Si. Mais ceux à qui je vais demander de m'aider ne me permettraient pas de parler d'eux. En outre, le temps presse, Keyhole.

— Je comprends, grommela celui-ci. Vous êtes fou, Winch. Fou à enfermer. Comment puis-je vous aider ?

— En allant à Zamboanga comme vous l'aviez prévu. Faites discrètement une enquête, essayez d'apprendre si la Cyclope est bien dans les parages et où elle se cache. Ce soir, je me suis mis quelques militaires aux fesses. Quand j'aurai sorti Simon de Makiling, c'est toute l'armée des Philippines qui nous prendra en chasse. Si entre-temps vous pouvez découvrir que ce ne sont pas les Moros qui ont attaqué le *Morning Rose*, ça nous sera sacrément utile pour nous en tirer. Sans compter que je veux également retrouver Kaplan.

— Je comprends, répéta le journaliste d'une voix un peu étranglée. Quel scoop, bordel, quel scoop ! Je donnerais ma main droite pour que vous réussissiez votre coup, Winch.

— Merci, sourit Largo. Gardez votre main pour écrire. Je vous promets l'exclusivité de l'histoire. Mais vous devrez faire vite, Keyhole. Si la guerre éclate dans le Sud, c'est fichu. Et, en plus, ça risquera d'être drôlement moche. Je n'ai pas l'impression qu'Ortega va lésiner sur le napalm si son patron obtient l'aide des Américains.

— Vous avez raison. Où nous retrouverons-nous, si... Je veux dire... après ?

— Nous essaierons de vous rejoindre à Zamboanga City.

Les sourcils du journaliste rejoignirent la racine de ses cheveux.

— En plein dans la gueule du loup ? Vous êtes complètement malade !

Le garçon resta impassible. Dans la pénombre de la voiture ses yeux fauves luisaient comme des braises.

— Je vous retrouverai là-bas, affirma-t-il calmement.

Il hésita un instant à demander au journaliste d'essayer de savoir ce qu'était devenue Malunaï. Mais il y renonça vite : La belle Moro avait dû se perdre dans la foule grouillante de Tondo. Chercher à la retrouver ne pourrait qu'inutilement attirer sur elle l'attention de la police.

— Je voudrais encore vous demander deux choses, Keyhole. Deux renseignements. Vous connaissez bien Manille, je crois ?

— Je pourrais écrire un Baedeker dessus, acquiesça l'Américain.

— Quel est, à votre avis, le général le plus lâche et le plus corrompu du grand état-major de l'AFP ?

— Le général King, répondit Keyhole sans hésiter une seconde. Pourquoi ?

— Soyez gentil, mon vieux, ne m'interrogez pas, je ne pourrais pas vous répondre. Que fait-il, ce King ?

— C'est un parent de la belle Imelda, l'épouse de Marcos. Un oncle ou un cousin, je ne sais plus. Ça lui a permis de prendre en main le monopole des approvisionnements de l'armée. Vêtements, mobilier, nourriture, matériel, tout ce qui n'est pas armement proprement dit passe par lui. Il y en a pour quelques milliards chaque année, croyez-moi. Et King se sucre tellement au passage que même les autres *illustrados* en sont gênés. Ils l'ont surnommé « Sticky Hands [1] ».

— Je vois le genre de personnage. Il habite Manille ?

— Il ne quitte pour ainsi dire jamais sa villa de Makati. Elle est facile à trouver, c'est la plus grosse de l'endroit, gardée comme un bunker au bord de la Pasig, à deux pas du champ de courses de Santa Ana.

— Parfait. Deuxième question : Qui est le plus important Chinois de la ville ?

— À quel point de vue ?

— Fric.

Le journaliste réfléchit un moment.

— Difficile à dire. Les Chinetoques exhibent rarement leur fortune. Mais je dirais Wu Kim-khiong, le propriétaire du *Silver Surfer*, le plus gros club de Quezon City. Il trempe dans un nombre invraisemblable d'affaires, du commerce du sucre à la production de statuettes obscènes pour touristes férus de souvenirs « authentiques ».

— Où pourrais-je le rencontrer ?

1. « Mains collantes ».

—Au *Surfer*. Il y est toutes les nuits. Wu ne dort jamais. À propos, comme tous les Chinois ici, il a plus ou moins hispanisé son nom. Officiellement, il s'appelle Daniel Wu.

Largo étira ses membres engourdis en prenant appui sur le dossier du siège.

—Merci, Keyhole. Vous m'avez tiré une fameuse épine du pied. Vous pourriez me conduire jusqu'à ce club ?

—Vous voulez vous encanailler ? Je vous préviens que les clubs de Quezon sont les premiers endroits que visitent les flics quand ils recherchent quelqu'un, Winch.

—C'est un risque à courir.

—Comme vous voudrez...

Le journaliste mit le moteur en route et dégagea sa voiture.

—Vous êtes un drôle de type, coco. Vous me parlez d'attaquer la forteresse de Makiling à vous tout seul et vous commencez par aller voir les putes. Franchement, je ne vous suis pas.

—Question de se mettre en forme avant la bagarre, sourit Largo. En 14-18, on saoulait bien les fantassins au gros rouge avant de les envoyer au casse-pipe.

Il était une heure passée quand la Camaro stoppa devant l'entrée du club. Haut de trois mètres, un éblouissant bonhomme en néon argenté glissant sur son surf illuminait toute la façade.

—Vous êtes sûr que vous ne voulez pas que je vous accompagne ? insista le journaliste.

—Certain. Comme on dit dans les livres, nos chemins se séparent ici, Keyhole. Rendez-vous à Zamboanga.

—Attendez...

L'Américain sortit de sa poche une poignée de billets de cent pesos et les tendit à Largo.

— Prenez ça, coco. La limonade n'est pas gratuite, là-dedans.

Largo prit l'argent et sortit de la voiture. La rue était déserte, mais le parking du club affichait complet.

— Merci, dit-il. Et à bientôt… coco.

Et il se dirigea vivement vers le portier qui soulevait déjà sa casquette.

Johnny Keyhole fixa une longue minute la porte par laquelle était entré le jeune milliardaire.

Il se demandait s'il le reverrait jamais vivant.

Vendredi 22 septembre
1 h 30 (GMT + 8)

La plupart des clubs de Manille se trouvent à Quezon City, le choix de ce gros faubourg au nord-est de la ville ayant sans doute été guidé par les facilités administratives qu'offrait la capitale officielle des Philippines [1]. Tous ces clubs, sans exception, appartiennent à des Chinois, le plus souvent derrière la façade d'un Philippin de paille suffisamment influent. En fait, le mot « club » ne trompe personne. Il s'agit d'établissements tels qu'il n'en existe nulle part ailleurs dans le monde : de gigantesques bordels-théâtres.

Le *Silver Surfer* était le plus gigantesque de tous. L'unique salle, vaste comme un terrain de football, était bondée d'une clientèle presque exclusivement mâle et résolument vociférante, Chinois, Philippins et résidents américains mélangés. Contrairement à ce que croient la plupart des

1. Un décret de 1948 avait, du jour au lendemain, élevé Quezon City au rang de capitale. Exactement comme si les Français se réveillaient un matin pour découvrir que Neuilly ou Clamart est devenu la capitale de la France. Un nouveau décret de juin 1976 a réintégré Manille dans ce statut dont elle avait été dépossédée pendant vingt-huit ans.

Occidentaux, les Chinois adorent s'amuser. Et ils le font en riant très fort, en s'entourant d'un maximum de bruit et en faisant beaucoup de taches sur les nappes [1]. Le vacarme général était ahurissant, et même la cacophonie musicale qui s'élevait d'une rangée de haut-parleurs grands comme des cabines téléphoniques ne parvenait pas à le couvrir. Il régnait en outre une chaleur épouvantable et il flottait assez de fumée dans l'air pour évoquer un hangar d'essai de locomotives à vapeur.

Tout l'espace libre de la salle était occupé par de grandes tables rondes pouvant accueillir jusqu'à dix personnes. Les murs, par contre, étaient creusés de boxes tapissés d'un velours douteux usé jusqu'à la trame. Ces boxes étaient là pour les amateurs de caresses. Les tables, pour les amateurs de spectacle. Sur presque chacune d'elles, une fille entièrement nue et luisante de transpiration exécutait un tour ou un autre sous les encouragements et les hurlements de rire de ses clients.

Ces filles venaient généralement de la campagne. Laides ou simplement banales, les jambes trop courtes, les fesses trop larges, les seins trop lourds et la face trop plate, elles n'étaient pas payées par l'établissement mais directement par les clients de la table, proportionnellement aux exigences de ceux-ci. Au bout de deux ans, en dépit de la dîme prélevée par le propriétaire du club, ces robustes petites personnes avaient amassé suffisamment de pesos pour rentrer chez

1. Tradition réservée aux réunions dites d'amusement. Plus la nappe devant vous sera sale à l'issue du repas (on mange toujours quelque chose), plus votre hôte (il y en a toujours un) s'estimera honoré. Le personnel qui vous sert à boire et à manger veille donc à renverser consciencieusement un maximum d'aliments à côté des verres et des assiettes. Ce qui a en outre l'avantage de faire marcher le commerce. Par contre, lors des réunions sérieuses, les convives respectent une stricte propreté.

elles et se trouver un mari à qui elles pourraient offrir un commerce ou un hectare de rizière.

Tout l'art de ces paysannes au regard absent résidait dans l'extraordinaire contrôle qu'elles avaient acquis des muscles de leurs fesses et de leur vagin. Leur tour le plus courant consistait à s'accroupir les bras levés au-dessus d'une bouteille dans le goulot de laquelle on avait roulé un billet de cinq ou dix pesos. Les cuisses à quelques centimètres du nez du donateur, la fille saisissait délicatement le billet sans effleurer la bouteille, puis se redressait, son salaire émergeant d'elle comme un petit sexe d'homme fièrement dressé.

Couper en deux une banane épluchée d'une contraction énergique était considéré comme banal. Les clients préféraient demander à l'« artiste » de fumer simultanément deux cigarettes qu'elle s'introduisait tout allumées dans l'anus et dans le sexe. Mais le jeu qui avait le plus de succès, quoique beaucoup moins subtil, était indéniablement la double pénétration à l'aide d'instruments dont la taille grossissait en fonction de la valeur des billets déposés sur la table. Les instruments en question, apportés par un commis, variaient de la taille d'un stylo à celle d'un honnête obus de soixante-quinze. Tout le jeu consistait à voir jusqu'où la fille oserait aller des deux côtés de son anatomie au rythme des enchères, et il n'était pas rare d'observer les clients des tables voisines venir ajouter leurs encouragements et leurs pesos à ceux des initiateurs de cette étrange et bestiale escalade.

Au moment où Largo traversa la salle, un de ces jeux battait précisément son plein. Accroupie au milieu des assiettes sales et des verres renversés, ruisselante de sueur, les dents serrées, une petite paysanne s'efforçait d'introduire dans son rectum un godemiché épais comme une matraque de policier new-yorkais. Une salve de rires et d'applaudissements salua la réussite de cette performance.

Écœuré, le jeune homme détourna la tête et se dirigea vers un box libre. Un serveur le repéra immédiatement et se précipita pour prendre sa commande.

— M. Wu est-il là ce soir ? demanda Largo.

— Il est là, opina le serveur. C'est pour une compagne, ou pour quelque chose de spécial ? Si c'est pour une compagne, vous pouvez la choisir vous-même, monsieur, ajouta-t-il en désignant une grande vitre qui s'ouvrait dans le mur de l'autre côté de la salle.

Contrairement à ce qui se passe dans les bars de Bangkok ou de Taipei, il n'y a pas dans les clubs de Manille de *mama-san* chargée de guider le client dans le choix de celle qui lui dispensera quelques instants de plaisirs dûment tarifés. On se sert soi-même. Exactement comme dans un supermarché.

Quand le client s'estime suffisamment échauffé par le spectacle des malheureuses femelles qui se contorsionnent sur les tables, il a le loisir d'aller traîner devant une sorte de grande vitrine à travers laquelle il peut examiner une autre catégorie de cheptel. Installées sur des coussins ou des sofas, vêtues de robes légères ou de *cheong-sams* largement fendus, une trentaine de filles bavardent paisiblement. Nettement plus jolies que les paysannes de la salle, elles arborent toutes un grand numéro bien visible autour du cou. Le client peut les examiner à l'aise, les filles ne le voient pas, la vitre formant miroir de leur côté. Son choix fait, il cite le numéro désiré à un employé qui n'attend que ça et, moins d'une minute plus tard, entraîne sa « conquête » vers l'un des boxes pour quelques agaceries préliminaires et la discussion sur le prix. Si les deux parties tombent d'accord sur celui-ci, l'heureux couple n'aura plus qu'à gagner l'une des chambres mises à sa disposition par le club moyennant une contribution proportionnelle à la durée d'occupation demandée.

Mais il existe certains clients qui ne se satisfont plus d'une banale partie d'édredon ou de l'exhibition d'une grosse fille fumant une cigarette avec son derrière. Pour ceux-là, à condition qu'ils aient de quoi payer, le club a prévu dans une autre partie du bâtiment toute une gamme de spectacles et de traitements « spéciaux ». Qu'il s'agisse d'assister à une séance de fornication collective, de se faire fouetter ou de disposer des soins attentifs d'un jeune éphèbe soigneusement épilé, il est toujours possible d'obtenir n'importe quoi dans un bordel de Manille. Et en plus de cette affiche somme toute banale, chaque club met un point d'honneur à avoir une « spécialité » qu'il se targuera d'être le seul à proposer.

— C'est pour quelque chose de spécial, dit Largo.

Le serveur s'inclina respectueusement.

— Dans ce cas, si vous voulez bien me suivre, monsieur.

Wu Kim-khiong se tenait près de l'entrée. C'était un petit homme maigre et sans âge, revêtu d'un costume grisâtre et étriqué dont un immigré turc n'aurait pas voulu pour s'habiller en semaine. Seuls signes de vie dans son visage parcheminé, ses petits yeux noirs parcouraient la salle sans relâche, attentifs au moindre détail qui risquerait d'entraver la bonne marche de son établissement.

Les Chinois n'ont pas, comme les Européens, le snobisme de la réussite ou de la fortune. Même riches à millions, ils mettront toujours le même empressement à satisfaire un client susceptible de leur faire gagner un demi-dollar. Le propriétaire du *Silver Surfer* accueillit Largo d'un sourire commercial et aurifié.

— Vous voulez vous amuser, monsieur ? Vous avez eu raison de venir ici, c'est le meilleur établissement de la ville.

— Je n'en doute pas, fit poliment le jeune homme.

— Vous désirez sans doute assister à un spectacle privé ? J'en ai un qui doit justement commencer dans un quart d'heure. Très spécial. Deux Coréennes, un nègre d'Afrique et un bouc. Très rare.

Entendre ce petit homme terne débiter d'un ton monocorde le programme de ses horreurs était à ce point déconcertant que Largo, en dépit de la tension qui l'habitait, faillit éclater de rire.

— Non merci, dit-il en se retenant. Je n'aime pas les boucs.

— Notre spécialité, peut-être ? suggéra M. Wu. La Chambre aux Cent Bouches. Vous avez sûrement dû en entendre parler. Même des membres du gouvernement sont venus chez moi goûter aux plaisirs de la Chambre aux Cent Bouches.

— Je ne suis pas un client, monsieur Wu.

Le sourire du Chinois disparut aussitôt, gommé net.

— Que désirez-vous, alors ? demanda-t-il d'une voix à assécher le Yang-tsé-kiang.

Largo prit une profonde inspiration. Toute la réussite de son plan reposait sur la phrase qu'il allait prononcer.

— Je cherche ce que voient les trois yeux des Gardiens du tao, articula-t-il lentement en chinois mandarin. Et je suis extrêmement pressé.

M. Wu n'eut pas un battement de paupières.

* * *

Cela s'était passé quelques années plus tôt, lors de sa fabuleuse évasion de la prison secrète de Lhassa, capitale de l'ancien Tibet devenu la « région autonome de Xizang » au sein de la République populaire de Chine. En compagnie de trois autres captifs, deux lettrés tibétains et un Chinois accusé de sympathie nationaliste, Largo avait réussi à sortir de l'ex-ville sacrée pour tenter d'atteindre à travers les montagnes la province indienne d'Assam, à deux cent trente kilomètres de là.

Mais les distances ne signifiaient rien dans la solitude glacée de l'Himalaya. Sans l'aide des maquisards khampas, aucun des quatre fugitifs n'aurait eu la moindre chance de couvrir le quart du trajet. Ils auraient cent fois péri de froid ou d'épuisement, se seraient égarés ou auraient été capturés par les patrouilles chinoises lancées à leur poursuite. D'ailleurs, en dépit de l'assistance des farouches montagnards, les deux Tibétains n'avaient jamais atteint la liberté. Le premier s'était fracassé au fond d'une crevasse. Le second, un matin, ne s'était pas réveillé.

Le troisième homme s'appelait Tan Ming-t'sien. C'était avec lui que Largo avait partagé sa cellule. Ce Chinois, qui s'était dit originaire de Tch'eng-tou, avait une dizaine d'années de plus que lui. Doté d'une patience inlassable, il avait toujours réussi à réconforter son compagnon pendant les interminables mois de leur captivité. C'était lui également qui avait enseigné au jeune homme de solides notions de putonghua, l'idiome de Pékin dérivé du mandarin et devenu la langue officielle de la Chine moderne.

Les deux hommes étaient presque au terme de leur épuisant calvaire lorsque Tan Ming-t'sien eut le pied gauche gelé. En dépit des encouragements prodigués par Largo, il devint vite évident que le malheureux n'était plus capable de marcher. Et, faute de soins rapides, la gangrène s'attaquerait rapidement au membre mort pour se propager ensuite dans le reste de l'organisme, qu'elle détruirait irrémédiablement.

—Abandonne-moi ici, Largo, supplia Tan. Je n'en peux plus. Seul, tu as une chance. Nos poursuivants ne sont pas loin. Ils me trouveront et me soigneront.

La frontière n'était plus qu'à une dizaine de kilomètres. Mais tous les cols qui la traversaient étaient solidement surveillés. De plus, les gardes-frontières avaient certainement été prévenus de la présence des fugitifs.

—Il va y avoir une sacrée tempête, fit Largo en levant les yeux vers les nuages qui s'amoncelaient autour des sommets. C'est exactement ce que j'espérais. Nous en profiterons pour passer pendant la nuit.

—Tu ne m'as pas entendu, insista le Chinois affalé contre un rocher qui émergeait de la neige. Laisse-moi. Tente ta chance, Largo. Je ne suis plus qu'un fardeau.

Le jeune homme abaissa ses yeux fauves sur son compagnon.

—Tan, dit-il doucement, tu as passé des mois à t'occuper de moi. Dans cette maudite prison, je n'étais qu'un gosse effrayé et, sans toi, je serais sans doute devenu fou de découragement. Aujourd'hui, c'est à mon tour d'être utile à quelque chose.

—Espèce de « long-nez [1] » entêté, sourit tristement le blessé. Tu perds un temps précieux. Va-t'en !

—Ne m'as-tu pas expliqué que, selon votre système d'horoscope, j'étais né une année du Tigre ? Et n'est-ce pas toi également qui m'as dit qu'un Tigre ne renonçait jamais ?

Largo ne sut pas dans quelles ressources inconnues il avait puisé la force d'accomplir ce qu'il fit cette nuit-là. Durant

1. Appellation par laquelle les Chinois désignaient jadis les Européens.

douze heures hallucinantes, s'enfonçant jusqu'aux cuisses, il porta son compagnon à travers le plus effroyable ouragan de neige dont on ait gardé souvenance sur les deux versants de l'Himalaya. Lorsque enfin, le lendemain matin, il s'évanouit d'épuisement, les deux hommes étaient en Assam.

Trois jours plus tard, Largo put quitter sa chambre de l'Hôpital britannique de Gauhati, au bord du Brahmapoutre. Son premier geste fut d'aller au chevet de Tan Ming-t'sien. Le Chinois avait été amputé de la jambe gauche au-dessous du genou.

— Je te dois tout le reste, dit-il simplement. Que comptes-tu faire à présent ? Rentrer en Europe ?

— Non. La Birmanie est proche. J'ai envie d'aller me perdre un peu par là-bas.

— Tu es bien un Tigre, sourit Tan. Révolté et généreux, idéaliste et entêté. Tu sais, Largo, le Vieil Homme de cette lamaserie dont tu m'as parlé, Parlang Khee... Il avait sûrement raison : la folie de l'orgueil et du courage sont en toi. Mais aussi un étrange désespoir qui te ronge le cœur. J'espère que tu trouveras un jour ce que tu cherches.

Le jeune homme éluda le sujet.

— Combien de temps dois-tu rester ici, Tan ?

— Oh, le temps de recevoir une prothèse et d'apprendre à m'en servir. Six ou sept mois.

— Alors, nous ne nous reverrons plus. Adieu.

— Attends...

Le Chinois semblait hésiter, comme s'il balançait une ultime seconde à l'issue d'un violent combat intérieur.

— J'ai une dette envers toi, Largo. Si un jour...

— Oui ?

Si un jour tu devais être en difficulté... Il y a des Chinois partout dans le monde... va trouver le plus important de l'endroit où tu seras en péril et dis-lui... dis-lui que tu cherches ce que voient les trois yeux des Gardiens du tao.

— Les Gardiens du tao ? De quoi veux-tu parler, Tan ?

— Rappelle-toi ce que je t'ai appris : le tao est le Tout, l'ensemble des forces *yin* et *yang* de l'univers, la voie qui unit le monde des dieux à celui des hommes...

Ce fut ainsi que Largo Winczlav, qu'on appela plus tard Largo Winch, devint l'un des très rares Occidentaux à connaître le signal de détresse des membres de la Triade, la plus ancienne et la plus puissante des redoutables sociétés secrètes chinoises.

Il n'avait plus jamais entendu parler de Tan Ming-t'sien et avait pratiquement chassé leur dernier entretien de sa mémoire.

Jusqu'à cette nuit...

* * *

M. Wu n'eut pas un battement de paupières.

Soudain il y eut un mouvement de foule à l'entrée du club. Précédés d'un civil, quatre policiers en uniforme firent irruption dans la salle, matraque à la main.

Largo sentit ses tripes se nouer d'un seul coup.

Le civil était l'inspecteur Casis !

Le poignet plâtré, le bras droit en écharpe, le policier semblait prêt à déchiqueter un buffle avec ses dents. Tout était fichu. C'était raté sur tous les plans. Les muscles tendus, le jeune homme s'apprêtait à plonger dans la foule des clients quand M. Wu lui posa une main décharnée sur le bras.

— Venez, dit-il simplement.

Et il l'entraîna vivement vers une petite porte discrète à trois mètres de là.

Ahuri, incrédule, Largo suivit le propriétaire du *Silver Surfer* dans un couloir bien éclairé.

— Mais alors ?..., commença-t-il.

— Taisez-vous.

Ils pénétrèrent dans une grande pièce très sombre sur laquelle donnaient une dizaine de portes les unes à côté des autres. M. Wu ouvrit l'une d'elles. C'était une minuscule cabine éclairée, munie d'un banc et d'un portemanteau, identique à celles qui servent aux patients à se déshabiller dans une clinique. Une cagoule noire était accrochée au portemanteau.

— Déshabillez-vous entièrement, mettez la cagoule et passez de l'autre côté, dit M. Wu. Je reviendrai vous chercher.

Son visage impassible ressemblait à du vieux carton.

— La police...

— Elle ne viendra pas ici, je la paie assez cher pour cela. À l'intérieur, faites comme les autres. Sinon, un des clients pourrait s'étonner et en parler. On ne sait jamais...

— C'est terriblement urgent, monsieur Wu.

— Je sais, fit sèchement le vieux Chinois. Vous l'avez déjà dit.

Et il referma la porte.

Comme les autres ?... Dans quoi allait-il tomber ?

Machinalement, Largo se déshabilla. Son cerveau était en ébullition. Ainsi, M. Wu avait compris son message. Tan Ming-t'sien ne lui avait pas menti : cette simple phrase pouvait lui apporter l'aide dont il avait besoin. Mais cette aide viendrait-elle suffisamment vite ? Il regarda sa montre et blêmit. Déjà 2 heures, bon sang ! Plus que huit. Il restait tant de choses à préparer d'ici là que cela paraissait insurmontable. Mais la suite, du moins dans l'immédiat, ne dépendait plus de lui. Il risquait d'en devenir fou d'impatience, mais il ne pouvait plus qu'attendre.

Lorsqu'il fut nu, il mit la cagoule sur sa tête et ouvrit la porte.

D'abord il ne vit rien. De la musique chinoise, lancinante et douce, égrenait autour de lui sa complainte monotone. Seuls de curieux gémissements perçaient de temps à autre la lente mélodie. Puis ses yeux s'habituèrent à la pénombre.

Sol, murs, plafond, tout était tendu de tissu noir. La faible lumière qui baignait ce lieu feutré et oppressant était violette, comme dans les dancings d'autrefois quand l'orchestre attaquait un blues. La combinaison de ces deux couleurs rendait les dimensions de la pièce impossibles à déterminer avec exactitude. Largo éprouva la désagréable impression d'être plongé sous un catafalque.

Il y avait quatre autres hommes dans la pièce. Nus comme lui. Sous l'éclairage violet leur peau était blafarde, mais leur tête enveloppée du noir de leur cagoule se confondait avec les murs, les faisant ressembler à d'inquiétants fantômes décapités. Ces spectres se livraient à un rite étrange.

Agenouillés tous quatre devant la paroi du fond, dos à Largo, ils s'accrochaient des deux mains à une sorte de poignée fixée au-dessus de leur tête, poussant sporadiquement de longues plaintes sourdes de suppliciés. De temps en temps, l'un d'eux se relevait, changeait de place et s'agenouillait de nouveau pour recommencer son incompréhensible manège.

Largo s'approcha.

Sous ses pieds nus, le sol semblait recouvert d'un doux tapis de laine. Il vit alors une douzaine de petites lumières rouges qui couraient irrégulièrement tout le long du mur devant lequel se tenaient les singuliers officiants. Elles étaient toutes à une hauteur variant entre trente-cinq et cinquante centimètres du sol. Devant chacune des lumières, posé à terre, se trouvait un petit coussin. Et au-dessus, fixée au mur à travers le tissu, une poignée.

À force d'essayer de comprendre le mystère de ce temple d'un nouveau genre, le jeune homme oubliait momentanément les raisons qui l'y avaient amené. Aucun des quatre hommes ne semblait faire attention à lui. Lorsqu'il fut près du mur, il effleura timidement de la main l'une des lumières. Aussitôt, l'un de ses doigts fut happé par quelque chose de chaud et aspiré avec force. Stupéfait, Largo se rejeta en arrière.

C'était une bouche !

Une bouche de femme.

L'ouverture dans le tissu noir qui recouvrait la cloison était juste assez grande pour laisser passer les deux lèvres. Celles-ci étaient peintes en rouge vif, ou plutôt enduites d'une substance brillante qui réfléchissait agressivement cette couleur à la lumière violette. Largo regarda sans y croire la douzaine de bouches identiques qui crevaient à diverses hauteurs la nuit totale du mur.

Hallucinant !

M. Wu l'avait caché dans sa fameuse Chambre aux Cent Bouches. Même en trichant un peu sur le nombre, il fallait être chinois pour avoir inventé un truc pareil.

L'un des hommes poussa soudain un cri étranglé et s'affala sur le dos, son sexe encore raidi luisant faiblement comme une grosse chenille obscène. Une minute plus tard, il se releva et disparut en direction des cabines. Deux autres clients masqués pénétrèrent dans la pièce et se dirigèrent sans hésitation vers le mur. Des habitués. L'un d'eux s'agenouilla lourdement à côté de Largo et, empoignant une petite queue triste et molle, la porta rapidement vers la bouche devant lui.

Hypnotisé, le jeune homme vit les lèvres sans visage s'ouvrir au premier contact et engloutir le membre qu'elles commencèrent aussitôt à sucer énergiquement. Avec un soupir d'aise, le client s'accrocha à la poignée, son gros ventre en avant. Au bout de quelques instants il se releva, s'arrachant sans douceur à sa prison humide, et partit un peu plus loin se planter dans une autre fleur aux identiques corolles de sang.

Le changement de bouche était autorisé et compris dans le prix.

À plusieurs reprises, il sembla à Largo que la tête masquée d'un de ses voisins s'était tournée vers lui. Il se rappela brusquement les instructions de M. Wu. Ce serait trop bête de se faire inutilement remarquer. Il s'agenouilla. Devant lui, les lèvres écarlates semblaient avoir senti sa présence. Elles frémissaient imperceptiblement, comme impatientes de l'avaler. Obsédante, la musique enveloppait toute chose. Il n'y avait plus que le noir, la chaleur et cette bouche qui flottait dans le néant. C'était dantesque, satanique, un peu effrayant et en même temps profondément troublant. Largo se porta fermement en avant.

Avec une technique consommée, les deux lèvres s'ourlèrent autour de lui, montant et descendant le long des veines gonflées de son sexe sans cesser de l'aspirer fermement. Le jeune homme dut s'accrocher à la poignée, le souffle soudain court. L'inconnue derrière cette bouche avait une capacité d'aspirateur industriel. Il ne lui fallut pas trente secondes pour le faire exploser.

De nouveaux clients entraient, d'autres quittaient la pièce, et M. Wu ne venait toujours pas le chercher. Force fut donc à Largo de recommencer l'expérience.

Mais le premier moment de surprise passé, celle-ci n'était pas désagréable. Bien au contraire. Et elle avait même un côté franchement amusant. Voir ces hommes sans tête se trémousser et gémir devant ce mur des Lamentations version Far East était des plus cocasses. *Le mur des Fellations, oui, ha! ha!* Le jeune homme essayait aussi d'imaginer les filles de l'autre côté de la cloison, tête en avant, lèvres tendues. Étaient-ce des paysannes comme celles de la salle? Ou de jolies putains comme celles de la vitrine?

Néanmoins, après s'être pour la quatrième fois livré à l'appétit de ces étranges pétales carnivores, il commença à trouver un peu difficile de continuer à jouer le jeu. Il fut heureusement sauvé de l'épuisement par une silhouette imprécise qui vint lui chuchoter à l'oreille que M. Wu l'attendait dehors.

Largo fut rhabillé en deux minutes. Il remit ses couteaux en place et sortit de la cabine.

— Comment avez-vous trouvé ma « spécialité » ? interrogea sévèrement M. Wu.

— Étonnante, répondit sincèrement le jeune homme. Je la recommanderai au Guide Michelin, dans la catégorie « vaut le détour ». Qu'avez-vous fait des policiers?

— Ne vous inquiétez pas, ils sont repartis. Venez, nous allons passer par l'arrière. Je ne veux pas que quelqu'un vous voie sortir de chez moi.

La dernière porte de la rangée ne donnait pas sur une cabine mais sur un étroit couloir. Largo reconnut la musique; ils longeaient l'extérieur du mur latéral de la Chambre aux Cent Bouches. Au bout du couloir, le garçon marqua un temps d'arrêt: douze femmes se tassaient côte à côte dans un long cagibi qui bifurquait à angle droit. Les « bouches » de M. Wu.

Il ne put réprimer un hoquet d'horreur.

La moins âgée de ces femmes avait dû atteindre la puberté lors du rachat des Philippines par les États-Unis en 1898.

Incroyablement vieilles, maigres et ridées, elles étaient accroupies en tailleur, leur cou de dindon étiré vers l'avant, le menton sur un reposoir et leur bouche disparaissant dans l'ouverture à leur hauteur. Les joues gonflées de plusieurs d'entre elles indiquaient clairement qu'elles étaient occupées à remplir l'exercice de leur unique fonction.

— Monsieur Wu, c'est… ce sont elles qui ?…

Largo en bafouillait, proche de la nausée.

— Évidemment, rétorqua le Chinois sans la moindre émotion. Plus de dents, beaucoup d'expérience et très bon marché à nourrir. Tout le monde y gagne. Par ici, s'il vous plaît.

Comme dans un rêve, le jeune homme franchit une autre porte à la suite du propriétaire du *Silver Surfer*.

Il s'en souviendrait, des raffinements érotiques de l'Orient !

Encore sous le coup de l'émotion, il perçut à peine l'ombre qui se dressa derrière lui. Son crâne explosa, mille soleils tourbillonnèrent et il sombra dans le néant.

* * *

Le juge Lazarraga reposa le cornet du téléphone sur son support. Avec un mélange de honte et d'irritation, il s'aperçut que sa main tremblait. Il essaya de se dominer, mais sans résultat.

— Toujours rien, colonel, fit-il d'une voix peu assurée. Winch semble s'être évaporé. Il est probable qu'il ait trouvé refuge chez une personne sûre.

— Et la fille ?

— Rien non plus. On a retrouvé le sympathisant chez qui elle logeait à Tondo. Casis a fait tendre une souricière, mais elle n'a pas encore montré le bout de son nez. Quant à l'individu, on est en train de l'interroger. Je doute cependant qu'il puisse nous apprendre grand-chose...

Mais le colonel Ortega ne l'écoutait plus, apparemment plongé dans la contemplation des photographies qui ornaient la cheminée du confortable living-room. Le juge d'instruction, rabattant nerveusement le pan de sa robe de chambre sur son pyjama, se rassit dans son fauteuil.

Il en avait plus qu'assez de cette histoire.

Il avait accepté de suivre les instructions d'Ortega et de prendre le risque de faire expulser ce Winch sous une inculpation hâtivement fabriquée de toutes pièces. Un truc à lui briser sa carrière. Mais si, après ça, les militaires avaient eu la maladresse de laisser s'échapper leur bonhomme, ils auraient au moins pu avoir la décence de lui courir eux-mêmes après. Au lieu de quoi, pas gêné pour un peso, Ortega avait fait irruption chez lui au moment où il s'apprêtait enfin à se mettre au lit et l'avait froidement obligé à relancer la chasse à l'homme depuis son propre domicile.

Il y avait de quoi se sentir la bouche amère.

— Pourquoi ne pas mettre la gendarmerie ou l'armée aux trousses de votre type ? risqua-t-il. Vous savez que les effectifs de la police civile sont limités. Avec vos soldats ou la PhilCon, vous ratisseriez toute la ville en quelques heures, colonel.

Ortega pivota vers lui, glacé comme un hiver canadien.

— Vous savez très bien que nous ne pouvons pas intervenir officiellement, Lazarraga. Il s'agit d'une affaire relevant d'une procédure strictement judiciaire. Mettre l'armée dans le coup en ferait automatiquement une question politique. Et ça, avec un personnage aussi connu que Winch, ce serait la pire des erreurs à commettre pour l'instant. Évidemment, s'il avait tué un soldat en s'évadant, ce serait différent. Mais comme il ne l'a pas fait…

Lazarraga savait tout cela. Comme il savait que le redoutable officier d'aviation était l'homme à qui il fallait plaire aujourd'hui si on ne voulait pas s'en faire un ennemi demain.

Et qui pouvait savoir ce que serait demain dans un pays comme celui-ci ?

Le colonel eut un vague sourire, comme s'il lisait dans les pensées du magistrat en robe de chambre.

—Je sais que je vous demande beaucoup, mon cher juge, poursuivit-il d'un ton radouci. Mais croyez bien que je saurai me souvenir du service que vous me rendez.

C'étaient exactement les paroles que Lazarraga avait besoin d'entendre. Pour un peu, il se serait mis à ronronner. Il commençait enfin à se détendre un peu quand la sonnerie du téléphone l'arracha une nouvelle fois à son fauteuil. Il décrocha et écouta quelques instants en hochant la tête. Puis, la main sur l'écouteur, il se tourna vers Ortega.

—C'est l'inspecteur Casis. Il vient d'arrêter un homme qui semblerait avoir aidé Winch à s'échapper de l'aéroport. Un certain French, un journaliste américain. Plusieurs témoins ont vu l'évadé dans sa voiture, au centre de la ville. Il logeait d'ailleurs au même hôtel. C'est là que Casis vient de le cueillir.

—Où sont-ils maintenant? demanda brièvement le colonel.

—Toujours au *Paradise*. Casis téléphone du hall. Je lui dis d'emmener cet homme au commissariat ?

L'officier au visage de statue ne répondit pas tout de suite.

— John French, dit Johnny Keyhole, murmura-t-il comme pour lui-même. Tiens, tiens…

— Qu'est-ce que je fais, colonel ? insista Lazarraga.

Ortega se décida brusquement.

— Dites à votre inspecteur d'amener ce journaliste à mon bureau du ministère de l'Air. Je vais m'occuper personnellement de M. French.

* * *

La première chose que fit Largo en revenant à lui fut de regarder l'heure. Mais on lui avait pris son bracelet-montre. Ainsi d'ailleurs que ses couteaux.

Sa tête résonnait comme un vieux bourdon fêlé. Mais à part ça, il était indemne et libre de ses mouvements. Il s'assit, prenant appui sur le mur, et regarda autour de lui.

Il se trouvait dans une longue pièce blanche, totalement vide de meubles, à l'exception d'un fauteuil à deux mètres de lui. Dans ce fauteuil, un homme était assis. N'eussent été ses yeux fortement bridés, on aurait pu le prendre pour un gros businessman américain ou un armateur grec. Massif, les cheveux noirs tirés en arrière, il avait d'épaisses lunettes d'écaille et était vêtu d'un complet croisé qui portait indiscutablement la griffe d'un très bon tailleur.

Était-ce un *Kwon-Lan* [1] de la Triade ? Largo se rendit compte qu'il s'était naïvement attendu à quelque maigre et long mandarin à natte dont les ongles interminables émergeraient des manches de la robe traditionnelle.

Le romantisme se perdait.

---

1. Haut dignitaire.

L'homme, les deux mains sur ses accoudoirs, n'eut pas un regard pour le garçon qui venait de revenir à lui. Ses yeux restaient fixés sur quelque chose à l'autre bout de la pièce. Largo tourna la tête, intrigué.

Un autre Chinois, maigre et pauvrement vêtu celui-là, était solidement collé contre le mur par une étroite chaîne scellée qui passait sous ses aisselles. Livide, inondé de sueur, les yeux hors de la tête, le corps parcouru de tremblements convulsifs, il tenait à pleins bras un gros rondin de bois qui devait bien peser dans les quatre-vingts kilos. Comme Largo se mettait debout, l'homme enchaîné s'inclina vers le bas, entraîné malgré lui par le poids de son fardeau.

Largo comprit soudain et faillit vomir, le ventre tordu de répulsion.

Incroyablement étirée, la langue de malheureux était traversée par un énorme clou enfoncé jusqu'à la tête dans le rondin.

Incrédule, horrifié, le jeune homme se tourna vivement vers le Chinois aux lunettes d'écaille. Celui-ci resta rigoureusement immobile, le visage coulé dans de la cire. Se dominant difficilement, Largo comprit qu'il traversait une épreuve capitale. Que le misérable à l'autre bout de la pièce ait été ou non coupable d'un crime quelconque, on l'avait sacrifié pour organiser cette mise en scène et tester ses réactions. C'était un procédé typiquement oriental. L'enjeu était trop important, il devait donc tenir. Quoi qu'il arrive.

Tenir, et même regarder. Sans broncher. Largo se redressa, croisa les bras et reporta son regard vers le supplicié. D'un orange presque noir, ses yeux n'étaient plus que deux fentes.

Le lourd rondin se rapprochait du sol. Lentement. Irrésistiblement. La face soudée au bois, l'homme était à bout de forces. Les tendons de son cou saillaient d'une manière horrible à voir, et le tremblement de ses épaules et de ses jambes s'amplifiait de seconde en seconde. Retenu par la poitrine, il se déboîtait littéralement la nuque pour suivre cette masse que ses bras ne retenaient plus qu'au prix d'un effort indescriptible. Lentement. Irrésistiblement. Le silence était total, seulement rompu par les halètements rauques du condamné.

Soudain, le rondin commença à glisser sur ses poignets distendus. Dans cette position, il ne pouvait plus l'arrêter. Ses doigts s'agitèrent, arrachant leurs ongles dans l'écorce, en vain. Le pauvre diable poussa un cri terrible et le rondin tomba lourdement sur le dallage du sol, déchirant sa langue en deux dans un abominable flot de sang.

Aussitôt deux robustes Chinois entrèrent par une porte latérale. Détachant le supplicié qui avait perdu conscience, ils l'emmenèrent hors de la pièce ainsi que le rondin.

— Cet homme n'avait pas su garder pour lui ce qu'il avait appris, fit doucement en chinois le *Kwon-Lan* aux lunettes d'écaille.

Pivotant d'un bloc, Largo fit un violent effort pour ne pas écraser à coups de poing le visage lunaire levé vers lui.

Il avait, dans sa vie, réalisé bien des performances et traversé bien des épreuves dont peu d'hommes auraient pu triompher, mais aucun de ces faits passés ne fut aussi méritoire que l'exploit qu'il accomplit ce jour-là : il sourit.

— Que celui qui a eu la langue trop longue se la voit raccourcie, répondit-il dans la même langue.

— Il en sera donc ainsi.

Cela n'avait pas été seulement une épreuve. C'était aussi un très sérieux avertissement.

— Je sais qui vous êtes, monsieur Winch, dit d'un ton soudain durci l'homme assis dans le fauteuil. Et vous avez certainement de bonnes raisons de vous être adressé à nous par l'intermédiaire de M. Wu. Qui vous a donné cette idée ? Comment avez-vous appris cette phrase ?

Cette fois, il avait parlé en anglais. Sans la moindre trace d'accent. Toujours debout devant lui, Largo raconta son évasion de Lhassa en compagnie de Tan Ming-t'sien.

— Et vous dites que ce Tan a été amputé de la jambe gauche ?

— Oui, au-dessous du genou.

— Et, reconnaissant d'avoir eu la vie sauve grâce à vous, il vous a révélé le moyen d'accéder jusqu'à nous ?

— Sans doute m'a-t-il jugé digne de connaître ce moyen.

— Tan Ming-t'sien a eu tort, monsieur Winch. Savez-vous qui nous sommes ?

— Oui.

— Savez-vous *ce que* nous sommes ?

— Non.

— Connaissez-vous nos moyens et nos buts ?

— Non.

Le massif Chinois se leva, plongeant son regard fendu dans les yeux de Largo. Celui-ci ne cilla pas.

— Vous savez, je suppose, que si vous m'avez menti, vous ne sortirez pas vivant de ce lieu ?

— Je le sais.

— Bien. Ne quittez pas cette pièce, je vous prie.

Il sortit. Largo resta seul.

Il aurait donné le quart de sa fortune pour connaître l'heure exacte. Combien de temps était-il resté inconscient ?

Il n'y avait pas vingt-quatre heures qu'il avait débarqué à Manille, et tant de choses s'étaient déjà produites qu'il avait l'impression d'être là depuis une semaine.

Ces Chinois…

Largo frémit en voyant le sang encore frais sur les dalles, odieux rappel de la torture à laquelle il avait été forcé d'assister. Peut-être, dans quelques minutes, serait-ce lui qui serait attaché à cette chaîne ?…

Depuis que M. Wu l'avait pris en charge, il avait basculé dans un autre univers. Un monde parallèle, avec ses lois propres et ses règles inconnues. Un monde qui plongeait ses racines dans cinq mille ans d'une civilisation totalement différente. Largo avait conscience qu'en étant venu jusqu'ici il devait se sentir prêt à signer un pacte avec le diable.

Qu'était exactement la Triade ? Quelle était sa puissance ? Jusqu'où s'étendait-elle ? Partout où il y a des Chinois, lui avait expliqué Tan. C'est-à-dire dans le monde entier. Au cœur de la Chine communiste. À Hong Kong, Singapour, Taïwan et Djakarta. Mais aussi à San Francisco, New York, Paris ou Londres.

C'était la plus vaste et la plus puissante société secrète jamais créée par l'homme depuis la naissance de la Terre. À côté d'elle, l'Onorata Società sicilienne, l'Union corse, la Cosa Nostra américaine ou la franc-maçonnerie faisaient figure de ridicules petits clubs de quartier. Nul ne savait depuis combien de siècles elle existait. Nul ne savait qui la dirigeait. Nul, sous peine de mort, n'en parlait.

Après un temps qui parut interminable au jeune milliardaire, le *Kwon-Lan* revint dans la pièce.

— Vous avez dit la vérité, déclara-t-il.

Largo sentit s'envoler le poids qui lui écrasait la poitrine.

— Vous… vous avez parlé à Tan ?

— Ne vous souciez pas de cela, monsieur Winch. Vos dires ont été confirmés, c'est tout. Celui que vous appelez Tan Ming-t'sien a fait preuve de faiblesse en vous révélant ce que vous savez. Mais cet acte ayant été accompli, nous ne pouvons pas le modifier. Pourquoi avez-vous besoin de notre aide ?

— Je veux délivrer huit hommes qui doivent être pendus ce matin dans la forteresse du mont Makiling.

Le Chinois en complet croisé ne manifesta aucune émotion. Largo fut persuadé qu'il en eût été de même s'il avait déclaré qu'il voulait poser une bombe sous le lit du président Marcos.

— Y a-t-il des Chinois parmi eux ?

— Non.

— Des Chinois sont-ils, d'une manière ou d'une autre, impliqués dans cette affaire ?

— Non.

— Dans ce cas, nous ne nous intéresserons pas à vos motivations. Qu'attendez-vous de nous ?

Largo le lui dit. En exposant la liste de ce dont il avait besoin pour exécuter son plan, il songea amèrement qu'il était en train de demander quelque chose d'impossible à réaliser. Pas en si peu de temps.

Mais l'autre ne bronchait toujours pas.

— Quelle heure est-il ? ne put s'empêcher de demander Largo à la fin de son énumération.

— Bientôt 4 heures. Je vais vous faire rendre votre montre et vos couteaux. Pour quand vous faut-il ce que vous venez de demander ?

— Pour 8 heures. C'est-à-dire dans quatre heures. Je sais que… Croyez-vous que ce soit possible ?

— Oui, trancha le *Kwon-Lan* sans la moindre hésitation. Ce sera difficile car il reste peu de temps, mais c'est faisable.

Largo ferma les yeux en inspirant profondément. Il avait réussi ! L'angélus de l'espoir résonnait dans sa tête.

— C'est faisable, mais le problème n'est pas là, monsieur Winch.

Le jeune homme redégringola sur terre.

— Que voulez-vous dire ?

— Vous avez sauvé une vie, vous avez droit à une vie. Or vous m'en demandez huit. C'est vous qui serez en dette à votre tour, monsieur Winch.

— Je vois.

— Non, vous ne voyez pas. Vous êtes riche et puissant. Mais pour nous vous n'êtes qu'un homme, c'est-à-dire rien. Cependant, votre puissance pourrait un jour nous être utile. C'est à ce prix, et à ce prix seulement, que nous pourrions accepter de vous aider.

— Expliquez-vous.

— Vous ne nous connaissez pas, monsieur Winch. Vous ne m'avez jamais vu. Vous ignorez jusqu'au premier signe d'existence de notre organisation. Vous acceptez cela ?

— Bien entendu.

— Un jour cependant, dans six mois, dans dix ans, dans quarante ans peut-être, un homme de ma race viendra vous trouver et vous rappellera les trois yeux des Gardiens du tao. Où que vous vous trouviez, quoi que vous soyez devenu, vous devrez obéir à cet homme car ce sera l'heure de payer la dette que vous aurez contractée.

— Je ne pourrai rien faire qui soit contraire à ma conscience.

— C'est là une attitude typiquement occidentale. M'avez-vous demandé si ma conscience m'autorisait à vous permettre d'attaquer un fort occupé par l'armée régulière de ce pays ?

— Non, fit Largo d'une voix sourde.

— C'est à ce prix, monsieur Winch. Où que vous vous trouviez, quoi que vous soyez devenu, c'est nous qui serons ce jour-là ce que vous appelez votre conscience.

C'était bien ce qu'il pensait : un pacte avec le diable. *Simon, Simon, mon frère, que me demandes-tu de faire pour t'arracher à tes bourreaux ?...*

— Très bien, dit-il d'une voix ferme. J'accepte.

— Vous savez, bien entendu, que si vous deviez rompre cet engagement, rien au monde ne pourra vous empêcher de mourir ?

— Je le sais.

Pour la première fois, un léger sourire flotta sur les lèvres du Chinois.

— Très bien, monsieur Winch. Vous aurez tout ce que vous avez demandé dans quatre heures exactement.

Troisième partie

MAKILING

Vendredi 22 septembre
8 h 15 (GMT + 8)

Un bruit inhabituel tira le général Basilio King d'un sommeil pâteux. Il lança un coup d'œil machinal à son radio-réveil et s'étonna : d'habitude il n'émergeait jamais avant dix heures du matin.

C'était un bruit de voix qui l'avait réveillé. On parlait dans la pièce à côté. Curieux. Ce ne pouvait pas être son secrétaire, celui-ci n'arrivait qu'à 9 heures et gagnait directement le bureau dans l'autre aile de la villa. King plissa son large front dégarni pour chasser la brume qui lui colmatait le cerveau et reconnut l'intonation gutturale de Sardju, le domestique malais. Cela voulait dire qu'il se passait quelque chose de grave ; le personnel avait la consigne absolue d'éviter d'émettre le moindre son tant que le général et madame étaient au lit.

Il eut un regard torve pour Jennifer qui dormait sur le ventre à deux mètres de lui, un bras amoureusement lové autour du torse de la petite prostituée. Le drap de satin noir lui arrivait au creux des reins, mais il savait qu'en dessous, comme d'habitude, elle avait gardé ses bottes. Jennifer ne quittait jamais ses bottes, de hauts fourreaux couleur rouille en cuir souple, exactement de la même teinte que ses cheveux et son pubis, et qui l'enserraient jusqu'aux cuisses. Sauf pour prendre son bain. Mais sinon jamais. Même pas pour dormir. Il y avait longtemps que Basilio King n'ignorait plus que sa femme était folle.

Depuis six ans qu'il avait épousé cette Anglaise à la peau laiteuse, aux yeux de panthère et à la poitrine de garçon, le général avait lentement descendu les degrés de son enfer personnel. La cervelle et le ventre en fusion de cette femme dominatrice ne semblaient connaître aucune mesure ni limite. Encore plus cupide que lui, elle engloutissait les sommes énormes qu'il prélevait sur les approvisionnements de l'armée dans les réalisations les plus extravagantes qu'une tête malade puisse imaginer.

C'était elle, bien sûr, qui avait fait faire ce lit invraisemblable de cinq mètres sur trois, exclusivement tendu de draps noirs qu'elle faisait exécuter et envoyer à grands frais des États-Unis. Elle encore qui avait aménagé dans le sous-sol un petit théâtre où elle organisait à prix d'or des spectacles d'une lascivité aberrante. Elle toujours qui avait transformé une pièce sans fenêtre en un « cabinet de torture » à faire frémir d'émoi les mânes de feu Sacher-Masoch.

Et lui acceptait tout. Absolument tout. Écœuré de sa propre lâcheté, il avait suivi Jennifer dans ses débordements les plus insensés, absorbant les drogues qu'elle le forçait à prendre, se mêlant aux jeux abominables auxquels elle exigeait qu'il participe, chaque jour plus conscient de sa propre dégradation.

Basilio King se redressa contre son oreiller, flasque et sans forces. À cinquante-cinq ans, dégoulinant de graisse jaunâtre, il en paraissait quinze de plus. N'eût été sa position familiale privilégiée, il y a longtemps qu'on aurait exigé de lui qu'il prenne sa retraite anticipée et quitte l'armée.

Cette perspective le remplissait d'effroi chaque fois qu'il l'évoquait. Plus d'armée, plus d'approvisionnements. Plus d'approvisionnements, plus de pots-de-vin. Plus de pots-de-vin, plus d'argent. Plus d'argent, plus de Jennifer. Elle le quitterait le jour même où il cesserait d'être à même de payer ses dispendieuses dépravations.

Et ça il ne pourrait pas le supporter. Il l'aimait. C'était une passion corrosive faite de haine, de désir et de peur, mais il ne pouvait plus se passer de ce démon femelle qui s'acharnait à le détruire. Elle était devenue sa piqûre de morphine. Chaque matin, dans un sursaut de dignité, il se promettait de se débarrasser d'elle, de la chasser, de l'éliminer de sa vie. Chaque soir, il redevenait son esclave terrifié et consentant.

Il eut une grimace dégoûtée en se remémorant ce que sa femme l'avait contraint à faire devant elle avec la petite prostituée qu'elle avait ramenée hier soir de Tondo. Une gamine qui n'avait pas quatorze ans et que Jennifer avait bourrée de gâteaux à l'opium. Pourquoi, Seigneur Dieu, était-il aussi lâche ?

La porte s'ouvrit et Sardju entra dans la chambre, se dandinant d'une jambe sur l'autre, un sourire idiot plaqué sur sa face écrasée.

— Qu'est-ce que tu veux ? grogna King.

— C'est officier quartier grand patron, ânonna le Malais dans son *pidgin english*. Lui dire très pressé très urgent.

Un officier du GQG ? Chez lui ? D'habitude le grand état-major se souciait fort peu d'inviter le général King à ses débats et celui-ci se souciait encore moins d'y participer.

— C'est bon. Fais-le attendre. J'arrive.

L'autre ne bougeait pas, lorgnant en ricanant bêtement les dos nus des deux femmes endormies l'une contre l'autre.

— File, je te dis ! éructa King entre ses dents serrées de rage.

Il savait parfaitement ce qu'il en était.

Ne pouvant compter sur les seules ressources de son vieux mari pour apaiser le volcan qui lui ravageait l'entrejambe, Jennifer King était prête à s'offrir à tout mâle qu'elle jugeait suffisamment pourvu. Néanmoins le général avait sur ce point fait preuve d'une certaine fermeté en obtenant qu'elle ne couche pas systématiquement avec tous les officiers en poste à Manille. L'insatiable Anglaise s'était donc rabattue sur des consolations plus discrètes à domicile. Sardju, qu'elle avait ramené d'une escapade sur le continent, en était une application : un cerveau comme un petit pois mais un membre à faire hennir d'angoisse une jument poulinière.

Le domestique quitta la pièce sans perdre son ricanement stupide et King s'extirpa du lit en soufflant pour enfiler sa robe de chambre.

— Que se passe-t-il, lieutenant ?

Le jeune officier, qui portait les insignes de l'état-major, salua réglementairement le gros homme chauve en robe de chambre.

— Excusez-moi de vous déranger, mon général. Le GQG a essayé de vous joindre par téléphone, mais votre ligne semble être en dérangement. Alors, ils m'ont envoyé vous chercher.

— En dérangement ?...

Machinalement, King alla vers un appareil posé sur un guéridon et décrocha le combiné. Il n'y avait aucune tonalité. Il haussa les épaules ; ce genre d'incident arrivait encore un peu trop souvent à Manille

— En effet, il est mort, maugréa-t-il. Je suppose que vous avez un ordre de mission ?

— Bien entendu, mon général. Sans cela, vos gardes ne m'auraient pas laissé pénétrer dans votre propriété.

King prit le document que lui tendait le *full lieutenant* et le parcourut rapidement. C'était un simple formulaire de service à en-tête du GQG spécifiant que le lieutenant Juan Cabrera avait ordre de prendre en charge le général Basilio King pour le conduire à une destination qui lui serait précisée verbalement. Signé : général del Rosario, adjoint au chef d'état-major interarmes des forces armées des Philippines.

— Qu'est-ce que ça signifie, lieutenant ? Où devez-vous me conduire ?

— À Baguio, mon général.

— À Baguio ? Au palais d'été du président ?

— Oui, mon général. Son Excellence le président Marcos vous attend de toute urgence.

— Mais... pourquoi ? Que se passe-t-il ?

— Je l'ignore, mon général. Tout ce que je sais, c'est qu'il y a pas mal d'agitation au GQG pour le moment. Plusieurs autres officiers supérieurs ont été convoqués en hâte par le président. Ah ! oui... j'ai reçu l'instruction de vous recommander la plus grande discrétion.

Le général King se sentit vaciller et dut s'appuyer sur le rebord d'une table. C'était ce qu'il craignait depuis longtemps. Sûrement une tentative de putsch. Ces damnés colonels, les jeunes loups de Manille, les « faucons »... Le président rassemblait ses fidèles autour de lui pour tenter de reprendre la situation en main. Et lui, absorbé par ses trafics et par ses débordements conjugaux, il s'était laissé couper des événements et ne s'était rendu compte de rien.

Si Marcos tombait, le général Basilio King serait l'un des premiers à le suivre dans le trou.

— Comment devons-nous aller jusque-là ? interrogea-t-il d'une voix étranglée.

— Vous disposez d'un hélicoptère personnel, je crois, mon général ?

— Oui, bien sûr, bien sûr... Mais comment avertir la base ?... Mon téléphone...

— Une voiture nous attend dehors, mon général. Elle est équipée d'un téléphone. Vous pourrez avertir votre pilote sur le chemin de l'aéroport. Cela lui laissera juste le temps de préparer votre appareil.

King regarda le jeune officier avec reconnaissance. Il était bien, ce garçon, très bien. D'une taille nettement au-dessus de la moyenne, la voix assurée, très viril avec sa moustache noire et ses lunettes fumées. Probablement un de ces fils de famille que l'armée envoyait faire ses classes dans une école d'officiers aux États-Unis. Si Jennifer l'apercevait, elle mourrait d'envie de coucher avec lui...

— Vous avez raison, lieutenant, fit-il d'un ton raffermi. Attendez-moi ici, j'en ai pour dix minutes.

Il ne lui en fallut que huit. Comme la plupart des Asiatiques, il n'avait que rarement besoin de se raser. Sanglé dans un uniforme fraîchement repassé, il interpella Sardju qui errait, désœuvré, dans le hall de la villa.

— Tu préviendras ta maîtresse que je suis parti. Je ne sais pas combien de temps je serai absent. Je lui téléphonerai. Tu as compris, imbécile ?

Le domestique hocha vigoureusement la tête, son menton fendu d'une oreille à l'autre. King savait très bien comment cet ignoble Malais s'y prendrait pour faire savoir à Jennifer que son époux avait quitté la maison, et il eut envie de le tuer sur place. La mâchoire tremblante, il se détourna et suivit le lieutenant Cabrera vers la longue Lincoln noire battant fanion de l'état-major qui attendait sur le gravier de l'allée.

Le général se laissa lourdement tomber sur la moelleuse banquette. Il ne prêta aucune attention au chauffeur, un simple caporal, ni au *flight sergeant* en uniforme de l'aviation légère assis à côté de lui sur le siège avant. D'ailleurs une vitre les isolait des passagers de l'arrière. Le lieutenant prit place à côté de King et tapota le carreau. La lourde voiture s'ébranla, vira majestueusement dans l'allée et franchit la grille de sortie, saluée avec respect par les gardes de faction.

— Le téléphone, mon général, dit Cabrera en présentant le cornet qu'il venait de décrocher d'un compartiment encastré dans la paroi.

King hocha la tête et composa un numéro. Ayant obtenu un responsable, il aboya les ordres nécessaires pour que son hélicoptère soit prêt à décoller dans le quart d'heure.

Douze minutes plus tard, la Lincoln franchissait l'enceinte de la zone militaire de l'aéroport international.

Largo ressentit un petit pincement au cœur lorsque la voiture passa devant le bâtiment dont il s'était évadé neuf heures plus tôt. Mais il y avait peu de chance pour qu'il tombe nez à nez avec le capitaine Guzman. Le pauvre type devait être en train de se faire copieusement ramoner les oreilles par Ortega. Et, de toute façon, il aurait fallu y regarder de très près pour reconnaître le jeune milliardaire sous les traits du lieutenant Juan Cabrera.

Ce que les mystérieuses ramifications de la Triade avaient réussi à réaliser en quatre heures tenait véritablement de la prestidigitation.

Un maquilleur professionnel s'était d'abord occupé de transformer l'apparence de Largo en lui teignant les cheveux et les sourcils et en modifiant la pigmentation de son visage et de ses mains à l'aide d'injections sous-cutanées. Une épaisse moustache noire et deux petits coussinets à l'intérieur des joues avaient complété la métamorphose. Le jeune homme avait hésité un moment à mettre les verres de contact noirs qu'on lui proposait, mais il avait finalement préféré s'en passer de peur d'en avoir la vision altérée, optant pour des lunettes solaires afin de dissimuler la couleur trop peu orientale de ses yeux.

On l'avait alors revêtu d'un uniforme de *full lieutenant* à ses mesures exactes et auquel il ne manquait pas le plus petit insigne réglementaire, tandis qu'un faussaire achevait de créer de toutes pièces un ordre de mission totalement indiscernable d'un document identique, signature comprise. Par contre, le chèque de 50 000 dollars tiré sur une banque de Hong Kong que lui avait donné le *Kwon-Lan* était vrai. Largo s'était engagé à rembourser cette somme dès qu'il en aurait la possibilité.

La Lincoln était la reproduction fidèle de celles utilisées par les gros bonnets du GQG, fanion et plaque minéralogique inclus. Et le jeune homme ne doutait pas que, lorsqu'il franchirait la grille d'entrée de la villa du général King, le téléphone de ce dernier aurait été coupé, conformément à ses instructions.

À ces merveilles de méticulosité s'ajoutaient le mécanisme spécial qu'il avait demandé et qui était dissimulé dans la grosse mallette déposée à ses pieds, ainsi que le contenu de la valise qui se trouvait dans le coffre de la Lincoln. Plus, bien entendu, le camion frigorifique déjà en route pour le mont Makiling, et l'homme revêtu de l'uniforme de *flight sergeant*.

C'était principalement de ce dernier que dépendait l'échec ou la réussite du plan.

De tous les desiderata que Largo avait énumérés au *Kwon-Lan*, le concours de ce personnage clé était de loin celui qu'il avait jugé le plus impossible à obtenir en un laps de temps aussi restreint. Et pourtant, là aussi la Triade avait réussi à lui donner satisfaction.

Le rôle de ses alliés d'une nuit était à présent terminé. Il ne lui restait plus qu'à mener à bon terme l'opération insensée qu'il avait imaginée pour délivrer Simon.

L'hélicoptère du général était prêt à faire tourner ses rotors lorsque la voiture noire s'immobilisa à sa hauteur, tout au bout de la rangée de hangars. C'était un Bell léger, assez semblable à l'Alouette de la gendarmerie française et pouvant emmener jusqu'à six passagers en plus du pilote. King s'en servait aussi bien pour visiter les divers régiments casernés dans l'île de Luçon que pour ses déplacements privés. Trois étoiles sur fond rouge, peintes sur le ventre de l'appareil, identifiaient celui-ci comme lui appartenant.

Le lieutenant empoigna une mallette qui se trouvait à ses pieds et bondit de la Lincoln pour ouvrir la portière au général, tandis que le *flight sergeant* courait ouvrir le coffre et en extirpait une lourde valise métallique munie de scellés.

Les trois hommes se dirigèrent vers le Bell et la voiture repartit en direction du poste de garde de la sortie.

— Qu'est-ce que c'est ? demanda le général en désignant la valise portée par le sous-officier.

— Je l'ignore, mon général, répondit le lieutenant.

Des documents ultra-secrets que le sergent a été chargé de convoyer jusqu'à Baguio.

— Je vois, je vois...

King avait fait remplacer les six sièges de l'arrière par deux confortables fauteuils de salon. Le sergent de l'aviation légère prit place à côté du pilote. Celui-ci lança son moteur et demanda à la tour de contrôle l'autorisation de prendre l'air. Il y eut un échange de termes de procédure technique, le hurlement du moteur s'amplifia jusqu'à l'aigu, les patins se détachèrent lentement de la piste et l'hélicoptère s'éleva en direction du nord.

Basilio King s'enfonça dans le dossier de son fauteuil en fermant les yeux. Il imaginait Sardju chevauchant avec son rire idiot le mince corps blanc de Jennifer.

Dix minutes plus tard, l'hélicoptère survolait l'immense plaine marécageuse qui occupe tout le centre de Luçon entre Manille et Dagupan. Seuls des cocoteraies et quelques villages sur pilotis rompaient çà et là la monotonie de ce paysage plat comme un lac et presque entièrement consacré à la culture du riz. Les paupières baissées, le général semblait dormir.

Soudain, il sentit qu'on perdait de la hauteur et ouvrit les yeux. Complètement éberlué, il vit devant lui le *flight sergeant* qui pointait un long pistolet contre la tempe du pilote. Ce ne fut qu'alors qu'il se rendit compte que le sous-officier n'était pas philippin, mais chinois.

— Que ?... Qu'est-ce que... ?

Il voulut se redresser, mais la main de son voisin le repoussa sans douceur contre son dossier.

— Lieutenant Cabrera ! Que signifie... ?

— Cela signifie que vous êtes en danger de mort, général, répondit posément le jeune officier, juste assez fort pour couvrir le bruit des rotors. Ne bougez pas et tout se passera bien pour vous.

— Mais... mais...

— Taisez-vous, général ! Vous parlerez plus tard.

Terrifié, le gros homme se tassa sur son siège. Son visage avait pris une teinte de cendres froides. C'était un complot ! On voulait l'enlever, lui, le propre cousin par alliance du président ! Ça ne pouvait signifier qu'une chose : le putsch était en train de réussir. Basilio King essaya de refréner le tremblement qui s'emparait de sa graisse. Il devait s'efforcer de réfléchir vite, très vite, pour trouver le meilleur moyen de retourner sa vareuse et de rester dans les bonnes grâces du nouveau régime. Si c'était encore possible...

En dépit de son émotion, le pilote réussit à poser le Bell en douceur sur la petite langue de terre émergeant des marécages que lui avait désignée le sergent. Sur l'injonction de celui-ci, il coupa le moteur. À l'écart des routes, la plaine morne et liquide s'étendait à perte de vue, totalement déserte. Loin à l'ouest, la petite chaîne des Zambales barrait seule l'horizon. L'air imprégné d'humidité était lourd et poisseux.

— Prends ton canot de sauvetage et sors, ordonna le *flight sergeant*.

Le pilote saisit docilement l'épais paquet caoutchouté qui se trouvait derrière son siège, ouvrit la portière et sauta dans l'herbe qui recouvrait le sol. Le sergent le suivit.

— Gonfle-le.

Sans un mot, l'autre tira la valve de gonflage automatique. En trois secondes, il eut à ses pieds un dinghy capable d'emporter quatre personnes. Le Bell contenait un autre canot identique derrière les sièges des passagers.

— Prends une des pagaies, mets ton canot au jus et éloigne-toi de vingt mètres.

Le pilote obtempéra, toujours sans prononcer une parole. Il faillit presque casser sa pagaie pour faire avancer le dinghy dans la vase à peine recouverte d'eau. Lorsqu'il jugea son éloignement suffisant, le sergent remit son arme dans son étui. Il savait que le pilote mettrait un certain temps à se sortir de ces marécages et gagner un lieu civilisé. Lorsqu'il réintégra l'appareil, son visage ne reflétait aucune satisfaction particulière.

Il s'appelait Terry Yong et était né vingt-six ans plus tôt à Detroit, où son père possédait un petit restaurant cantonnais. Sino-Américain de la troisième génération, il n'avait jamais prononcé un seul mot de chinois de sa vie.

Sept ans auparavant, alors qu'il était élève pilote à l'Aéronavale, il avait perdu en une seule nuit d'un poker insensé le double de ce que ses parents avaient gagné pendant une vie entière. Totalement incapable d'honorer sa dette, il songeait au suicide lorsqu'un vieil oncle de sa mère le mit en rapport avec de puissants personnages qui lui donnèrent l'argent. Yong avait donc pu poursuivre ses études et devenir pilote d'hélicoptère tout en passant brillamment son brevet d'officier. Depuis six mois, il était affecté à l'Auxiliary Aircraft de la IXe flotte US ancrée à Subic Bay, cinquante kilomètres à l'ouest de Manille, avec le grade de lieutenant.

Quand le téléphone l'avait réveillé chez lui en pleine nuit pour lui dire les quelques mots qu'il craignait d'entendre depuis tant d'années, il sut que l'heure était venue de payer sa dette. Il prit sa voiture et se rendit immédiatement au lieu qu'on lui avait indiqué. Là, on lui fit enfiler un uniforme de sergent de l'aviation légère des Philippines avant de le mettre en présence d'un grand type mince aux yeux de feuille morte. Lorsque le type lui exposa ce qu'il attendait de lui, le lieutenant Yong comprit qu'il ne risquait pas seulement sa carrière mais aussi sa vie. Cependant, en dépit de son éducation américaine, il était imprégné tout entier de l'atavisme de sa race et ne songea pas un seul instant à discuter.

On ne désobéit pas aux ordres de la Triade.

Immobilisé par la ceinture de sécurité sur le siège voisin de celui du pilote, Basilio King regardait d'un œil morne le matériel qui s'entassait sur l'herbe autour de ses deux luxueux fauteuils. Le Chinois en uniforme de *flight sergeant* avait rapidement vidé le Bell de tout ce qui n'était pas indispensable au vol proprement dit. Y compris le deuxième canot de sauvetage, les extincteurs et la boîte à pharmacie. Il n'avait laissé dans l'appareil que la valise métallique et la mallette du lieutenant.

À vingt mètres de là, dans son dinghy perdu au milieu de ce désert d'eau, le pilote regardait lui aussi le tas hétéroclite. Pas plus que le général il ne comprenait un traître mot à ce qui se passait.

King se démit presque le cou pour se tourner vers celui qui était assis derrière lui à même le plancher.

— Écoutez, lieutenant, plaida-t-il d'une voix un peu tremblante. Je suis sûr que nous pourrons nous entendre. Je sais énormément de choses sur l'ancien régime et je pourrai certainement être très utile à vos chefs. De plus, je suis un homme riche et…

— Moi aussi, coupa Largo d'un ton presque amusé. Mais ce point est sans doute le seul que nous ayons en commun, général. À propos, il ne s'agit pas de renverser le régime en place et je ne suis pas le lieutenant Cabrera.

Il ôta ses lunettes et plongea son regard fauve dans les yeux écarquillés du gros homme qui le dévisageait avec un ébahissement comique.

—Vous n'êtes pas?... Mais... mais, mais... qui... qui êtes-vous, alors? chevrota celui-ci. Que voulez-vous? Qu'allez-vous faire de moi?

—Vous emmener assister à une pendaison organisée par quelques-uns de vos collègues.

—Une... une pendaison? Vous êtes fou?! Mais pourquoi?...

— Parce que j'ai une proposition à vous faire, général. Je crois qu'elle pourra vous intéresser.

Largo se pencha et empoigna la mallette de la main gauche. Du pouce, il actionna un mécanisme dissimulé dans la poignée. Un léger mouvement d'horlogerie se fit entendre et King se rejeta instinctivement en arrière, les yeux hors de la tête.

—Qu'est-ce que c'est?... Une... une bombe?

—Exactement, général. Mais attendez, ce n'est pas tout.

De sa main droite, il prit dans sa poche le chèque que lui avait donné le *Kwon-Lan* et l'agita en direction du Philippin.

—Comme vous l'avez fort bien deviné, général, cette mallette contient une bombe. Son explosion serait assez puissante pour tuer tout ce qui vit dans un rayon de quinze mètres. Je viens d'en actionner la mise à feu devant vous. Si pour quelque raison que ce soit, à partir de cet instant, je devais lâcher la poignée que je tiens de ma main gauche, la bombe exploserait instantanément. Je précise que je serai à côté de vous et que je garderai cette mallette à la main pendant toute la durée de l'opération. Avez-vous bien compris cela?

Le général King hocha la tête sans répondre. Il essaya de déglutir, mais ce qui lui restait de salive s'était évaporé depuis un bon moment. Les lueurs enflammées qui dansaient dans le regard du pseudo-lieutenant n'indiquaient que trop clairement qu'il ne plaisantait pas.

— Dans l'autre main, poursuivit Largo, je tiens un chèque de 50 000 dollars américains. À votre ordre et tiré sur une banque de Hong Kong. Et voici ma proposition, général King. Vous avez une minute, une minute exactement, pour me dire laquelle de mes deux mains vous désirez me voir ouvrir…

King ferma les yeux, songeant à l'enfer qu'était devenue sa vie privée. Il ignorait encore ce qu'allait exiger de lui ce garçon au profil de flibustier, mais ce serait forcément une quelconque trahison. Ne tenait-il pas là une occasion inespérée de se racheter en réussissant une belle sortie ?

L'ennui, c'était qu'il savait déjà qu'il était bien trop lâche pour ne pas avoir envie de continuer à vivre.

D'une main honteuse, il désigna le chèque.

Lorsque Terry Yong arracha le Bell à l'étroite bande de terre et prit de la hauteur en direction du sud, la montre de Largo indiquait 9 h 25.

Il ne restait plus que trente-cinq minutes avant l'exécution des condamnés de Makiling.

* * *

Simon cligna des yeux, ébloui par la lumière diffuse qui filtrait du plafond de nuages. À onze cents mètres d'altitude, l'air était beaucoup plus vif que dans la plaine. Il inspira profondément. L'oxygène frais acheva de dissiper l'engourdissement dans lequel les sédatifs l'avaient plongé toute la nuit.

Le soldat qui l'escortait le poussa rudement dans le dos en direction du mur d'enceinte contre lequel les sept Moros étaient déjà alignés, gardés par un peloton sous les ordres d'un lieutenant au regard ennuyé. Les condamnés avaient les jambes libres mais les poignets entravés. On leur avait coupé les cheveux et rasé la barbe. Tous les huit avaient eu droit à une chemise propre.

Sans col.

Simon réussit à se glisser à côté de Kadjang. Les deux hommes ne s'étaient plus revus depuis leur procès, trente-six heures auparavant. Le visage du vieux Moro était étonnamment calme. Il alla même jusqu'à sourire en se poussant pour faire de la place au jeune Israélien.

— Il y a eu du tapage, cette nuit, murmura-t-il. En auriez-vous été la cause, Simon ?

— Ouais. Ne me dites pas qu'il y a des locataires qui se sont plaints…

Il tentait de gouailler, mais le cœur était loin d'y être.

— Dommage que vous n'ayez pas réussi, mon ami.

— Hé oui, dommage…, soupira Simon d'une voix qui s'éteignait.

Il balaya tristement du regard l'immense cour qui s'étendait devant les prisonniers, découvrant le décor de son cauchemar nocturne.

Les quatre tours d'angle carrées, de douze mètres de côté et hautes de trente, étaient réellement impressionnantes. Il pouvait distinguer sur le sommet plat de chacune d'elles les deux servants d'un canon de 105 sur pivot couplé avec une double mitrailleuse antiaérienne point cinquante. Une batterie d'énormes projecteurs orientables complétait le dispositif.

Du faîte de chaque tour, on rejoignait par un escalier intérieur le chemin de ronde qui longeait tout le pourtour de l'enceinte à dix-huit mètres de hauteur. Tous les trente mètres, une mitrailleuse légère sur affût était pointée vers l'intérieur, inclinée vers la cour. À côté de chacune d'elles, un soldat se tenait au garde-à-vous.

Le fort de San Juan de Buenavista était bien gardé. Il était aussi difficile d'y pénétrer que d'en sortir.

Partant de chacune des quatre tours d'angle, un escalier à flanc de muraille descendait du chemin de ronde jusqu'aux pavés de la cour. Celui du mur auquel ils étaient adossés aboutissait tout près des huit condamnés. Simon songea qu'il suffirait de quelques enjambées pour l'atteindre.

Et pour mourir criblé de balles.

De l'autre côté de l'espace vide, devant les bâtiments, la garnison du fort était alignée au grand complet, en ordre de parade : les hommes sur trois rangs, les sous-officiers cinq pas devant, les officiers au premier plan.

Et à quelques mètres des prisonniers, horriblement proche sur son estrade, sinistre, ignoble, se dressait la potence.

Il n'y avait plus la moindre trace du sang des chiens abattus pendant l'hallucinant combat de la nuit. Sur la plate-forme, le visage indifférent, deux soldats s'assuraient de la solidité de l'épaisse corde terminée par le nœud coulant. Ainsi font dans le monde entier les bourreaux chargés de donner la mort légale ; ils sont responsables du bon déroulement de la cérémonie. L'un des deux hommes empoigna le grand levier qui émergeait de la plate-forme et l'actionna d'un geste décidé : la trappe à deux battants, située juste sous le nœud coulant, s'ouvrit d'un seul coup qui claqua dans le silence.

Un même frisson agita les huit hommes entravés. C'était de cette trappe que dépendait la manière dont ils allaient mourir.

Si elle s'ouvrait correctement, comme elle venait de le faire, la chute brutale briserait net leurs vertèbres cervicales et ils n'auraient pas le temps de souffrir. Si, par contre, une fausse manœuvre ralentissait le mécanisme, ce serait la mort lente et douloureuse par étouffement et déchirure des ligaments du cou.

— J'ai peur, souffla Simon à voix basse sans parvenir à détacher son regard du gibet.

— Moi aussi, fit Kadjang entre ses dents. Et mes camarades également. Nous avons tous peur devant la mort, Simon. Mais c'est notre dernier acte de courage de ne pas laisser cette peur nous rabaisser. Question de dignité.

— Dignité mon cul ! grommela l'Israélien.

Pourtant, il s'efforça de redresser la tête et de bomber le torse.

Le major Paul Querubin traversa la cour d'un pas lent. S'arrêtant à trois mètres des condamnés, il sortit un papier de sa poche et lut d'une belle voix grave l'attendu du jugement.

En tagalog.

Puis, après avoir remis le document dans sa vareuse, il étira le bras pour dégager son bracelet-montre qu'il consulta ostensiblement.

Une interminable minute s'écoula. Chacun des hommes présents, soldat ou condamné, retenait son souffle. Simon sentait un flot de sueur dégringoler le long de son dos. Une odeur âcre lui montait aux narines. Sa propre odeur. Celle qui émanait de tout son corps. L'odeur de la peur.

— *Now!* dit soudain Querubin.

Et, après un impeccable demi-tour, il retourna vers le petit groupe d'officiers en avant des troupes.

Sur une brève injonction du lieutenant, deux des soldats du peloton vinrent encadrer Simon, l'empoignant sans douceur par les aisselles. Le jeune Israélien sentit ses jambes se mettre à trembler.

Pourquoi lui ? Pourquoi commençait-on par lui ?

Son regard violet s'affola et croisa celui de Kadjang. Le père de Malunaï eut un pâle sourire.

— Courage, Simon, dit-il simplement.

Comme dans un rêve, Simon se sentit faire un pas. Puis un autre. Puis un troisième. Entraîné par ses gardes, il marcha vers le gibet.

Alors, Kadjang se mit à chanter.

Immédiatement, les voix des autres Moros se joignirent à la sienne. Indécis, serrant leur mitraillette à deux mains, les soldats interrogèrent le lieutenant du regard. Celui-ci haussa les épaules. De quoi pouvait-on menacer des hommes qui n'avaient plus que quelques minutes à vivre ?

Simon posa le pied sur la première marche du petit escalier qui menait à la plate-forme. Le chant des condamnés l'entourait de toutes parts, montant le long des épaisses murailles pour s'envoler sur les ailes du vent. C'était un chant sauvage et guerrier, un chant d'hommes qui luttent pour leur liberté. Ces humbles paysans de *kampong* trouvaient les accents de ceux qui se battent pour saluer ce compagnon qu'ils ne connaissaient pas mais qui avait partagé leurs souffrances et allait les précéder dans la mort.

Simon se tint très droit lorsque les bourreaux lui passèrent le nœud coulant autour du cou. La masse d'hommes qui le regardaient, de l'autre côté de la cour, lui apparaissait comme dans un brouillard. Soudain, le chant s'arrêta net, basculant abruptement dans un terrifiant silence. L'un des soldats empoigna le levier qui commandait la trappe et Simon serra les mâchoires à se pulvériser les dents.

Adieu, les mecs! On a quand même bien rigolé...

Le bruit d'un hélicoptère qui se rapprochait s'amplifia rapidement.

* * *

Le major Querubin leva les yeux comme tout le monde pour voir le Bell surgir au-dessus du mur d'enceinte nord et survoler la cour dans un fracas de ventilateur emballé. Il reconnut immédiatement les trois étoiles sur fond rouge. Que diable ce gros poussah de « Sticky Hands » venait-il faire ici à l'heure de l'exécution ?

Sur la plate-forme du gibet, le bourreau, les deux mains accrochées au levier de la trappe, avait interrompu son geste, le nez en l'air.

Virant court, l'hélicoptère fit un nouveau passage. Le major interrogea Ortega du coin de l'œil. Querubin était le commandant en chef du fort. Réglementairement, c'était à lui de prendre la décision. Mais le colonel au masque de statue était plus à ses yeux que simplement son supérieur hiérarchique.

—Suspendez l'exécution, fit Ortega d'une voix contenue. Attendons de savoir ce que nous veut cette vieille outre de King.

Le major s'empressa de crier les ordres nécessaires et

le bourreau s'écarta du levier. La corde toujours au cou, Simon était blanc comme un suaire.

À la stupéfaction de tous les militaires présents, le Bell ne descendit pas vers la cour, comme il avait largement la place de le faire, mais se posa délicatement au sommet de la tour d'angle du mur contre lequel étaient alignés les condamnés. Le pilote n'avait pas coupé son moteur que déjà le général King et un autre officier sautaient à terre et se dirigeaient vers l'escalier intérieur de la tour, salués au passage par les deux servants du canon antiaérien.

Ortega et Querubin se regardèrent, interloqués.

— Qu'est-ce qui lui prend, à ce gros tas ? pesta le colonel. Il a besoin d'exercice, ou quoi ?

— Nous ferions mieux d'aller à sa rencontre, mon colonel.

— Vous avez raison, major. Que le diable l'emporte !

Les deux officiers supérieurs traversèrent la cour d'un pas vif. Déjà le général surgissait sur le chemin de ronde et entamait la dernière descente vers les deux hommes qui l'attendaient au pied de l'escalier. L'officier derrière lui était un grand lieutenant moustachu que ni Ortega ni Querubin ne se souvenaient d'avoir jamais vu. Il portait des lunettes solaires et tenait une lourde mallette à la main.

En prenant pied sur les pavés de la cour, Basilio King était livide et semblait respirer difficilement. Cela n'étonna qu'à moitié le major Querubin. Comme tout le monde à Manille, il était au courant de l'exténuante vie intime du malheureux général. Il l'ignorait d'autant moins que sa large carrure lui avait valu plus d'une fois les faveurs extraordinairement perverses de la volcanique Mme King.

— Mes respects, mon général, clama-t-il en portant la main à son képi. Bienvenu à San Juan de Buenavista.

Ortega, quant à lui, se borna à saluer en silence. Son beau et froid visage était fermé comme un mur de marbre.

—Merci, major, merci…, haleta King. Je vois que j'arrive juste à temps…

—Nous allions effectivement commencer les exécutions, mon général. Je présume que vous êtes venu pour y assister ?

Après tout, le supplice des Moros avait été annoncé par voie de presse. N'importe quel officier de haut rang qui s'ennuyait dans son bureau pouvait avoir la fantaisie de venir les regarder tirer la langue. Quoique, en principe, il eût dû dans ce cas prévenir le commandant du fort de son arrivée.

—Négatif, major. Les pendaisons ne me valent rien, j'ai la digestion fragile. J'ai été chargé de poser quelques questions aux condamnés, c'est tout. Je repartirai immédiatement après. Et comme il s'agit d'un interrogatoire ultra-confidentiel, je vous prierai, vous et le colonel, de retraverser la cour et de rester avec vos hommes pendant que je m'adresserai à ces indigènes.

—Quoi ?! Mais, mon général…

—C'est un ordre, major !

Un peu éperdu, Querubin se tourna une fois de plus vers Ortega. Celui-ci fit un pas en avant.

—Excusez-moi, mon général, fit-il d'un ton exagérément poli, mais je comprends mal en quoi un nouvel interrogatoire des coupables du massacre du *Morning Rose* peut concerner les approvisionnements militaires.

King se tourna vers lui, pâle et tremblant. De colère contenue, probablement.

—Il ne les concerne pas, colonel. Ce n'est donc pas à ce titre que je suis ici. Je me permettrai à mon tour de vous rappeler que vous êtes en charge du Southern Command,

Ortega. Pas de Makiling. C'est au major Querubin que je m'adresse.

Angel Ortega frémit sous le camouflet. Sous le coup d'une inquiétude soudaine également. Que signifiait cette attitude de la part d'un général d'opérette qui n'avait jusqu'à présent consacré ses efforts qu'à toucher ses plantureux bakchichs et à se mêler aux orgies de son épouse ?

— Vous m'avez entendu, major ? aboya King.

Vaincu, Querubin claqua des talons.

— À vos ordres, mon général.

— Bien. Ah ! oui, encore une chose, ajouta négligemment le général en désignant la plate-forme où se trouvait toujours Simon. Faites-moi mettre cet homme-là avec les autres. Vous pourrez recommencer à le pendre dès que j'en aurai terminé.

Tandis qu'on allait chercher l'Israélien, le colonel Ortega examinait songeusement le lieutenant qui se tenait immobile à deux pas en arrière de King. Contrairement aux usages, le général ne le leur avait pas présenté. De plus, il trouvait étrange de ne pas se souvenir d'un officier, fût-il d'un rang peu élevé, doté d'une taille supérieure à la sienne. Le cas n'était pourtant pas si fréquent, même parmi les simples soldats. Et pourtant, curieusement, cette silhouette lui était familière...

— Ce sera tout, messieurs, fit sèchement le général lorsque Simon, toujours aussi pâle, eut réintégré le petit groupe des condamnés à quelques mètres des quatre hommes.

Les deux officiers saluèrent, firent demi-tour et se dirigèrent vers les hommes de la garnison toujours alignés devant le bâtiment.

— Vous ne trouvez pas ça bizarre ? demanda Querubin à mi-voix.

— Plutôt, oui.

— À moins que le président... Après tout, King est son cousin.

— Possible, lâcha rêveusement Ortega. Quoique je voie mal Marcos se mêler personnellement de cette histoire.

— Que peut-on faire ?

— Rien dans l'immédiat. Mais vous allez avertir discrètement vos hommes de se tenir prêts à intervenir, major. J'ai beau être rodé à toutes les lubies des ronds-de-cuir du GQG, cette fois mon radar personnel me chuchote qu'il y a un coup fourré dans l'air...

Largo se sentit soulagé d'un poids énorme en voyant les deux hommes retraverser la cour. Son premier choc, en descendant l'escalier du mur d'enceinte, avait été de constater que le condamné sur la plate-forme de la potence n'était autre que Simon.

Il avait frémi en imaginant ce qui serait arrivé si l'hélicoptère avait mis quelques secondes de plus pour atteindre sa destination.

Et il avait eu son second choc en reconnaissant Ortega à côté du commandant de la forteresse. Il n'avait pas songé que le redoutable colonel d'aviation aurait pu se trouver là. Lorsqu'il avait senti le regard soupçonneux du Philippin s'arrêter longuement sur lui, il avait été persuadé que celui-ci allait le reconnaître. Les nerfs tendus à se rompre, sans pourtant qu'aucun signe de nervosité transparaisse sur son visage, il s'était tenu prêt à bondir sur le soldat le plus proche pour lui arracher sa mitraillette.

Mais Ortega n'avait pas bronché et la comédie jouée par King semblait avoir réussi. C'était un énorme coup de bluff qui reposait entièrement sur l'habitude acquise des militaires d'obéir sans discuter. Même le leader des « faucons » avait été forcé de s'incliner. La parenté du général avec le président s'avérait être un atout inestimable. Il ne restait plus qu'à se débarrasser du peloton à la garde des prisonniers. Heureusement, Largo avait prévu leur présence et fait la leçon en conséquence à son otage.

Le général King suait d'angoisse en songeant à la bombe dans la mallette, mais il réussissait à tenir le coup. La peur de mourir déchiqueté lui donnait du génie dans l'improvisation.

— Lieutenant ! claironna-t-il.

Le chef du peloton se précipita.

— Mon général ?

— Vos hommes comprennent-ils l'anglais ?

— Heu, oui, mon général. Enfin, certains d'entre eux.

— Bien. Éloignez-vous de trente mètres avec eux. J'exige que personne, à part mon aide de camp, ne puisse écouter mon entretien avec les prisonniers.

— Je comprends, mon général. Mais… votre sécurité…

— Que voulez-vous qu'il m'arrive, lieutenant ? Ces indigènes ont les poignets liés dans le dos, nous sommes entourés de murs de près de vingt mètres de haut et il y a tout un régiment en armes dans la cour. Ne faites pas d'excès de zèle ridicule, mon ami.

— L'un des hommes du lieutenant pourrait me donner son arme, intervint Largo, parlant pour la première fois. Ainsi je serais à même de vous protéger le cas échéant, mon général.

Le gros homme se tourna vivement vers lui, une fugitive lueur d'affolement dans le regard. Ce détail n'avait pas du tout été prévu dans le scénario.

— N'est-ce pas, mon général ?

—Heu, oui… oui, bien sûr, excellente idée. Lieutenant, faites donc donner une mitraillette à mon aide de camp et ensuite éloignez-vous comme je vous l'ai demandé.

—À vos ordres, mon général.

Sur l'injonction du lieutenant, l'un des soldats tendit sa Thomson à Largo, qui la prit négligemment dans sa main droite. Un nouvel ordre bref et le peloton s'éloigna, son chef en tête. Le général et son pseudo-aide de camp s'avancèrent alors vers les condamnés. Les huit hommes alignés contre l'épais mur de pierre les regardèrent s'approcher d'un œil morne.

—Mais qu'est-ce qu'ils foutent, bon Dieu ?! Qu'est-ce qu'ils peuvent bien foutre ?! maugréa Querubin entre ses dents, à quarante mètres de là.

—Vous avez fait ce que je vous ai dit, major ?

—Oui, mon colonel. Le capitaine est en train de passer les consignes.

—Bien. Attendons la suite…

Ignorant délibérément Simon, Largo, le général à ses côtés, s'adressa aux Moros.

—L'un de vous parle-t-il l'anglais ? demanda-t-il.

En entendant cette voix, le jeune Israélien sentit ses jambes se dérober sous lui et dut s'appuyer contre la muraille.

—Largo ? souffla-t-il faiblement d'une voix incrédule.

Kadjang redressa la tête.

—Je parle l'anglais, dit-il.

Simon, les yeux grands comme des roues de charrette, était hypnotisé par le visage du faux lieutenant.

—Largo, mon petit vieux, tu es venu… tu es venu…

Il crut qu'il allait s'évanouir. Largo se tourna vers lui et sourit brièvement.

—Nous ne sommes pas encore sortis de l'auberge, Simon. Encore un peu de cran, mon vieux ! On aura tout le temps de se faire des papouilles plus tard…

—Vous êtes venu nous délivrer ? interrogea Kadjang.

Le père de Malunaï faisait preuve d'un sang-froid étonnant. Seuls ses yeux subitement brillants révélaient l'intense émotion qu'il devait ressentir en découvrant qu'il allait peut-être échapper à la mort.

—Essayer, en tout cas, répondit le jeune milliardaire. Nous avons très peu de temps. Écoutez-moi bien et traduisez ensuite à vos compatriotes. Et surtout, qu'ils s'efforcent de rester calmes.

—Je vous écoute.

—Vous voyez l'escalier qui se trouve sur votre gauche. Celui par lequel nous sommes descendus. Dès que vous entendrez l'éclatement d'une grenade, foncez-y sans vous occuper du reste. Grimpez le plus vite possible jusqu'au sommet de la tour et sautez dans l'hélicoptère. C'est tout. Attention : je n'ai pas la possibilité de couper vos liens maintenant. Vous devrez faire tout ça avec vos poignets ligotés.

—Les mitrailleuses de l'enceinte… Elles nous abattront comme des lapins. Sans compter les soldats de la cour…

—Si tout se passe bien, personne ne pourra vous tirer dessus. Si tout se passe mal, vous mourrez fusillés au lieu d'être pendus. Ceux qui voudront rester seront libres de le faire.

—Nous irons tous, assura Kadjang.

Et il commença à traduire.

* * *

Terry Yong savait exactement ce qu'il avait à faire. Il avait très vite compris que son seul espoir de se tirer de cette histoire de fous sans conséquences désagréables pour sa santé ou sa carrière résidait dans le succès de ce raid insensé. Il se moquait éperdument du sort des huit condamnés à mort et n'aurait pas misé un demi-dollar sur les chances de réussite de ce grand type au regard de flamme. Mais si, par miracle, ils avaient assez de baraka pour se tirer de ce guêpier, personne ne songerait à faire le rapprochement entre le faux *flight sergeant* et un lieutenant pilote de l'Aéronavale US.

Il était donc résolu à jouer le jeu à fond. En dépit d'un sérieux handicap supplémentaire : le grand type avait exigé qu'aucun soldat philippin ne coure le risque d'être tué pendant l'opération. Yong avait jugé cette restriction d'un sentimentalisme inutile et dangereux. Mais, sur ce point non plus, il n'avait pas discuté.

Après avoir coupé son moteur, il s'était nonchalamment approché des servants du canon antiaérien. Les deux soldats, assis dans leur siège baquet de part et d'autre de l'axe de pivot, le regardaient venir sans méfiance. Ils s'étonnèrent bien un peu de reconnaître un Chinois sous l'uniforme philippin, mais après tout, si un général avait choisi un Jaune pour piloter son bahut, c'était son problème.

L'un des deux soldats dit quelque chose en tagalog.

— *Sorry*, les gars, sourit Yong. Je ne pige rien à votre sabir. Cigarette ? ajouta-t-il en sortant un paquet de sa poche.

Les deux artilleurs regardèrent furtivement du côté de la cour, trente mètres plus bas. Mais tout le monde semblait bien trop occupé pour faire attention à eux. Ils prirent chacun une cigarette et le *flight sergeant* tendit son briquet.

C'était un très gros briquet.

Yong pressa le bouton d'allumage et un nuage de vapeur sauta au visage des deux soldats. Bouche ouverte, yeux écarquillés, ils fixèrent une seconde le Sino-Américain avec un ahurissement sans bornes. Puis, dans un ensemble parfait, les deux têtes tombèrent en avant, le menton sur la poitrine.

Le briquet dissimulait une petite bombe aérosol remplie de Mace, un très efficace anesthésiant instantané mis au point quelques années plus tôt par les services fédéraux américains.

Yong regarda rapidement autour de lui. Personne, ni dans la cour ni sur l'enceinte, ne semblait avoir remarqué quoi que ce soit. Tassés sur leur siège, les deux artilleurs semblaient somnoler. Toujours avec nonchalance, il marcha jusqu'à l'extrême bord de la plate-forme et fit des yeux le tour des dispositifs de défense de la forteresse.

De toutes les mitrailleuses légères essaimées sur le chemin de ronde, cinq seulement pourraient prendre efficacement sous leur feu l'escalier que devaient emprunter les fugitifs. Dont la plus redoutable était évidemment la plus proche, à dix mètres à peine de l'endroit où les marches atteignaient le haut de l'enceinte pour pénétrer à l'intérieur de la tour. Quant aux batteries au sommet des trois autres tours, elles ne seraient pas dangereuses dans l'immédiat, leur pivot ne leur permettant pas de tirer efficacement en dessous de l'horizontale. Par contre, elles pourraient aisément prendre l'hélicoptère dans leur ligne de visée, avant, pendant ou même après son décollage.

Yong revint rapidement vers le Bell, fit sauter les scellés de la valise métallique et l'ouvrit. Celle-ci contenait un XM148 [1], démonté en trois parties, et vingt grenades. Le pilote avait participé aux dernières opérations américaines au Vietnam et avait suivi un entraînement intensif dans le maniement de ce lance-grenades. Il ne mit que quinze secondes à le monter et à introduire un des projectiles dans le tube.

C'étaient des Thunder K8 spéciales. Leur mince enveloppe de tôle ne provoquait aucun dégât matériel ou humain, mais le bruit de leur explosion était effroyable. Elles étaient en outre composées de deux compartiments distincts : l'un contenait un fumigène lourd particulièrement persistant ; l'autre, du gaz lacrymogène.

La valise d'une main, le XM de l'autre, Yong revint calmement jusqu'au bord de la plate-forme. Personne, en bas, ne songeait à lever la tête vers lui. Même les sentinelles du chemin de ronde gardaient les yeux fixés sur la cour.

Il vit que le grand type avait réussi à rester seul avec les prisonniers en compagnie du gros général. Et, en plus, il avait même hérité d'une mitraillette. Chapeau ! Il fallait reconnaître que ce gars-là avait un estomac en acier trempé. Le Sino-Américain estima à plus de cent cinquante le nombre de soldats visibles à l'intérieur de la forteresse. Ça allait être un sacré sport !

Soudain, Largo ôta ses lunettes solaires et les glissa dans sa poche de poitrine.

C'était le signal.

Terry Yong épaula le lance-grenades, visant le socle

1. Appellation de code pour un fusil d'assaut M16A1 équipé d'un tube lance-grenades Colt de 40 mm. Celui-ci comporte un système autonome de visée et de mise à feu.

de la mitrailleuse la plus proche, selon un axe oblique qui aboutissait douze mètres plus bas.

Puis, posément, il pressa la détente.

* * *

La violente explosion éclata comme un coup de tonnerre dans le silence du fort.

—Allez-y ! hurla Largo.

Dans le même temps, pivotant sur lui-même, il lança la mallette aussi loin qu'il le put en direction des rangées de soldats.

Simon en tête, les huit condamnés se ruèrent vers l'escalier à flanc de muraille.

Surpris par la détonation et par l'épais nuage de fumée blanche qui s'élevait sur le chemin de ronde, Ortega et Querubin ne virent pas tout de suite la lourde mallette qui retombait dans leur direction. Elle toucha les pavés une dizaine de mètres devant eux.

Et l'enfer se déchaîna.

Mille ans d'expérience ont fait des Chinois les meilleurs artificiers du monde. Un pyrotechnicien de génie avait consacré trois heures de travail acharné à mettre au point le dispositif réclamé par Largo. Le mouvement d'horlogerie n'avait été qu'un leurre destiné à tromper le général King. C'était par simple choc que la mallette devait exploser.

Cela fit un fracas titanesque, tandis que des dizaines de fusées filaient en tous sens, hurlantes comme des stukas en piqué, pour exploser aux quatre coins de la cour. Chacun de ces projectiles contenait, à l'instar des K8, un mélange de fumigène et de lacrymogène. En quelques secondes, tout l'espace entourant la garnison du fort fut noyé dans une épaisse fumée atrocement piquante. Les yeux gonflés de larmes, les soldats toussaient à s'arracher les poumons. Leurs sous-officiers couraient en aveugles, hurlant des ordres que personne n'écoutait.

La machine infernale continuait à cracher ses rafales de fusées de cinq en cinq secondes. Largo savait qu'il en serait ainsi pendant trente-cinq secondes exactement. En principe, cela devait suffire aux fugitifs pour atteindre l'abri de la tour.

Du sommet de celle-ci, à une cadence accélérée, Terry Yong arrosait systématiquement de grenades les postes de mitrailleuses et de batteries antiaériennes. Les murailles du fort fumaient comme dix incendies de forêt. Les sentinelles couraient se mettre à l'abri.

C'était la confusion la plus totale, l'affolement complet, la Berezina.

Isolé au cœur d'un épais nuage qui lui rongeait la gorge et les yeux, le colonel Ortega écumait de rage. Il venait de comprendre pourquoi l'aide de camp de ce gros porc de King lui avait paru familier.

Winch!

Dégainant son pistolet, il se rua au jugé vers l'emplacement où s'étaient trouvés les prisonniers quelques secondes auparavant.

Ceux-ci escaladaient aussi vite qu'ils le pouvaient les marches de pierre de l'escalier. Ils n'essayaient pas de comprendre ce qui se passait, veillant uniquement à poser leurs pieds au bon endroit. Si l'un d'eux trébuchait, ses poignets entravés ne lui permettraient pas de se retenir et il irait s'écraser sur les pavés de la cour.

Hors d'haleine, Simon atteignit le premier le niveau du chemin de ronde et courut se jeter à l'abri de la tour. Là, il se retourna. Kadjang et les Moros le suivaient de près, leurs visages sombres crispés par l'effort et la peur. Mais il n'y avait aucune trace de Largo.

—Continuez à monter avec les autres, Kadjang. Moi, j'attends mon copain.

—Non, venez, haleta le père de Malunaï. Il s'en tirera bien tout seul. Vous ne pouvez rien faire pour lui, de toute façon.

—Si ! cria Simon, le ventre tordu de rage et d'angoisse. Je peux au moins crever avec lui ! Je lui dois bien ça, non ?!

Sans un mot, le vieux Moro le dépassa et entraîna ses compatriotes dans l'escalier intérieur.

Au sommet de la tour, Terry Yong tira sa dernière grenade. Le vent était heureusement presque inexistant et la fumée qui noyait l'enceinte mettrait un moment à se dissiper. Abandonnant le XM148, il courut mettre le moteur du Bell en marche.

À l'écart des vapeurs corrosives, les hommes du peloton avaient assisté à la fuite des prisonniers. Le lieutenant réagit presque immédiatement.

—En avant ! cria-t-il. Mais attendez mon ordre pour tirer.

Il ne voulait pas risquer de toucher le général.

Largo avait pris la précaution de glisser une K8 dans la poche de sa vareuse. Il la lança. L'explosion stoppa les soldats en plein élan, les inondant de gaz lacrymogène. Pour faire bonne mesure, le jeune homme lâcha une courte rafale de sa Thomson, visant haut. Aveuglés, les Philippins s'aplatirent au sol comme un seul homme.

Profitant de ce répit, Largo empoigna rudement son otage par le bras.

—En avant, général ! À l'escalier !

— Vous… vous m'avez menti… bêla King, complètement paniqué. La bombe… Ce n'était pas comme ça…

— Désolé, mon gros. Pas eu le temps de faire une répétition. Plus vite, bon Dieu de bon sang !

— Vous… vous voulez me tuer… Vous aviez promis…

Sans prendre la peine de répondre, le jeune homme le propulsa d'une bourrade. Ils atteignaient les premières marches quand une longue silhouette émergea des fumées, un pistolet à la main.

Ortega.

Durant une seconde qui parut interminable, les trois hommes se fixèrent en silence.

— Compliments, Winch, grinça l'officier. Je vous avais sous-estimé. Mais vous avez eu tort de rester à l'arrière-garde.

Vif comme un chat, Largo enfonça le canon de la Thomson dans l'épaisse nuque de King. Le gros homme poussa un glapissement suraigu.

— La mort d'un général risque de nuire à votre avancement, colonel. Jetez votre pistolet. Vite et loin.

— Je ne marche pas, fit Ortega en relevant son arme. Vous n'êtes pas le genre d'homme à abattre quelqu'un dans la nuque. C'est l'un de vos gros défauts.

Les yeux de Largo flamboyèrent.

— On parie ?

— Faites… faites ce qu'il vous dit, chevrota le général King, à deux doigts de la syncope. C'est… c'est un ordre, Ortega !

Le colonel effleura son supérieur d'un regard chargé de mépris. Puis, haussant les épaules, il jeta son pistolet derrière lui. L'arme s'engloutit dans la fumée.

Largo poussa King sur les marches.

— Excellente intervention, général. Et maintenant, c'est le moment ou jamais de battre le record mondial de grimpée d'escalier. Vous me servirez de couverture jusqu'à la tour. Adieu, colonel Ortega.

L'officier eut un mince sourire en suivant les deux hommes du regard.

— Au revoir, monsieur Winch.

L'instant d'après, il bondit à son tour dans l'escalier et leva la tête vers les murailles.

— Que tous les servants retournent à leur poste ! hurla-t-il. Tirez sur l'hélicoptère ! SUR L'HÉLICOPTÈRE !

Simon poussa une exclamation de joie en voyant Largo et son otage atteindre le niveau du chemin de ronde et se ruer vers la tour. Mais le jeune milliardaire, les nerfs à vif, ne se sentait pas pour l'instant d'humeur à verser dans l'attendrissement des retrouvailles.

— Qu'est-ce que tu fous encore là ? tonna-t-il, les mâchoires contractées. Monte vers l'hélico, nom d'un chien !

— Mais…

— Monte, espèce d'idiot ! Qu'est-ce que tu crois qu'on est occupé à faire ? Un jeu scout ?!…

Sans plus discuter, l'Israélien se jeta dans l'escalier en colimaçon. Largo revint à la porte. Exhorté par Ortega, un petit groupe de soldats avait atteint le bas de l'escalier et commençait à grimper. Le jeune homme vida le chargeur de sa Thomson au ras de leurs têtes et les vit redégringoler les marches en toute hâte.

Dans la tour, Basilio King tremblait comme un plat de gelée sur une table de wagon-restaurant. Largo lui colla sa mitraillette entre les mains.

— Terminé en ce qui vous concerne, général. Je vous rends le matériel que j'ai emprunté. Merci pour votre collaboration et bonjour chez vous.

Et il s'élança à la suite de Simon.

King resta quelques secondes appuyé contre la pierre froide, complètement hébété. C'était fini. Cet absurde cauchemar qui avait commencé deux heures plus tôt s'était enfin terminé. Et il s'en était tiré sans une égratignure.

Soudain, il se rappela le chèque qui se trouvait dans sa poche de poitrine avec ses documents d'identité. Cinquante mille dollars ! Du coup, il se sentit infiniment mieux. Il s'en était tiré et avait gagné cinquante mille dollars ! Il serait évidemment superflu de parler à qui que ce soit de cette étrange transaction. Le général se redressa et, lorsqu'il sortit à l'air libre, il avait presque le sourire.

Quand les soldats qui avaient prudemment repris leur ascension virent émerger au-dessus d'eux une silhouette avec une Thomson à la main, ils ne voulurent prendre aucun risque. Une fois, mais pas deux. Ils tirèrent tous ensemble. Le général Basilio King n'eut même pas le temps d'être étonné. Haché de balles, son gros corps tressauta grotesquement sous les dizaines d'impacts avant d'aller s'écraser dix-huit mètres plus bas dans un affreux bruit de serpillière gorgée d'eau.

Lorsqu'on voulut plus tard récupérer ses papiers militaires, on ne trouva plus dans ce qui restait de sa poche qu'un peu de pulpe sanglante, impossible à identifier.

Une main sur ses commandes, Terry Yong aida vigoureusement Simon à rejoindre les Moros entassés à l'arrière du Bell. Les bras toujours liés, les huit hommes étaient enchevêtrés cul par-dessus tête dans un parfait désordre.

— Et votre copain ? hurla le pilote.

Lancé à plein régime, le rotor faisait un boucan infernal. Tout l'appareil était secoué de vibrations, impatient de s'arracher du sol.

— Il arrive, cria Simon.

— Qu'est-ce qu'il fout, nom de Dieu ?! On va en prendre plein la gueule. Tirons-nous !

— Non ! hurla l'Israélien. Attendez ! Le voilà !

À l'instant précis où Largo déboucha sur la plate-forme, ce qui restait du nuage de lacrymogène voilant le sommet de la tour la plus proche se dissipa. Découvrant enfin son objectif, le servant de la batterie, les yeux encore rougis, pressa la détente de ses mitrailleuses lourdes couplées. Largo vit les énormes rafales de calibre point cinquante frapper le sol bétonné tout autour de lui, arrachant des éclats gros comme le poing. Il accéléra l'allure, courant de toutes ses forces vers l'hélicoptère au moment où celui-ci commençait à s'élever.

— Attends, espèce de salaud ! vociféra Simon au pilote, complètement affolé en voyant Largo foncer vers l'appareil sous un essaim de balles dont une seule aurait suffi à lui faire exploser la tête.

L'Israélien écumait. N'eussent été ses poignets entravés, il aurait assommé le Sino-Américain sur-le-champ, sans souci des conséquences.

Yong pesa sur ses commandes sans répondre. Entre la vie de neuf hommes, dont la sienne, et celle d'un seul, fût-il aussi sensationnel que ce grand type au culot incroyable, il n'hésitait pas un seul instant. Une seule rafale au but et le Bell se transformait en fumée, passagers compris. La plate-forme glissa sous le ventre de l'hélicoptère et, d'un seul coup, fit place à la pente rocheuse de la montagne, quarante mètres plus bas.

Avec un hurlement sauvage, Largo bondit, les bras désespérément tendus.

Yong sentit un choc déséquilibrer sèchement son appareil. Il se pencha.

— Je te tuerai, hurlait l'Israélien dans son dos. Je te jure que je te tuerai pour ça, fils de pute !

— Épargne tes cordes vocales et regarde, cria à son tour le pilote. Il est avec nous, ton copain.

Incrédule, Simon se pencha par-dessus son épaule. Le visage déformé par la vitesse, Largo était suspendu dans le vide, les deux mains fermement accrochées à l'un des patins du Bell.

La terre et les rochers défilaient à 150 kilomètres à l'heure quelques mètres à peine sous ses pieds. Tant à cause de la surcharge que pour échapper au tir des batteries de Makiling, Terry Yong volait le plus près possible du sol.

Largo avait les yeux fermés, les paupières collées par le vent. Il ne songeait qu'à une chose : tenir. Se cramponner. Tenir.

Sur les flancs désolés de la montagne, les soldats des patrouilles et des postes de contrôle restaient bouche bée en voyant passer cet officier qui jouait à l'acrobate sous un hélicoptère de l'armée. Le bruit de fusillade et les nuages de fumée qui s'échappaient de la forteresse leur avaient bien indiqué qu'il se passait quelque chose d'anormal, mais ils n'avaient pas reçu d'ordres et ne firent donc rien.

Le Bell franchit la ceinture d'arbres qui marquait la

limite de la zone militaire, survola une route et atteignit le lac Taal dominé par le cône parfait du petit volcan qui en émergeait au centre.

Largo réussit à entrouvrir un œil et serra les dents.

Tenir.

C'était de l'autre côté du lac que le camion attendait les fugitifs.

Se cramponner. Ne penser à rien d'autre. Tenir.

Après un temps qui lui parut interminable, l'hélicoptère ralentit. Il rouvrit les yeux. Le lac avait disparu. Au détour d'un chemin, il aperçut un grand camion fermé blanc et bleu. Deux hommes en sortirent en entendant le bruit du rotor. Le Bell s'immobilisa tout près d'eux, puis, lentement, se rapprocha du sol.

Complètement épuisé, Largo ouvrit les mains. Quand il roula dans l'herbe maigre, il avait déjà perdu conscience.

* * *

Terry Yong laissa tourner le moteur pendant que les deux hommes du camion, deux Chinois, aidaient Simon et les Moros à s'extirper du Bell et les débarrassaient de leurs liens. Quand il réenclencha la vitesse ascensionnelle, sans un geste d'adieu, Largo n'avait toujours pas repris connaissance. Il restait au Sino-Américain l'ultime partie de sa mission à remplir.

Il retraversa le lac à vive allure et, aux approches du mont Makiling, obliqua vers le nord-ouest en direction de Tagaytay. Branchant la radio, il chercha la fréquence de la sécurité militaire.

Ça n'avait pas traîné : on n'y parlait que de l'hélicoptère fugitif. Alerte à toutes les unités. À toutes les patrouilles mobiles. À tous les postes d'observation de la gendarmerie.

À toutes les bases aériennes de la PAF[1] dans un rayon de cent kilomètres.

Yong trouva ce qu'il cherchait dans la plaine de Silang. Une colonne militaire en manœuvres. Il allait pouvoir faire son cinéma. À cinq cents mètres d'altitude, il survola la colonne sur toute sa longueur, puis obliqua ostensiblement de quatre-vingts degrés vers le nord-est. Une minute plus tard, il ébaucha une grimace de satisfaction : la radio lançait ses coordonnées à tous les échos ; il avait été repéré. Le temps qu'il faudrait aux militaires pour s'apercevoir de la fausse piste sur laquelle ils allaient converger devrait permettre aux évadés de Makiling de se mettre à l'abri. Mais il devait faire vite. Dans moins de dix minutes, il aurait une meute de F-15 sur le dos.

Le Sino-Américain longea la rive de la Laguna Bay et obliqua encore pour suivre une petite route de terre qui allait se perdre dans une jungle de papayers. Il vit tout de suite le repère qu'on lui avait indiqué : un grand rocher en forme de phoque qui émergeait de la toison verte de la plaine. Faisant plonger le Bell, il atterrit en catastrophe entre les arbres, juste au pied du rocher.

Sans perdre une seconde, Yong sauta à terre et se déshabilla entièrement, ne gardant que son caleçon. Déverrouillant le réservoir auxiliaire, il y introduisit sa chemise, en laissant dépasser une bonne moitié. Puis il jeta le reste de l'uniforme de *flight sergeant* dans l'habitacle après avoir pris la boîte d'allumettes qui se trouvait dans la poche du pantalon. Il mit le feu à la chemise qui pendait et s'enfuit en courant le plus vite qu'il put entre les troncs de papayers. Il eut le temps de parcourir cent cinquante

1. Philippine Air Force.

mètres avant que le souffle de l'explosion le plaque sur le sol spongieux.

Comme prévu, la Lincoln noire l'attendait sur la route. Son chauffeur était maintenant en civil, le fanion du GQG avait disparu et les plaques d'immatriculation étaient celles d'une agence de location de Manille.

Yong se jeta à l'arrière et la longue voiture démarra immédiatement. Il se retourna. Une énorme fumée noire montait verticalement des palétuviers : tout ce qui restait de l'hélicoptère personnel du général Basilio King. Grossissant rapidement à l'horizon, une escadrille de chasseurs piquait droit sur le lieu de la catastrophe.

Sur le siège à côté de lui, bien plié, se trouvait son uniforme américain. Plus une serviette de bain. Après s'être rapidement débarrassé de la terre qui le maculait, il s'habilla de pied en cap puis se laissa aller contre le dossier du siège. Alors seulement, pour la première fois depuis que le téléphone l'avait réveillé sept heures plus tôt, il s'accorda un large sourire.

Sa dette à la Triade était payée.

Le lieutenant pilote Terry Yong de l'US Auxiliary Aircraft était désormais un homme libre.

Vendredi 22 septembre
11 heures (GMT + 8)

La syncope de Largo fut de courte durée. Il revint à lui juste à temps pour voir l'hélicoptère s'éloigner au-dessus du lac Taal. Allongé sur le sol, sans bouger tout de suite, il suivit l'appareil des yeux. Il savait ce que le pilote avait encore à faire. Il savait aussi qu'il ne reverrait plus jamais cet homme dont il ignorait jusqu'au nom.

Simon se précipita vers lui et l'aida à se relever. Puis, sans un mot, ils s'étreignirent. Fort. Comme seuls peuvent le faire deux frères qui ont cru ne jamais se revoir. Deux frères. Ou deux amis. Ni l'un ni l'autre n'essaya de retenir les larmes qui leur montaient aux yeux.

— Je ne parviens pas encore à y croire, finit par balbutier l'Israélien. Oh, Largo, si tu savais par où je suis passé...

— J'en sais une partie, mon vieux. Tu me raconteras le reste quand nous serons à l'abri.

— Mais toi, par quel miracle ?...

— Plus tard, Simon. Nous devons d'abord filer d'ici.

— D'accord, c'est toi le patron. À propos, tu es nettement mieux sans moustache, tu sais.

Largo porta machinalement la main à sa bouche. Le vent avait arraché le postiche pendant son numéro d'acrobatie sous le patin du Bell. Les deux hommes éclatèrent d'un fou rire nerveux.

Toujours riant, ils revinrent vers le petit groupe rassemblé à l'arrière du camion frigorifique. Kadjang semblait en grande discussion avec le chauffeur chinois. Mais les autres Moros regardaient Largo avec un mélange d'admiration et de crainte superstitieuse, dévorant des yeux cet étranger qui était tombé du ciel pour les sauver. Sans doute cherchaient-ils déjà les paroles d'une nouvelle légende qui se raconterait plus tard dans les *kampongs* : celle du grand *Aswang*[1] aux yeux de flamme venu dans un tourbillon de fumée magique arracher ces humbles villageois des mains sanglantes de leurs bourreaux.

Ils s'écartèrent respectueusement sur son passage.

— Savez-vous où vous devez nous conduire ? demanda Largo au chauffeur.

— Oui, acquiesça celui-ci dans un anglais parfait. À San Miguel. Mais cet homme refuse de vous accompagner, ajouta-t-il en désignant Kadjang. Il demande que nous le débarquions avec ceux-là en cours de route, à Minduque.

Le jeune homme se tourna vers le Moro et fut agréablement surpris par la noblesse et la fermeté qui se dégageaient de son visage. Comme Simon quinze jours auparavant, il fut frappé par sa ressemblance avec Malunaï.

— Où est Minduque ? interrogea-t-il.

— C'est un village côtier sur le trajet vers San Miguel, répondit le Chinois.

— Y a-t-il un risque à s'y arrêter pour faire descendre ces hommes ?

— S'il n'y a pas trop de contrôles militaires, non. Nous

---

1. Génie.

pourrons les débarquer à l'écart du village. Mais après, qu'ils se débrouillent.

— Dans ce cas, agissez ainsi que le demande ce monsieur. Je suppose qu'il sait ce qu'il fait. Mon ami et moi continuerons avec vous jusqu'à l'endroit prévu. Et maintenant, assez perdu de temps : embarquons.

Le convoyeur ouvrit la porte arrière du grand véhicule et une bouffée glaciale enveloppa les fugitifs.

Il s'agissait bien d'un vrai camion-frigo. Et qui fonctionnait.

En frissonnant, ils suivirent le Chinois qui se faufilait entre les quartiers de bœuf congelés suspendus par des crocs aux tringles du plafond. Le convoyeur se pencha pour actionner un invisible mécanisme et un panneau coulissa, révélant un espace d'un mètre sur deux et à demi dissimulé entre le fond du camion et la cabine du chauffeur. Il actionna un commutateur et une veilleuse s'alluma, éclairant faiblement le réduit.

— Cela risque d'être inconfortable, sourit-il. D'habitude, nous ne transportons pas autant de monde. Mais le trajet ne sera pas long. Et là-dedans, il fait tout de même moins froid qu'à l'arrière.

L'un après l'autre, les neuf hommes se glissèrent dans la cache, s'accroupissant à même le plancher. Ils tenaient tout juste dans cet espace minuscule. À condition de ne pas trop bouger.

— Il y a là un interphone relié à la cabine, poursuivit le Chinois. Ne vous en servez qu'en cas de nécessité absolue. Et chaque fois que le camion s'arrêtera, éteignez la veilleuse et observez le silence le plus complet. Pour le reste, ne vous en faites pas : les flics ou les soldats mettent rarement beaucoup de conscience à fouiller un véhicule où règne une température de plusieurs degrés en dessous de zéro.

Kadjang traduisait au fur et à mesure à ses compatriotes. Ceux-ci hochèrent la tête. Avant de refermer le panneau, le convoyeur tendit à Largo un paquet enveloppé de papier brun. Le jeune homme remercia d'un sourire ; il savait que le paquet contenait ses vêtements qu'il avait laissés chez le *Kwon-Lan* lorsqu'il avait revêtu l'uniforme de *full lieutenant*.

Décidément, la Triade pensait aux moindres détails. Bouddha seul, plus quelques initiés, savaient à quels trafics devait habituellement servir ce camion truqué. Marchandises illicites, drogue ou, comme aujourd'hui, voyageurs clandestins ?... Qu'importait, après tout. Dans quelques heures, Simon et lui seraient en sécurité. Le *Kwon-Lan*, par prudence, ne lui avait rien dit de l'endroit où on les conduirait en cas de réussite de l'opération, mais Largo était convaincu que San Miguel, quoi que puisse être ce lieu, serait une cachette sûre.

Le camion roulait à présent sur une surface asphaltée. Il s'agissait certainement de l'unique route qui relie les parties nord et sud de Luçon, là où la grande île s'étrangle entre la mer de Chine méridionale et l'océan Pacifique pour se réduire à un goulet d'à peine quelques kilomètres de large. Là où un seul barrage de gendarmerie suffit à cadenasser tout le trafic routier vers le reste du pays.

Largo espérait que le convoyeur ne s'était pas montré trop optimiste en assurant que leur cachette était à l'abri des perquisitions.

Sentant un regard posé sur lui, il releva la tête. Le vieux Moro le dévisageait d'un air pensif.

— Je suis Kadjang, se présenta ce dernier en voyant que Largo s'était tourné vers lui. Et vous, je suppose que vous êtes Largo Winch. J'envie Simon d'avoir un ami tel que vous, monsieur Winch. Peu d'hommes auraient osé tenter ce que vous avez fait aujourd'hui. Et moins encore l'auraient réussi.

— N'en parlons plus, fit Largo presque sèchement, ne sachant pas quoi dire d'autre.

Il ne se sentait aucune envie de subir la reconnaissance des Moros. Il était épuisé et tout ce qu'il souhaitait, à présent que le plus dur était passé, était d'atteindre un endroit où il pourrait enfin se détendre et interroger Simon sans témoins. Tassés contre lui dans ce réduit sans air, les huit évadés dégageaient une violente odeur de sueur et de crasse.

— Nous vous devons la vie, poursuivait Kadjang. Et même beaucoup plus…

— Que voulez-vous dire ?

— Je… Non, rien. C'est sans importance. La vie, c'est déjà beaucoup. Pardonnez-moi ma curiosité, monsieur Winch, mais qu'est-ce qui vous a poussé à nous délivrer en même temps que votre ami ?

Le jeune homme eut un sourire las.

— L'opération valait aussi bien pour huit que pour un seul, vous savez. Tant que j'y étais… De plus, j'avais promis à votre fille d'essayer de vous sortir de là.

Simon et le Moro sursautèrent ensemble.

— Tu connais Malunaï ?

— Vous avez vu ma fille ?

De mauvaise grâce, Largo relata brièvement les circonstances de sa rencontre avec la jeune femme. Sans entrer dans trop de détails.

— J'espère que tu n'as pas eu la tentation de lui passer la main dans le dos ? gloussa Simon.

Il n'avait pas mis longtemps à retrouver sa gouaille coutumière, celui-là.

Largo le fusilla du regard.

— Savez-vous ce qu'elle est devenue ? interrogea âprement Kadjang.

— Non. Sans doute retournera-t-elle à Zamboanga dès qu'elle aura appris votre évasion.

— Qu'Allah vous entende ! Ma chère petite Malunaï…

Largo se détourna. Il ne tenait pas à évoquer davantage la jeune Moro. Leurs chemins s'étaient à peine croisés, mais il savait déjà qu'il mettrait longtemps à oublier cette trop belle princesse sauvage.

Malunaï…

Soudain, le camion commença à freiner. Largo leva vivement la main vers le commutateur et éteignit la veilleuse. Les neuf hommes plongés dans l'obscurité retinrent leur souffle. Le camion s'arrêta tout à fait, il y eut un bruit de voix à l'extérieur, une portière qui claque, puis la porte arrière du camion qu'on ouvrait…

Le jeune homme imaginait sans peine les visages crispés d'angoisse des hommes agglutinés autour de lui. Avoir échappé de justesse à la potence pour risquer de se faire stupidement ramasser dans un contrôle routier… Il y avait de quoi casser les nerfs d'hommes bien plus aguerris que ces simples villageois.

Ils entendirent des soldats pénétrer à l'intérieur du compartiment frigorifique et plaisanter lourdement en déplaçant les quartiers de viande. Une simple cloison les séparait des fugitifs. Pourvu qu'un des Moros ne se mette pas à gémir de peur ou à éternuer…

Mais aucun d'eux ne broncha. Après une ou deux minutes, les soldats ressortirent du camion. Encore quelques échanges de paroles et le lourd véhicule put enfin redémarrer. Les neuf hommes poussèrent ensemble un énorme soupir de soulagement collectif.

— Tout va bien, éclata dans l'interphone la voix du convoyeur. Nous sommes passés sans problème. Dans un quart d'heure, nous serons à Minduque.

Quinze minutes plus tard, le camion s'arrêta de nouveau.

— Minduque ! clama l'interphone d'un ton de chef de gare. Ne bougez pas, je viens chercher ceux qui veulent descendre.

— Vous êtes certain de ne pas vouloir rester avec nous ? demanda Largo à Kadjang. La région va fourmiller de soldats à la chasse aux évadés. Vous allez courir de gros risques.

Le père de Malunaï sourit. Sur son injonction, les sept Moros ôtèrent la chemise sans col dont on les avait revêtus le matin même.

— Vous voyez ? fit-il. Nous voici redevenus de simples indigènes à la peau sombre perdus parmi des milliers d'autres indigènes à la peau sombre. Il n'y a pas un Philippin qui soit capable de faire la différence. De plus, Minduque est l'un des relais de la filière clandestine dont faisait partie ma fille. J'y ai des amis sûrs. Les Moros sont très bien organisés pour tout ce qui touche aux voyages en contrebande, monsieur Winch.

— Vous allez rentrer à Zamboanga ?

— Oui, le plus vite possible. Notre condamnation a dû pas mal échauffer les esprits, là-bas. J'espère arriver à temps pour éviter le pire.

— Je comprends. Mais je croyais que les Moros étaient tout prêts à faire la guerre ?

— Nous voulons notre indépendance, monsieur Winch. Pas la guerre. La guerre est toujours une ignominie, aussi valable qu'en soit le motif.

Le convoyeur fit glisser le panneau et les Moros s'extirpèrent un à un de la cachette. Kadjang resta le dernier.

— De San Miguel, vous devriez pouvoir aisément quitter le pays, dit-il à Largo. J'enverrai quelqu'un pour vous y aider.

— Vous connaissez cet endroit ?

— Tout le monde connaît San Miguel, monsieur Winch. Ceux qui vous ont conseillé de vous y cacher ont eu là une idée de génie : vous n'auriez pas pu trouver une retraite plus sûre dans toute l'île de Luçon. À condition d'être assez courageux pour en accepter les désagréments, bien entendu, ajouta le Moro d'une voix étrange.

— Vous vous décidez, oui ou non ? intervint sèchement le convoyeur. Nous ne sommes pas précisément en pique-nique…

— Vous avez raison. Adieu, Simon. Adieu, Largo Winch. Et merci. Merci pour tout.

— Bonne chance, répondirent ensemble Largo et Simon.

Que signifiaient les dernières paroles de Kadjang ?

Le Chinois referma le panneau.

Moins d'une minute plus tard, le camion se remettait en route.

* * *

Largo regardait d'un air intrigué le ressac du Pacifique battre la rive à quelques dizaines de mètres de la fenêtre. Il ne voyait pas du tout en quoi cet endroit était une cachette si géniale.

Au contraire.

San Miguel était un couvent. Et ce couvent se trouvait sur une île.

Même pas une île, d'ailleurs. Tout au plus un îlot minuscule émergeant au centre d'une large baie et relié à la terre ferme par une interminable digue au ras des flots tout juste assez large pour permettre le passage d'un véhicule ne roulant pas trop vite. Un bout de terrain pelé d'à peine cinq cents mètres de diamètre, plat comme la main, sans un arbre, seulement émaillé de quelques buissons maigres et d'un peu d'herbe jaunâtre… Dès que l'océan se fâchait un tant soit peu, San Miguel devait être coupé du reste du monde.

Le cloître et la chapelle attenante, au centre de l'île, étaient assez jolis. Mais les quatre bâtiments longs et bas essaimés au hasard sur ce morceau de solitude étaient d'un style néoméditerranéen particulièrement affligeant.

— Tu parles d'un club de vacances ! avait grogné Simon en regardant autour de lui après être sorti du camion.

Largo n'avait pas répondu. En découvrant le triste lieu où on les avait conduits, il avait immédiatement songé qu'on n'aurait pas pu trouver mieux en matière de chausse-trape. La vue portait à des kilomètres et il n'y avait nulle part la moindre voie de retraite possible. Sur cette parcelle de sol pelé entouré d'eau, le plus obtus des gendarmes de la PhilCon ne mettrait pas une heure à retrouver un bouton de col égaré.

Ses mystérieux alliés de la Triade n'avaient-ils pas commis là une bourde monumentale ?

Quelques religieuses étaient sorties du cloître à l'approche du camion. Elles portaient la robe blanche et la coiffe noire des dominicaines. Certaines d'entre elles, plus jeunes, arboraient le simple voile blanc des novices. Aucune ne parut surprise en voyant deux Occidentaux émerger du compartiment frigorifique.

L'une des sœurs s'approcha du chauffeur et du convoyeur, et échangea rapidement quelques paroles avec eux. Largo ne fut pas autrement étonné en constatant que la religieuse était, elle aussi, de race chinoise.

Après sa brève discussion, le chauffeur s'approcha des deux hommes.

— Ma mission est terminée, déclara-t-il à Largo. Ici, vous serez en sécurité. J'ai été chargé de vous dire qu'à partir de maintenant vous pouvez agir comme bon vous semble, mais sous votre seule responsabilité. Ceux que vous savez considèrent avoir rempli leurs engagements.

— Ils l'ont fait, admit sincèrement Largo. Et je les remercie. Mais estiment-ils réellement que cet endroit soit une cachette sûre ?

— Ne vous inquiétez pas pour ça : il l'est.

— Mais comment ?...

— Vous le comprendrez toujours assez tôt, ricana le Chinois. Je vois que vous vous êtes changé, ajouta-t-il. Vous avez laissé l'uniforme dans le compartiment ?

— Oui. Et j'ai refermé le panneau.

— Bien. Dans ce cas, adieu. Et amusez-vous bien.

Il y avait dans son regard bridé une lueur ironique qui mit Largo et Simon curieusement mal à l'aise. Sans dire un mot, ils regardèrent le camion s'éloigner en oscillant sur la longue digue.

— Suivez-moi, fit en anglais une voix dans leur dos.

Ils se retournèrent. Sous la coiffe, le visage de la religieuse chinoise était sans expression.

Dépassant le cloître et la chapelle, elle les précéda jusqu'au bâtiment le plus éloigné, à l'autre bout de l'île. À l'exception des religieuses du début, ils ne virent pas une âme. Les seules traces de présence humaine étaient, çà et là, quelques pauvres potagers maladroitement entretenus. L'air, gorgé d'humidité, était lourd et chaud.

Quel pouvait bien être le secret de cet îlot perdu ?

Le bâtiment était une triste et longue chose rectangulaire d'un seul étage, posé sur la terre nue comme un morceau de caserne tombé du ciel. Dans le couloir désert, la dominicaine ouvrit une porte et leur fit signe d'entrer.

Quatre murs, une fenêtre, deux lits, deux chaises, une table, un placard, c'était tout. Avec, aux murs, pour égayer l'ensemble, un grand crucifix et un chromo de sainte Blandine dévorée par les lions.

— Ne bougez d'ici sous aucun prétexte, ordonna la religieuse. On va vous apporter à manger.

Et pour plus de sûreté elle ferma la porte à clé de l'extérieur.

— Pension complète et vue imprenable sur la mer! s'exclama gaiement Simon en se laissant tomber sur un des lits. De quoi se plaint-on, je vous le demande ?

Mais Largo restait inquiet.

— J'aimerais comprendre…, murmura-t-il.

— Comprendre quoi ? Au fond, j'avais toujours rêvé de passer un week-end ou deux dans un couvent. Une belle invention chrétienne, ce truc-là. Plein de filles, bouffe à volonté et une cave bien garnie… Le rêve, quoi !

Le jeune milliardaire ne put s'empêcher de sourire.

— Ça, c'est la version Boccace ou La Fontaine, mon vieux. J'ai peur que la réalité soit un peu plus éloignée de tes petits fantasmes.

— Ne me gâche pas mon plaisir, tu veux ? D'ailleurs, je suis sûr qu'après un bon steak frites et une bouteille de beaujolais, tu verras la situation sous un meilleur angle...

Le repas qu'on leur apporta consistait en un peu de riz froid, accompagné d'une demi-salade, d'une mangue et d'une carafe d'eau.

— Dis donc, grimaça l'Israélien une fois qu'on les eut laissés seuls de nouveau. Si ça doit être comme ça tous les jours, je vais finir par regretter le régime de Makiling, moi.

— Rassure-toi, il n'est pas exclu que tu y retournes dans très peu de temps. En ma compagnie, cette fois.

Simon en resta la bouche ouverte.

— Ah non, pas de blague ! Quinze jours là-bas m'ont suffi. Okay, Largo, je redeviens sérieux. Si tu m'expliquais plutôt comment tu as réussi à me dénicher. Parce que, à part une voyante et sa boule de cristal, je ne vois pas très bien qui a pu te dire dans quel merdier je me trouvais.

— Il y a eu une voyante, en effet. Une voyante amoureuse qui s'appelle Marjan Texel. Et c'est l'ordinateur central d'Interpol qui lui a servi de boule de cristal.

Et Largo raconta en détail la succession des événements qui l'avait conduit en neuf jours depuis une auberge de la Côte-d'Or jusqu'à la potence sous laquelle se trouvait son ami. Le seul élément important qu'il omit de mentionner fut l'identité de ceux qui l'avaient si efficacement aidé à mener à bien son raid sur Makiling.

— Tu ne devras jamais m'interroger sur eux, conclut-il. Je te demanderai même de ne jamais mentionner à qui que ce soit cet épisode de ton existence. Tu peux me promettre ça ?

— Des deux mains, souffla Simon, les yeux écarquillés. Et ce n'est pas ton petit secret ni fermer ma gueule qui m'empêcheront de dormir, crois-moi. Tu sais, Largo, quand tu te retrouves la corde au cou avec un mec à côté de toi qui empoigne le levier de la trappe, je te jure que tu découvres la relativité des choses.

— On peut toujours espérer que ça aura servi à mettre un grain de sagesse dans ta fichue caboche de Juif errant. Et maintenant, à ton tour, Simon. Commence à partir de tes galipettes à Manille. Et n'aie pas peur de prendre tout ton temps…

Les heures avaient passé. La lueur du soleil filtrée par les nuages descendait lentement vers l'océan. Largo avait écouté attentivement, recoupant les péripéties vécues par l'Israélien avec ce que lui avaient raconté Marjan et Malunaï, tout en les intégrant dans le contexte politique exposé par Keyhole, Roshman et Anderson.

Et tout se tenait.

Sauf le point qui restait à ses yeux le plus important.

— Il manque un sacré détail dans ton histoire, remarqua-t-il lorsque Simon eut achevé son récit par son évasion manquée de la nuit précédente. Pourquoi la Cyclope, Simon ?

— Je sais. J'ai gardé ça pour le dessert…

— Alors accouche, bon sang !

L'Israélien marqua une pause, comme s'il repassait mentalement en revue chacun des gestes qu'il avait accomplis deux semaines plus tôt.

— Je t'ai dit que je ne connaissais aucun des noms inscrits dans le livre de bord du *Morning Rose*, finit-il par dire d'une voix lente. Par contre, j'avais l'impression d'avoir déjà vu l'un des mecs dessoudés dans le salon de ce fichu yacht. Ça m'est revenu plus tard, juste avant de me faire alpaguer par les militaires dans ce village de jungle. Ce type s'appelait Kurt Strängl.

Ce nom ne disait rien au jeune milliardaire.

— Je ne vois pas, dit-il.

— Pas étonnant. C'est Marjan qui m'a dit le nom, plus tard, quand on était dans les îles. Elle l'avait découvert en participant à l'enquête de la police hollandaise pendant que, toi et moi, nous étions en tôle à Amsterdam, juste avant que l'affaire de Vlieland soit étouffée [1]. Strängl était un ancien pilote de la Lufthansa qui s'était fait virer pour avoir provoqué un accident à l'atterrissage un jour qu'il avait trop picolé. Le jour de Vlieland, je ne l'avais aperçu que quelques minutes, mais c'est en voyant sa cicatrice sur son biceps droit que je me suis souvenu de lui. Cette cicatrice, c'était toi qui la lui avais offerte, Largo. En lui balançant ton couteau dans le bras. Tu te souviens ?

— Attends... Ce Strängl était ce pilote que la Cyclope avait embauché pour détourner le Boeing de la Winchair, c'est ça ? Un grand type blond sorti tout droit du *Horst Wessel Lied* ?

— Dix sur dix. Tu l'avais blessé, et quand la Cyclope s'est tirée dans ton 707 avec lui et ses macaques, elle a embarqué Kaplan à la fois comme otage et pour piloter à la place de Strängl. Je connais aussi bien que toi la version officielle qui veut qu'ils aient dégringolé dans l'Atlantique. Mais si je retrouve ce type un an plus tard, à l'autre bout du monde et à peine refroidi, moi je dis que la version officielle se fourre le doigt dans le nez jusqu'à l'épaule, tu ne penses pas ?

Largo respira profondément. C'était ce qu'il avait espéré entendre depuis onze mois qu'il s'efforçait de retrouver

---

1. Voir *La Cyclope*.

la trace du Suisse allemand. Mais ce que venait de lui apprendre Simon n'était pas suffisant.

— D'accord, admit-il d'une voix tendue. Ça prouve en effet que le Boeing ne s'est ni englouti ni écrasé. Mais Strängl pouvait très bien s'être séparé de la Cyclope depuis pas mal de temps. Rien n'indique qu'il n'était pas tout bêtement parmi les passagers du *Morning Rose* sous l'un des noms que tu as trouvés dans le livre de bord.

— Non, mon vieux, fit doucement le jeune Israélien en secouant la tête. Je ne sais pas comment Strängl s'est retrouvé parmi les macchabées du yacht, mais la Cyclope est bien dans le coup. Quand cet hydravion qui essayait de nous massacrer, Malunaï et moi, a foncé droit sur mon canot, tout à la fin, j'avais tellement peur que je ne me suis pas rendu compte que mon inconscient enregistrait des images qui ne me sont revenues à la mémoire qu'en même temps que le nom de Strängl. Et je te jure que ce zinc est passé suffisamment près pour me permettre d'être formel. Derrière le cockpit, j'ai parfaitement reconnu à côté du pilote les cheveux rouges et le bandeau sur l'œil de cette damnée pirate borgne.

— Bon sang ! Tu es certain de ça ? Mais alors..., tu ne vas pas me dire que... ?

— Hé oui, Largo, c'est exactement ce que je vais te dire. Le type aux commandes de ce massacreur volant n'était autre que ce bon vieux Freddy Kaplan !

Largo n'eut pas le temps de réagir à l'information que venait de lui assener Simon. La porte de la chambre s'ouvrit brusquement sur une nouvelle religieuse. Elle portait une cape noire par-dessus sa robe blanche, et son visage, tanné comme du vieux cuir par le soleil et les embruns, était indiscutablement celui d'une Occidentale. Elle pouvait avoir une soixantaine d'années environ.

— Vite, dit-elle. Suivez-moi. Deux jeeps de l'armée se sont engagées sur la digue. Elles seront ici dans quelques minutes.

Elle parlait l'anglais avec un accent français aussi rude que ses traits. C'était manifestement une femme énergique, habituée à se faire obéir. Les deux hommes réagirent sur-le-champ et la suivirent dans le couloir.

— Qu'allez-vous faire de nous ? demanda Largo.

— Vous cacher. C'est bien pour ça que vous êtes ici, n'est-ce pas ?...

Elle les fit entrer dans un grand local envahi de vapeur. La buanderie de l'endroit. Deux énormes cuves fumaient sur des poêles à charbon de bois, leur contenu inlassablement remué à l'aide d'une sorte de perche par deux novices debout sur un escabeau. Une troisième religieuse, à l'autre bout de la pièce, empilait du linge encore humide dans un grand panier.

Toutes les trois étaient chinoises.

La femme à la cape noire prit quelque chose dans le panier et le tendit aux deux hommes. Ceux-ci virent avec étonnement qu'il s'agissait de deux longues chemises grises en coton écru.

— Déshabillez-vous entièrement et enfilez ça, dit-elle. Vite !

— Mais..., sursauta Simon en se tournant vers les novices qui les observaient avec curiosité.

— Allons, dépêchez-vous ! coupa impatiemment la religieuse. Ce n'est vraiment pas le moment de faire une crise de pudeur. Mes compagnes et moi avons déjà vu plus d'hommes nus dans notre existence que vous ne pourriez l'imaginer.

Largo avait déjà ôté son blouson et sa chemise. Subjugué par le ton impératif de la femme, le jeune Israélien s'empressa de l'imiter.

— Vous êtes française, ma sœur ? demanda Largo en retirant son jean.

— Ma mère, je vous prie. Je suis la mère Marie-Thérèse. Je dirige San Miguel et je suis en effet française. Pourquoi ? Vous parlez français ?

— Tous les deux, répondit le jeune milliardaire dans cette langue. La mère de mon ami Simon était française, et moi j'ai fait une partie de mes études à Fontainebleau.

Une lueur attendrie passa fugitivement dans le regard sévère de la religieuse.

— Il y a bien longtemps que je n'ai plus parlé la langue de mon pays... Mais ce n'est pas le moment d'évoquer des souvenirs, se reprit-elle plus sèchement. Vous êtes prêts ? Bien. Laissez vos vêtements, on s'en occupera. Venez vite.

Les deux hommes se regardèrent du coin de l'œil, se sentant parfaitement ridicules dans ces espèces de longues chemises de nuit qui leur tombaient jusqu'aux chevilles.

— Il ne nous manque plus qu'un bonnet de nuit, souffla Simon à l'oreille de Largo.

Mais la mère Marie-Thérèse avait l'ouïe fine. Tout en marchant d'un pas vif dans le couloir, elle leur tendit deux pièces de tissu très ajouré, assez semblables aux voilettes que portaient nos grands-mères.

— Voici qui en tiendra lieu. Dès que vous serez couchés, vous vous recouvrirez la tête avec ça. N'oubliez pas, c'est important.

Machinalement, ils prirent chacun le morceau de fin tissu. Sans comprendre. Arrivée devant la dernière porte, la vieille dominicaine s'arrêta et fit face aux deux hommes, la main sur la poignée.

— C'est ici, dit-elle en les regardant alternativement droit dans les yeux. Allez directement vous allonger sur les lits les plus éloignés de la porte, mettez ce voile sur votre tête et ne bougez plus, quoi qu'il arrive. Vous attendez là que je revienne vous chercher.

— Où sommes-nous, ma mère ? demanda doucement Largo.

— Vous allez le découvrir dans un instant, mon garçon. Je vous préviens, il vous faudra beaucoup de courage. Mais je peux vous assurer que vous ne courez aucun danger.

Elle ouvrit la porte, les poussa à l'intérieur et referma derrière eux.

Le dos au chambranle, les deux amis ne purent réprimer un long frisson d'horreur.

C'était une vaste pièce contenant une vingtaine de mauvais lits en alternance avec quelques tables et chaises bancales, mi-salle de séjour, mi-chambre commune.

Des êtres que l'on pouvait à peine qualifier d'humains gisaient sur les lits, complètement amorphes. D'autres étaient assis sur les chaises, ou se tenaient près des fenêtres et regardaient tristement le ciel. Ils étaient tous revêtus de chemises grises identiques à celles que portaient Largo et Simon. Plusieurs d'entre eux avaient la tête voilée de la même pièce de tissu ajouré.

Certains de ces êtres n'avaient plus de doigts.

D'autres n'avaient plus de lèvres.

D'autres encore n'avaient plus de nez ni d'oreilles.

Et quelques-uns n'avaient déjà plus de visage.

Largo comprit enfin le sens des paroles de Kadjang et

du conducteur chinois. Il comprit la terrible intelligence de ceux qui l'avaient envoyé ici. Coupé du monde des vivants sur cette île minuscule, San Miguel n'était pas un couvent. C'était une léproserie.

* * *

Le capitaine Venancio Sanz était un catholique pratiquant. Il n'était jamais venu à San Miguel mais, comme tout le monde, il en avait entendu parler. Même si, officiellement, la lèpre n'existait plus aux Philippines. Et le capitaine ne pouvait se défendre d'éprouver une grande admiration pour le dévouement de ces religieuses qui consacraient leur existence à soigner les malheureux rongés par l'effroyable bacille de Hansen.

— Ces évadés sont excessivement dangereux, précisa-t-il. Il s'agit d'une bande de criminels qui avaient été condamnés à mort par les autorités militaires pour le meurtre d'un de nos parlementaires et de ses amis américains.

— Et vous pensez réellement qu'ils auraient eu la témérité de se réfugier ici ? demanda la mère Marie-Thérèse en soutenant calmement le regard de l'officier.

— Sincèrement, je ne le crois pas, ma mère. Mais nous avons reçu l'ordre de fouiller toute la région. À l'heure actuelle, plusieurs régiments divisés en patrouilles comme la mienne sillonnent le pays à la recherche de ces bandits. Les ordres, vous comprenez…

— Oui, oui, je comprends. Eh bien, faites votre devoir, capitaine. Voulez-vous commencer par le cloître et la chapelle ? Nous visiterons les autres bâtiments ensuite.

— Croyez bien que je suis confus, ma mère. Mais il se pourrait que ces individus se soient glissés dans l'île à votre insu.

— J'en doute fort, répliqua la dominicaine avec hauteur. Et vous également, capitaine. Par ici, je vous prie...

La visite du cloître fut vite faite, et les soldats suivirent sans enthousiasme leur capitaine et la mère Marie-Thérèse vers le premier des bâtiments.

— Les deux bâtiments les plus proches abritent les malades les moins atteints, expliqua la religieuse à l'officier. Ceux que nous espérons pouvoir guérir. Le troisième est réservé à ceux chez qui les progrès de la lèpre ont pu être enrayés, mais qui sont néanmoins trop attaqués par le mal pour espérer retrouver tout à fait la santé.

— Et le quatrième, là-bas, plus loin ?

— J'y ai fait mettre les incurables, capitaine. Ceux qui ne sont déjà plus que des morts-vivants quand ils arrivent à San Miguel. Il leur reste tout au plus un an ou deux à vivre. Nous ne pouvons que nous efforcer de rendre ce peu de temps le moins pénible possible pour eux.

Venancio Sanz avala difficilement sa salive. Il avait hâte de quitter cet endroit, et il savait que ses hommes étaient encore bien plus pressés que lui de s'en aller.

La perquisition des deux premiers bâtiments fut sommaire. Celle du troisième le fut davantage encore. Les soldats ouvraient peureusement les portes des chambres et des salles communes, s'empressant de les refermer dès qu'ils apercevaient les visages déformés par les horribles plaques rosâtres se tourner vers eux avec curiosité.

— Combien avez-vous de lé... heu... de malades, ma mère ?

— 170 actuellement.

— Et vous... vous avez un médecin qui s'en occupe ?

Un léger sourire infléchit quelques secondes les rides tannées de la vieille dominicaine.

— J'ai fait mes études de médecine en France avant de prendre le voile, capitaine. Bien avant la guerre. Et plusieurs de mes religieuses ont leur diplôme d'infirmière.

— Ah ? Tiens ! À propos, j'ai cru remarquer qu'elles étaient toutes… heu… chinoises…

— C'est parfaitement exact. La léproserie de San Miguel a été fondée à l'initiative de la congrégation chinoise de l'ordre de Saint-Dominique. Aujourd'hui encore, ce sont des fonds émanant de Chinois chrétiens qui nous permettent de soigner ces malheureux.

— Je vois… Eh bien, ma mère, nous allons repartir continuer notre mission. Je vous prie encore de bien vouloir m'excuser de vous avoir dérangée dans vos admirables occupations.

— Mais, capitaine, vous n'avez pas visité le quatrième bâtiment, celui des incurables…

Venancio Sanz eut un geste évasif.

— Oh, ce ne sera pas nécessaire… Il est bien évident que les hommes que je recherche ne sont pas ici.

— Et moi, j'insiste pour que votre fouille soit complète, fit la mère Marie-Thérèse d'un ton devenu très sec. Je ne veux pas qu'il subsiste le moindre doute dans votre esprit ou dans celui de vos supérieurs.

L'officier se sentit soudain très mal à l'aise. Un coup d'œil à ses soldats lui fit comprendre qu'aucun de ceux-ci n'accepterait de mettre un pied dans cette effroyable antichambre de la mort.

Mais il ne pouvait pas perdre la face.

— Soit, admit-il d'une voix un peu étranglée. Je… je vais m'en occuper personnellement.

— Je vous accompagne. Rassurez-vous, capitaine, on colporte bien des légendes sur la lèpre. Il s'agit en réalité d'une maladie qui n'est contagieuse qu'après un contact prolongé dans une ambiance sans hygiène.

— Vous... vous croyez ?

— Regardez-moi. Cela fait plus de trente ans que je m'occupe de lépreux et je me porte comme un charme.

Nullement convaincu, le Philippin constata à son grand soulagement que la plupart des chambres étaient vides. Pourtant, en ouvrant la porte de la salle où se trouvaient Largo et Simon, la dominicaine se dit qu'elle avait peut-être pris un risque inconsidéré. Si les deux garçons n'avaient pas respecté ses instructions, s'ils avaient d'une manière ou d'une autre cédé à l'effroi qui s'empare bien naturellement de toute personne non préparée se retrouvant parmi des lépreux au dernier stade de leur abominable maladie, ils étaient perdus. Et elle aussi.

Mais elle fut rassurée du premier coup d'œil. Ceux qu'elle avait accepté de cacher étaient allongés sur deux lits voisins tout au fond du local, le visage soigneusement emmailloté dans le voile. Et elle nota avec satisfaction qu'ils avaient eu l'intelligence de dissimuler leurs mains dans les plis de leur chemise.

Dès qu'ils virent entrer la religieuse, les lépreux confluèrent vers la porte de tous les coins de la salle. Au fond des cavités rosâtres qui tenaient lieu d'orbites dans leurs pauvres faces atrocement ravagées se lisait l'immense détresse de ces êtres qui se savaient exclus à jamais du monde des humains. Ces maudits ne pouvaient plus que tendre leurs moignons mutilés vers celle qui avait accepté de les recueillir avec bonté. Souriante, la mère Marie-Thérèse s'avança calmement à leur rencontre.

Cette vision de cauchemar dépassait en horreur et en pitié ce que le capitaine Venancio Sanz se sentait capable de supporter. Il lâcha une sorte de curieux coassement étranglé, tourna les talons et s'enfuit en courant.

Dix minutes plus tard, la supérieure de San Miguel regardait les deux jeeps s'éloigner sur la digue dans le soleil couchant.

Un léger sourire flottait sur sa bouche mince.

Sa très grande charité chrétienne n'avait jamais réussi à combattre l'aversion instinctive qu'elle éprouvait pour tout ce qui portait un uniforme militaire.

* * *

La nuit était tombée depuis plusieurs heures. Dans la chambre voisine, terrassé par la fatigue, Simon ronflait avec une régularité de tronçonneuse industrielle. Largo se sentait à bout d'énergie. La journée avait été rude et l'ultime épreuve, lorsque les deux amis s'étaient vus contraints à se mêler aux lépreux, n'avait certes pas contribué à apaiser la tension qui leur nouait les nerfs. Il aurait souhaité pouvoir sombrer, lui aussi, dans un sommeil réparateur. Mais l'intensité même des émotions ressenties au cours des dernières heures le tenait éveillé malgré lui.

Allongé dans le noir, il passait et repassait dans son esprit le film des péripéties qu'il avait traversées, éclaircies d'un jour nouveau par le récit des événements vécus par Simon.

Tout était devenu clair.

La Cyclope, ayant miraculeusement échappé à tous les filets qui lui avaient été tendus, avait repris ses anciennes activités de pirate des mers de Chine. Un jour, elle attaque un yacht de plaisance américain dans les eaux territoriales philippines et en massacre tous les occupants. Un certain colonel Angel Ortega s'empare aussitôt du dramatique incident, afin de le mettre sur le dos des dissidents moros et de pouvoir ainsi relancer la guerre dans le Sud, comptant sans aucun doute y gagner un grand prestige personnel destiné à lui ouvrir la route du pouvoir. Il est fortement aidé dans son projet par la personnalité du propriétaire du yacht, Horace K. Midsummer, dont le fils unique est au nombre des victimes et dont l'importance dans le monde industriel permet de transformer le massacre en affaire d'État. L'ambassadeur américain à Manille est rappelé à Washington pour consultation, escorté par le chef d'état-major du Southern Command de l'AFP qui va s'efforcer de convaincre le Pentagone de lui prêter main-forte.

Le colonel Ortega fait arrêter quelques Moros au hasard, les accuse froidement de la tuerie du *Morning Rose* et les fait condamner à grand renfort de publicité dans la presse. Il sait que la réaction ne tardera pas et que de nombreux incidents éclateront dans le Sud, donnant aux yeux de l'opinion internationale le mauvais rôle aux rebelles musulmans. Le mystérieux Tigre de Mindanao, à la tête des soldats de la Bangsa Moro Army cachés dans la jungle de Zamboanga, n'attend probablement que cela pour relancer la révolte ouverte contre l'autorité de Manille.

La bombe est en place. On a trouvé un détonateur. Il ne reste plus qu'à pousser sur le bouton. Si les Américains acceptent de le faire aux côtés de leurs alliés traditionnels, passant outre aux avertissements des pays pétroliers du monde arabe, l'explosion risquera d'être d'une violence telle que les Moros ne s'en relèveront pas de sitôt.

Tout se présente donc pour le mieux pour les « faucons » d'Angel Ortega.

Malheureusement, un grain de sable s'est glissé dans les rouages de cette belle mécanique. Sous les traits d'un certain Simon Ben Chaïm, obscur petit cambrioleur israélien en fuite. Par l'un de ces hasards incroyables qui parsèment l'Histoire, cet homme découvre l'identité des véritables auteurs du massacre.

Il faut donc l'éliminer.

Et comme l'exécution d'un Occidental, même s'il s'agit d'un individu en marge, risque malgré tout d'attirer davantage l'attention que la pendaison de quelques indigènes anonymes, il faut l'éliminer secrètement.

Seulement, le grain de sable avait un ami…

Largo se releva, alluma la lumière et commença à marcher pensivement de long en large.

À l'encontre de tout espoir logique, il avait réussi à sauver Simon. Il aurait dû se sentir empli de joie, de fierté et de confiance en son étoile. Au lieu de quoi, il ressentait au fond de lui un vide étrange. Une sorte de manque indéfinissable. Comme une absence…

À San Miguel, il en était à présent convaincu, les deux fugitifs seraient en sécurité aussi longtemps qu'il leur serait nécessaire d'y rester. Largo pourrait charger la mère Marie-Thérèse de faire parvenir un message à Sullivan ou à Cochrane. L'administrateur serait bien trop heureux de le récupérer sain et sauf pour lui tenir rigueur du mauvais tour qu'il lui avait joué à Los Angeles. Il ferait détourner de sa route un des bateaux de la flotte marchande du Groupe W, sur lequel Largo et Simon n'auraient aucune difficulté à embarquer discrètement et à sortir des eaux territoriales philippines.

La liberté était donc à portée de la main et l'affaire

Ben Chaïm pouvait être considérée comme virtuellement terminée.

Seulement, il y avait Kaplan. Kaplan vivant. Kaplan formellement reconnu par Simon. Kaplan aux commandes de l'hydravion qui avait tué le Tausug de la filière d'évasion moro et qui avait tenté de faire subir le même sort à Malunaï et à l'Israélien.

Freddy Kaplan était-il encore le prisonnier de la Cyclope, contraint d'une manière ou d'une autre d'exécuter les ordres de la pirate ? Ou avait-il choisi de changer de camp en devenant le complice volontaire de la redoutable Hollandaise borgne ? Tout était possible, avec cet étrange Suisse allemand au regard froid de mercenaire.

Le jeune milliardaire savait déjà qu'il n'aurait de cesse de connaître la réponse à ces questions. Kaplan était, au même titre que Simon, son ami. Et c'était à cause de lui que le pilote se trouvait quelque part dans l'une des innombrables îles de l'archipel, prisonnier ou non.

Mais ce serait une stupidité pure et simple que de tenter quoi que ce soit maintenant. Ortega l'avait reconnu. L'ambitieux colonel avait dû s'empresser de transformer les deux fugitifs en dangereux criminels à abattre sans sommation. L'immense fortune de Largo ne pourrait rien contre une rafale de mitraillette. Il n'était donc plus question de gagner Zamboanga à travers mille kilomètres d'un territoire entièrement sous le contrôle de l'armée. Et il serait encore plus impensable d'essayer de faire une enquête dans une région mise en état de siège et truffée de soldats.

Non, il fallait d'abord rentrer aux États-Unis ; alerter l'opinion, la presse, le Département d'État ; convaincre le vieux Midsummer ; exposer toute l'histoire et espérer pouvoir ainsi désamorcer la bombe et tenter de discréditer le colonel Ortega. Alors seulement Largo pourrait revenir avec les coudées franches pour se lancer à la recherche du repaire de la Cyclope.

Il y avait un temps pour la folie, et un autre pour la sagesse.

Un coup sec à sa porte le fit sursauter. Intrigué, il alla ouvrir. C'était la mère Marie-Thérèse.

La vieille dominicaine arborait plus que jamais son expression sévère de directrice de pensionnat.

— Vous restez éveillée bien tard, ma mère, sourit Largo.

— À mon âge, on ne dort plus beaucoup, mon garçon. Vous non plus, apparemment. Cela m'aura évité de vous réveiller. Quelqu'un qui prétend vous connaître vous attend au cloître.

— Quoi ?! Ici ?! Mais comment ?... Qui ça ?...

— C'est bien ce que j'aimerais savoir, rétorqua sèchement la religieuse. Vous n'ignorez pas les risques que je fais courir à ma petite communauté en vous cachant à San Miguel. Il ne serait pas très judicieux de prendre l'habitude d'y donner vos rendez-vous.

— Mais... je vous assure que je ne comprends pas...

S'éloignant d'un pas vif vers la sortie du bâtiment, la mère Marie-Thérèse ne l'écoutait plus. Largo s'empressa de la suivre.

Lorsqu'il vit la silhouette qui se tenait à côté d'une des colonnes du petit péristyle du cloître, Largo sut que c'était elle avant même de l'avoir reconnue. Et il put du même coup mettre un nom sur la sourde impression de vide qu'il n'avait cessé de ressentir jusqu'à cet instant.

— Malunaï...

Elle ne répondit pas. Très droite dans son étroit sarong, elle se contentait de fixer le jeune homme de ses immenses yeux brillants.

— Malunaï, que faites-vous ici ? Comment saviez-vous que je m'y trouvais ?

— Vous connaissez cette jeune personne ? intervint la religieuse.

— Oui, ma mère. Je peux en répondre.

— La question n'est pas là. Elle pourrait avoir été suivie…

— Personne ne m'a suivie, répliqua la jeune femme de sa voix chantante en se tournant vers la dominicaine. J'ai été très prudente. J'ai l'habitude.

— Je l'espère, mon enfant, je l'espère… Enfin soit, vous me donnerez vos explications plus tard. Moi, je vais me coucher. Je préfère laisser au Seigneur le soin de veiller sur vous. Il s'y entend certainement mieux que moi.

Et, leur tournant le dos, la mère Marie-Thérèse s'éloigna rapidement sous les arcades de la galerie.

Il n'y avait plus que la nuit et le grondement profond du Pacifique s'écrasant inlassablement sur le fragile îlot perdu. Largo avait pris Malunaï par la main et, sans prononcer une parole, l'avait entraînée vers le rivage qui faisait face au large, là où venaient mourir les vagues lasses de leur immense voyage. Une faible brise s'était levée, dissipant à peine la chaleur humide qui stagnait dans l'air lourd.

Côte à côte, sans parler, ils regardèrent l'océan. C'était un de ces instants magiques, si rares et si précieux dans la vie d'un homme qu'on redoute la première parole qui en brisera le charme.

Leur silence dura longtemps.

Enfin, la belle Moro se tourna vers Largo. La peau sombre de son visage levé luisait doucement sous un rayon de lune échappé d'entre les nuages. Ses yeux étaient des lacs d'émotion et le jeune homme sentit l'envahir à hurler le besoin fou de la prendre dans ses bras.

— Tu l'as fait, murmura-t-elle. Je le savais. Tu es bien un *Aswang*, un génie puissant et fort venu du pays des hommes blancs…

En dépit de son trouble, il ne put réprimer un sourire.

— Mais non, Malunaï. J'ai eu de la chance, c'est tout. Je te l'ai déjà dit : je ne suis qu'un homme comme les autres.

— Non, ce n'est pas vrai. Tu n'es pas comme les autres…

— Passons. Dis-moi plutôt comment tu es arrivée jusqu'ici.

La jeune femme reporta son regard vers l'horizon confondu dans la nuit.

— Quand je me suis enfuie de l'hôtel, hier soir, j'ai cru que tout était perdu. Ces hommes étaient venus pour t'arrêter, ils allaient te mettre en prison et tu ne pourrais plus rien faire, ni avec ton téléphone ni autrement. Alors, je me suis souvenue du nom que tu m'avais dit et je suis partie pour Makiling. J'ai marché toute la nuit.

— Mais que pouvais-tu espérer ? s'exclama Largo.

— Rien. Je voulais simplement être le plus près possible de mon père quand il serait exécuté. Au pied de la montagne, j'ai été arrêtée par des soldats qui m'ont empêchée d'aller plus loin. D'autres Moros étaient déjà là, et beaucoup sont encore venus peu après. Des étudiants de Manille, mais aussi des paysans et des pêcheurs qui vivaient dans le Nord. Personne ne parlait. Personne. Face aux soldats qui nous barraient le chemin avec leurs fusils, nous regardions tous vers la forteresse, le cœur plein de haine, sans dire un mot, attendant l'heure. C'était terrible.

— Ma pauvre Malunaï...

Elle se tourna vers lui, le visage grave.

— J'ai cru mourir. Et puis, tout à coup, il y a eu les coups de feu et la fumée sur les murs, puis l'hélicoptère qui repartait sous les balles des mitrailleuses. Je me disais que c'était impossible, mais pourtant je savais que c'était toi, que tu avais osé faire cela. Les autres Moros n'avaient pas encore compris, les soldats non plus, mais moi, je savais. Alors, je suis partie en courant sur la route et j'ai trouvé quelqu'un qui a accepté de me conduire avec sa voiture jusqu'à Minduque.

— Tu savais que c'était là qu'irait ton père s'il parvenait à s'échapper ?

— Oui. Quand je suis arrivée chez le responsable d'étape de notre filière, il était déjà là, avec ceux que tu avais sauvés. J'étais folle de bonheur. C'était si important de le revoir en vie. C'est lui qui m'a expliqué où tu t'étais réfugié avec Simon.

— Pourquoi n'es-tu pas repartie avec lui vers Zamboanga ? Pourquoi avoir pris le risque de venir jusqu'ici ?

Elle le regarda, sincèrement étonnée.

— Tu avais tenu ta promesse. Je devais tenir la mienne. Avais-tu oublié ? À partir d'aujourd'hui, je suis ton esclave. Je te suivrai où tu iras et te servirai comme tu le désireras.

Largo secoua la tête.

— Je ne veux pas de toi comme esclave, fit-il doucement. De personne, d'ailleurs. Mais de toi moins que de quiconque, Malunaï.

Pour la première fois, il vit sourire la jeune Moro.

— Je savais que tu me répondrais cela, Largo. Je le savais

depuis le premier instant où je t'ai vu, dans ton hôtel de Manille. Mais tu n'as pas compris…

Prenant la main du jeune homme, elle la glissa dans l'échancrure de sa chemise et la pressa doucement contre son sein nu. Sous la lune, son beau visage rayonnait de tendresse.

— Tu vois… Avant toi, je ne pouvais pas supporter d'être touchée par un homme. Jamais. Je voulais rester intacte pour celui que j'attendais…

La gorge serrée dans un étau, Largo sentait la terrible douceur dans sa paume s'irradier en mille flèches de feu dans son corps bouleversé.

— Mais toi, poursuivit Malunaï, toi, quand tu me touches ainsi, quand tu me prends la main comme tu l'as fait tantôt, tu me donnes la brûlure du volcan et la douceur d'un ruisseau, la folie des tempêtes et la paix d'un grand arbre. Quand tu me touches ainsi, Largo, je voudrais que tu aies cent mains et que ces cent mains ne me quittent plus jamais. Tu as dit vrai : je ne suis pas venue pour être ton esclave. Je suis venue parce que, désormais, je veux rester près de toi.

Il n'y avait qu'une seule réponse possible.

Largo, très doucement, prit le visage levé vers lui entre ses mains.

Et le temps s'arrêta.

Achevé d'imprimer en novembre 2008
Par CPI Brodard & Taupin - La Flèche (France)
N° d'impression : 49467
Dépôt légal : novembre 2008
Imprimé en France
81120062-1